北京语言大学

重大专项课题（13ZDJ03）前期成果

中国视角：

当代经验和古典观念之间

韩德民◎著

中国社会科学出版社

谨以此书纪念我的母亲！

目　录

第四编　传统伦理的现实可能性

第一编

当代经验的文学视像

一 从救世到混世的精神流变

——柯云路、张承志、徐星、王朔纵横谈

提要：小说是历史记录的心理阐释和细节补充。全景式地扫描 20 世纪 80 年代小说创作的精神画廊，我们注意到柯云路、张承志、徐星、王朔四位似乎风格旨趣迥异的作家，对于观照时代精神演化轨迹之曲折及当代社会心理意识之复杂所昭示的特殊象征意义。任何有关中国社会变革与目标指向的方案设计，都应该把对这种曲折性和复杂性的悉心体会，作为建构和现实实践进程之积极互动关系的前提条件。

关键词：社会心态；小说；理想主义；虚无主义

一个变革的时代，一个扭曲的时代，一个痛苦的时代。错位，缠绕，难以解说的矛盾；希望，绝望，无法逃脱的煎熬。狂澜与潜流起伏消长，奔流共回旋翻腾纠葛。探求当代文化精神的切实走向和出路，我们或许会陷入迷宫样的纷纭现象而莫衷一是。任何特定角度、特定层次的描述，都不可能排除局部性的困囿，但终究，这是切入社会心态深层的必要准备，也是归纳、总结丰富的意识现象，包括文学艺术现象的基本手段之一。

柯云路的名字是和"李向南"紧密联系在一起的。柯氏意图通过《新星》对一个县的微观解剖，和《京都》对首都，也即当代中国之缩影的宏观鸟瞰，完成 20 世纪 80 年代中国时代变革的整体性记录。但由于当代中国现实发展的极大不平衡性，使得《新星》与《京都》事实上成了两部具有根本不同文化价值指向的作品，从而也使得两部作品中的同一个"李向

南"，由于置身截然不同的环境而获得了截然不同的规定性。

《新星》原题作《古陵》，给人以某种富于幽深寄寓的意味，也恰好能构成《京都》的对照。不管是《新星》还是《京都》，其意向都不在某个人物的塑造，而在综合性社会现实的扫描。之所以会有人把《新星》误读为一部性格小说，并由此出发指责《京都》人物塑造上的失败，根本原因当然不能仅仅归结于小说标题的改动，而应该说同小说文本的基本特征密切相关。这种小说文本特征的形成，与其说源于作者不够清醒的创作动机，不如说是因为《新星》所需要面对的"古陵社会"。这是一幅相当典型的中世纪东方农业文明的风俗画。这样的生活结构、社会心态和人的素质，其存在本身就是一种对英雄、对拯救者的呼唤与渴望。要忠实地揭示这种社会的内在底蕴，就不能不承认这种英雄降生的必然性与合理性。"李向南"选择"古陵社会"作为展现自己理想追求的舞台的同时，"古陵社会"也选择了"李向南"，选择他做自己的"星"。这种选择赋予"李向南"以不可推卸的神异光彩。作为一个选择者，他怀抱某种近代启蒙性的民主自由梦想；作为一个被选择者，他必须坚持一种非近代性的工具性手段，并由此影响到价值关怀目标本身。传统的诚意正心修身齐家治国平天下的士大夫理想，和近代人道主义观念追求，在这里产生了奇妙的混合。这种理想追求是切合"古陵社会"的，由此他成了英雄，成了生活的重心和小说的聚光点。脱离具体环境，指责其非近代性，甚至指责其非现代性，是不公平的。即使不想写一部性格小说，你也不能不承认年轻县委书记在结构经营中的特殊分量。当然，成功的创作者，应该努力在更高层次上，清醒地揭示这种生活自身的逻辑，而非仅仅朦胧地感觉到它或完全消极地受制于它。

《京都》第三部《灭与生》据说将安排"李向南"去搞哲学研究。就李本身看，踏入京都社会后并没有什么变化，但恰因此，他成了一个很不相同的艺术形象。因为生活变了，这里似乎不再需要一个拯救者，这里人人都以自我为中心，所以也就没有中心了。

在这种新的参照系中，不仅"李向南"身上那传统社会赋予的圣贤素质，而且那近代型的英雄主义，都成为似乎可笑的了。如果说在古陵是由于对现实的超越而碰壁、而失败、而悲剧，那么在京都则由于落后于现实而显得不合时宜。

"李向南"在无望地挣扎。

他出入一个又一个高级沙龙，周旋于高层领导人、社会知名人士、青年改革家、商人、艺术家之类的精英中间，既不能居高临下，又不愿融入其间。他那拯救者的表现欲，却因环境的刺激而有增无减。可我们发现，"李向南"的救世欲望在古陵还可以表现为计划，到了京都，就只能越来越多地转化为昼梦了。

"李向南"的救世之梦必然破灭。

新星的陨落势所必然。

政治角力的失败与生命存在本身的巨大灾难，构成了他摒弃救世狂想的双重契机。

到张承志笔下，"他"变得阴郁而沉默。这个傲慢地走出喧嚣都市、无名无姓的汉子，无疑是一个痛苦的逃避者，一个到荒寂的戈壁、青草、白泉间寻找安慰的逃避者。

"李向南"式的救世精神，在现实的锤打剥蚀下显然是萎缩了，面对生活"他"感到了自己的渺小和无能为力，但依然保持着优越感，一种不屑与庸常为伍的奇突倔强。那伴随清醒理智感而又无法割舍的梦想，深深植根于心灵深处，已化作了生命，化作了血肉的一部分，保留固然可笑，舍弃甚至会更凄惨。你显然是一个注定要在无望的绝境中顽强希望的精灵。幼稚，简单，偏激，不深刻，但沸腾的赤子之心却构成了一切肉欲杀机，一切老谋深算、精巧练达的最大嘲弄。精神自足的求索取代了俗世也即所谓现实的考虑，心灵深处的一片净土构成了全部存在光辉的源泉。一支信仰之歌，同时又是一支理想消解的挽歌，一曲英雄末路的自我安慰之歌。

《绿夜》里的"我"借助对"小奥云娜"的回忆来建造心中的金字塔，来阻击蜂窝煤、烂西红柿和侉乙己、表弟们充斥着的生活。但就连这隐秘角落里的圣洁也难免被玷污。这个巨大又渺小、矜持却怯懦的探求者，于是排除各种障碍，依循性灵的呼唤，逃开卑鄙无耻却强硬有力的生活大潮，向专属自己的圣地驶去。可那被神明样供奉在心中的"小奥云娜"，结果却与一般蒙古族女人没有任何两样。是的，她没有义务为我的梦而坚守童年的纯真、童年的美丽。生活就是这样真实而严峻。喧嚣骚动的京都不需要一个拯救者，蒙古草原上的女人也有自己的生活轨道。

"我"可以失望，可以感受咀嚼幻灭的痛苦，生活却依然平静正常。"我"必须努力学会重新理解生活。

这种精神的华彩在《金牧场》中得到了另一次更完美的爆发。幼稚、虚幻的理想寻求，却铺排出了英勇卓绝、坚忍不拔的生命之歌，但不论多么宏壮辉煌，多么感天动地，却只能是英雄没落的叹息，是落伍者搁浅的自怜。

"李向南"式的救世者，纵不免唐·吉诃德样不识时务、不自量力的傻瓜相，却多少还残留了点改造现实、创造生活的英雄气概，还能激发人们哂笑之余的某种尊敬。张承志笔下的勇士，尽管都被描写成体格健壮、意志刚强的硬汉，尽管常被放到凶狠的自然暴虐中去表现崇高的征服壮举，却最终掩蔽不去败退者的凄清。但无论如何，"他"起码是一个不甘心失败的汉子，"他"的精神还保留有最后的高贵。这个坚忍着生活苦难的汉子，是一个退避者，同时又是一个胜利者。

"他"的退避是与反抗结合着的，本质上有别于对生活的投降。由于其历史合理性受到挑战，这种理想的价值观在现实领域已经找不到立身之地了，因此主人公的退避本身就是对理想的一种维护形式。维护方式的消极性，导源于维护对象，更恰当地说是维护对象的命运的消极性。

徐星的歌唱构成了我们心灵追踪里程的第三个环节。

这同样是一个无名无姓的流浪者。"他"就在人海之中，就在都市街头。"他"不再热血沸腾、双目圆睁、充满力度，不再虽九死其犹未悔，而是睡眼惺忪、懵懵懂懂，竭力对一切做无所谓状，甚至想去疯人院里摸着肚皮晒太阳。

一次又一次的反扑都被粉碎了，剩下的仅仅是刻骨铭心的疲倦。没力气再傲慢，没力气再希望，只想倒在女人怀里长眠不起。在强大的敌对性现实面前，你体验了自己的虚无。"如果我明天死了，会有什么反响呢？"

有外在的强大的推搡压挤，更有内在心灵之狱的钳制，你无法行动，不仅因为对象，而且因为理想本身。对立如此尖锐，力量又是如此悬殊，任何一种突入的尝试，或许都将蜕变为卑鄙的投降和对理想的不能容忍的亵渎。生活汹涌远去，你的理想无力驾驭任何有效的实践，只能无声地堵塞青春生命力的喷发。它不能造就任何合乎它要求的现实行动，于是干脆杜绝一切行动的可能性。是生活太可恶了？还是理想太可怜了？抑或二者兼而有之？你全部的能量都用于消解这些奔突的能量本身，尽管无所事事，却已疲惫不堪。

你认识到了这种理想、这种价值观念的不可挽救，于是你嘲笑一切，你对一切都不在乎。但这恰恰揭示了你无可奈何的绝望。所有那一切都已深入骨髓，它们注定要把你引向最后的祭台。你嘲笑这一切，痛骂这一切，仅仅因为你不能容忍丝毫的欺骗和盗用。而在这样的生活中，神圣被彻底工具化乃是不可抗拒的潮流。于是你愤愤然，你只能一把大火焚毁一切。既然不能卫护她的圣洁，那就不如干脆毁灭她的存在。挚爱到痛恨的痴情呵！没有救世的辉煌，没有傲世的冷峻，有的只是愤世的酸涩。价值理想观念对于人生是那样一种基始性的建构，以致任何一层进一步的剥离都将承受炼狱般的熬煎。

《饥饿的老鼠》与《剩下的都属于你》等作品，贯穿了与《无主题变奏》相同的主题。"李泗"浑浑噩噩，却不愿街头的小姑娘像自己一样"走下坡路"。"我"为生活的不公平牢骚满腹，自叹自怜，为性的焦渴昏头涨脑，胡说八道，真的面对"倒贴"的妓女时，仍不能遏制心灵深处那根弦的颤动，不能不掉头而去。

渴望彻底挣脱既有价值理想观念的羁绊，事实上在感情深处又难以割舍的心态，在与《无主题变奏》几乎同时轰动文坛的《你别无选择》中有更明确的表露。尽管认识到贝多芬式的英雄主题已不属于这个时代，追求现代性的"森森"依然为充满英雄主义精神的《朱庇特 C 大调交响曲》情不自禁地流下了热泪。

可无论如何，这种既有价值观念体系的挣扎，毕竟已堕入末路，已是黯然无光的夕阳残照了。它距离最后的毁灭，已不是很远了。既然这种价值观念体系已被与世俗的虚伪放在一起嘲弄，那么，一旦感情上隐忍的难以割舍的凄楚随着时间的延续和事实的磨砺而变得麻木、模糊，心态感觉上质的嬗变也就只是举手之劳了。

王朔小说，无疑代表着典型的反叛精神和虚无主义的先锋意识，但确乎又在被作为娱乐性文学消费。愤世与媚世仅一步之差，这就是辩证法。

《一半是海水，一半是火焰》的诞生，意味着对现有价值伦理尺度、现有意义观念体系的终极性否定，从而明确了当代文化精神与传统决裂过程中的悲剧性流向。无价值关心，无精神理想引导的抗议，在我们这块土地上，只能导向完全破坏性的恶棍意识，导向以个体瞬时感官快乐为最后价值评定标准的流氓哲学。

从"李向南"到张承志笔下孤独的硬汉，进行的是社会使命感与责任感的剥离，而在"无主题"的游荡者身上，我们看到的是进一步摆脱自由、尊严、爱情等似乎闪光的重负的无效努力，王朔，则终于找到了这种无效努力的有效成果。那追寻的精灵，终于砸碎了使自己进退维谷、不知所措而又疲惫不堪的心灵枷锁，砸碎了那些似已不合时宜的顾虑规范，抛开了所有战栗、迷惘、寻找和忧伤。

"我"与"老Q"和"张明"与"吴迪"性爱关系的比较，可以清楚地透视两种不同的行为哲学和精神心态，映射出两种完全不同的人际组合方式。"张明"，恰像他自己所扬言的，"爱"常常挂在嘴边，仅仅因为它像"庇"一样顺口。"张明"鄙夷的，已非价值、意义、爱的世俗虚伪性，而是人类借以安身立命的基本价值观念本身。小说的叙述为照顾社会公众的自尊心，不能不略加涂饰，缀上几缕轻薄的忏悔。可稍加留心，即不难发现洋溢终篇的炫耀感。主人公为自己奸淫、抢劫、诈骗的老到自如、炉火纯青而自鸣得意、津津乐道。很难说这种态度以什么肯定形式的价值观念为根据，却可以断言，它以否定的形式宣泄了对人类全部既有精神情感思维活动的规范框架的最大蔑视。

如果说"我"与"老Q"的矛盾冲突，体现的其实是"我"作为一个现实存在的人的自我割裂，那么，"吴迪"的悲剧，也基本上是一个自我毁灭的悲剧。它远非一个关于受骗上当的俗套故事。"张明"吸引"吴迪"、打动"吴迪"、征服"吴迪"的东西，正是那些必然毁灭"吴迪"的东西。不是某种涂饰，而是赤裸裸的罪恶存在本身，构成了惊心动魄的魅力。在和一百个女人睡过觉后面的，在老枪后面的，在嫖娼、抢劫、绑票后面的，不是恐惧不安，也不是粗鲁无知，而是清醒理性洞察下对既有价值伦理意识义无反顾的摒弃，以及由此而来的理直气壮。这恰恰是"吴迪"精神上所渴求的。恰恰因为"张明"在玩弄"吴迪"并必然抛弃她，"吴迪"才会对他如此着迷。手段与目的可以是异质的，甚至是敌对的，这种历史展开的痛苦扭曲地体现在个体身上时，后果必然是严重的。"吴迪"的存在与其渴求间的断裂是深刻的，她无法爱一个循规蹈矩的圈内人，却又无法不去做一个圈内人才感兴趣的贤妻良母。她不能容忍自己的无价值无意义存在，却又不能容忍一个有价值意义框框切割的世界。或许，她的最大错误在于，误把自己对世俗价值关怀的虚伪性的痛恶，当作了对价值关怀本身的痛恶。

"张明"身上，再也没有那种疲惫的叹息、呻吟。充斥字里行间的，是决绝行动的生命力的激荡，是没有畏怯的冒险拼刺。无所事事的局外人让位于混迹江湖的行动者，自我内耗的心灵之枷已然砸断，却付出了牺牲人的全部精神性关切、全部理想价值内涵的代价。剩下的，仅当下此在的感性存在的一元世界。没有归宿的概念，不需要家园的温暖，需要的仅仅是感性的刺激、感性的发泄和感性的快乐。不爱任何人，也不要任何人爱。上帝死了，什么都可以做。这种行为哲学在《顽主》中也获得了称扬。"三T"公司服务宗旨的前提即在于，认为感性适足为人生的最大价值准则。由此，一切禁忌准则皆可弃置不顾。谈恋爱可以代替。夫妻吵架可以代替。自然，做爱性交亦可请人代替。

这种行为哲学的现实层面的效应，必然是造就各种高低不一、大小各异的恶棍，造就一批无任何终极性人类关切的政治、文化与生活流氓。这种从实践效应层面切入的特点，也决定了王朔小说与一般先锋文学的分野及其混迹于通俗文学的特殊可能性。

整个中国近代史都是畸形的历史，因而也是艰辛的历史。

这块古老的东方文明依照自己独特的性格逻辑，怡然自得地踽踽独行了五千年，可一朝梦醒，他却在懵懵懂懂中被推推搡搡地拽进了近代的门槛。从传统到近代的被动而非自发的延展方式，注定了它在20世纪生存活动中的一系列尴尬。譬如，西方社会中的中产阶级作为一种独立的结构性存在，酿造并承担着近代精神的理想，但在中国社会中没有这样一个中产阶级，因而横向的精神移植压到了知识分子阶层头上。知识者作为社会的大脑和良心，有可能较大限度地超越社会现实状况的束缚，但知识分子，特别是东方社会的知识分子，从来就不是一个有独立性的阶层，它一直作为中世纪专制社会的候补官僚库存在。一个没有独立性的阶层，必须独立地承担某种历史的重负，历史的严峻性隐然可见。更困难的是，它承担的近代性理想的基本要求，就是要铲除知识分子自身的依附——专制体制下的官僚集团。历史的二律背反不可避免。知识分子的力量甚至生存本身需要依附专制政治，而它的任务则在于推翻专制政治，这决定了只能以知识者为主导的中国近代化过程，必然是充满矛盾、反复的错综复杂的过程。其中的痛苦不难想见，绝望颓唐亦势所必然。

从这样的视角来考察，可能有助于理解"李向南"进入"古陵社会"的改革实践。他不可能凭空插进一个合格的民主管理机制，如何新借马克斯·韦伯的几条标准所描述的那样。他只能借助这架既有的管理机器，所以他必须接受它存在的合理性。但他又不能承认这架机器的合理性，他的任务就是改变它。撤换具体某人大概就意味着改变，而撤换的方式本身则表明了接受、继承。不应排除局部性的撞击、改良最后导致整体性结构嬗变的可能，但其渺茫性自不待言。况且这种局部性的撞击，也将激起撞击对象的很激烈的反应。倘若这种撞击超过一定限度，则可能从根本上失去这个对象的可借助性，那时一切就都无从谈起。矛盾展开初期，"顾荣"小病大养造成的反抗力量的大示威，就清楚地告诫着这一点。反过来，对这种官僚体制连续不断地妥协，则不仅会使改革的蓝图成为泡影，而且会不以主观意志为转移地导致"李向南"们自身素质的蜕变。以至于某一天，他会突然发现，自己没能推进那个辉煌的梦想，没能改变这架官僚机器，反倒被这架官僚机器吸收了，同化了。辉煌的梦想将仅仅成为梦中的记忆。知识分子改造命题的历史消极性侧面，由此可见。

就"古陵社会"现实看，我们实在难以发现有实质意义的近代性结构事实可以成为"李向南"彻底踢开从郑达理到潘苟世之流的可靠依据。尽管从外部世界参照系的角度看，它将要迅速近代化乃是不容置疑的。

我们愿意承认这次改革，这次革命成功的希望，却不能不指出，倘若"李向南"失败了，完蛋了，那倒是揭示了更丰富的历史趋向性。作者赋予"李向南"一系列外在的和个人的压倒性优势条件，却终于没能挽回局面。尽管作者煞费苦心地装点了"李向南"离开古陵的光彩，却被后来的事态证明是一次不能返回的撤退，一次战略大失败。

事实上，当古老中国开始自己的近代化跋涉的时候，西方文明已逐步进入现代和后现代阶段，由此决定了世界历史的新格局。在 20 世纪，任何一个国家、一个民族或一种文明的历史都不可能是孤立进行的，中国的社会状况同样不能不联系这样一种外在整体性格局来考察。

尽管中国的根基部位尚处于准中世纪的农业文明状态，尽管中国近代化的任务远未完成，它也不能不受西方社会现代化趋向的影响和引导。社会文化心理的相对独立性，使得即使在中国，也开始出现各种或真或伪，或纯粹或变形的现代意识、先锋意识。现代先锋意识作为趋于极端的近代理性文明的超越，不能不在一系列问题上对近代启蒙理想进行批判性扬弃。这种扬弃必然显示为某种形式的对抗。这种对抗有两点值得我们特别注意。一是现代虚无主义对近代理想主义的取代，二是现代性孤独个体对近代性的与社会相契合的个体的取代。

这种批判与取代同样在中国进行。中国本来就极贫弱的近代理性精神于是处于某种意义上的两面受敌的境地。

近代与现代两种文明导向本无所谓优劣，而仅有是否适时适地之分。但形而上学的简单化思维方式却在一定范围内造成了愈新愈好愈光荣的错觉，于是某些圈子内的先锋意识的鼓噪甚至可能震耳欲聋，且赢得满堂喝彩。

中国的现代追求与近代理想，是同样缺乏深厚土壤的，但现代精神由于能够借重外在世界的欧风美雨，所以经常显得似乎比近代理想更有号召力，也更容易迎合各种走向世界、赶上世界的普遍性急躁情绪和狂热心理。

这种先锋狂热还会不自觉地同传统封建主义组成客观上的联合阵线，从不同方向抨击近代启蒙革命。这不知该称为悲剧还是喜剧。

"李向南"在京都遇到的挑战，很大一部分就来自形形色色的先锋意识。这样的先锋意识，其产生不仅有历史的必然性，亦有其历史的合理性。现代世界不会允许中国优游从容地完成自己的近代化，再开始现代化，而是要求它在近代化的同时，开始现代化。历史的阶段性要求与现实的整体性要求从不同方向发出指令，这于是只能是一个复合性的过程。也因而，这种现代主义的发问才构成了咄咄逼人的挑战，它的疑问与困惑也就不再是没有切身感受做基础的鹦鹉学舌，它的虚无主义或怀疑主义的价值理想观念也就不再只是荒诞不经的天方夜谭。在此种情境下，某些特别敏感的个体性灵的痛苦灰暗，由于我们社会中的双重压力，甚至会比在西方社会中更加强烈。它们与近代理性革命的冲突在某种激烈的时候，要么会扰乱近代化的进程，要么会造成无辜个体的牺牲。如何处理这个悲剧性课题，该是值得每个思想者深思的。

面对这样强大的压力，"李向南"式的理想主义的退却和投降就实在不是偶然的了。张承志式的硬汉即使将对理想的执着推进到歇斯底里的地步，以表明自己的坚贞不屈，也无法拒绝冷静以后向徐星那个疑问者倾斜。

可这真的是先锋意识的胜利吗？

西方现代精神的流行，意味着过度膨胀的近代理性对先锋意识的批判合理性的认同，是这种理性倾向发展到顶点后的自我调节与自我扬弃。中国的情况相反，毋宁说这意味着近代理想主义在极度险恶局面下的夭折，意味着近代理想主义者在万般无奈下的自暴自弃。在《无主题变奏》中你可以看到，"我"的怀疑、嘲笑、叛逆，并非由于那些近代启蒙理性确立的价值尺度、观念、标准被强化到了反过来束缚人的地步，而恰恰是由于这些东西不能得到真实的推演，还反倒被人哭笑不得地用作了一些截然相反的东西的外在掩蔽。《你别无选择》等情况亦属此类。

显然，理想主义者是在无力确定自己的现实位置，疲惫不堪的情况下认同现代虚无主义的。这种认同不是一种自我扬弃，而是一种自我麻痹、自我欺骗、自我抚慰。

西方现代虚无主义的确立，是以实践领域理性的确立为前提的，而中国现代虚无主义精神流行的土壤，却封建性的专制蒙昧丛生。就西方文明看，它已完成了个体感性欲求的唤醒张扬阶段，完成了感性事实的发育丰富阶段，这里指的是以文艺复兴精神为代表的早期资本主义阶段，所以各种理性屏障限定束缚拆除的结果，是个体内在精神性灵的更高提升，和向着全面均衡和谐状态的调整。在中国，则正处于这样一个唤醒感性、张扬感性、借助感性动力刺激社会经济腾飞的阶段。这种唤醒意味着旧的封建伦理主义藩篱的坍塌，此刻如没有近代理性主义的价值意义尺度作为引导，没有人类终极精神的照耀，必然酿出人欲横流的苦酒。感性觉醒的结果，不仅不能刺激社会的进步，而且会导致人性本身的洪荒状态。王朔小说应能成为一个有益的警戒。事实上，我们确也不难发现将旧的专制、愚昧与新的贪婪、无耻相嫁接的可怕现象。

到了那种时候，恐怕真正的先锋意识也将灰飞烟灭，找不到存身之地。

可以肯定，理想主义在中国的这种死亡性萎缩，有其必然性，但又是可悲的、可怕的。在现代先锋意识表面的妖冶后面，可能是传统文化腐朽物的再生。

20 世纪是一个无家可归的时代。

恰像美国社会学家丹尼·贝尔所描述的那样，没有什么关于经验和判断的有秩序的原则、时间或空间对现代人来说还能构成一个家园，被连根拔起的个人只能是一个文化的流浪者，没有家园可以返回。尼采用一句话简洁明了地提示了这一点，那就是：上帝死了。作为既往文明价值意义最高代表的上帝的死，宣告了一切确定的伦理观念、理想追求、意义阐释甚至感知方式的全面崩溃。熟悉的世界原来不过是南柯一梦。醒来的生灵置身于一片神秘的荒原。一切都是假的，什么都可以做。你一次又一次为你心目中最圣洁的少女而深深祈祷，而激情澎湃，而辗转反侧，结果却发现她原来是世界上最大的荡妇。你推心置腹，肝胆相照，真诚倾诉，结果却发现对方原来是你最危险的敌人。你怎能不被深深的困惑攫住，怎能不茫然若痴、悲怆恸哭？我从哪里来？到哪里去？西方人苦心孤诣追寻了数百年的理性王国，带来的却是人的存在被切割成机械碎片的严峻异化事实，这怎能不令他们惶惑不解，伤心绝望？

中国近百年来多少代人浴血奋战，前仆后继进行的民主主义革命，承载了多少期望，背负了多少信赖，唤起了多少希冀，它的每一次微小的迈进，都能激起全民性的欢声雷动，它的每一颗不成熟的果子，都能获得忠心耿耿的卫护，最后这场革命达到了巅峰，竟是十年浩劫。十年浩劫把民族拖上了兴奋的顶点，然后抛进了绝望的深渊。近代启蒙理性在国民中的不发达，促成了这种悲剧性蜕变，同时又必然承受不起蜕变灾难的打击。被巨大欺骗感笼罩着的中国文化精神，几乎是不假思索地就接受了西方现代主义的怀疑主义精神、虚无主义精神，并产生了悠远深刻的共鸣。渊源、性质都迥然相异的灾难，却造成了效果相似的心理震动。于是存在主义等现代思潮相当普遍地流传开来。中国知识分子不无理由地开始了自己的无主题徘徊、犹豫、迷惘，逃离虚假的精神大厦，舍弃仅仅构成重负而无实际意义的精神性关切，而经由感性冲动的牵引，去拥抱虽丑陋却真实的物质一元世界的自然法则。

但人作为超自然的二元性存在事实，不可能永远沉溺于这种单纯感性的海洋里，事实上他已经开始坐卧不安了。王朔的《玩的就是心跳》显示出，主人公不能不去寻找失去的那部分自我。与灵魂割裂的肉体层次的放纵，不仅不能最后带给你安然与恬适，反而会使你产生愈来愈远离自己真正本质的空虚感与罪孽感，你仍然需要去寻找某种重新安排生活的尺度。关键问题在于我们如何引导利用人性的这种本能性追求，来建立一种适合中国实际情况和发展要求的精神文化。

价值虚无主义在中国的这种不良效应，清楚地宣告了它与在西方社会的不同规定性。西方文明中的感性是经过启蒙理性洗礼的，具有丰富的精神个性内容，而中国文明中的感性则缺少这种洗礼，从而缺少丰富的个性内容，可以说是一种原初的粗陋感性。前者的解放，可以解救极端理性化的人的僵化片面性；后者的放纵，却将淹没全部的精神性文明成就。这样就能理解，王朔小说中彻底的现代意识、先锋意识，怎么结果却造就出赤裸裸的恶之花。这也是许多人对王朔小说应属通俗文学还是先锋文学感到为难的原因所在。

我们选择的四位小说家，创作上有一个共同特征，即创作者、叙述人与小说主人公三者间都有一种密不可分的联系。你很少能看到作家对叙述对象有实质意义的超越、解剖和批判，以致在很大程度上，我们可以根据小说主人公的精神观念方式窥测作者心灵深处的审美与伦理倾向。从而我们也可以在一定程度上将这些文学现象看作社会心理潮流的直接性袒露。从柯云路小说到王朔小说所显示出的当代文化精神的这种走向，不管应该怎样对待，都显然已经产生了不容忽视的影响。这既指在审美趣味等高层次精神领域，也指生活态度等日常实践领域。柯云路风格早在 1980 年前后的《三千万》中就确立了，而引起王朔的注意，则是晚得多的事。指出这些，或有助于对新时期文学、新时期文化乃至改革中的中国之历史命运的观照。

原载《百家》1989 年第 5—6 期合刊

二 新时期小说创作人道主义倾向的逻辑展开与形式转换

提要： 新时期小说创作的人道主义倾向，就其为价值观言之，就是呼唤人的尊严；就其为认识论言之，就是批判人性的扭曲并致力于人性本真状态的探索。对人性之丰富性认识的深化，反过来推动了作为价值观的人道主义从近代型到现代型的转换。

关键词： 新时期小说；人道主义；人性

（一）

全部的人类精神演进史，都永恒地缠绕着一个斯芬克斯之谜：人是什么？人类所有的各种研究都内在地归依于对自我本性的探寻。对于人性真实面貌忠诚执着的探求与粗暴愚蠢的歪曲，这是人类历史上所谓人道倾向与非人道倾向对峙的焦点。人道倾向与非人道倾向之间没有不可逾越的鸿沟，任何将人的内涵片面化、抽象化、绝对化的企图，其逻辑终点都是对现实的人的生存的践踏。关于人的本质的任何既定观念，都不过是特定历史时期的产物。任何一劳永逸式地解答这个斯芬克斯之谜的企图，都已被或将被宣告破产。

真实准确地把握了自我的内涵，才能真实准确地洞察自我的地位，也才可能构建真正的人类幸福。理解是真正尊重的前提，不以理解为基础的尊重必然流于歪曲——另一种形式的否定。

欧洲近现代人道主义浪潮，作为对中世纪一千年的反拨和这种反拨的深入，不仅表现为对于主体力量的热情赞扬，而且最终表现为撕破人类对于自我虚妄梦想的努力。"人类的自尊心曾先后受到科学之手的两次重大的打击。第一次是知道我们的地球不是宇宙的中心，仅仅是无穷大的宇宙体系的一个小斑点……第二次是，生物学的研究剥夺了人的异于万物的创生特权，沦为动物界的物种之一，而同样具有一种不可磨灭的兽性。……然而人们的自尊心受到了现代心理学研究的第三次最难受的打击，因为这种研究向我们每个人的'自我'证明就连在自己屋里也不能自为主宰。"①正是以其对所谓人类自尊心的重大打击，哥白尼、达尔文及弗洛伊德确立了自己在现代人类自我解放历程中的重要地位。

现代人道主义思潮展开过程中的这种趋向与特性，对现代文学艺术的发展产生了深刻的影响。如果说西方近代文学与现代文学的一个显著区别，在于热烈的乐观精神和哀痛的悲观精神的区别，那么这种区别的根源，实际上乃是抛弃玫瑰式梦想而寻求真实出路过程中所不可避免的酸涩。存在主义之所以是一种人道主义，就因为在对个体存在的畏惧、焦虑、孤寂、苦闷的阐发下面，流动着对人生真谛的严肃探索和对人生幸福的灼烫的爱。纵然这种探索在特定的历史条件下所导致的难以忍受的沉重，使它陷入了悲观主义和虚无主义的泥潭，也还是应该肯定那种直面人生惨淡的诚实与勇气。

任何时代的优秀艺术都不仅是对那个特定时代的思考，而且是在那个时代所提供的瞭望台上进行的对于人类主体性本质的总体思考。这种上升到本体论高度的思考，由于面对着没有确定答案的永恒之谜，就有可能永远保持自己作为一种特定解答对人们的启示力。时代的变化有可能冲淡优秀艺术品与特定时代相联系着的表层意义，但深层结构所启示的人生哲学高度的超越性关怀却具有永恒的魅力。时代性与永恒性不仅不矛盾，而且互为存在基础。越是通过特定的时代精神去思考没有尽头的人生，就越是具有自己独特的不可替代的地位。不在人类永无止境的自我创造的整体过程中考察时代精神，至多缚住一些社会大潮的浮泡。在特定的瞬间时刻去探求体味洞察人生的无限，这是优秀艺术的特性，也是我们大力

---

① ［奥］弗洛伊德：《精神分析引论》中译本，商务印书馆1984年版，第225页。

赞美并极力鼓吹人道主义倾向对新时期小说创造的统率地位的原因所在。

和历史上的各种反人道主义逆流一样，林彪、"四人帮"法西斯专政对于人的尊严的肆意践踏，也是建立在对人性扭曲的基础上。人不再为人，人没有了骨肉亲情，两性之爱，故里情谊，人没有了自由、意志、思想、追求，而成了行尸走肉，人的政治标记，人的权力；人不再为人，而成了"狗屎堆""臭老九""狗崽子"；人不再是人，而成了没有了肉体欲望的"神"，或没有了精神尊严的"物"。人不再是为了人的幸福而活着，而是为了虚幻的凌驾于人的现实具体存在之上的某种所谓的"革命"、所谓的"忠心"、所谓的"阶级"而活着。

于是，新时期文学的人道主义浪潮，迎着怒目切齿和诅咒，最初集中表现在对人的权利、尊严的呼唤和各种人性扭曲与异化现象的批判上。《班主任》的意义就在于，通过谢惠敏和宋宝琦，第一次刺激了我们对于非人现实已经迟钝了的灵魂，最早揭示出"锈蚀了灵魂的悲剧"。这种批判溯源而上，就形成了更深广历史背景下的思索。《犯人李铜钟的故事》的突破性，是他直率地从表现林彪、"四人帮"反党集团操纵下的国家机器与人民利益的对立，转向表现我们无产阶级专政的国家机器本身在特定历史情境下与人民利益的悲剧性冲突。冯骥才《啊！》的出现，则把这种批判从对触目惊心的外在现实的刻画，转入对于触目惊心的内在心理的透视，标志着"伤痕文学"的特有的高度。

（二）

历史的批判是为了深化现实的批判。

批判是为了建造。

对于昨天之人的异化现象的控诉，正是为了人今天与明天能像一个人一样地活着。因而小说作者们的热情也毫不吝惜地倾洒在对新形势下人的尊严的恢复的喜悦上。《乡场上》总是逆来顺受的穷汉冯幺爸，竟然敢于顶撞飞扬跋扈的罗二娘——这个颇有势力的食品站会计的老婆，不能不说是因为"左"的农业经济政策的结束，及相应的农民独立生存能力的增强。如果说20世纪50年代中国农村翻天覆地的疾风暴雨，由于我们对人认识的片面性，没能使中国农民的命运的改变获得最佳效应，那么70年代末80年代初的这场变革，就是那次改变的矫正和深化。还可以想起《丹凤眼》，它以轻松愉快的笔调讴歌了普通人面对生活时的自豪和骄傲。

但另一面，也是更沉重的一面，则是人的解放和尊严的恢复还只是刚刚开头，人的价值遭受蔑视和歪曲还是极为普遍的现实。《人到中年》当然将作为陆文婷一代人的悲剧，更能作为那一代人的丰碑而载入史册。它的主要价值也在于透过深沉、悲凉的格调，塑造了发散着革命人道主义精神光辉，具有高洁人品的陆文婷这样一个中国知识分子的典型形象。但应看到，《人到中年》对现实中人的扭曲状况的批判也是犀利的。还有《井》，清苦淡远的叙述格调，幽深静寂的抒情氛围，构成了徐丽莎悲剧枯涩凄切的衬托，有种欲说还休的感叹。

不管是对历史的痛定思痛，还是对现实的冷静剖视，都还停留于具体时代外在客观环境对人的摧残的批判和对人作为人的存在权利的呼唤上。这不过是人道主义最基本、最直接的表现。随着社会的发展，形势的前进，随着对这类问题迫切性的降低，作家笔触必然由人具体的生存状况转向人主体性存在，并努力将这种自我反思上升到哲学——本体论的高度，也即更直接地面对"人是什么"——这个永恒而神秘的挑战。

这种视角转换迅速产生了一批富于浓郁诗意感伤色彩的小说。《西望茅草地》《飞过蓝天》《飘逝的花头巾》《归去来兮》《命运交响曲》等，它们对人的描写获得了更广大的意义，获得了对特定具体时空的某种超越，引人考虑更多的已不是现实或历史的某项得失，而是人生存在本身某种无法简单说出的意蕴。

《命运交响曲》至今也应列入王安忆最优秀的几部作品中去。这是一部性格悲剧，因为过分否定低于自我的现实结果变得脱离——落后于现实，因为幻想最完美无缺的成功结果没能取得任何一点起码的成功，善于在最高妙的云端展翅飞翔却无力承受最起码的琐屑平庸，为了莫名其妙的清高自尊而宁愿选择永远的失败，鄙夷和厌倦轻而易举的顺利，可一旦面对困境又只能怨天愤地，恨物尤人，只能躲到逝去的梦里寻求安慰……这是一个积淀着中国知识分子几千年来一贯的可悲、可怜、可叹的特征的独特典型。耽于幻想、空谈，怯于行动，惰性，脱离社会的孤芳自赏，盲目的自骄和脆弱的自卑，等等，但无论如何你说不透那酸涩的意味，那熨帖温存的感伤之美。这个形象审美意义的复杂丰富和认识价值的长远深厚，对于中国知识者严峻的自我审视的借鉴作用，在整个新时期文学画廊中都是突出的。而作者那枝独有的蘸透温情的笔触，那种橘红色的女性的宽容、理解和爱，则在另一层次上体现了鲜明的人道主义精神。

这种视角的转换，还诞生了另外一个系列的作品（某种意义上也可以说是前一系列的逻辑深入的结果，从时间上看也有这种关系）。我们可以开列：《我们这个年纪的梦》《你别无选择》《无主题变奏》《公牛》《苍老的浮云》等。如果说《命运交响曲》等体现的是对人性主体某一侧面弱点的羞涩、惆怅、悲伤与思索，那么《我们这个年纪的梦》等所开始表现的，已具有对人生存在整体的全面困惑、焦灼、苦闷与失望的意味；如果说前类作品是建立在某种温暖确定的格局背景上的，那么后类作品中则似乎连天空大地河流等一切，都变得那么让人生疑，让人感到不是它们自己。

确乎洋溢着走得太远的悲观，确乎弥漫着太多的虚无。但在这悲观虚无下面，依然是面向未来的执着。在这现代人更深入地考察自己处境后情不自禁地哭泣下面，依然是对这天空、这大地、这河流的眷恋。更恶狠狠地解剖，更锐利地对虚饰的戳穿，是发现更少梦幻色彩的出路的必要前提。在清醒地感觉自我的渺小、可悲的痛苦与虚妄欣喜的偶像的陶醉之间，毅然选择前者，这预示着人道主义倾向在新时期文学中开始从传统型走向现代型。憧憬、期待、希望，走向与蓝天排成一线的远方，这是苦闷与窒息包藏的内在逻辑。

（三）

对于人类主体性本质结构的不断深入挖掘，不可避免地会涉及随着人道主义浪潮而被提出的"人性美"的问题。作为一个动态的不断建构过程，人性本体中永远存在相对消极和相对积极两个侧面，这种矛盾性也体现在任何一个个体性的主体结构中。"任何一个人，不管性格多么复杂，都是相反两极所构成的。这种正反的两极，从生物进化角度看，有保留动物原始需求的动物性的一极，有超动物特征的社会性的一极，从而构成所谓'灵与肉'的矛盾。"① 对于人性的表现不应简单地理解成对人性的赞美，虽然艺术生产作为美的创造要求艺术家站在审美的高度对他所感受的一切进行加工。在特定历史时期，为了对极力歪曲乃至否定人的反动势力进行紧迫的斗争，人道主义倾向可能单纯表现为对人性光辉的证明，但更多的情况下，这种倾向表现为对于人性的忠诚解剖，通过这种解剖可以促使人类自觉地展开提高自我的进化历程，从而更快地踏入自由王国。对人的肯定的彻底化，对人的把握的深入化，不仅应该表现在横向的不同存在侧面上，而且应表现在纵向的不同心理层次上。人类的主体性内涵，有意识与无意识，理性与非理性，色彩纷呈，可以说以各种不同的形式积淀着自然世界进化历程的全部成果。抹杀其中的任何一个侧面，都是对人的存在的扭曲。未来的发展，或将证明这些不同的心理功能分别负担着不同的重大使命。在几十万年的人类历史运动中，作为复杂动态结构的人性主体的发展是不平衡的，有的要素获得了更多的社会性内涵，具有更鲜明的时代特色，有的则保留了更多的动物性，或一直停留于早期人类社会那种带有朦胧睡意的精神状态中。如果不仅仅考虑解决现实的生存问题，也不仅仅考虑解决特定历史阶段的政治伦理问题，而从人类主体性结构自我调整和自我塑造的角度出发，那么用获得更多的社会性，具有更充分的社会性特征的主体要素，去照耀那些发展更迟缓的比较落后的主体要素，就不能说是不必要的。可以从这样的意义上评价西方艺术非理性思潮作为"恶之花"在人类自我意识史上的地位。以所谓"人性美"为理由去禁止表现人性中不那么美的侧面，无异于为文学中的人制造新的锁链。这也显示了人道主义观念在持续发展的过程中，不断自我批评、扬弃、升华、完善的必要性。

李陀《自由落体》所揭示的抽象性很高的层次上的恐惧、茫然、灰暗，集中体现了认识人类这种非理性主体功能的努力。王安忆的"三恋"，特别

---

① 刘再复：《论人物性格二重组合原理》，《文学评论》1984 年第 3 期。

是其中的《小城之恋》，关于性的焦渴的极端醒目的细致雕琢，使这种饶有兴味的探寻，在极端冷静克制的笔触下，以非常不容易引人反感的方式获得了相当大的成功。在这些描述中，那些我们日常感知中本是非常晦暗模糊的心理要素，由于作家敏锐的直觉而获得了显微镜下被透视的效应。

"人和人之间的直接的、自然的、必然的关系是男女之间的关系。在这种自然的、类的关系中，人同自然界的关系直接表现为人和人之间的关系，而人和人之间的关系直接表现为人同自然界的关系，就是他自己的自然的规定。因此，这种关系通过感性的形式，作为一种显而易见的事实，表现出人的本质在何种程度上对人来说成了自然界，或者自然界在何种程度上成了人具有的人的本质。因而，从这种关系就可以判定人的整个教养程度。从这种关系的性质就可以看出，人在何种程度上成为并把自己理解为类的存在物、人。"① 这种两性之间的关系，作为"人和人之间最自然的关系"，是灵魂与灵魂的对话，是作为赤裸裸的人的存在之间的撞击，这种"直接的、自然的、必然的"关系，当其最初阶段，由于人与人和人与自然关系的和谐，无疑是完整的，却也是粗陋的，是不能显示人的所谓较高"教养程度"的。历史的发展为把这种粗陋低级的人的关系升华到丰富个性与高度社会性完美统一的状态提供了可能性，但这种可能性的获得又是以牺牲那种最初的完整性，在一定阶段陷入人的存在的割裂状态为代价的。其后果之一，就是那种纯粹人与人之间的两性关系，被替换为各种各样的片面地物化的人本质的非人存在物的关系，比如婚姻关系、年龄关系、金钱关系等，人的自然本性和这种异化的现实结构之间，由此发生了不可避免的冲突，不能顺利实现的自然本性渴望，就可能以各种隐蔽的、变态的、颠倒的方式发泄出来。这应被看作导致贯穿于《小城之恋》以及整个"三恋"主人公的那种火一样急迫、强烈、激情与焦渴的社会历史根源。《小鲍庄》对拾来与大姑关系那种看似淡然的心理刻画，同样流露出主体性结构深层未知部分的奇妙信息，映射出史前时期人类生活状态在我们灵魂黑暗角落里的寂寞徘徊。它也许能引导我们更好地适应这个痛苦的

---

① 《马克思恩格斯全集》第42卷，人民出版社1979年版，第119页。

割裂状态结束后升起的崭新世界。

这类现象尖锐地宣告了个体心灵深刻内在冲突的痛苦，而这种痛苦正是宏观历史过程中历史主义与伦理主义二律背反不可逃脱的阴暗投影。

莫言小说的个性，却在于通过挖掘，感知这样一个人的主体性最低层次中渗透着的神异与灵性，来对那种关于人的观念的任何简单化与片面化的概括提出诘难，这种诘难既与张贤亮、张承志之类创作显示的对主体性世界的理性开拓构成鲜明的对照，又让欣赏者体会到某种异曲同工之妙。

（四）

这种人道主义倾向的不断深化，对人性把握的不断深入和对人的存在肯定的越来越彻底，也必然表现为不同文学思潮的消长更迭。

对人的真实存在，即像一个人一样的存在位置的恢复，首先从大人物和英雄人物开始（这也有利于对人性尊严的宣扬）。对具有英雄特征的形象注意挖掘其琐细平常的非英雄因素，写反面人物则努力把他们区别于魔鬼，注意贯注真善的溪流。所谓"人物性格的二重组合原理"是也。

但作为人的存在，更多地不是英雄，因而要真正恢复人的地位，就必然要走向恢复普通人的尊严。这样写"中间人物"论引起注意，并成为后来非英雄化审美思潮的最初预告。用一种最通情达理的笔调神情去叙述庸常却实在渺小，但众多的悲悲喜喜，王安忆堪称其冠。

当大多数人普遍意义上的生存状况获得文学的承认以后，部分作家开始静下来思索：那些迥异于常人但又并不构成对社会危害的人的生存应怎样对待？于是文学画廊中开始零星出现所谓"怪人"形象，可惜这个环节太不发达，倒是实际生活领域关于尊重独身者之类的问题呼吁影响较大。当人性中善良美好的侧面被高高挂起以后，人的主体性阴暗灰色部分的暴露紧接着提上日程。贯穿这些变异的一条基本精神就是——理解。为了获得更有价值的自我肯定，为了求得更加准确可靠的自由幸福之路，努力更全面地理解人之为人的存在。因为要这样理解，所以不仅要注意"人性美"，而且要注意相应的所谓"人性丑"；不仅要理解伟人的渺小处，而且要理解渺小人物的闪光可贵处。也因为有了这样的理解，所以不仅有骄傲、自豪、幸福，而且有感伤、失望、烦闷甚至痛苦、绝望、疯狂。

这种把握住人的渴望，也支配着理论批评界一次又一次激动人心的大讨论。不要说关于文学与政治关系问题、现实主义问题、典型问题、文学是人学问题的争鸣，单是近年的方法论热、主体性热、文化热和正在形成的神话热，也很明显地导向这个结论。

要真实地把握人的存在，体现在文学界，最终必然是要真实地把握文学的存在，承认文学的特性，因为只有这种文学的充分主体性，才能最大限度地呈现人的主体性。1985年前后的方法论大潮，可以看作为这种把握所进行的工具上的准备。当然，手段从来都不是与目的截然分开的，它本身也是以一种较隐晦曲折的方式进行的挣脱捆缚在人——文学之上的外在枷锁的努力。主体性论争始作俑者运用的基本概念，不管是对象主体，还是接受主体或者是创造主体，都充满对于尊重人、理解人的一代风气的呼唤，散发着浓郁的人道主义气息。当人们发现这种纯粹思辨层次的所谓主体性，由于不可避免的笼统性、空泛性而难以真正回答文学中关于人的疑问时，讨论自然而然地被导入对人的文化研究，因为只有真实地把握这种人所创造的使人与自然界分离开来的文化实体，才能使对人的探求立足于现实的土壤而非梦幻的王国。对人类文化本体真正有深度的思考及对历史过程与起源的审视，成为早期人类文化实体的化石流传下来的神话，自然又开始备受青睐了。

从1985年开始，小说创造领域的人本热情明显有被文本热情取代的迹象，但我们不认为这标志着人道主义倾向的淡化或它的历史使命的完成，而是人道主义倾向在自我的逻辑展开的历史进程中通过分化为不同的更具体命题，而获得进一步深化所进行的一种体现形式的转换，并且这种转换还表明了新时期文学中的人道主义精神从近代型向现代型的过渡。

原载《百家》1988 年第 2 期

三　新时期小说文本试验哲学—社会学
规定性的考察

提要： 小说文本试验的各种体现形态，就内在动力源看，都是基于大转变时代的阵痛所孕育的非理性地把握世界的主体认知方式。这种内在规定性决定了它的现代主义素质。但其所置身的社会历史环境，不能不对这种试验构成强大的外在规定，使其在根本上从属于更有力地支配着这转换时代大趋势的理性地把握世界的方式，这种外部关系又决定了它同时具有现实主义的规定性。主体认知方式的转换，可以从观念、体验和知觉方式三个层面加以描述，由此而形成三类不同的小说叙述取径。

关键词： 文本试验；现实主义；现代主义

新时期文学的属性、走向问题，以其与当代中国社会作为一个特殊历史阶段所具有的全部错综复杂性的密切关联，而跻身于思想界所瞩目的最重大问题之列。本文试图通过对 1985 年之后兴起的小说文本试验的哲学社会学属性的考察，展开对这个问题的特定角度的思考。

（一）

专制时代的蒙昧主义，其基本特征就是把人的存在意义归结到某种外在的非人的东西之上。欧洲文艺复兴后的基本主题，就是人道主义——作为对贬抑人之直接现实存在的封建主义意识形态的反驳。人道主义的两个基本立足点，就是理性主义和个人主义。在当时的历史情况下，个人解放与社会解放的要求基本上是同一的，所以人道主义的理性社会和个人感性两个侧面可以和平共处，同处一个统一体内。在人的主体性本质还没有获得极大丰富的近代之初，其整体性存在和个体性存在内涵都相对贫乏，因而不会有什么大的冲突。也正因此，人道主义中的人既洋溢着实际生命个体的活力、热情，又充满社会实践主体的巨大力量感。在无限的宇宙、全能的上帝面前，肉体的渺小借助理性的崇高而获得升华。就是在这样的历史背景下，现实主义创作精神形成并发展起来了。它探求的是个体存在幸福的可能性，而借以评价一切的工具则是主体的理性，以及这种理性所确定的真、善、美的价值尺度。以这种理性地把握世界的主体认知方式为基础，产生了相应的表现手段、技巧，从而形成了现实主义的创作方法。塑造作为共性与个性之完美统一的典型性格及典型环境被概括规范为最高的美学追求。构成现实主义从形成、发展到成熟这种精神运行的物质性社会前提的，则是欧洲从中世纪向近代资本主义、从农业社会向工业社会的演变，也即整个社会的近代化历程。

随着社会经济领域的进一步发展，随着工业社会向后工业社会的转变，实践领域理性权威的进一步强化开始与精神领域感性个体的极端丰富和清醒发生冲突。这种冲突必然导致作为近代精神核心的古典人道主义的解体。作为这种解体结果的，一方面是对个体感性自足存在的极端肯定，导致作为极端个人主义哲学化存在的现代非理性主义；另一方面是绝对舍弃个体感性介入的极端理性主义。这种极端理性主义使具体此在生命的理性脱离此在生命本身，脱离其具体的实践针对性而抽象一般化，结果往往导致其面对无限外在的无力或绝望感，从而最后陷入关于世界的神秘主义倾向。所以这种极端理性主义或称抽象理性主义和近代理性主义有本质的不同。非理性主义由于摒弃人之为人的最本质所在，拒绝人作为社会整体有机组成部分的存在，不再相信历史是一个合理的不断前进的过程，不再认为对现实的种种合理化解释有可靠的基础，不再感到人能认识和掌握自己的命运，尽管在挖掘高扬人的主体灵性本质方面产生了巨大的影响，却由于过多地体验人作为孤立个体的脆弱无力而难以摆脱悲观主义的牢笼。所谓现代主义创作精神就是以这样的两种哲学倾向作为思想基础的。这种现代主义要么渲染人的生命本质和实际处境的荒诞和非理性，要么标榜物理世界，包括物性的人的冷漠与神秘。鉴于这样两种相反的哲学倾向对现代主义创作精神的影响，站在特定的角度看有异曲同工之妙，而且严格意义上的极端理性主义对我国知识界的影响，不管在哲学层次，还是在艺术创作层面，都还非常微弱，因而在本文以下的论述中，不再加以区分，而一概视之为与现实主义理性精神相对的非理性的荒诞倾向。

在当代中国，由于特定的历史格局，使得现实主义和现代主义这样两个确有某种历史先后替代关系的范畴，变成完全是同时互补的了。从经济领域看，中国的现代化事实上包括近代化和现代化，即从农业社会向工业社会的过渡和从工业社会向后工业社会的过渡双重成分，而以前者为基干、主体。这样的社会现实决定了艺术创造精神领域的错综复杂。人道主义价值观念支配下的，运用理性利剑审视一切的现实主义还在为自己的未来发展披荆斩棘，还仍具有无限生命力的时候，现代主义就带有必然性地降临了。但批判封建蒙昧主义的历史任务的严峻性和迫切性，决定了这种现代主义不可能获得独立、充分、自由的生长从而走向对现实主义的全面抗衡，而只能附属于这种现实主义，作为对这种现实主义弘扬人的理性本质时，由于中国深厚的封建土壤而极易出现的偏颇与蜕变的平衡与防范。这样，区别于其非理性冲动在西方对于人道主义的异化，它在中国具有了归属于人道主义，从而实现对人的生存更真实、深刻、全面的肯定的特殊品格。这也决定了中国现代派小说与西方现代派小说的基本分野。

20 世纪 80 年代后期小说的文本试验，就是这样一种现实主义笼罩下的现代主义精神涌动的集中体现。

（二）

本文无意于一般意义上的小说技法革新和文体模态迁移的全面描述，而仅仅试图框定那些体现对现实主义创作精神的突破的艺术现象所具有的哲学与社会学规定性。就此而言，这次小说文体革命的精神前提，乃是社会文化领域深层认知态度的转换。

你在熟悉的轨道上慵倦地爬行，你自信地按某种习惯了的固有程式对外在世界的刺激做着自以为恰如其分的反应。大地、天空、河流、街树，一切，对你来说都是确定的。但突然，一股飓风，一声霹雳，一个无端的不可抗拒的灾祸，迅急地将你抛入荒诞陌生的世界。梦魇一样的神秘不可知与恐惧。茫然的渴望与挣扎。你无限地怀念那个固有的熟悉的世界。终于，你又被抛回这固有的顺序之中，你终于逃离了那不可思议的变形、扭曲、混乱。于是你庆幸、欢呼，于是你控诉、诅咒，你总结、沉思。但在所有这些都结束之后，你发现你再也不能寻回那种安然，那种确信。熟悉的一切，都透出崭新的意味。灾难抛在了背后，自我也抛在了背后。就在那灾难之中，你获得了新的参照，被赋予了一种异样的视角。一束神情诡异的光投射于外在和内在之上。永亘荒原的惘然里，太阳是黑色的。美国社会学家丹尼·贝尔在描述西方进入 20 世纪之后的变化时说："……西方的思想自 15 世纪以来形成的'理性宇宙'，时间的秩序（开始、中间、结束）、空间的内部距离（近景和远景……）、那种把比例感和尺度感联结在一起的关于单一秩序的概念，都被推翻了。……没有什么关于经验和判断的有秩序的原则、时间和空间对现代人来说还能构成一个家园。……被连根拔起的个人只能是一个文化的流浪者，没有家园可以返回。"① 贝尔的本意虽在贬斥这种变化，但对我们透视"文革"在中国人意识深层造成的异变，这段话却是非常好的理论参照。"文化大革命"本是封建蒙昧主义的恶果，是封建法西斯主义最后崩溃前的一次疯狂反扑，但当西方已进入后工业社会的时候，在频繁的横向世界文化交流的开放背景下，那血淋淋的事实就将不仅唤起近代精神的理性化批判，而且肯定还会导致现代主义角度的反思，从而具有比它本身丰富得多的启示意义。"地球村"的时代，发展中地区物质与精神不平衡，意识超前存在将成为普遍现象。就小说创作而言，这种认知态度的转换将在抽象的知性观念、具有生活实在规定性的感情体验和感知觉方式三个层面上展开自己。知性观念，仅仅作为空洞的一般抽象，是缺少现实内涵的。如黑格尔所称："一说到概念人们心中总以为只是一抽象的普遍性，于是概念便常被界定为一个普遍的观念。因此人们说颜色的概念、植物动物的概念，等等。而概念的形成则被认为是

---

① ［美］丹尼·贝尔：《资本主义的文化矛盾》，转引自陈焜《西方现代派文学研究》，北京大学出版社 1981 年版，第 183—184 页。

由于排除足以区别各种颜色、植物、动物等等的特殊部分，而坚持其共同之点。这就是知性怎样去了解的概念的方式。人们在情感上觉得这种概念是空疏的，把它们只认为抽象的格式和阴影，可以说是很对的。"① 感情作为心理事实，其内涵相对于这种黑格尔意义上的知性概念则要丰满很多，与在个体心理领域的过程相反，在社会学层面上，这种感情体验某种意义上可以看作知性概念与真实存在相互融合，从而获得了心理生活中的具体规定性的产物。但这种感情，若没有相应的感知方式作为前提，就仍然会显得不牢靠。作为升华出情绪、观念的基础和土壤，感知方式的性质可以说是决定一切的。所以这三个层面有一种逐步展开、逐步深化的关系。这也构成了我们对文本实验小说的基本分类。

新时期文学拓创之初，人们致力于恢复的是具有强烈批判意识的现实主义传统。从《天云山传奇》《大墙下的红玉兰》，到《三千万》《乔厂长上任记》，慷慨激昂，正襟危坐，道义在胸，真理在手，是非、明暗、美丑、应该与荒唐，在理性之剑下被劈成截然两片。叙述者对这一切都有着不容置疑的判决。随着生活的复杂化和多元化，这种明确的、有时不免简单化的理性主义观念受到了冲击。原来世界、生活、人并不像我们曾经确信的那样清楚。圣洁与卑污，坦诚与阴险，坚强与脆弱，丧失了崭然的界限。仅仅困惑不解已远远不够，思维主体可能突然意识到一种荒诞感。一种哭笑不得、顾影自怜、无可奈何的尴尬。陆文夫《围墙》、谌容《减去十岁》、王蒙《冬天的话题》、邓刚《全是真事》等，都在最初的层次上表现了这种荒诞感。那是一种还相当空泛的、形式化的、停留在观念层面的认识，一般形成于严格的现实主义精神与所谓荒诞技法的结合。

由于奠基于更深层因而更根本、全面的情绪与感知觉的确定理性品格之上，这种空泛的知性观念没有能力引导主体达到关于一般存在本质内容的荒诞性的结论。与其说作者所要传达的是生活的荒诞性、非理性，不如说是借用这种荒诞的外衣，发泄对于普遍存在的社会弊端的更醒目的理性批判。单纯知性观念形式层次的荒诞性所特有的那种虚饰、乔装色彩，一

---

① ［德］黑格尔：《小逻辑》中译本，商务印书馆 1980 年版，第 332 页。

且化入情感层面，就显得真诚多了。《你别无选择》故作轻松，《饥饿的老鼠》《顽主》等尾随其后。就外在表现格式看，没有《减去十岁》那样触目，却激起轩然大波。问题就在于确把对"正轨"与"主潮"的突破深入了一步。酸文假醋有什么价值呢？严肃认真有什么价值呢？爱情、学问有什么价值呢？追问有什么价值呢？你可以记起《无为在歧路》中那个疯子一步紧逼一步的追问。教室还是教室，性感照旧性感，熟悉的一切并不陌生，却丧失了曾有的那种魅力、那种激情。仅仅能够作为观念的思维的言说太表面了，于是不再叫喊，不再表白，不再宣扬——就其极致而言就是如此。那岂不是混同于太太、小姐们茶余饭后涂抹深沉与风雅的大惊小怪了吗？观念可以流布，可以传达，可以兜售，可以借用，情感却不是每个人都能体验到的。但森森获奖依然可贵，孟野弃学依然可惜，贾教授假惺惺的依然可恶，"我"依然想让情人老Q感到骄傲，李泗依然忘不了过去的事，忘不了很多人被打死。笼罩于强烈的情绪层面的非理性色彩之上的，不依然有对某种非常理性的价值、意义的追求吗？那导致感情扭曲、变态的，不也同时是我们充满理性的现实主义所解剖、所批判、所抨击的吗？非理性的情绪依然受制于明确的理性目的，所针对的依然是一个感觉正常、安稳、可靠，汽车理所当然可以轧死人，床铺理所当然可以睡觉的世界。说到底，对人的存在之明确性与可能性并无疑问，所否认的仅仅是掩蔽、妨碍、扼杀这种存在肯定性的特定社会关系。

可在《虚构》《错误》，特别是《苍老的浮云》《山上的小屋》《旷野里》《公牛》《阿梅在一个太阳天里的沉思》等作品里，你将结识一种刻骨铭心、近于彻头彻尾的荒诞。在马原那里，这种非理性感被物化为一种理性烛照下冷色调的神秘构图，而残雪，则以一种溶解着相应观念与情绪的完全陌生化的感觉，完成了对于理性切割整理下的所谓生活的客观性的背离，构筑出一个抽取了时间、方位、因果等几乎所有规定性的梦魇般的世界，从而传达出个体面对强大的不可抗拒的异在世界的全部恐惧与痉挛。就马原而言，《虚构》的一切都精巧清楚，话没有什么不清楚的，故事也没有什么不清楚的。但在这个被聪明又机灵地勾描出的图形背后，却似乎总是隐藏着不可言说的世界。非理性是被理性发现感悟并传达出来的，理性的思维是建基于无理性的存在之上的。双向参照，总体象征，人与世界。清醒却淡然，发自深层生命之流的神秘感。在与非在归于一。对残雪来说，正像萨特描述的，到处是难以名状的邪恶，引起人的恶心和恐惧。阴险的、猥琐的、深不可测的黑暗深渊，无法跨越的、将吞噬一切的饕餮样的深渊。"一切都四散了，再也保不住中心，世界到处弥漫着一片混乱。"① 没有机巧、理智、聪明，生涩、含混、模糊而又亢奋，绝望却又寻找，难以下咽的滞浊，这就是一切。仅在那种费力里，似乎还透出某种真诚，某种执着，某种渴盼。不管是马原笔下平静的神秘感，还是残雪恶心的荒诞感，都在很大程度上超越了对特定时空存在的针对性，而进入对人和世界一般存在理性本质的怀疑与否定。这是小说文本试验最具严格意义上的现代性的一支。

（三）

不管是观念，还是情感或感知觉层面的蜕变，都不可避免地带来外在表达格式的改变。而这种表达格式的改变，也只有从引起他们的内在根源上加以解剖，才能抓住实质意义所在。

观念与情感的内容通常以主观世界的方式存在。观念也许是富于启发性的，却由于抽象而难免空泛和外在。感情作为溶解了观念的深刻性的更基本的心理事实，则可能获得更为全面丰满的形貌。感知觉作为主体走向客体的门户与窗口，通常以客观的面貌存在，因而借以表现出的主体态度就获得了某种绝对的意义。

《冬天的话题》等小说，所要表达的荒诞感由于仅仅处于外在形式的抽象层次，仅仅是对生活中不合理存在进行一般的知性思考的产物，常喜欢借助某种假定性的荒诞形式。这种形式框架作为事件展开的情境，将正常状态的相应情况无限放大，以起到揭露与抨击之效。还可以提到莫应丰《桃源梦》，韩少功《爸爸爸》《女女女》，从现实的批判而至于历史的批判以至文化的批判，题材形式的荒诞完全从属于理性解剖的意图。寻根文

---

① ［英］叶芝：《基督重临》，引自《外国现代派作品选》（一），上海译文出版社 1984 年版，第 64 页。

学分两类，其中一类的特色就是借荒诞性的历史存在反思现实之积弊。当然，这种假定情境不可能不影响作品整体的审美格调，使之区别于传统现实主义精神，也有别于对人的存在的一般肯定和对理想的人的一般呼唤的传统人道主义。与此相近的还有 1980 年前后开始出现的"意识流"现象。以对于非理性的无意识领域的挖掘而获声誉的意识流手法，在这儿变成了名副其实的意识之流，从而被嫁接到与它原来的思想基础完全不同的理性现实主义之树上，但由此却打开了现代思潮进入小说领域的另一个缺口。当然，这种方式对现实主义创作精神的突破终究还是很有限的。

现实主义创作从理性主义精神出发，评价对象总要从原因或目的的角度，把它看作某个确定整体的一环，看作前此某在的结果或后此某在的手段。而其人道主义性质又决定了人作为宇宙中心、万物灵长的至高无上的地位。这就导致了美学上对情节与性格的重视。而对生活的非理性情绪则要求在创作中解除这种情节和性格的轴心地位。代替戏剧情节起始、发展、高潮、尾声的，往往是原生态生活素材的"无主题变奏"。这是超越于理性感知模式的生活的激情，因而难以承载这种所谓的客观生活本身的某个过程或形象。因为不管是那种有棱有角、性格醒目的典型还是引人入胜的情节，其实都是理性有色眼镜下的生活变格。所以站在非理性的现代主义角度看，对生活之确定性、戏剧性、因果性、目的性的排除，恰恰是更大限度地逼近生活的本质。这样就更多地要借助文体结构上的某种"有意味的形式"。王安忆不够成功的《大刘庄》和相当出色的《小鲍庄》，对此都做了有益的尝试。《黑骏马》那种洋溢着理想主义色彩的，对于某种确定的美的价值的肯定、向往，可以运用古老的单一的旋律结构来凸显，而《GRAFFITI——胡涂乱抹》里，这种追求的激情由于和对这种追求的狂乱的非理性色彩很浓的绝望缠绕而变得混乱不堪，优美的线性奔泻于是只好让位于组合得乱七八糟的板块黏结，面目模糊、不知所云的歌手也顺理成章地取代了一往情深的骑手。《黑山羊谣》甚至走得更远，而《金牧场》，某种意义上就是一个放大了的、一个完美化了的《胡涂乱抹》。非理性的悸动与号哭冲决了人和事物具体存在的可规定性，留下的将走向混沌一片。《无主题变奏》还保留着最低限度清晰的人物和情节，到《饥饿的老鼠》中的李泗则纯粹流于某种荒诞情绪——感知觉的代名词。这显示着徐星创作非理性特征的强化。这时其实已基本上走进了第三类小说之中。

凭靠对原始古旧生活遗迹的眷恋，以表示对现代生活日益强化的理性秩序，以及随着这类秩序而产生的主体原始完整性的破坏的抗议，从而以另外一种方式传达对理性价值观念体系的背叛，构成了寻根文学另一支的精神追求。

带着恢宏宇宙的全部丰富性，我们从自然中走来。我们渴望一个有规律的、省力的、简明的、充满相似性的世界，我们也喜欢一个偶然随意的、变动不定的、模糊朦胧的一次性世界。叛逆着自然，又依偎着自然，在时间的坐标上，我们勇敢地前瞻，却也难免感伤地反顾。发展到极端的西方后工业社会，实践领域里理性的铁蹄纵横驰骋，效率和秩序高于一切，人与世界被简约为程式和构架。立体的人被异化为单面的人。精神领域的反拨势所必然。就这种世界文化潮流看，应肯定阿城、郑义、李杭育等出现的必然性。可人们对其在当下中国的历史针对性仍可存疑。

第二类试验既不像第一类那样表层，也不像第三类那样由于所构筑的艺术世界对读者过分陌生而难以传扬，所以它对创作精神的更新将产生最大的刺激效果。

小说是语言的艺术，语言的变革才是最重要的一环。"语言是理性思维的符号形式。……这种'推理'性的语言符号却不能成为原始情感形式的通用模式。在理性形成的过程中，中间曾发生某种重大变化——出现过一种特殊的组织结构。……要想把这种所谓的'非逻辑'的理性生活形式表示出来（对这种形式，我们也可以直接称之为'情感生活'形式），就需要有一种不同于语言符号的特殊符号形式。"[①] 语言是理性的居所，如果说对于传统现实主义来说，为了使所要传达的、对于生活的理性主义的认知态度，具有极大的情绪与感知觉的丰富生动性，而需要大大提高日常生活语言的表现力，新的艺术形式则由于完全相反的认知态度，而需要极力

---

① ［美］苏珊·朗格：《艺术问题》中译本，中国社会科学出版社1983年版，第120页。

打破这种日常语言的阻隔，以便用一种非语言的语言构筑一个完全陌生化的世界，唤醒那被压抑在理性自我之下的心灵悸动。通常语言表达所遵从的是理性思维的逻辑（即使日常情感的表达也基本上符合这套逻辑），但在这里，却需要借助多种修辞手段，切断语词与其以概念为核心的日常用法以及语词排列顺序与日常思维秩序的联系，达到在对理性意蕴的抗拒中传达非理性意蕴的目的。这种语言的变革不管在第一类还是第二类试验小说中都有体现，却仅仅在第三类中达到比较成熟发达的状态。

不过人之为人的独特性就在于他的理性意识能力。非理性意蕴的体悟终究还是要借助于理性引导下的意识的参照。非理性与理性对峙越尖锐，小说语言运用的排斥其固有理性倾向的修辞手段就越奇诡，语言表现的张力也就越大。但当这种排斥超越了一定限度时，张力就会绷断，文本就会变得无法译解从而毫无价值。残雪小说的艰涩，是否也有着这方面的原因？

马原在更多的小说中倾向于运用的是叙述视角（叙述人）自我割裂、排斥的方法。也许每一个叙述视角下的内容都井井有条、顺理成章，是显示着通常意义上的世界的理性秩序的。但这些在理性观念支配下的叙述由于其特定的冲突关系而在整体上抵消了理性的品格，造成某种探求超越于这些理性表白之上的不可言说的神秘诱惑。这样一个自我割裂的叙述者令人想起埃舍尔木刻《龙》中那条龇牙咧嘴，拼命想从二维平面空间中挣脱出来的狂躁的巨龙，也能让人想起康德及其后分析哲学认识论中东奔西突却始终撕不破"现象"怪影，抵达"本体"彼岸的困倦理性。这种对理性把握"现象"背后真义能力的怀疑，在王安忆《海上繁华梦》及李庆西等的新笔记体小说里也有流露。如果马原声称写作之前不加思索，那是吹牛，但如果说那种神秘意味仅仅是在写作过程之中或之后才体验到的，我们则不能不表示相信。"纯粹的诗并不是某种预先想好的，极为清晰确定的东西的装潢物，它发自某种创造性冲动，某种模糊的想象物自身要求发展，要求得到确定和澄清。如果诗人早就清楚地知道他要说些什么，他就不必去写诗了，因为在这种情况下诗早就写好了……实际上，意义是逐渐得到自身的确定和明晰的……正因为如此，当我们坚持追究一首诗的意义时，最后不得不回答说，'它的意义就是它自身'。"① 或许这就是马原所信的那个"神"；或许正是对获得这种体验的憧憬，提供了马原迷宫样地编织故事的深层动力。

与现实主义创作传达手段与目的的较大可分离性不同，这些传统文艺学所谓形式要素的改变，本身就诞生着新的意蕴、精神，所以小说家往往可能通过对这些形式变革本身的追求来满足内在精神的喧嚣，这也就决定了现代艺术的所谓形式主义倾向。

小说文本试验的各种体现形态，就内在动力源看，都建基于这个大转变时代的阵痛所孕育的非理性地把握世界的主体认知方式。这种内在规定性决定了它的现代主义素质。但其所置身的社会历史环境，不能不对这种试验构成强大的外在规定，使其在根本上从属于更有力地支配着这转换时代大趋势的理性地把握世界的方式，这种外部关系又决定了它同时具有现实主义的规定性。

（四）

问题不在于对象，而在于把握方式。能指与所指的绝对同一作为存在即使可能，思维的区分仍然是必要的。小说作为一种叙述的意义在这场变革中仅仅是更加内在于这种叙述本身，如此而已。割断个体存在的外部联系，认为这样才能洞察其本质，这种鼓吹更能体现个人的绝对意义。对纯粹感性自我的追逐，提供了这次小说文体革命的重要精神动力。单纯从逻辑角度看，在不断深入地挖掘、张扬人的本质这一点上，这种非理性主义其实是文艺复兴后以理性为基础的人道主义的继续。正是在这种较普泛的意义上，萨特称"存在主义是一种人文（道）主义"②。这也为二者在中国特定社会背景下的互补性融合提供了可能性。就小说创作而言，也正是对现代主义的营养的吸取，为现实主义的更新发展和更大活力提供了有希望的前景。当然，

---

① ［英］布莱德雷：《诗就是诗》，转引自［美］布洛克《美学新解》中译本，辽宁人民出版社1987年版，第318页。

② 参见［法］萨特《存在主义是一种人文主义》，载［美］W.考夫曼编著《存在主义》中译本，商务印书馆1987年版。

这对于文本试验本身的发育，不能不说构成了某种束缚。

这种束缚以两种方式存在：小说作者获得这种现代意识的可能与社会对体现这种意识的创作接受的可能。

就绝大部分新时期作家而言，对于那种抽调任何具体时空规定性的、绝对的非理性感其实是隔膜的。《无主题变奏》中"他"与贝克特《逐客自叙》中"我"的貌似而神非，足可证明这一点。就"我"而言，引发荒诞感的一切完全是超历史的存在，在这种荒诞感中懵懵懂懂地似乎在寻求着的，除了这寻求本身其实就不再有什么。这种寻求所以存在，亦非主体认为它有意义，而是不知怎么就这样了，是最原始意义上的"本能"的结果。"他"尽管在一些细节上对"我"的模仿很自然，虽然宣称"不等待什么"，却远未练出那种超脱。那更多的是一种求而不得的悲哀，而悲哀产生的社会历史根源即使推到背景之中去，也仍然很明确地存在。人是社会性的动物，个体对整体的超越从普遍意义上说是十分有限的。当整个民族痛切地呼唤着斩除蒙昧的理性利剑的时候，个体对这种理性光辉必然伴随着的阴影的体验是零碎不完整的。王安忆"三恋"系列探讨的是人的非理性欲求，用的却是温存细腻而且始终冷静、理智的笔调。

时代决定了小说作者非理性意识相对具体化的特征。

就具体个别作家而言，他可能由于特异的天性气质和生活环境、经历，获得与读者大众相距甚远的精神情感方式，比较纯粹地摒弃了自我生命灵动中的理性血液，在绝对的高度揭示出存在的非理性和荒诞色彩。但这样的作家作品，一般要么被拒绝，要么被歪曲。尽管具有更为"纯正"的现代意味，《苍老的浮云》对小说创作领域的实际冲击作用却远小于《你别无选择》等。残雪的梦只能局限于非常有限的文学圈子里，孙甘露的梦也不太幸运。即使在这圈子里，他（她）被阐释的性质与他（她）实际赋有的性质之间，也存在相当的距离。我们几乎是本能地倾向于把那些摒除了时空坐标参数的邪佞怪诞重新套上社会历史的标尺加以阐释，又自觉地要把对一般存在无意义的暴露注解为对具体生活灾难的抨击。

这种非理性精神驾驭指导下的现代主义对于理性贯穿的现实主义的平衡与补充也通过两种方式实现。一是作为独立的艺术存在，以微观上外在于现实主义的方式，在宏观整体的层次进行；二是渗透到现实主义作家作品的精神中去，以微观具体的内在的方式，直接获得这种效果。后一种方式的存在应以前一种为基础，而前一种方式的长期存在也必然导致后一种方式的形成。所谓现代现实主义，就是在这种格局中诞生的。

《夜与昼》及《衰与荣》对现代主义精神的借鉴，还应该说是非常表面和肤浅的，是以和创造主体基本特性游离的方式进行的。精神分析式的性格刻画，与所反映的生活气质不和谐，显示出过多的人为强化色彩。游离状态的非理性品格，本性即否定一切权威、一切整体的联系的观念，因而要与事实上统驭作品整个宏大叙述世界的、超越一切被叙述者的存在发生冲突。在一般现实主义创作中，读者乐于接受这样的一个叙述者，但在这里，由于作品本身的内在冲突，就可能让一部分敏感的读者对那个傲慢地俯瞰众生的叙述者的贵族气派感到很不舒服。当这样一个叙述者与作品中的某个人物联系过密的时候，读者的不悦之感将加剧，比如在《新星》中。当然《新星》基本上不存在前述的自我内在冲突，因而也就不存在这个问题。

莫言那里则有一种相反的偏颇。《红高粱》灵性时间——事物存在的顺序在这种时间中无外乎在于特定主体精神的客观性——对理性时间的补充，《透明的胡萝卜》对摆脱了理性把握方式的奴仆地位的神异感知觉的渲染，《秋千架》等通过取消人物语言——这思维的外壳——从而淡化人物作为理性存在物色彩的努力，都浑然化入了作品整体韵律的有机构成之中。但同时，它们却付出了过多牺牲现实主义创作基本规定性的代价。乔良《灵旗》等作品中也能看到类似情形。

在这个现代主义的文本试验走向现实主义的创作，现实主义的创作借助现代主义的文本试验的过程中，冲突是不可避免的，融合也势所必然。幸乎？不幸乎？痛苦？欣慰？

一个身不由己的徘徊。这是我们的结论。

原载《百家》1990年第1期（发表时标题简化为《新时期小说的文本试验》）

四 逆子·狂人·无赖

——关于个性解放思潮在中国的悲剧命运的思考

提要：从个性精神觉醒的角度观照中国文学（在宽泛意义上的）近代发展历程，则这种发展的悲剧性指向不能不引起我们的关注。贾宝玉、"狂人"和当代作家徐星塑造的"他"，对于梳理这种悲剧性指向，呈现出特殊的象征意义。观照与解释历史的维度是多元的，对于时代精神流变象征性符号的选择，也具有随机性，剖析此种形象序列背后的悲剧性意味，不是要消极地臣服于既有的历史趋向，而是要致力于更积极的未来创造。

关键词：个性解放；中国；现代性；悲剧

这是三个形貌各异的弃儿，这是一个痛苦悠远的精灵。

凄苦、疲倦、永无止境地漂泊，他焦渴而怯弱地穿越 18 世纪中叶专制时代的康乾盛世，走向 20 世纪的秋风秋雨，而流落到 80 年代急剧变革的北京街头，以不同时期的不同精神气质，不同现实遭际，启示人们对现实的严肃思考和对历史的认真反顾。

这里，我们试图将曹雪芹《红楼梦》中的"贾宝玉"，鲁迅《狂人日记》中的"狂人"和当代作家徐星《无主题变奏》中那位吊儿郎当的"他"，这三个不管思想内涵还是艺术成就都存在巨大差距的文学形象，摆在同一历史主题线索上，借以透视个性解放思潮——这个不管在世界近现代史上，还是在中国近现代史上都占有重要地位的主题——在中国的悲剧性命运。

个性问题的凸起，在欧洲是基于自由交换性质的商品经济的长足发展。随着资产阶级力量的壮大和资产阶级革命的推进，个性解放思潮由隐晦模糊的潜流而很快风起云涌、势不可当，最终呈现为丧失理性的狂涛巨浪。中世纪冬眠说到底是人作为个体直接现实存在的自我意识的冬眠。"人们只是作为一个种族、民族、党派、家族或社团的一员——只是通过某些一般范畴而意识到自己。"① 这个阶段的全部思维前提，不过是将人性中指向群体意识的理性部分抽象孤立起来加以绝对化和神化，从而成为某种外在地禁锢人们的精神枷锁。人身依附关系使大量劳动力被束缚在各种社会组织中，极大地妨碍着进行原始积累的资产阶级对自由劳动力的需要。"（古代）共同体……必然地只和有限的而且是原则上有限的生产力发展相适应。生产力的发展使这些形式解体，而它们的解体本身又是人类生产力的某种发展。"② 同时，资产阶级为了极大地推动社会经济的迅速高涨，也必然要尽可能充分地激活每个社会成员作为个体的活力，而这个个体积极性得到发挥的首要刺激手段，不能不是种种个体感性欲望的唤醒。"根据马克思主义，生产力的发展是由于某些有意识地追求各自利益的个人相互作用的结果，这个结果包括并非任何个人有意识、有目的的生产力的发展。"③ 可在封建社会的宗教蒙昧主义理论中，人的价值被完全否定，虚幻的上帝成了至高、至上、至美的"主"，教会公开宣扬怯懦和自卑，要求蔑视自己，抛弃世俗生活，提倡禁欲主义。这种对人的肉体欲望的贬抑，显然也是违背资产阶级的愿望和利益的，这就形成了个性解放作为人文主义思潮核心内容的经济——社会性前提。也因而个性解放在欧洲的最基本工作，就是用地上七情六欲各个不同的人，扫荡神学天国圣洁无瑕普遍一般的人。"文艺复兴于发现外部世界之外，由于它首先认识和揭示了丰满而完整的人性而取得了一项尤为伟大的成就。……这个时期首先给人性以最高度的发展，其次并引导个人以一切形式和在一切条件下对自己做

---

　① 雅各布·布克哈特：《意大利文艺复兴时期的文化》中译本，商务印书馆1980年版，第125页。

　② 《马克思恩格斯全集》第四十六卷（上），人民出版社1982年版，第497页。

　③ A. 伍德：《卡尔·马克思》，转引自W. 肖《历史唯物主义和发展理论》，译文载《国外社会科学》1987年第2期。

最热诚的和最彻底的研究。"①

同样，随着具有准资本主义性质的市民经济的萌芽与发展，明代中叶在中国也开始出现追求个性解放的浪漫思潮。满族入关在很大程度上窒息了这个胚胎中的幼儿，但他依然以各种或隐或现的形态在中国辽阔土地上各个可能的角落寂寞地徘徊。可由于经济—社会性前提的极端脆弱、分散，区别于欧陆文化圈内的咄咄逼人、乐观自信，其在东方的情貌姿态，却往往显得阴郁感伤，甚至是愤世嫉俗，却无力提出积极改造社会的前景方案，一般最后都被消融于传统社会内部消极思想而无力自拔。李泽厚关于熊十力哲学命运的分析对此似有启发意义："由于对现代自然科学以及与之密切相关的近代西方文明缺乏了解，对这个物质世界由大工业带来的改造历史和状况缺乏足够认识，……使他的这种本应向外追求和扩展的动态的、人本的、感性的哲学仍然只得转向内心，转向追求认识论中的'冥悟证会'的直觉主义和'天人合一'的精神境界。现实的逻辑逼使这个本可超越宋明理学而向外追求的现代儒家，又回转到内收路线，终于成为'现代的宋明理学'（新儒学）了。"② 这样它就更多地只能被看作传统腐烂的悲剧性的殉葬品，而不能使人感到作为旧世纪丧钟敲响的沉着有力和作为新世纪曙光的激越亢奋——事实上一直到最后它也没有这种获得本属自己的权利同时也是历史责任的幸运。

这个体质孱弱、命运多舛的精灵的全部渴望与痛恨、积极与消极，在明中叶掀起的浪漫洪流中，还只是作为一种弥漫四野的气氛、格调、素质存在，强烈、普遍却笼统、模糊，只是又经过两个多世纪的成长发育，到"贾宝玉"身上才得到完整充实的形象确定。

这个封建王朝鼎盛世家的末代子孙，独特敏锐的感官，使其得时代风气之先，直觉地感触到了那个天崩地解式的危机的即将来临，从而获得了展开自己叛逆性沉思的最初契机，走上了一条全新的作为"逆子"的路。尚未出世，荣国府就为他预铺了诸般美妙的锦绣前程。但他却视封建功名仕途若腐鼠，骂所谓忠臣良相为"禄蠹""国贼"，将八股时文说成"钓名

① 雅各布·布克哈特：《意大利文艺复兴时期的文化》，商务印书馆 1980 年版，第 302 页。
② 李泽厚：《中国现代思想史论》，人民出版社 1987 年版，第 277 页。

饵禄之阶",斥标准贤妻良母苦口忠言是"混账话"。① 在 18 世纪的封建中国,这与流俗是格格不入的。作者对这个形象产生的全部必然性的展示,也因而构成了这种固有的社会秩序已经彻底腐朽,新的社会冲动即将崛起的不可辩驳的证明。贾宝玉出身于上层贵族,这个阶级曾经用尽一切物质上、精神上的努力,但他始终拒绝在戒尺与朝笏划定的框子内行动,甚至把宣传封建教义的"杜撰"之书付之一炬。尽管他能勇敢地否定这个旧世界的一切,可除了大观园内与女儿们厮混外,他不可能有任何严肃的社会政治思考。除了以个体感性欲望为基础的对于爱情的追求外,他不可能有任何更广大意义上的实践行动。可从他的身上,我们依然嗅到了一种微弱却全新的气息,体味到了那个异常痛苦的一切年轻美好的事物都被压抑在古老僵尸下呻吟的时代挣脱这种束缚的最初努力。那样荒唐、混沌、痴呆,却仍不失为黑暗王国的一线光明,仍是一块跃动着灵异之光的宝玉。他要有自己的喜怒哀乐,怨愤忧恨,而不愿非礼勿视、非礼勿听、非礼勿言、非礼勿动。但所有这一切的存在都有一个前提,就是他仅仅作为一个感性的追求者自我满足的个人存在。一旦考虑到作为群体一员的社会义务,他就无法不回到固有的轨道,无法不去为齐家与治国的事业传宗接代。个性思潮"它本身无所谓好坏,而只是一种必要的东西,在它的内部产生了善和恶的近代标准——一种道德上的责任感——这种标准和中世纪所熟知的根本不同"②。在中国,它却始终没有达到这种进行自我限定、形成自我道德传统的高度,因而也就始终无力与专制主义全面抗争。在"贾宝玉"身上,我们看到新的东西仅仅作为直接感性幸福欲求与旧的东西作为整体一般价值伦理观念的断裂。中国的个性解放在其起步之初就陷入了悲剧性的二律背反。

如果说作为对封建礼教的反抗,作为对个体感性生活的自由的觉醒与追求的体现,生活在 18 世纪中叶的"贾宝玉"仍带有某种史前期的胚胎性质,那么又经过一百多年的餐风饮露,辗转崎岖,到 20 世纪初叶诞生于

---

① 本文引自《红楼梦》,据中国艺术研究院《红楼梦》研究所校注本,人民文学出版社 1985 年版。

② 雅各布·布克哈特:《意大利文艺复兴时期的文化》,商务印书馆 1980 年版,第 446 页。

鲁迅笔下的"狂人"身上，这种体现就进入了自己成熟完备的自觉阶段，成为剖析这一主题历史地位的更完备标本。

叛逆不再仅仅奠基于直接现实生活的具体冲突，目的也不再仅仅局限于爱情婚姻的选择，一切都经过了深刻的理性洞察，现实的批判由于历史的批判而格外有力。"凡事总须研究，才会明白。古来时常吃人，我也还记得，可是不甚清楚。我翻开历史一查，这历史没有年代，歪歪斜斜的每页上都写着'仁义道德'几个字。我横竖睡不着，仔细看了半夜，才从字缝里看出字来，满本都写着两个字是'吃人'。"① 封建社会的数千年都将某种与现实存在相割裂的整体人格加以抽象实体化，从而利用为扼杀每个个人的武器。"上帝，作为人之对极，作为非属人的、非人格型的属人的存在者来看，则就是对象化的理智本质。纯粹的、完善的、无缺陷的属神的本质，是理智之自我意识，是理智对自己的完善性的意识。"② 在中国，这种实体化整体人格的鼓吹具有为凌驾万民之上的赫赫皇威寻找依据的意味。任何具体的人都丧失了作为具有独立意义的人的存在，都成了仅仅某种外在绝对的体现、象征和标志。真实的生命被踩得稀巴烂，人们沉睡在不可打破的黑铁皮房间里——无知无觉间死去。对于优游于女儿国爱河中的宝哥哥，这种思维方式还无疑是难以接受的，而"狂人"却终于清醒了过来，知道"以前的三十多年，全是发昏"，明白这是"四千年来时时吃人的地方"。"易牙蒸了他儿子，给桀纣吃……从盘古开辟天地以后，一直吃到易牙的儿子；从易牙的儿子一直吃到徐锡林；从徐锡林又一直吃到狼子村捉住的人……"因为明白了，所以要奋力挣脱，要保住那又将被吃掉的自我，要"诅咒吃人的人"，"劝转吃人的人"。

但对于觉醒了的"狂人"来说，最大的痛苦，不是来自与外在世界的矛盾和对立，而是来自内在自我的割裂。"四千年来时时吃人的地方，今天才明白，我也在其中混了多年；……我未必无意之中，不吃了我妹

---

① 《狂人日记》，收入《鲁迅全集》（一），人民文学出版社 1981 年版；下引该篇皆据此，不另出注。

② ［德］路德维希·费尔巴哈：《费尔巴哈哲学著作选集》（下），商务印书馆 1984 年版，第 61 页。

子的几片肉，……有了四千年吃人履历的我，当初虽然不知道，现在明白，难见真的人！"狂热地批判传统，结果却发现原来自己也只不过是传统的一部分。自己已在不知不觉间无可挽回地缠绕到了自己拼命抗逆的东西中去了。

这种分裂性人格披露了数代知识者灵魂拷问的惨烈深痛与绝望！行动与思想，理性与情感，现实存在与精神内涵的二元对立，这是深入解剖一系列历史人物矛盾性的一把钥匙。正像他的创造者所忧虑的，与其被唤醒了等待毁灭，不如睡梦中恬静地走向死亡。强烈的渴望与永远的不可能，不堪承受的撕裂，其必然归宿是另一种方式的毁灭，一种先行者、拓荒者、作为牺牲者的毁灭，一种重新抛弃自我以作为震撼人心的武器的疯狂。

那是辛亥革命后最黑暗的岁月，实践的尝试已被证明完全不通，精神的梦想却远没有结束，玫瑰色之朦胧成为唯一的慰藉："没有吃过人的孩子，或者还有？"很渺茫，但这里充斥着激情，有强烈的痛恶与追求，有明确的希望，他相信自己存在的正义性，事实上他也确有这种正义性。

麻烦的是，"我搞不清……我还应该要什么，我是什么？更要命的是我不等待什么。"[①] 这是 20 世纪 80 年代的某一天"他"悠荡北京街头时的自言自语。

我们仅仅愿意在最不带谴责意义的前提下用"无赖"一词来概括这个曾引起过激烈争论的年轻人的某些性格特征。"冷笑。坏笑。窃笑。讪笑。微笑。假笑。蠢笑。痴笑。苦笑。一只眼哭一只眼笑。……皮笑肉不笑。"这个多少有点让人悚然的序列，就是"他"和他的情侣"老 Q"对生活的印象。不同于"贾宝玉"，也不同于"狂人"，其悲剧的特殊性在于，"他"陷入了某种无可奈何的喜剧性。"幸好，我还持着一颗失去甘美的/种子——一粒苦味的核/幸好，我明日起程登山/我要把它藏在/最隐秘的山洞，待它生命的来年/开花飘香，结一树甜蜜/结一树过去/在那没有鸟语的群山深处。"依然是那个幽灵，依然在焦渴地企盼。依然有痛恶，

---

① 　徐星：《无主题变奏》，初发表于《人民文学》1985 年第 7 期；以下凡引此文不另出注。

痛恶所有将赤裸裸的灵性束缚虚饰起来的事业、学问、严肃、认真，企盼那被悠远地企盼着的"开花飘香、结一树甜蜜"。但除掉莫名其妙地等待之外，"他"什么也无力去做，"除了头不疲倦，哪都不行了"。渴望，而又无力去获取，无力去获取，又不能不渴望。这种折磨撕扯着年轻的心，甚至希望去精神病院，"在那儿什么也不用负责。除了听见摇铃就去吃饭之外，整天可以憨不拉几地用手摸着肚皮晒太阳"。由个性的渴求而走向个性的舍弃，这就是我们所要剖析的文学—社会现象的全部结构走向。"他"已不堪作为独立主体的重负，无力为自己，为自己的爱与恨、为自己的精神与实践承担责任，这就是我们论题中"无赖"一词的全部内涵。有异于"狂人"的劝转世界，"他"动摇了自我存在于此在世界之合理性的坚定信念："如果我突然死了，会有多大反响呢？大概就像死了只蚂蚁。"

同样是悲剧性，却不再是那少年的朦胧觉醒和青春焚毁的控诉，不再是那洞察外在存在的全部荒谬性后的恐怖与激愤，而是游离社会大潮的悲哀与凄凉，不再是引人崇高向往、应者云集的英雄召唤，而沦为惹人怜惜同情的不幸。

作为个性解放思潮的最初载体，作为冲破封建专制主义牢笼的最初努力，"贾宝玉"的反抗与其说是新思潮本身的呐喊，还不如说是传统内部矛盾与罪恶压迫下盲目性的本能冲动，尽管这种不自觉的骚动由于契合了一种新的历史潜流而无意间获得了更广大的意义，具有了据以透视社会历史内部逻辑的一般性文化价值。也正是因此，我们不认为"贾宝玉"以及"贾宝玉"所折射的对于个体解放个体自由的追求是某个先知先觉者的神秘灵感，而认为是社会发展必然规律的产儿，他的矛盾、局限与痛苦，正是那个时代所固有的矛盾、局限与痛苦的反映。

"贾宝玉"的烦恼不在于如何才能打碎这个旧世界，而在于如何获得与这个世界的和谐。他并没有新的独特的社会政治理想，所要的不过就是按自己的个性喜好，过一个优游公子的闲散生活。这种愿望的最激动人心处，亦不过是按自己的意愿选择终身伴侣。也因而他还不愿放弃对旧秩序维护者之恩赐宽容的幻想。他不愿去做振兴家业、报效人主的贤相良臣，却也并不曾准备振臂高呼，宣扬所谓个性自由、爱情至上；不愿去仁义礼智、忠孝两全，却也并不想去鼓吹民主、打倒封建。商品经济还没有发展到这样的阶段，人作为自由个体存在的现实基础还远不具备，被需要的还只是君主的臣子、父亲的儿子或任何一层社会组织的构成因子而不是人，个人主义的历史合理性由于缺少社会经济前提还远没有充分现实化地展开，个性的骚动还只能没有个体自觉意识地以传统社会内部冲突的形态隐蔽地存在。这种最初的精神萌动，首要的不是怎样击垮对手，而是如何保存自我。明确独立地亮出旗帜，踏上那注定辛酸的漫漫旅途还为时过早。体现到具体形象的情感意识层面，就不能不是对旧世界的缠绵依恋，就不能不是青梗峰下无才补天者的自哀自叹。这是胎儿对母腹的依恋，是幼子对强父的依恋，是航船对港湾的依恋。他的过分短暂的历史还不足以形成自己的传统，能被叛逆者作为吸取动力源泉的，也还只能是旧传统本身的内部矛盾。可传统，这个还没有任何新生事物足以取而代之的传统，却已经僵硬到这种地步，以致不能容忍任何异己，不能原宥些许的背离。要么是亦步亦趋，要么是彻底激烈的对抗。传统社会以其自身结构的高度纯粹畅达，而杜绝了任何环节可能的异端因素的不断积郁，从而得以长期延续自己的生存，也因而终于铸成不能独立孕育新社会形态的温床的巨大历史遗憾。

这是一个自私的母腹，是一个冷酷的强父，是一个饕餮的港湾。

矛盾总是过早地激化。合理的一定是现实的，但这种合理性从作为一种抽象精神的存在到充分现实物态化的存在之间，往往要有一个铁与火的过程，往往需要觉醒了的实践主体的巨大努力甚至可怕牺牲。现实的是合理的，但非现实性的现存尽管已经丧失了逻辑上的合理性与存在权利，已经丧失了精神上的昂扬奋发，却仍可能在纯物质领域苟延残喘一个貌似凶残可怕的漫长惯性滑坡。历史的合理要求与这种要求的事实上不能实现之间的悲剧冲突于是诞生。与欧洲早期人文主义者对个体作为人的尊严的亢奋呐喊崭然有别，"贾宝玉"们从一出场就浸润着一种优美，一种感伤的柔弱，淡淡的愁怨，一种莫名其妙的绝望情调。毁灭，也无力采用自己作为新人所应有的新的方式。个性解放思潮作为一种新的思想价值观念，不仅尚不能指引自己的信奉者走向灿烂辉煌的胜利，甚至不能独自支撑自己的信奉者高高地跨上祭台。妥协再也不可能，反抗的失败也已注定。因为尚置身传统之中而尚对传统担负的义务被完成之后，他能做的就是紧随疯和尚、癫道士飘然遁去。

尽管由于中国传统社会特有的结构形式，其内部商品经济发展及其向资本主义性质的转化异常缓慢与艰难，但可以相信，这个过程终有一天会可靠地承载起伴随它必然产生的不同于旧的封建伦理主义的、新的资产阶级个人主义的意识形态，终有一天会可靠地保障个性对自己存在光彩的张扬与呼唤。但这种孤立地看待中国社会历史逻辑的推论一旦推进世界历史发展的总体格局中，就成为根本不可能的了。19 世纪一系列的帝国主义侵略战争，改变了中华民族在历史学家们理论玄想中所应走的道路，而进入一个尴尬辛酸的非凡年代。资本主义列强的入侵，就经济领域看，一方面不可避免地会促进传统社会的解体，刺激商品经济作为一种非常态的资本主义经济的发展；另一方面，更重要的是，资本主义列强为了本国的民族利益，将不会允许中国走上发展资本主义的道路。这就注定了中国将进入一个既非完整的古代社会也非真实的近代社会的特殊阶段的命运。这也注定了近代中国的主题不能是单纯地打倒封建主义，而只能是"启蒙与救亡的双重变奏"[①]，是反帝反封建。又由于中国民族资产阶级的特别弱小从而不可能承担这个艰巨的任务，也注定了近代历史的归宿不可能是西方意义上的资本主义经济的发展。这种矛盾也反映为精神领域里近代中国人，特别是近代中国知识分子的特有苦闷。

随着资本主义的入侵，裹挟而入的资本主义时代的精神情感方式必然大大刺激中国知识者中原仅处于萌芽状态的个性观念。所谓资本主义精神作为对封建主义的反拨的一个根本点，就是个人主义精神的崛起。个性解放思潮的实质，就是把个体幸福作为衡量世界评价事物的最高价值标准。由于精神的相对独立性，为寻求救国救民真理的一批又一批中国人远渡西洋东洋，没有搬来资本主义现代大工业和发达的物质文明，却已能用一种全新的当然又是悬空的视角来感知中国社会。20 世纪初达到顶峰的个性解放思潮就根源看，横的移置大于纵的继承发展，精神的感染大于物质的催

---

① 李泽厚：《中国现代思想史论》，人民出版社 1987 年版，第 7 页。

发，也因而极端缺乏历史的和现实的足够厚实的经济—社会前提。精神与物质脱节，心比天高，命如纸薄，自然要发狂。同时由于民族矛盾的涉入而使这种纠纷分外错综复杂。对于缺少自己独立传统而又急于摆脱封建主义思想体系束缚的中国个性主义精神来说，理论上当然可以设想各种可能性，但现实的唯一道路只能是向走在前面的西方资产阶级借取营养，只能是借助西方资本主义的文明批判封建主义的专制愚昧与反动。古今之争不可逆转地落实为中西之争。这种对外民族文化的张扬与对本民族固有文化的诅咒，在这样一个有着悠久并且是值得骄傲的历史的民族，其难以从感情上为人接受不难理解。当然还有一个重要原因，就是这种资本主义在中国由于它的掠夺性而事实上掩蔽了它对于传统封建主义的进步性。

不在这样的社会历史背景下，不在这样的精神情感土壤上，就无法把握"狂人"作为20世纪初中国觉醒了的知识者的痛苦，以及这种痛苦的历史认识价值。

18世纪先知们的精神痛苦，是由于自己的稚弱而产生的对传统反抗与屈服之间的矛盾的痛苦；而20世纪知识者的痛苦，却是由于必须同时承担在那特定的历史格局下，必然是互相对立冲突的多个同样合理的历史要求的痛苦。精神的痛苦已超过了主体性格张力所能承受的最大限度。情感的搏斗最终导致理性的崩溃。现实的矛盾已经不是主体所可把握并从而有信心加以解决的，有意识、有计划、有目标的追求、反抗、拼搏，统统由于绝望而付诸一片大海，就在这混沌而狂乱的烈焰中，尽情排泄一切的生之疲困与烦恼。倘若在意识的表层，我们可以同意将"狂人"之"狂"定位为作者为加重对吃人礼教本质的揭露而采取的某种醒目形式，那么在考察近代中国民族精神发展的更深层次上，就不能不认定这种疯狂正是近代中国个性解放精神之宿命的有意无意的象征。恰恰是由于疯狂，由于痛苦，那种刻骨铭心的真实的痛苦，才使得这儿的悲剧具有了崇高的意义。

但当这种现代精神个性的向往炫耀以至苦闷，游离于复杂的更沉重的社会现实矛盾之外，其价值不再为这社会大潮所证明时，却可能很容易地显出某种做作、某种夸饰，从而涂上某种滑稽色彩。

民族的生存高于个人的生存，整体的痛苦重于个体的痛苦。既难以得之，则宜舍而弃之。"……欧洲当时是为个人争自由，到了今天……万不可再用到个人身上去，要用到国家身上去。个人不可太自由，国家要得到完全自由。到了国家能够行动自由，中国便是强盛国家。"① 疯狂亦好，迷恋亦好，感伤叹息亦好，绝望发泄之余仍要希望，本能狂乱之后必归理性。既然命运之神认定这片土地上的人们不能按照某种现在的模式痛快淋漓地展开发自内心深层的情感奔突，那也就不必为走上一条格外奇特、格外艰难、格外需要步步探索的重生之路而无谓地遗憾了。

但就是这样一个对历史的逻辑展开必不可少的伟大主题，在它的历史使命充分完成之前，只要可能就将顽强地表演自己。纵然新的、从根本上看可以将它的合理因素加以吸收的主题已经出现，只要这种吸收还没有真实地进行并完成，它就将依然保留自己的权利。即使非常时刻无奈地潜隐下去，气候一旦变化也将又翩然还世。20 世纪 80 年代的北京街头，"他"自信地蔑视着人世间的庸碌和虚伪，而又毫无自信地艳羡着众生的安适与亢奋，冷嘲热讽又顾影自怜，这是身处新的矛盾格局，包含新的历史意蕴后在情貌上所产生的自然变化。

既有异于"贾宝玉"觉醒的朦胧、幼稚，也不同于"狂人"精神幻想与现实处境的错位，这个不乏可爱的"无赖"，其深刻的悲剧性体现在"他"作为历史合理要求的存在，不是在已经充分生长发育兴盛满足之后，而是在这充分生长发育兴盛满足之前，即已向着作为历史不合理性要求的存在蜕变。

个性解放思潮，作为一场将个人从封建专制主义共同体下解放出来的强大的精神冲击波，是与封建社会内部资本主义经济的萌芽发展以至分化出来进行革命的实践过程相始终的，并就是从这种实践运动中获得自己合理性与现实性的保证。它要求把对个人人格的尊重摆在首位，要求人作为人的自由、平等。马克思主义作为这种资本主义以及这种资产阶级价值观念发展到一定阶段产生的自我否定倾向的产物，理所当然地要批判这种以

---

① 李泽厚：《中国现代思想史论》，人民出版社 1987 年版，第 7 页。

个人主义为基础的个性解放思潮，并作为历史的矫枉而侧重于集体秩序的强调。它当然也要求个人的幸福。但它要求即使在追求个体幸福时也应考虑到集体的存在，考虑到集体作为个体存在基础的地位。也正是因此，它才有可能现实地导引现代无产阶级进行反对具有强大国家机器的资产阶级统治的革命。可在要求解除传统的各种封建主义现实和观念对个人的束缚这一点上，它与个性解放思潮的愿望是一致的。这是马克思主义与种种封建主义思潮批判资产阶级个人主义的貌合神离之处。

按正常的历史秩序，应该是个人主义充分地扫荡了封建主义，再接受马克思主义的批判。但近代中国的实际发展排除了这种可能性。中国无产阶级在实践领域里双重任务的承担，也决定了马克思主义理论在精神领域里双重任务的承担。因此，毛泽东说中国资产阶级没有为我们留下多少遗产。马克思主义一方面要批判封建专制主义，另一方面又要有时甚至是更急迫地批判资产阶级个人主义。个性解放在它针对封建主义是合理的同时，又相对于马克思主义体现的时代要求而成为不合理的。等待着"贾宝玉"和"狂人"的固然是无可逃避的毁灭，但他们完全可以相信自己的崇高性，相信自己对全部现存世界的优越性和不可替代的伟大地位。20世纪80年代的"他"却不能相信这一点，也不能感觉到自己的崇高性质。多灾多难的中华民族已找到了一条将更现实地导引自己走向复兴的路。有压抑，有苦闷，有失望，但更宏大的毕竟是那激昂的时代主旋律。"他"存在的必然性与合理性导致其悲剧性的痛苦与不失崇高的轻蔑，"他"的抽象的合理的要求对于更严峻有力之现实逻辑的离异，导致"他"的脆弱与哀叹，而"他"面对更光彩夺目的滔滔新潮却不能决然投入的偏执、矫情，又使"他"的整个悲剧气质渗入了喜剧因素。

1927年大革命失败后，到1978年党的十一届三中全会前，先是残酷的武装斗争对铁的纪律的必需，后是极"左"思潮和封建法西斯主义的猖獗泛滥，我们没有能够就人的问题进行较高层次的思考，在个人与集体、感情与理性的关系等一系列人道主义高度的根本问题上，总是采取某种急功近利的实用主义态度，所有这一切都决定了新时期到来后思想文化界以至整个社会人道主义呼声的高涨，也决定了与这种人道主义要求本来就具有亲密血缘关系的个性解放思潮的复活。《无主题变奏》绝非徐星的心血来潮，还可以看到《你别无选择》《少男少女，一共七个》《我们青春的纪念册》等一系列相近情趣格调的文学现象。尽管外在体现格式和作家不够成熟自觉的创作意识里，有不恰当也不必要的模仿，就更深刻的心理气质和命运归宿看，他们绝不是霍尔顿的中国翻版。与其称之为超前意识，不如谓之为补课意识。只不过历史的课是无法补的，历史的债也是无法还的。即使不得不补，不得不还，结果也必然由于局面已经截然不同而面目全非。

"贾宝玉"的意义，是他第一次形象地揭示了这块古老大陆的新漂向。曾有过多少次控诉，多少次爆发，多少次慷慨的献身，但四季往复、六道轮回，从陈胜、吴广到方腊、李自成，从阮籍、嵇康、李白到八大山人、郑板桥，出路何在？改朝换代？药？酒？艺术？女人？隐逸渔樵、山水花鸟？"颓运方至，变故渐多；……悲凉之雾，遍被华林；然呼吸而领会之者，独宝玉而已。"① 仅仅是到了这儿，才微觉新样之痛苦，稍感异端之涌动。纵然，作为承载着历史使命的具体艺术形象的宝哥哥自己，在沿此方向爬行一程之后，就力不堪支，堕入无边的混沌背景里去了。可那样一把既燃的火炬，将令一代又一代的接力者前仆后继，令遥远的凭吊者对之肃穆、感怀，则应该是没有疑问的。那实在是黑暗王国的一线光明。"贾政既葬母于金陵，将归京师，雪夜归舟毗陵驿，见一人光头赤足，披火红猩猩毡头篷，向之下拜，审视知为宝玉。方欲就语，忽来一僧一道，挟以俱去，且不知何人作歌，云'归大荒'，追之无有，'只见白茫茫一片旷野'而已。"② 是挽歌，更是判决。这白茫茫一片的旷野，活写出了封建主义末日苟延残喘之内在荒寂，宣告了所谓富丽堂皇、笑语欢歌、钟鸣鼎食、威仪万方之下不可挽回的腐烂现实，同时让所有后来者感动地启示着一个新婴儿的成形。在宝玉与周围环境的冲突中，展开了一个大转换时代开始前夜的诸种社会矛盾。就在这种矛盾的演化运动中，锦帽貂裘的贵族少爷宝哥哥一步步向自己的对立面蜕变，从而最后与封建传统及其观念实行了决

① 《鲁迅全集》（九），人民文学出版社1981年版，第231页。
② 同上书，第233页。

裂，完成了作为封建家庭"逆子"的自我塑造里程。这是一个撕心裂肺的痛苦历程，就在这蝉蜕的痛苦里萌生了民主主义个性解放思想和自由、平等、博爱观念的最初嫩芽。《红楼梦》的悲剧，色空也好，感伤也好，悲悼也好，总之在所有对一个旧时代必然崩溃的凄凉和对一个新生命要被现实地扼杀的绝望后面，仍然潜隐着希望。那似是春天的悲剧，伤心却优美。那对少男少女爱的哀恸，怎能和"狂人"对被吃前摸肥瘦的恐怖相提并论呢？确是两种不同的审美气氛和格调。

就"狂人"说，你还谈什么爱呢？还有什么优美可言呢？同样是悲剧，但更惨烈，如酷夏中天之日，可依然庄严，依然宏壮。个性解放的鼓吹还是此时先进的中国人所能意识到的救国救民的最佳药方，尽管已被或说将被证明终于无力指导中国的变革取得实质性进展，却起码在当时还奔突于中国社会精神的潮头。不仅是强度的增长，而且是深度的增长，悲剧主人公不仅面向了外在世界，而且清醒地面向了内在世界。自我不仅从外在世界中摆脱分化了出来，而且与自我中的非我划清了界限。失败一个接着一个，毁灭总也无法逃避，但就在这失败中，就在这毁灭中，却也有进展。中国社会的近代因素在畸形地，又顽强地增长着。"子君"就没有发狂，而且走出来了，并勇敢地与"涓生"在一起生活了。走回去后的"子君"高于走出来前的"子君"。一个"子君"走了回去，十个"子君"会走出来，即使依然不知道"娜拉"出走以后怎么办。可以理解 20 世纪 30 年代、40 年代……革命队伍内部对以个人主义世界观为基础的个性解放倾向的批判。在"如此严峻、艰苦、长期的政治军事斗争中，在所谓你死我活的阶级、民族大搏斗中，它要求的当然不是自由民主等启蒙宣传，也不会鼓励或提倡个人自由人格尊严之类的思想，……任何个人的权利、个人的自由、个体的独立尊严等等，相形之下，都变得渺小而不切实际。个体的我是渺小的，它消失了"[1]。但我们不想掩饰其中潜隐的偏颇。而且我们无法想象倘若没有 20 世纪初的个性解放思潮，在血雨腥风中会有那么多背景、出身、教养、性格各异的太太、小姐、青年知识者决然投入革命。这

---

[1]　李泽厚：《中国现代思想史论》，人民出版社 1987 年版，第 34 页。

个精灵尽了最大的努力，达到了可能的强盛顶点，他用毫无顾忌的自我焚毁替后来者的登台做了铺垫。

我们却没能充分地包容它的历史必然性与合理性，在相当一段时间内甚至愈来愈深切地陷入了这种历史必然性与合理性的反面，以至于到今天，"他"还有时时复活自己的必要与可能。

因此，这是一个具有历史合理性的悲剧性的"无赖"。

中国革命实质上是一场以农民为主体的革命。中国革命的重要并最迫切的任务，就是赶走列强，取得民族独立。"这场战争经过千辛万苦胜利了，而作为这些战争的好些领导者、参加者的知识分子，也在现实中为这场战争所征服。具有长久传统的农民、小生产者的某些意识形态和心理结构，不但挤走了原有的那一点可怜的民主启蒙观念，而且这种农民意识和传统心理结构还自觉不自觉地渗进了刚学来的马克思主义思想中。"[1] 另外，马克思主义作为特定历史时期的革命理论，它的产生土壤和实际运用土壤的不同，也容易导致有针对性的实际效应的转换。"无产阶级在普遍激动的时代，在推翻封建社会的时期直接实现自己阶级利益的最初尝试，都不可避免地遭到了失败……随着这些早期的无产阶级运动而出现的革命文献，就其内容来说必然是反动的，这种文献倡导普遍的禁欲主义和粗陋的平均主义。"[2] 应重视其中严肃的警戒意味。延安时期就有把农民意识中的封建观念误作马克思主义观念用以衡量批判知识分子身上个性意识的现象。20世纪50年代后则愈演愈烈，以致"文化大革命"用赤裸裸的封建法西斯主义代替马克思主义，对所谓的资产阶级思想，自然包括个性解放观念大动干戈。这一切的结果是使得所谓的马克思主义变成仅仅是个性解放的对立命题。这造就了新时期裹挟于人道主义热潮中的个性呼喊的历史合理性，也提供了北京街头"他"的悲剧地位的社会历史基础。

昂贵的代价换来更清醒的头脑。理论的思考促进着现实的改革。可以相信我们将能愈来愈全面真实地把握马克思主义。当然，漫长浓厚的历史阴影不可能在二十四小时内消除，这个痛苦的精灵，还将继续孤苦地流浪

---

① 李泽厚：《中国现代思想史论》，人民出版社1987年版，第35页。
② 《马克思恩格斯全集》第一卷，第281页。

徘徊下去。只不过就像《无主题变奏》的文学史地位无法和《红楼梦》或《狂人日记》相比较 一样，这个精灵也不会再有那优美的少年之梦，不会再有那强劲的狂势爆发，而只能怀抱着失落感令人同情地叹息了。

以资产阶级个人主义世界观为基础的个性解放思潮，由于特殊的社会历史背景，在中国始终没有能现实地展开自己的辉煌梦想。或是由于资本主义因素的过分微弱和封建主义传统的僵化，或是由于外来侵略介入所导致的近代中国矛盾的特殊复杂，或是由于更高级的从根本上说有能力包容它的新主题的出现，总而言之这个辉煌梦想一次又一次碰得头破血流。但在它的全部合理性被新的主题充分消化并采取恰当方式化入现实存在之前，这个悲剧性主题不会消失。作为对封建主义的批判，作为对人的尊严与幸福的祈求而与马克思主义具有的相通性，则是它在今天所具有的积极意义。

原载《社会科学家》1989 年第 2 期

第二编

世纪之交多元
文化空间的反思

一 20世纪90年代中国文化的开放与多元特征

提要：作为20世纪80年代中国社会探索过程的总结和解答，同时也是作为对后冷战时代国际战略格局的自觉适应，90年代的中国文化呈现出鲜明的相对主义和多元主义特征。不同于传统社会主义对"正统""纯粹"之类的追求，中国特色社会主义重视的是基于具体国情的可操作性。实践证明，在不同价值观念和不同生活方式的相互撞击中，恰恰是对话的而非唯我独尊的姿态，有助于竞争过程中强势地位的取得。90年代中国文化的内在品格，直接塑造着我们心目中的新世纪形象。一个更加冷静、理智的中国，也必将是一个愈来愈丰富、愈来愈富于活力的中国。

关键词：90年代；后文革；后冷战；相对主义

20世纪将走上自己的终点。回顾历史，展望未来，成为世纪之交的热点话题。历史归结于现实，未来出发于现实，无论回顾或展望，都与对当下现状的把握密不可分。换个角度，则也只有在过去与未来的历史之维中，当下的意义才能得到真正解读。

（一）

20世纪90年代的中国文化，显出鲜明的相对主义与多元主义的特征。作为对冷战时期传统社会主义社会封闭倾向的改变，90年代的中国文化，又突出地表现出开放性的特征。这种开放性与多元性，全方位地贯穿于政治、经济、思想观念等社会文化的不同侧面。

所谓相对主义，在这里首先意味着能够具体历史地对待自身的生存方式，包括所选择的社会制度的合理性，而不是将这种合理性抽象普适化。这种思维方式与改革开放后中国现实政策选择上的现实主义倾向是互为依据的。"中国特色社会主义"理论在坚持社会主义道路的同时，不再抽象地强调其"先进"或"真正"之类，而把这套制度模式的合理性，主要从（1）它形成与出现的历史必然性；和（2）它对加快中国现代化转型所可能发挥的实际促进作用两个方面加以阐释。历史必然性是说，它战胜了中国现代化进程中的其他选择，赢得了全国政权。在这个意义上，优越与否，不是理论而是实践问题。实际促进作用，意味着分析的视角不是理想的应该，而是特定国情基础上政策选择的可操作性。这种层面的合理性或优越性，其内涵当然是非常具体的。它既不针对其他社会主义模式而言，也不一定针对其他资本主义模式而言。由此，这样的话才是可以理解的："西方的民主就是三权分立，多党竞选，等等。我们并不反对西方国家这样搞，但是我们中国大陆不搞多党竞选，不搞三权分立、两院制。我们实行的就是全国人民代表大会制度，这最符合中国实际。……大陆在下个世纪，经过半个世纪以后可以实行普选。……因为我们有十亿人口，人民的文化素质也不够，普遍实行直接选举的条件不成熟。"① 对中国道路的辩护，不再是最先进最正统之类，而是符合实际，是不得不如此——因为人民的文化素质不够。至于这种选择是否构成其他人类群体的效仿榜样，则被摆到了非常背景性的位置上。就中国的发展实际而言，现在谈这一点起码并不那么急迫。

多元主义与相对主义直接关联，只有自我定位上的相对主义品格，才能留下承认其他主体选择之合理性的适度空间。反过来说，也只有如此，自己的合理性才能得到实际的而非臆想中的相应承认。在此基础上，对话与合作，才成为必要的和可以理解的。比如就"一国两制"的构想与实践而言，其合理性，就不能单从对既定现实的策略性让步进行理解，而应与"中国特色社会主义"模式的自我定位联系起来。"中国特色社会主义"针对的，是如何从落后的传统农业社会发展到现代化工业社会的问题，它的

---

① 《邓小平文选》第3卷，人民出版社1993年版，第220页。

体现形态，基于大陆落后的生产力水平，同发达资本主义基础上更高层次的社会发展问题没有直接关系。因此，不能因为其"社会主义"的称谓就简单化地认定它比香港的模式更高，不能把这种适应相对落后生产力状况的模式生硬地搬到生产力水平较高的香港去。站在传统观念对社会主义制度之优越性的绝对化理解的基础上，就很难理解所谓的"五十年不变"，"五十年以后更没有变的必要"① 的论断，而只能在解放、拯救，最多是如何解放、拯救更为策略的框框内打转。"不变"，是因为对于香港而言，它现行的制度体系比大陆的"社会主义"更合适，就好像对大陆而言，大陆现行的制度体系比香港的"资本主义"更合适一样。同样的理由，所以主张在与台湾关系问题上，"不是我吃掉你，也不是你吃掉我"②。从"解放"的思维目标到"不变"的战略构想，某种角度看似乎是消极了，是妥协了，是保守了，其实是更正确摆放自己位置的结果，是大度地承认这个世界上可能存在与自己相区别而并不因此就一定荒谬或不洁的东西的结果，是真正的觉悟和进步。

"中国特色社会主义"理论强调的，是"社会主义"作为价值取向和在社会经济运行中所应该发挥的功能的意义，而非某些具体体制性因素。价值取向的关键是共同富裕，社会功能的关键是保持社会稳定，有利于生产力发展。对具体的体制性因素则持灵活态度。体制性因素的基础有两点，一是生产资料的所有制形式，二是生产过程的组织形式。苏式社会主义认为，社会主义与资本主义的根本区别在于，后者是生产资料私有制及在此基础上的为利润动机支配的非理性的市场机制，前者则是生产资料公有制，及在此基础上形成的计划体制。而按中国特色社会主义，在所有制问题上，虽然仍然坚持公有制的主体地位，但却在公有制的实现形式，包括其在国民经济体系中的具体比例问题上，持高度开放的态度。至于生产过程的组织形式，则在实践探索的基础上，最后放弃了所谓计划经济，承认市场调节不仅资本主义可以用，社会主义同样可以用。

这种对自我选择的认识及对社会主义制度的定位，与苏式社会主义正

① 《邓小平文选》第3卷，人民出版社1993年版，第215页。
② 同上书，第30页。

统理论的独断论倾向，构成了鲜明的对比。正是由于这样的认识和定位，我们才有可能逐步学会听取不同的声音，逐步适应外在的批判、监督与限制，才有可能面对异端而保持冷静和克制。一种思想、一种信念的局限性不是抽象的，它的合理性有着确定的边界。正视这种有限性，就是区别于僭妄的审慎，就是有别于狂热的理智，就是超越了空想的务实。这样的思维方式与价值取向，为20世纪90年代中国社会与文化的开放性提供了基本的保证。开放意味着吸收异质因素，意味着承认自我的局限和不足，意味着对自身存在边界之外的"他者"身上的合理性的正视。对现实的"中国特色社会主义"建设来说，开放意味着主动借鉴发达资本主义国家在长期发展过程中积累的不仅是科学技术，还有社会组织管理经验。

（二）

20世纪90年代中国的文化品格，直接源自80年代中国的历史运动。处在社会转折阶段，80年代与90年代的关系，是典型的求解过程与目标答案的关系。也就是说，90年代作为相对确定的社会状态，对80年代作为运动过程的内在变化逻辑，给出了充分形象化的说明；而80年代的历史矛盾，则是解释90年代文化品格生成动因的最可靠根据。

20世纪80年代的中国，可以有多种不同的定位，但其中最重要的，应该首推"后文革"这一种。"文革"结束，是在1976年10月到1978年12月中共十一届三中全会这样一个时间段内。随后而来的80年代，中国社会文化变革的基本主题，就其消极形式而言，应该说一直都很明确，那就是走出"文革"状态。但其积极形式到底应该是什么，即走出"文革"状态的中国要进入的应该是什么状态，却很长时间里没有达成广泛的共识。改革开放初期，很多人的理解都是，走出"文革"，就是要恢复"十七年"。但随着对"文革"反思的深入，越来越多的人认识到，"文化大革命"不是孤立的偶然，它是特定思维方式和价值取向的逻辑必然，这种思维方式和价值取向也并非为十年"文革"所独有。在这样的背景下，"十七年"情结的支配作用，理所当然地渐形消解了。但改革的最终目标取向，直到20世纪90年代初，或者更具体地说，直到邓小平发表南方谈话引发第二次思想解放高潮后，才真正确立。这种目标的标准表达形式，至今仍侧重于经济方面，但其实际影响，却是全方位的。站在这样的角度看80年代，则它实际上是一个过程，一个寻求答案的过程，一个中国改革的大方向在不同社会力量冲突与交融中渐渐清晰化的过程。而直接促成改革目标之确立的社会动力，从观念的层次言之，则源于改革精神，也就是实事求是的精神，和"左"倾习惯势力之间的反复交锋。"左"倾习惯势力是二十多年"左"倾路线的产物，尤以"文革"时期的表现登峰造极。80年代对于"文革"象征着的"左"的思维和价值倾向的挣脱与反拨，是理解90年代中国社会文化属性的最基本与最直接的参照。这是我们所谓"后文革"的含义。

20世纪90年代中国文化的开放与多元品格，也同所谓"后冷战"的国际气候有关。80年代末90年代初，东欧和苏联社会主义阵营解体，冷战结束。这对中国来说，既是告诫，也是启示。作为独存的社会主义大国，90年代中国的社会文化战略，适应这种局面，必然会产生深刻的变化。事实上，离开苏式社会主义失败所留下的教训，就不可能真正理解"中国特色社会主义"理论的实质性内涵及生成动因。

正是这样的环境背景，决定了90年代中国在国际事务中对话与合作的姿态，一种相对低调的"守拙"的姿态。比如对于国与国之间的领土争端，提出可以"先不谈主权，先进行共同开发。……从尊重现实出发，找条新的路子来解决"①，而相信子孙们会有更聪明的解决办法。这相对那种执着于一己认识和感情而不顾实际情况的极端化的所谓革命观念，是大有区别的。按后者，甚至在国内斗争中，对于对立方——在这种思维中往往是邪恶的同义语——的妥协合作乃至容忍，如果不是出于暂时的谋略性考虑，而属于价值原则层面上的，也会被视作背叛而受到指责。至于在国际关系领域，这种"拿原则做交易"的思路就更加敏感了。这种对话的姿态，适应了后冷战时代世界范围内的文化潮流，从而大大提高了中国的国际地位与活动空间。在这个日益狭小的地球上，极端主义的狂热和绝对主

① 《邓小平文选》第3卷，人民出版社1993年版，第49页。

义的独断，不会给任何人带来好处。20 世纪的两次热战与一次漫长的冷战，已经充分地证明了这一点。无论是传统意义上"右"的还是"左"的极端主义，都不仅给其外部世界带来了灾难，而且对共同体内部的发展产生了不可低估的消极影响。在不同价值观念、不同政治体制、不同生活方式的对立中，恰恰是对话的姿态，有助于自身优势地位的获得与加强。苏式社会主义的失败说明了这一点，西方资本主义体系能够从一次又一次危机中摆脱出来、化险为夷的经验说明了这一点，"文革"时期的中国希望解放全人类却使自己陷入崩溃的边缘，改革开放后的中国承认世界的多样性却日益强大，也从反与正的不同方面说明了这一点。

（三）

顾准从理想主义到经验主义的心灵独语，之所以能够在 20 世纪 90 年代引起异乎寻常的热情，根本原因，就在于经过近二十年的周折与反复，作为"文革"极端主义倾向反拨的个体性沉思，终于转化成了全社会范围内的精神自觉。这种自觉，在现实社会文化政策层面的折射，表现为对笼罩在具体生活事实之上的各种所谓虚幻"本质"，如"社会主义的草""资本主义的苗"之类，及为维护这种所谓"本质"而确立的"斗争"之"纲"的抛弃，表现为对现实世界多样性的正视。这既形成了在共同体内部对宽松、宽厚、宽容的文化气氛的容忍乃至向往，也形成了世界范围内对"多极化"趋向的顺应乃至倡导。"一国两制"的统一方案，"和平与发展"的国际战略，其所显示的思维方式，都同文化价值观念领域的这种变迁有明显的相应之处。

同斗争哲学构成对照的，是"不争论"的发明。其实，"不争论"不可能是不争论，而是说要改变那种执迷于抽象的无法得到具体经验验证的是非的价值取向；改变把自己的主观认识绝对化，绝对地排斥各种相左的意见，从而在事实上把自己转化成"本质"或云"真理"化身的倾向。理解"不争论"的一个重要向度是，长期极"左"传统强加于许多具体现象上的所谓"本质"作为观念性框框，由于习惯势力的存在，很难短期内完全克服，最好的办法是不在这种抽象的理念层面多纠缠。比如，关于人民公社，至今还有人认为问题是"超越"了社会发展阶段，似乎等到哪天经济发展了，这套制度就可以卷土重来。其实，在落后生产力的基础上，不可能产生先进的生产关系。先进的生产关系也不可能是人为设计的产物，所谓"先进的生产关系与落后的生产力的矛盾"，根本就是不符合唯物史观的臆想。人民公社的问题并不是什么"超越"，而是远远落后于生产力发展水平。它实际上是氏族部落社会的组织方式的现代折射，是体现传统小农平均主义要求的乌托邦幻想。又如计划经济，由于各种政策因素的干扰和现实条件的限制，这种模式在中国一直没有能够完全成为现实，所以总是有人耿耿于怀，认为二十余年的停滞不能算在计划经济的账上，而只能说明不严格执行"计划"的恶果。实则苏联在20世纪70年代以后国民经济的持续停滞，已经无情地粉碎了这种臆想。计划经济就其极致而言，整个社会将被结构成统属于某个办公室的统一的大企业，按照统一的指令进行生产，全国上下各种层次的经济单元全都统一行动。这种结构在想象中似乎会井然有序，能够克服资本主义市场经济状态下的盲目和混乱。实则经济结构不是砖块垒砌起来的僵硬建筑，而应是许多活生生的有独立生命的细胞组成的有机共同体。剥夺具体经济单元的自主意志即其本身的生命活力，整个经济共同体的活力也就随之丧失了基础。更不用说人的理性的具体性和有限性，从根本上决定了归纳经济运行所涉及的全部信息予以"规划"的不可能。但在80年代，对于类似的问题，只是在实践操作层面加以改变，至于它们是否"先进""超越"，则并不进行理论上的深究。如此则改革的措施在旧体制的迷恋者那里就被理解成了权宜之计，成了面对实际困难的暂时"让步"，就好像60年代为了摆脱三年困难而暂时容忍"三自一包"之类"资本主义尾巴"一样。这样做的好处是减少了各种可能的阻力。当然也有局限性，那就是许多"左"的习惯观念难以彻底清除，一有风吹草动，就会出来对中国社会的发展方向提出这样那样的责难。

相应于"不争论"的，是有关"政策不变"的反复保证。按常规，随着情况的变化，社会政策及时调整既是正常的，也是必要的，"变"并非坏事，因而"不变"的保证也就令人费解。这种保证的背景，同"不争论"完全相同，那就是"左"的观念作为根深蒂固的思维定式，短时间内无法清除。这种习惯观念决定了老百姓心目中的"变"的方向，使中性的政策调整成了可怕的东西，由此而使"不变"的保证成为必要。

如果对近二十年来中国社会变革所代表的根本性的价值取向不能形成明确的理论自觉，则这种对"变"的囿于习惯观念的理解，及相应的对于"变"的恐惧就很难彻底消除。有些人用"大帽子"压人，其所用的"大帽子"之所以成为"大帽子"，之所以有压人的威力，从根本上说就是因为新的社会变革代表的思维方式和价值取向还没有形成真正社会范围内的观念自觉，还没有取代那些旧的习惯观念成为人们观察思考分析问题的基本参照。事实上，苏式社会主义模式及与之相应的许多观念，其所存在的问题，不能单纯从超越阶段的角度去理解。这样的说法，尽管批评了长达二十余年的"左"倾政策的错误，实则内在地蕴含着这样的思维误区：一旦形势好转，社会的经济基础得到加强，那些政策就可以理直气壮地重新出台。

对于苏式社会主义模式及相应的价值观念，中国改革所采取的那样一种搁置、淡化从而逐步转化，而非正面急剧否定的做法，其所显示的某种意义上的审慎温和的态度，与苏式社会主义体制下政策贯彻的激烈强制色彩，显示出了思维方法上的根本差异，提供了理解"中国特色社会主义"的重要参照。

（四）

不同于资本主义，特别是自由资本主义形成的自发性，社会主义模式是主体自觉选择和设计的结果。这种选择的自觉性，决定了社会主义制度模式与主体超越性的价值理想观念间的紧密关联。这有积极的作用，比如有利于其巩固和保卫；但也有消极的影响。现实动态性和无限发展性，决定了任何制度结构，都会随时间的推移而产生相对的滞后或者说僵化。克服这种僵化，离不开超越性的理论批判。但"社会主义"作为具体制度模式和作为根本价值理念间的密切关联，使得对现实结构因素的批判，很容易被与对社会主义理想的否定相等同，这就极大地限制了这种社会形态内部批判的存在。对于批判限制乃至排斥的结果，是社会主义模式因应实际变化自我更新动力的削弱，是普遍性的僵化。由于这种对批判的限制与排斥，主导意识形态所代表的理想主义精神，也因为失去了外在的约束平衡机制，而常常走火入魔，陷入极端主义的泥沼。我们常说理论的生命在于实践，说实践是检验真理的唯一标准，但我们往往忘记了，从实践到理论的发展之间，应该有适当的中介，只有经由适当的中介，实践的发展才能转化为理论的新鲜血液。这种实践与理论间的中介不是别的，其实就是不同理论间的相互辩驳与相互批判。任何理论作为对现实的解释，如果丧失了外在批判的推动，都会转化为主观性的独断并走向僵化。比如，在20世纪五六十年代那种体制下，现实明明是问题成堆，到理论上就成了形势一派大好；现实明明是饥肠辘辘，到理论上就成了豪情满怀。由于没有不同的声音，没有不同理论学说之间的竞争和相互批判，现实就起不到推动理论发展的作用；实践与理论间的张力，就难以转化为理论发展的动力。

改革精神的重要体现，就是恢复"本质"与"现象"，其实也就是观念与实践之间的直接联系，以经验性事实作为理解社会本质的依据。针对"宁要社会主义的草，不要资本主义的苗"的鼓吹，提出"没有贫穷的社会主义"。因而，不论白猫黑猫，抓住老鼠就是好猫。针对以理论猜想作为判断现实是非的倾向，提出摸着石头过河的施政方针。与此一致，还坦率承认对究竟什么是"社会主义"并没有完全搞清楚。十八年改革的突出特点，就是在必须改革这个前提下，没有先在的既定目标模式。从最初的利用价值规律的计划经济，到计划与市场互相调节，到有计划的商品经济，到社会主义市场经济，改革的目标一直处在不断的调整中。形成这种特点的原因固然是多方面的，其效应也未必全是正面的，但有一点却是肯定的，即正是由于不预先确立最终目标模式的经验主义或者说求实主义的策略，才最大限度地发挥了实践所可能具有的对政策调整的牵引功能。

没有与手段分开的结果，没有脱离现象的本质，本质也只能是在具体的现象之中，在一点一滴而又实实在在的进步之中。由于这种价值观上的归位，具体地分析解决存在的问题，具体地增进百姓之虽然不是终极却是实实在在的幸福，就成了主流政策关注的焦点，经济建设就成了中心任务；而压倒一切的、超越于具体工作之上的有关绝对理念的辩论——

"纲"，就成了干扰，成为对进步的威压，成了"理论家"用来压人的"大帽子"。以逐步积累形式体现出来的社会进步，其取得需要安定的环境，需要与以激烈对抗为特征的革命不同的建设，抛弃与变化了的生活实际脱节的"纲"，于是成为理所当然，因而力倡"不争论"。我们的认识只能是具体的历史的认识，即使这种认识得到了某种验证，由于具体实践对认识检验结果的非终极性，由于实践内容的有限性，作为其所证实的结果的我们的认识的正确性也不可能是无限的，因而对于同这种一段时间内被证明是正确的意见相左的观点，仍应持慎重的态度。况且有些判断认识又与不同的主体立场、不同的主体角度、不同的主体气质修养乃至性格相联系，这些不同可能是永远无法统一的，可也并不一定是不共戴天、势不两立的，因而把兴趣从暂时无法得到经验证实的争论中转移出来，就可以扎扎实实地埋头从事具体切实的实践工作。

这一点不独中国为然。苏联的解体，根本原因就在于苏联长期以来形成的僵化体制。在绝对主义的思维方式和一元主义的价值观的支配下，苏联社会把自己的"社会主义"选择对于"资本主义"的优越性，把自己这种"社会主义"模式对于其他社会主义模式的自命的正统性，都推向了极端。对内不能容忍反对意见的批判，大搞残酷斗争，无情打击，对外，不愿意借鉴其他制度模式的经验，这样其陷入越来越深的困境，也就不难理解了。世界上没有绝对的优越性和先进性，也没有不需要从批判中吸收营养而保持正确的天才，有的只能是不断地反省、不断地调整，以及在这种不断调整中的不断进步。

作为两极对峙格局的另外一方，在 19 世纪就曾周而复始地陷入经济与文化危机的西方资本主义体系，之所以能够延续到今天，而且还似乎保有进一步发展的余地，其根本原因，也不在现代科学技术。科学技术作为生产力因素，在价值上是中立的，对任何社会制度，它都既能发挥维护的作用，也能起到摧毁的作用。问题的关键，是资本主义在其现代发展过程中，逐步摸索出一套约束资本原始本性的机制，使工资劳动者的生活水平能够随国民收入的提高而不断提高，从而有效地缓和了阶级矛盾。这种约束机制是多种因素综合作用的结果，其中重要的如普选权、代议制度、反对党、言论与结社自由、法治等。这些因素，共同保障了多元化的政治与文化空间，保障了对于资本主义社会罪恶的充分揭露与批判。结果就是，恰恰是对资本主义的非道义性的持续不断的斗争与批判，挽救了资本主义。用顾准的话来说，就是资本主义的活力，不表现在它没有罪恶，而表现在它还能够容忍这些斗争和批判，使之转化为自我改良的动力。

当然，冷战背景对于资本主义的改良也是非常重要的。社会主义运动特别是在第二次世界大战后的蓬勃兴起，给资本主义世界以深重的危机感。外部压力的存在，对理解诸如社会民主党地位的上升、福利制度和社会保障体系的完善、国有化尝试等现象，都是有帮助的。因此，冷战的过程，其实也包含"资本主义"与"社会主义"两种模式相互影响、借鉴的过程。苏式社会主义失败，是因为它在这个过程中，既拒斥借鉴外部的经验，也禁绝吸收内部的批判，事实上把自己的存在——存在意义、存在的合理性、合法性等——绝对化了。而绝对化在现实中只能是僵化的同义语。发达资本主义世界能够经过冷战而依然保存下来，甚至获得了新的长足的发展，是因为它没有禁绝，还在鼓励批判，通过这种批判的中介，不断地吸收异质因素以求得新的发展。甚至《资本论》在这种体系中，也被用来作为促进社会改良的批判工具。对当代社会主义来说，其所面对的现实的资本主义，已经很大程度上超越了马克思生活年代的古典资本主义。社会主义要真正焕发活力，不能满足于对资本主义从经典作家那里获得的了解，及在那种层次上的超越，而应深入研究当代资本主义，借鉴其在百多年来的发展过程中所创造的全部文明成果，其中就包括即使对《资本论》这种根本否定资本主义制度的理论体系，也能够努力吸取其中营养的体制设计。

就 18 年的改革历程言之，"现象"与"本质"之间，观念与实践之间之所以能够保持有效的直接联系，一个很重要的前提条件，是相对宽松、多元的环境气氛，使不同意见的批评成为可能，使对于"本质"的唯一性垄断被打破。一方面是"不争论"，另一方面是允许批评。"不争论"的效果，是逐步化解了那些相沿已久、盘根错节的意识形态束缚；而允许批评的结果，则是使实践经验的积累有可能逐步升华为观念意识的进步。只有在这种不断的进步中，对传统意识形态的化解才获得了切实的保证。看似不相干甚至对立的两个方面，在当代中国的独特现实中，达到了奇妙的统一。尽管这种所谓多元还只是非常浅层次上的，但其对中国社会文化共同体生机与活力的恢复所产生的积极影响，是怎样估计都不为过的。

第二次世界大战后东西方两大阵营激烈对抗的经验教训，乃至百多年来整个社会主义运动的兴衰沉浮，给中国特色社会主义道路的确定提供了可贵的借鉴，构成了我们分析 20 世纪 90 年代中国文化特征的基本背景。这种分析，也直接塑造着我们心目中的新世纪的形象。在这样的精神脉络中，我们看到的，是一个走出了封闭的中国，一个更加冷静、更加理智的中国，一个愈来愈丰富多彩，因而必然愈来愈自由繁荣的中国。

原载《新东方》1999 年第 5 期

二 改革与反对官僚主义

提要：社会主义条件下的官僚主义，有自身的制度性根源，片面强调其与封建主义或资本主义意识形态侵蚀的关系，有时反而会模糊对这种根源的认识。民主政治的建立，需要持续性的制度创新和积累。社会实践要有效地推动这种创新和积累，必须借助诸多中介环节。在目前情况下，最值得重视的中介有两种：一是超越性的社会主义价值观念对既有制度模式的理论批判，二是对发达资本主义在其长期发展过程中所积累的各种权力运作方式的虚心借鉴。

关键词：社会主义；官僚主义；制度；意识形态

对官僚主义的斗争，从列宁开始，就被视作社会主义事业面临的严峻任务。在中国的社会主义建设实践中，官僚主义始终是困扰着党和国家政治生活的痼疾。早在改革开放之初，邓小平就指出："官僚主义现象是我们党和国家政治生活中广泛存在的一个大问题。……这无论在我们的内部事务中，或是在国际交往中，都已达到令人无法容忍的地步。"[①] 所谓"党和国家领导制度的改革"，其中一个重要目标，就是形成克服官僚主义现象的有效机制。邓小平还指出："我们现在的官僚主义现象，除了同历史上的官僚主义有共同点以外，还有自己的特点，既不同于旧中国的官僚主义，也不同于资本主义国家中的官僚主义。它同我们长期认为社会主义制度和计划管理制度必须对经济、政治、文化、社会都实行中央高度集权的

---

① 《邓小平文选》第二卷，人民出版社 1994 年版，第 327 页。

管理体制有密切关系。"① 因此，推进和深化改革，使反对官僚主义的斗争取得切实成效，理所当然地应该加强对官僚主义与传统社会主义模式间关系的研究。

（一）

典型的官僚政治，出现于封建贵族政治解体之后。封建时代，大大小小的封建主分别在自己所属的领地内行使管辖权。这种管辖在范围上是有限的，相应地在形式上也就具有直接与综合的特点，即它可以由封建主本人直接而全面地实施。在这样的背景下，一个职业性的行政管理阶层就无法产生。只是随着君主集权的专制主义国家的形成，专制君主将本是分散于各地封建贵族之手的社会管辖权力，逐步收归自己集中掌握，这才出现了对大批职业性官吏的需要。官吏受命于君主，代表君主对国家政权所及范围内的社会活动进行组织，并通过这种组织活动从君主那里获得俸禄，这就是所谓官僚政治的基本含义。

与官僚政治配套的意识形态也强调，官吏在代表君主行使管理职能时，应"爱民如子"。但实际上，由于这些官吏在体制上只对君主负责，而君主在理论上是受命于天的，这就使官吏在管理过程中无视被管理者的愿望与利益，成为普遍的现象。所谓官僚主义即是对官僚政治所必然形成的某些特点的描述。这些特点具体表现形式五花八门，但在根本上，都同管理机构在体制上对一般社会文化组织的超越性，及相应的公务人员在心理意识上对社会公众的优越感有关。在这样的意义上，列宁称"官僚是专干行政事务并在人民面前处于特权地位的一个特殊阶层"②。

资产阶级革命对于君主专制政体的历史进步性，首先就表现在这种革命所标榜的"民主"观念上。依据"民主"观念，政府对社会成员进行统治的合法性，不再经由"君主——天"的渠道来解释，这种管理的权力来自社会共同体成员的某种"委托"。因此，人民也就理所当然地有权随时收回这种"委托"。在这种观念基础上构筑的资产阶级民主政治，为社会

---

① 《邓小平文选》第二卷，人民出版社 1994 年版，第 327—328 页。
② 《列宁选集》第一卷，人民出版社 1972 年版，第 103 页。

公共管理机关克服官僚主义倾向，做出了一定的贡献。资本主义在其长期发展过程中，逐步形成了一套防止社会公共权力及公务人员由"社会公仆"蜕变为"老爷"的具体操作性程序，诸如与三权分立观念联系的权力制衡机制，与言论出版自由等人权观念联系的社会监督机制，与两党或多党制相联系的议会民主等制度措施。资本主义制度历经一次又一次危机，却能够有惊无险，一直维持到今天，而且还保有某种进一步发展的余地，虽然有着非常复杂的历史原因，其内部的这种"民主"机制，却无疑起到了重要作用。当然，由于资产阶级的阶级局限性，及相应的其所谓"民主"观念的不彻底性，这种对于国家机器的官僚主义倾向的克服，不可能是彻底的。

（二）

恩格斯在《家庭、私有制和国家的起源》一书中曾指出："国家的本质特征，是和人民大众分离的公共权力。"① 国家最初是社会为保护自己的共同利益而建立的特殊机关，但这种机构在实践中"为了追求自己的特殊利益，从社会的公仆变成了社会的主人"②。正是由于有感于国家的这种特性，马克思在《法兰西内战》中设想，未来的社会主义社会应取消职业性的官僚管理机构。在过渡时期，无产阶级专政的国家政权可能是必需的，但尽管如此，马、恩仍坚持认为，这种由职业官僚组成的政权机器，"最多也不过是无产阶级在争取阶级统治的斗争胜利以后所继承下来的一个祸害"③。

由于各种复杂的历史原因，现实的社会主义模式并非如同马、恩原初设想的那样建立在高度发达的资本主义社会的基础上，而是首先出现在社会经济文化发展水平相对落后的国家和地区。这些国家与地区意识到自己的现代化任务之时，发达资本主义国家已经取得了世界范围内对各种政治经济资源的控制权，落后国家要通过早期资本主义那种"自然而然"的方

---

① 《马克思恩格斯选集》第四卷，人民出版社 1972 年版，第 114 页。
② 《马克思恩格斯选集》第二卷，人民出版社 1972 年版，第 334 页。
③ 同上书，第 336 页。

· 71 ·

式来实现自己的发展任务，事实上已成为不可能。于是，社会主义作为不同于资本主义的新的现代化道路，作为抗拒发达资本主义世界控制体系的有效手段，成了这些国家与地区的现实选择。与此种任务相适应，传统社会主义模式普遍表现出强化国家权力的倾向。由此建立起的高度集权的政体模式，十分庞大的行政系统，都为官僚主义现象的滋生提供了土壤。或许正是出于对这种倾向的切身感受，毛泽东早在 20 世纪 50 年代就提出："要反对官僚主义，反对机构庞大。……建议党政机构进行大精简，砍掉三分之二。"①

官僚主义现象长期得不到切实有效的克服，不仅同传统社会主义高度集权的制度模式有关，而且同我们有关社会主义的某些模糊观念也分不开。不同于资本主义之社会经济关系形成的自发性，社会主义的社会经济关系，都是在确定的理想观念指导下自觉设计的结果。因此现实的社会主义制度模式与观念形态的社会主义主导意识形态之间，存在十分密切的关联。甚至在某些简单化的思维模式中，这二者可能被直接等同了起来。现实的动态性和无限发展性，决定了任何确定的制度模式，都会随时间的推移而产生相对的滞后或僵化。克服这种制度性的僵化，离不开超越性的理论批判。但由于社会主义制度模式和社会主义主导价值信仰之间的密切关联甚至是完全合一关系，使得对现实制度结构的批判，很容易与对社会主义主导意识形态的怀疑或否定相混淆，这就极大地限制了这种社会形态内部理论批判的存在空间。在某些特殊时期，不要说关于诸如所有制、计划或市场、社会分配原则等基本制度模式的探讨不可能，甚至对具体某个支部书记的批评——如果这种批评不是自上而下通过组织渠道，而是自下而上自发地进行的，都会与对社会主义理想的不坚定相联系。理由或许就在于，这个很小的支部书记也是社会主义社会秩序模式的一个构成因素、一个细胞。

在官僚主义问题上，虽然谁也无法否认这种现象在我们社会中的普遍存在，却往往强调它的外部性原因，往往从过去的封建主义的遗毒和外部

---

① 《毛泽东选集》第五卷，人民出版社 1977 年版，第 280 页。

的资本主义国家腐朽思想的侵蚀，来解释其存在根源，而不愿意正视我们制度本身的原因。这种思维方式，不利于我们用理性的科学的眼光，对社会主义政治体制本身的运作规律进行科学探索，因而也不利于我们对克服官僚主义的切实有效途径的寻求。限制乃至排斥超越性理论批判的结果，是因应现实变化不断进行自我更新的动力的削弱，是传统社会主义模式普遍陷入僵化。僵化的表现之一，就是国家公务人员乃至国家政权机关组成方式上的严重官僚主义倾向。

（三）

社会主义的历史还不长，这种社会制度模式的建构没有任何前例可循，不可避免地需要在试验探索中进步。将社会主义作为人类某种价值理想观念的先进性，直接等同于特定环境条件下形成的具体制度模式的优越性，是不明智的。社会主义价值理想包含着比资产阶级更彻底的民主观念，这为真正克服官僚主义的民主政治的建立，提供了根本的保障。正如江泽民在中国共产党第十五次全国代表大会上的报告中所说的那样："没有民主就没有社会主义，就没有社会主义现代化，社会主义的本质是人民当家做主。国家一切权力属于人民。"① 但民主政治作为制度结构系统的建立，需要一个经验性的积累过程。自然世界有着不以人的主观意志为转移的客观规律，社会政治领域也同样有。民主观念如何生长为民主的现实，这不是单靠领导人，甚至也不是单靠人民群众的良好心愿就能解决的问题。既然社会主义仍然必须保存，乃至特定条件下必须强化国家机器的职能，那么在坚持这种职能的人民性的意识形态属性的同时，更重要的，是必须寻求各种可能的制度性保证。信念层面的意识形态倡导，只有和强制性的现实制度规范结合起来，才能保证其具体内容。正是站在这样的角度，我们认为目前进行的村级民主选举，作为一种训练和尝试，其积极意义值得充分肯定。

官僚主义现象的克服，系于切实的社会主义民主政治体制的建立。要

---

① 江泽民：《高举邓小平理论伟大旗帜，把建设有中国特色社会主义事业全面推向 21 世纪》，载《十五大以来重要文献汇编》（上），人民出版社 2000 年版。

建立民主政治，首先，从认识观念上说，要看到依据社会主义的价值理想观念，对既有的具体制度模式进行持续理论批判的必要性。因为只有这样，才能保证社会主义制度自我完善的动力来源。站在这样的角度，则政治体制改革不应是特定阶段的权宜之计，而应是伴随社会主义建设过程始终的。这就意味着，社会主义具体组织模式，有一个随时代发展而不断调整的问题，那些今天不适应社会发展需要的组织方式需要改革，即使那些现在仍然有效地发挥着社会主义职能的组织方式，也可能随着时间的迁移而在将来出现改革的必要。

其次，从操作方式上说，要能够在坚持社会主义价值信念的前提下，积极吸收其他社会形态，主要是资本主义民主政治建设的经验。资本主义民主观念，由于资产阶级的阶级局限而有其不彻底性，因而不可能根除官僚政治的积习。资产阶级民主观念的不彻底性，主要表现在两个方面。其一，从历史来源看，发达资本主义的民主机制，并不是从来就有的，包括普选权等在内的公民民主权利，乃是这个社会系统内部弱势群体（主要是工人阶级）长期持续斗争的结果，其作用的发挥，有赖于工人阶级的自觉及相应的斗争坚定性的程度。其二，从现实表现看，资本主义由于建立在私有制的基础上，因而其民主观念的实现，在根本上不能摆脱外在物权的制约，也即人们民主权利的实际行使，总是要受到他们私有财产占有程度的制约。但资本主义在其现代发展过程中，非常注重内部批判的社会文化功能，非常注重具体操作方式的研究，加上比较长的历史积累过程，其防止官僚主义倾向的一套规则方式，还是反映了某些客观性的社会政治运作规律，对此完全可以为我所用。在经济体制改革中，本是在资本主义社会形态中发育成熟的现代市场模式，可以拿来为社会主义服务，在政治体制改革中，也同样可以这样做。

最后，就是世界各地各种不同的社会主义流派模式，要能够用一种互相借鉴的态度对待对方。所有这些做法，都要求破除唯我独尊、唯我独革，或唯我独优等绝对主义的思维方式。现实的社会主义相对于资本主义的优越性，首先就在于它所联系着的代表人类进步方向的价值理想观念。至于这种价值观念应该借助什么样的制度模式来转化为人类生存的现实，都需要在实践中艰苦探索。在这种探索过程中所形成的各种制度模式，不论成功与否，其意义都具有相对性。不同于有关社会主义价值理想观念的本体性质，现实的社会主义制度模式，只能被理解为某种动态的过程，某种在不断自我否定中走向完善的历史道路。不存在纯而又纯的社会主义制度"本身"，有的只是形态各异的现实的社会主义模式。某种特定模式的失败，如苏式社会主义模式的失败，不意味着社会主义理想追求的破产；同样，某种特定模式的成功，比如说"中国特色社会主义"什么时候达到了自己的发展目标，也并非就从根本上否定了其他特色的社会主义制度模式探索的合理性。社会主义理想观念，结合世界各地的不同情况，形成各种不同的社会主义模式，这种现象所揭示的，是社会主义信念的内在生命力。也只有各种不同模式共存，才有可能充分揭示出社会主义观念的丰富内涵。从这种理解出发，对社会主义具体制度模式的局限性的批判，包括对其与官僚主义现象的内在联系的批判，就成了社会主义理想观念在实践领域顺利推进和社会主义事业健康发展的内在必然要求。

（四）

绝对化的权力绝对导致腐败。行政机关与公务人员的官僚主义倾向，根本上说是由于脱离了被管理者——社会公众的监督制约。在理论上，我们也一直强调，群众的监督，对于保证无论是执政党还是行政机关的民主性，都必不可少。问题在于，人民群众的意见、感受、批评、建议，是分散的，不借助一定的中介组织机构，这些分散的意见，很难直接对政治决策产生实质性影响，很难对政权机关构成有力的制约，这是党和国家机关中官僚主义现象得不到有效克制的重要原因。

造成这种局面，原因是多方面的。我们过去多是从政治学角度，强调社会主义政权机构作为人民利益忠实代表的意识形态属性，认为社会主义制度与官僚主义是不相容的，之所以会出现官僚主义现象，主要是由于某些公务人员思想觉悟或能力修养的原因。因而，在对官僚主义的斗争中，侧重点是批判封建主义和资产阶级落后思想，是批判剥削阶级意识形态对国家公务人员的侵蚀。这种做法，对提高公务人员的品德修养，不能说没有积极的意义。但其不足之处也是明显的。其一，国家行政机关作为社会公共管理机构，其工作人员所从事的，属于社会分工中的复杂劳动，应获得较高的报酬待遇，片面强调其意识形态属性的结果，是对其正当利益诉求所给予的制度性确认不够充分。其二，片面执着于意识形态视角的另一个结果，是在制度建构层面，不重视对政权机关及公务人员的外在制约机制。无产阶级专政的国家政权机关，或许具有其特殊的先进性，但在实际发挥公共管理职能时，仍然要受政治权力运行的一般性规律的支配。在这一点上，它与其他社会形态的权力现象是相通的，要防止其蜕变为官僚机器，就必须建立坚强的制度性保证。只有权力才能真正制约权力，意识形态属性作为信念追求，如果不注意和具体的制度规则相结合，不注意落实为操作性程序，有时反而会妨碍我们对问题的真正严重性的清醒洞察。公务人员作为现实化的个体，当其现实利益获得的制度性确认不够充分时，就可能试图寻求某种非制度层面的弥补，而我们对此的制度性防范又很薄弱；两方面的动因结合，就使行政机关与行政人员由"公仆"而变为"老爷"，滥用权力、谋取私利就成为具有普遍性的社会现象。正是基于官僚主义的普遍性，邓小平才说："进行政治体制改革的目的，总的来讲是要消除官僚主义，发展社会主义民主，调动人民和基层单位的积极性。"①

　　我们也并非完全没有意识到对公共权力及其掌握者实施监督的必要性，但在传统社会主义高度集权的政体模式中，整个权力监督体系，总体上说，偏重执政党与政府机构的内部自我监督，而忽视外部社会的监督；偏重自上而下的监督，而忽视自下而上的监督；就管理机构内部各不同职能部门的关系而言，也是偏重于强调其相互间的协调配合，而忽视其相互间应有的互相制约。要从根本上清除官僚主义，就要逐步改进现有权力监督体系。这种改进可以立足现有机构设置，经过一定的调整，使其功能得到更有效发挥。比如，现有的纪检、监察、检察等机构，由于组织、人事、财政，主要都受同级党委与政府的领导，在行使监督职责时，往往会遇到许多难以克服的障碍。针对这种情况，就可以考虑加强这些部门的纵

---

① 《邓小平文选》第三卷，人民出版社1993年版，第177页。

向领导关系。政治改革从长期目标来说，无疑应该逐步改变高度集权的制度模式，但作为某种意义上的自上而下的改革，一段时间内适当加强中央权威又势所难免。新闻舆论监督也存在类似情况。现在各地新闻媒体统属当地党委和政府领导的格局，使得这些媒体很难对当地的行政权力部门进行监督。更重要的是，要在认真研究的基础上，形成更合理的权力制约体系。做到这一点，不能单凭热情，也不能闭门造车，而只能结合自己的实际情况，以开放的眼光、开放的心态，广泛借鉴吸收人类文明所创造的一切优秀成果。为此，需要进一步加强关于政治科学的理论研究，对社会公共权力包括社会主义制度条件下公共权力运行的内在规律，进行更深入的探索。

原载《浙江社会科学》2000 年第 3 期

三 "意象学三书"与当代美学研究重心的转移

提要：中国美学在 20 世纪 80 年代所取得的最重要进步，是重心从有关美的本质与对象问题讨论向美感心理研究的转移。20 世纪 90 年代以后，中国学界普遍重视的文化研究观念，对美学的设问方式和考察侧重产生了又一次重要影响。90 年代后期，对现代性的反思批判，激发了有关美学作为知识体系的普遍性与民族性关系的讨论。基于这种讨论，中国现代美学体系建构过程中的路径选择问题，成为学界关注的焦点。汪裕雄先生在此期间先后完成的《审美意象学》、《意象探源》和《艺境无涯》三部有关审美意象研究的著作，分别以不同的方式呼应了当代美学研究重心的这几次转移。表面上看，它们都算不上开风气之先的著作，却无不以自己个性化的切入角度、细密敏锐的理论透视能力和简洁平实的文风，增加了相关讨论的学术内蕴，赢得了学界的充分肯定，在学风普遍浮躁的时代为后学树立起潜心专注的良好风范。

关键词：意象；中国美学；汪裕雄

（一）

在 20 世纪 50—60 年代的文化环境中，美学是与主流意识形态没有直接关联却被恩准存在的极少数人文社会科学学科之一，在这个意义上，它是幸运的。但这种幸运也不是没有代价，经由 50—60 年代美学大讨论而建构起来的当代美学学科体系，明显地存在问题视阈狭窄和研究方法单一的不足。对此，"文革"结束后学术研究刚刚恢复的 80 年代初，美学界就已试图开始进行反思。作为 50—60 年代美学大讨论主流倾向的代表人物，李泽厚在这一点上的表现就是很典型的例证。在 1980 年 6 月于昆明召开的第一届全国美学大会上，李泽厚说："从本质到现象，有一系列中间环节。……西方近代美学一直到朱光潜同志，他们注意的是审美对象。很多西方美学家认为美和美感是一个东西，他们把美看作审美对象，而审美对象是审美态度加在物质对象上的结果，因此美是美感所创造出来的。这样解释美的本质、根源是不对的，但解释审美现象却有一定的道理，……我过去的文章中这方面讲得也太不够。"① 基于这样的自我反省态度，他在多个场合都强调："如果说，美的哲学只是美学的引导和基础的话，那么审美心理学则大概是整个美学的中心和主体。"② 在这样的背景下，审美心理学研究成为 80 年代至 90 年代初最引人注目的美学分支领域，出版了多部相关著作。

汪裕雄先生在参与编撰《美学基本原理》③ 的过程中，就对审美心理学相关问题进行过比较全面的梳理，但在被建议撰写审美心理学专著时，却不满足于一般性地进行叙述，而是试图围绕"审美意象"这个他所谓的"审美心理的基元"进行布局，最后完成了审美心理研究领域内别具一格的著作——《审美意象学》④。该书立足"审美意象"的角度，对审美心理的深层动力结构和表层操作结构进行了有新意而又有深度的讨论。作者认为，审美需要首先是对于对象外观——结构、形式与秩序的需要，这是人类特有的社会性需要，其最大特征是可由社会分享。人类从远古时代即已开始的形形色色的装饰活动，包括佩戴饰物和自身肌体的修饰美化，无一不是为他人而设，无一不是以激起他人的美感来求得自身审美上的满足。同时，这种对于外观的人类性需要背后，又潜藏着为维持、延续生命活动而产生的饮食需要、安全需要、种系繁衍需要等，后者作为生物学水平上的原初需要，构成人对外部世界最初的摄取状态，从而为人的全部心

① 中华美学学会第一次全国美学会议《简报》第 7 期。转引自李泽厚《美学的对象和范围》，载《美学》第三期，上海文艺出版社 1981 年版，第 18 页。

② 同上。

③ 刘叔成等：《美学基本原理》，上海人民出版社 1984 年版，汪裕雄负责撰写第二编"美感论"部分。

④ 汪裕雄：《审美意象学》，辽宁教育出版社 1993 年版。相关写作背景参见该书"后记"。

理活动注入了基始动力。关于从基始动力向形式性需要转化的具体机制，作者不满于弗洛伊德的性力压抑—升华之说，而归纳出物质造型需要和虚拟造型需要两种审美需要起始形态的假说。物质造型过程实即物质生产过程，特定造型作为满足特定需要的手段，两者经常反复地联系在一起。原初需要由于这种操作过程中的反复联系，逐步转移到产品的物质造型即加工改造过的物质自然形式之中。这种需要向造型转移、凝聚的机制，由于剩余产品和社会交换的出现而进一步强化，以致产品可能未经消费即可仅从其造型判断它能否满足某种需要及满足的程度，无论生产者还是消费者，单凭产品形式性的外观，就会产生喜恶迎拒的情感态度和情感评价。关于虚拟造型需要，作者认为，对自然力的恐惧，创造了对各种超自然的神明和对祖先的崇拜，这便是虚拟造型的起点。神话世界的许多形象，组成了原初需要虚拟满足的静态画面；巫术礼仪的操作过程，则体现出人借助神明实现自身需要的动态境界。在那些人类活动缺乏成功把握的领域，原初需要的受阻，迫使人们诉之于虚拟的造型，凭借想象力求得替代的满足。"原初需要经由物质造型和虚拟造型向审美需要的转换，既是积淀，也是超越。在物质造型过程，原初需要积淀为形式，转化为对物质产品的审美需要，同时也就把人的需要提升到超生物学的层次，……在虚拟造型过程，原初需要积淀为意象—想象系统，转化为对艺术的审美需要，同时也就把人的需要提升到精神文化层次，意味着对现实物质条件和对既定社会理性规范的超越。"[①] 该书写作之时，学术界正展开有关审美作为"积淀"抑或"超越"的争论，作者则将二者置入审美需要历史生成的过程中进行定位，强调二者之间相反相成、一体两面的关系实质，这相对于各执一偏的意见性对峙，应该说更体现出面向问题本身的诚意。

《审美意象学》把从审美意象角度对审美心理结构所进行的理论剖析，置入审美意象历史和个体生成的文化与心理背景之中进行，并以审美意象的艺术化呈现及其不同类型的比较来佐证自己所建构的透视模式，行文说理之间，显出相当的文化厚度和逻辑说服力。杨恩寰所作"序"中称："意象，

---

① 汪裕雄：《审美意象学》，辽宁教育出版社 1993 年版，第 152 页。

作为中国传统美学的基本范畴，在跨越千年的历史流变中，累积了丰厚的内涵。时下已有不少学人关注于此。而从现代哲学、美学和心理学视角，给这一范畴以综合厘定、阐释、发掘与拓展，进而构筑一个颇具规模的体系，既不失中国特色，又具有现代意识，实乃汪裕雄同志这部《审美意象学》给予我的突出印象，令我感到一种理性的满足和快慰。"① 并进一步申述自己所谓"理性的快慰和满足"之所针对曰：不敢说它已经囊括了审美心理学的全部问题，却敢说它论及了其核心问题；不敢说它已经开创了新的研究道路，却敢说它探索了中西融合、多元综合的研究方法与途径，足以为当代中国美学建设提供某些启示。这段话应该说已经相当充分地概括了此书的理论贡献。

书中谈道："八十年代初，我国的审美心理（含文艺心理）研究，曾一度出现过横移普通心理学的幼稚现象。这种研究由于缺乏审美心理的翔实实证材料，对美感的特殊性认识不足，又置这方面的哲学思辨成果于不顾，结果将美感研究大大简化和浅化了。这些著作，虽然在当时名重一时，但不出几年，人们就发现，用普通心理学的一般原理来硬套美感经验，是怎样肢解了美感，糟蹋了美感。这些著作，也就成了横移普通心理学'此路不通'的路标，树在中国当代美学史上了。"② 该书之所以能够在同时期的审美心理学著述中别具一格，新人耳目，善于吸取他人研究工作中的这种教训当然是原因之一，但更根本的原因还在于，作者能够在方法论层面对自己选择的研究对象进行自觉审视并作出充分准备。按他的说法，新中国成立后关于美的本质问题的探讨，之所以陷于"磨道式"的争论难以突破，长期处在停滞状态，很重要的原因就在于用哲学认识论取代审美心理学。而在以意象聚焦审美心理问题时，作者也没有简单地走向另一个极端，没有为了强调审美心理学研究取得的成就而排斥传统的哲学思辨方法，为此而在书中专设"余论"一章，申述"审美心理研究的'哲学—心理学'方法"。

方法不是孤立的，不是单纯主观的选择，而是与对象的性质存在对应性的。作者提出，人的内心感受的精微变化，绝不仅仅是机体对于环境条件的简单反应，不仅仅是机体自身的生物化学或生物物理能量的变化过程，而是

---

① 杨恩寰：《审美意象学·序》。

② 汪裕雄：《审美意象学》，辽宁教育出版社1993年版，第279—280页。

蕴含着丰富的、复杂的社会文化、历史因素，显示着个体全部人格系统的独特功能。美感经验的许多秘密，恰恰深藏在它的超生物—生理方面，这个方面有可见可测的外显形态，更有它的不可见的内在动力和运行机制。这些方面的研究，涉及人的文化属性层面的诸多问题，仅仅依恃自然科学手段和实证方法，断然难以奏效，这就给哲学思辨——包括逻辑论证和理论假设提供了用武之地。同时，美感的生物—生理反应和超生物——生理的文化性内涵，属于统一的活的系统，以自然科学方法进行现象描述和局部研究，必须参照人文科学层面的研究成果，诉诸哲学概括以求理论上的整合。① 他并从这样的角度重新审视了朱光潜所代表的中国现代美学传统的现实针对性："朱先生的'补苴罅漏'，……其实是哲学美学和心理学美学的综合和互补。《文艺心理学》一书，以康德到克罗齐的哲学美学为基本骨架，以审美经验的心理描述为活的血肉，既使哲学美学落实到具体审美心理现象的层次，减少了它形而上的抽象性和空疏性；也使心理学在理论上有所归依，避免了经验性描述的散漫性和凌乱性。……当前国内审美心理和文艺心理研究，呈现出心理学化、哲学化和综合研究三种趋向。这三种趋向，都有了各自的初步成果，也应当有各自的远大前程。但许多研究者似乎都忽略了一个事实，即没有重视朱先生《文艺心理学》实际上已接触到这三种路子，他对每一种路子的利弊得失已有过中肯的评判。如果我们能重视朱先生作为现代美学奠基人在美学方法论上的思考和尝试，那么有些弯路就可以不走或少走，我们可以在他留给我们的美学遗产基础上，把今日美学研究向前推进。"② 《审美意象学》取得的成绩，同作者对朱光潜代表的综合方法和"折中"态度所取之同情立场，同其研究过程中对这种方法的创造性运用是分不开的。

（二）

　　近代以来主流的美学和艺术理论，倾向于从"特殊性"方面把握审美

---

① 参见汪裕雄《审美意象学》，辽宁教育出版社 1993 年版，第 278—279 页。

② 汪裕雄：《补苴罅漏，张皇幽渺——重读朱光潜〈文艺心理学〉》，《文艺研究》1989 年第6 期。

和艺术现象的本质，因此往往致力于寻求审美和艺术与生活世界其他部分之间的分别所在。与此相对，20世纪后期兴起的文化研究思潮，则似乎倾向于从"普遍性"方面把握审美和艺术现象的本质，所以致力于通过恢复审美和艺术现象与生活整体世界之间的联系来观照它的本来面目。这种倾向在20世纪90年代以后受到中国学界的普遍重视，并对美学研究的切入方式产生了或直接、或间接的引导作用。《意象探源》堪称其时体现美学专业研究和文化研究观念之间互动关系的代表性著作之一。作者"跋"中回忆："每当我试图用中西参照方法诠解传统美学'意象'一语时，对中西美学同中异、异中同的反复推求，总诱使我去关心、去思索中西两种文化的深刻歧异。"① 这种被"诱使"的方向，某种意义上恰是其时文化研究观念与传统美学专业观念互动关系的个体化印证。

重视审美与生活世界之间的联系，强调在作为生活世界一部分的意义上把握审美和艺术的属性，相应地，美学和艺术理论的核心范畴也就同时富有了更广泛意义上的文化和哲学属性。所以他说"对审美意象的探讨，便不能不从美学走向文化学，走向对中国文化符号的历史性考察"②。《意象探源》正是基于这样的观察角度，定位"意象"范畴在中国文化观念体系中的地位和作用的。成复旺认为："'意象'问题不仅是美学问题，更是哲学和文化问题。前此虽已有不少论著涉及，但或偏于文学，或偏于艺术，尚缺综合性的系统研究。汪裕雄先生《意象探源》一书，在符号哲学的启示下，把这个问题提到中国古代思维方式和文化符号的高度，做了纵向（历史发展）、横向（中西比较）与深向（由表及里）的全面而精审的考察，从而揭示了'意象'的本质，使这项研究跃上了一个新的层次，达到了新的学术水平。……是中国文化研究的重大的新收获。"③ 这个评价确是恰如其分的。

作者认为，在中西美学的重大差别背后，不仅隐含着文化观念的区

① 汪裕雄：《意象探源》，安徽教育出版社1996年版，"跋"第416页。
② 同上书，第417页。
③ 成复旺：《中国文化研究的新收获——读〈意象探源〉》，《安徽师范大学学报》1997年第3期。

别，而且隐含着文化符号构成的诸多不同。跟西方文化之以"逻各斯（言说）"为中心，借助语言逻辑而诉之于思辨理性不同，中国文化以"道"为旨归，凭借"言象互动"的符号，诉之于直观体悟。"象"诱发想象与体验，"言"为想象与体验提供指向性和规范性，使传统的哲学思想富于暗示而不致流于散漫，借重经验直观而不致陷入非理性。这实际上是由特定义理指引的想象活动，它暗合逻辑却时时越出逻辑常规，极有利于创造性的发挥。其结果，不是逻辑语言表达的确定判断，而是伴随深刻内在体验的似乎多义的哲理。这种符号系统将感性经验与超感性的理性经验，将形而下世界与形而上世界贯通，使后者超越前者，重视直觉体悟而又不失一定的思维规范，构成独具一格的思维方式。东西方文化在实现"哲学的超越"时这种取径的不同，起码在老子与赫拉克利特那里就已很明确了。

不同文化类型的选择，其深层动力来自特定的经济生活及由此产生的特定生活方式。在"尚象"的侧重直观体悟的风貌背后，不难觅见古老中国早熟的大陆式农耕经济的背影，而在"非象"和侧重语言逻辑的思辨理性的特色下面，也不难发现古希腊占统治地位的海洋式商业经济的底色。赫拉克利特以作为一般等价物的"货币"为例说明"逻各斯"的性质，即表明了频繁的财富交换、契约议订和数字计算对古希腊人思维之趋于抽象化的影响。尽管限于课题的性质，该书对此只是简单提出而没能全面展开，但将符号选择与特定生存意识及相应价值取向联系考虑的思路，却提示着未来中西文化比较研究的一个重要方向。

作者不同意学界流行的关于中国传统思想"天人合一"观念的笼统认定，提出自先秦之有自觉的哲学理性思潮起，中国人就一直讲究物与我、情与理、形下与形上之两分。只不过，中国人分而有合，能将两者相通相贯，至于贯通两者的，作者认为就是有异于语言逻辑的另一符号系统——"言象互动"。该书对"言象互动"符号的形成动因，结合具体文化进程作出了自己的说明。上编"原起论"的展开包括三个方面，即动物之象到文化之象转变的过程与机制、神话意象的聚合规则及礼文化中蕴含的"尚象"符号系统。周礼将人伦与天地自然秩序并列统一，并没有进行什么理论证明，而只是借助经验性的类比。这种类比包含着中国文化"尚象"的符号的基本结构，即自然与人伦两大序列平行对应、互为能指与所指，既可以用父母（夫妻）象征天地，也可以用天地象征父母。这种符号系统的特征在于：①借助语言符号的帮助而不完全舍弃表象，其类比推理基于表象而又超越了表象的有限性；②指涉的不是实体，而是实体间的关系和功能，对象的分类不是孤立单个的，而是成双成对的；③不提供两类知觉表象间相互过渡的逻辑定式，不凭借概念和判断，而只求在感悟中获得两者的统一。因此语词的功能主要不是陈述概念而归之于对象并作出判断，而是描述对象并对想象作出限定。这一符号的使用者似乎绕开了概念的介入，凭借想象和联想而进入体验，由此把握对象的关系、联系、结构与功能。这样，主体既认知也体验，认知态度和价值态度就无须充分分化。

周礼中尚象符号的这种特点，有殷人的影子，也能看出神话思维的印痕。神话思维的诗性特点，是不同文化区域的普遍现象，但对这种特点，不同文化选择过程中却显示出很不一样的态度。最早创立"逻各斯"概念的赫拉克利特，自己并没有完全避免语言表达中的双关、暗示、隐喻等诗性特征，却对诗人极尽鄙薄之能事，认为他们只识事物的经验具体性，而不知其抽象统一性，至爱利亚学派草创逻辑学，进一步要求逻辑概念与感性完全分离，这就从根本上决定了"象"在西方思维传统中被排斥的地位。对于"象"的不同态度，表明东西方文化在实现其"哲学超越"的最初取径上就有不同主张。作者就此讨论了生机哲学与原子论哲学两种不同哲学观对于文化符号选择的不同影响。

结合中国思想最古老的源头之一《周易》，作者提出，作为圣人经验性地法天地的结果，易象的目的，不是认识具体事物的实体，而是指向事物在宇宙运动系统中阴阳属性的变化以便把握吉凶的先兆。要判断"象"中寄寓的吉凶，必须借重语言符号。同时，"象"本身的推衍，无法提供诸如"道"这样抽象程度很高的概念，所以要建构以"道"为核心的贯通性宇宙模式，也必须借重语言符号。两方面的原因都决定了，"象"的符号结构必须与语言的支撑作用结合。但"象"的存在，也限制了语言功能的发挥。易辞的任务，在于通过言辞传达主体对于"象"的感悟和所受的启示，这种感悟和启示是精微玄奥的，其中有认知成分，也有基于情感愿望的目的指向性，内涵远非抽象概念所能完全表达。所以周易中的语词，就不能像逻辑语言中表达概念的语词那样删落感性成分，而始终受着感性的"象"的缠绕。故而易辞在语言表达上就有着与逻辑语言不同的极度的灵便性、活泛性，贯穿着被作者称为"触类引申"和"价值居先"的原则。

　　老子是中国文化史上最早对语言功能进行批判性考察的人。通过"非言"，他引入了与"言"不同的另一种符号要素——象。作者认为，老子象论对中国文化观念与思维方式的影响，不亚于其道论。象论的核心，在于"大象"之说。"大象"是一个物象、意象、大象的符号连续操作系统，物象借助语言描述转化为心理意象，超越现实有限性，实现第一次超越；意象经语言的象征意指作用转化为道的象征符号，象征化与抽象化并辔而行，摆脱心理经验的有限性，实现第二次超越。由此可以看出，老子的非言，不是要完全否定语言的作用，而是要让它转化成和道相通的"正言"。"正言"由于和"象"的互动关系而突破了日常语言的局限性，这样，老子就通过对语言局限性的批判和"象"的引入，完成了一个困难的任务，即以形而下者意涵形而上者，确立起"道"贯通天地人的文化最高概念与最基本原动力的地位。由于确立"道"的思维过程的特殊性，其高度抽象性的内涵之中，仍保留有丰富的感性活力和开放性，迥异于古希腊哲学中作为逻辑理性抽象结果的"逻各斯"。

　　从这种角度，作者对有关中国哲学与中国艺术的诸多现象，都作出了有新意的阐释。如《庄子·齐物论》"振于无竟"一段，历来训释丛生，而作者经过考证指出，"无竟"即"无物之境"，也即"玄冥之境"。此"无竟"源头，乃老子的"大象"。庄子对老子的发展，一方面表现为其对"道"的新解，另一方面则表现为对"大象"说的拓展，表现为由"象"而"境"的提升。此种作为人生境界体验的"境"，经王弼而衍化为以"无"为本体的"义理"，对魏晋士人将一般性的人生价值追求弱化为内在的审美情操，由此而摆脱对外在事功的依赖产生了重要影响。又如关于《吕氏春秋》，自刘歆以来皆以所谓"杂家"目之，作者则独以中国"第一部文化学著作"的定位来阐释其深层历史蕴涵。按作者的说法，秦一统天下之后，原有各家思想都无法承负为秦王朝建构意识形态体系的任务，这种文化整合的任务历史性地落到了吕不韦身上。《吕氏春秋》撇开诸子百家，设计了一个名为"十二纪"，即以12个月为纲，以四季配五行，将方位、自然、人事统合配搭的"吕令"模式。这个模式贯穿着道、阴阳、历史三位一体的方法论原则，是故在符号取向上也必然是"尚象"的。"吕令"模式为汉人继承，经《淮南子》《春秋繁露》的发挥，对中国文化的深层结构产生了深刻的影响。再如关于名辩学派的历史命运，关于"象"和"史"内在统一关系等问题的论述，该书都多有斩获。

借助"言象互动"的符号系统把握超越性的"道"，需要相应的主体心态。对此老子标举的是虚静二字，庄子更在虚静的基础上，提出与道偕游的逍遥之境作为主体休养的最高鹄。尘世生活纷纷扰扰，光阴如白驹过隙，只有弃绝利害私欲、智性成见，才可能反观而内视，体验之，玩味之，从中悟出人生的价值意义。这种意义的获得，是物欲满足不能相比的最高满足，庄子称之为"天乐"。庄子对反观内视的强调，将儒家外求的道德理想弱化为内在情操，导致人生理想的审美化。作者对庄子逍遥之境的审美特性及达到这种体道境界的途径，进行了细密精致的分析，提出只有依循大象、逍遥、意境之思想的发展脉络，才能明了何以中国艺术境界能够从形而下的物象直指形而上的体验，何以这种境界能够泯灭主客界限而获致物我同一，实现主体立足此岸的精神超越，从而使以审美代宗教成为某种意义上的现实。

作者对艺术意象之在中西文化系统中的不同地位也作出了恰当实在的比较。西方传统美学的"意象（image）"及与之相关的想象问题，是从感性与理性、形而下与形而上两分的立场出发的，所以虽承认意象可以充当沟通感性和理性的桥梁，却仍把它划归感性层面，放在心理学领域加以处理。而中国传统美学的"意象"，历来是物象、兴象乃至大象（无象、象罔）的总称，既涵括具象的形而下的"器"，亦指涉恍惚无形的形而上之"道"，还有深蕴于人心的情和理，可以由眼耳相接的些微之物，引人入玄远无极之境。是故中国人谈艺，动辄包裹六极，笼括天地。这种意象起于外物之物象，同时更是内心的视像，它在静穆的冥思中，悬于心目，不断发展变形，直至从中领悟出人与自然的真谛，体验到生命的解放和自由。而在基督教传统中，这样的境界只能是专属于宗教的。

该书强烈地触动读者的另一个特点，是其贯穿始终的"问题意识"。作为生命的自我反思，人文科学所要解决的问题，就其本质而言，总是具体的、综合的，是通向发散性的"道"而不可能局限于专门性的"技"的，因而真正以问题为核心的研究，尽管切入角度是特殊的，所涉及的方法及结果的意义，却必然是多方面的。由此我们才能理解作者这样的自白："这本书算什么著作，是美学，还是文化学，抑或属于审美—文化学？撰写时并未多加考虑；而所取用的，又是一种多元综合方法，所以也无须为自己立下严格的体例，唯求将个人见解和盘托出。"① 在把学术研究当作纯技术性工作的人看来，这样的自我定位或许"不伦不类"，但唯因如此，才保证了这种研究对精神世界的穿透力。具体学科存在的意义，本是提供问题解决的特定程序方式，如果简单化地理解所谓学术规范，片面强调学科界限的划分，其结果必然是具体学科研究对问题本身的割裂乃至脱离，是学术研究与存在世界的隔膜。《意象探源》作者在这个问题上的清醒，即使在今天也仍不失其对美学学科建设的警醒意义。

（三）

近现代以来，从根本上否弃中国的历史与传统，从根本上移植西方文化的主张，虽然由于操作层面的困难而始终难以被国人普遍接受，却一直不绝如缕。之所以如此，一个重要原因在于，全盘西化主张实质上是文化普遍主义逻辑的自然引申，或说是它的极端化表达。而文化普遍主义，这种对所谓一般性人类文化及普遍性文化价值的推崇，又是经过启蒙运动而变得非常深入人心的精神幻相。文化普遍主义逻辑在现代中

---

① 　汪裕雄：《意象探源》，安徽教育出版社 1996 年版，第 418 页。

国是与唯科学主义信仰紧密联结在一起的。自然科学研究对于人类文化的进步具有重要的推动作用，但唯科学主义夸大科学作用范围的做法却有害无益。其危害之一，即在于不承认自然科学与人文科学之间的本质区别，片面地用所谓"成熟程度"扭曲性地解释二者之间的差异。这种扭曲阻碍了人文科学特性在现代中国的自觉，它似乎一直都寄生于社会科学的荫庇之下，而社会科学又总是不切实际地把自然科学的理论形态当作自己的目标归宿。只有置入这种特定的话语背景，我们才能明白，何以新中国成立后的历次美学讨论中，争论各方在宣称自己马克思主义属性的同时，还无一例外地将这种属性当作所谓"科学"的同义语，甚至希图自己的体系有朝一日能够发展到以数学模型为表述推论工具的程度。在这样的观念逻辑和价值谱系中，宗白华之类人物在美学界实际上只能扮演非常边缘化的角色。①

20世纪90年代之后，对启蒙现代性的反思批判激发了有关美学学科特性的新的认识。美学作为人文科学不同于自然科学的特殊性，开始引发学界探究的热情。早在30年代，金岳霖等就曾讨论"哲学在中国"与"中国哲学"的区别；到90年代，"中国美学"与"美学在中国"的不同也成了美学界的热门话题。由此，现代中国美学发展过程中实际存在的多种不同路径选择问题，也随之浮出水面，宗白华的历史地位因之重新得到突出。作为中国式意象美学传统的忠实继承者及其现代性的最重要开拓者，"宗白华一生最主要的工作，可以概括为对于从传统范畴出发结构现代性美学体系之可能性的探索。宗白华的这种探索就他本身来说，还基本处于开端状态，却毫无疑问，这种方向选择对此后中国美学的发展，提供了重要的启示。"② 就技术层面而言，《宗白华全集》的适时出版③，也对

---

① 一个很有意思的历史细节是，尽管在新中国成立后的意识形态环境中屡受批判，朱光潜仍毫无疑义地被评聘为一级教授；作为对照，宗白华则只能是三级教授，当然也不需要被批判。宗临终病危时，住院因此颇费周折——普通病房人满为患，高干病房仅供厅局级或一级教授以上人士入住。当然后来因为有德国和美国的著名人士要来探望，经北京大学报告教育部批准，终以"特殊身份住进（友谊）医院"。（住院过程之说据林同华《〈美学散步〉整编的来龙去脉》文中的回忆，《社会科学报》2010年3月25日）

② 韩德民：《美学建构与中国文化精神的现代诠释》，中国社会科学出版社2011年版，第176页。

③ 《宗白华全集》，安徽教育出版社1994年版。

他的被重新"发现"起到了正面推动作用。学界 90 年代之后有关宗白华的"发现"和研究热忱①，实际上是对将美学现代性与民族性结合起来之可能性的热望，是超越中国现代美学发展过程中所受西方中心主义与唯科学主义限制的企图。正是受这种时代性企图的推动，《艺境无涯——宗白华美学思想臆解》得出结论说："从百年中国美学史反观宗白华美学，我们可以看到，是宗白华，承接了中国美学源远流长的生命精神；是宗白华，以其深邃的文化哲学眼光，对它作出了创造性的现代诠释，使之以自成一系的品格，自立于世界美学之林。宗白华无愧为中国美学古老传统的现代发现者，中国现代美学的卓越奠基人。"②

作者归纳宗白华"中国美学史研究"的独到之处，择其要者三个方面曰：一则《周易》原型论，二则魏晋转折论，三则山水审美论；并称赞这些发现的价值首先不在结论本身，而在于其中寄寓着的方法论启示，在于其选择问题、分析问题的方法足以让后人找到从文化哲学入手理解前人美学思想的道路。作者将宗白华确立的中国美学研究范式概括为："从总体文化着眼，从文化哲学的高度考察艺术和审美的经验事实，从中追寻其审美理想和文化理想，以确定艺术和审美的风格特征；以艺术美为中心，将自然美、人格美的考察通贯为一，力求找出其间的互动关系；把艺术作为精神创造和工艺作为物质创造联结起来，从工艺技术中寻求艺术技巧技法的原型。"③ 并认为，宗白华式的研究范式，有助于澄清国外学者的许多误解；那种以为中国过去只有审美意识而无思辨理论的看法，在这种研究范式的参照下将可能不攻自破；那种以为中国画家不懂阴影、构图上"反透视"的主张，也将因此而明显地站不住脚；宗白华的工作表明，中国人不但有自己的审美意识，而且有对审美与艺术做形而上思考的悠久传统。可

---

① 2002 年《宗白华全集》出版后，因颇多收入其生前未曾公开发表过的手稿，引起学界极大的重新发现宗白华的热情。程代熙感叹："他的美学思想是多么博大精深，恢弘清新。"商金林呼吁：对"宗先生的美学思想应当重新研究，宗先生在中国美学史上的地位要重新评定"。（皆转引自凤文学《融汇中西 创建美学——读〈艺境无涯——宗白华美学思想臆解〉》一文，《中国图书评论》2003 年第 8 期）

② 汪裕雄、桑农：《艺境无涯——宗白华美学思想臆解》，安徽教育出版社 2002 年版，第 271—272 页。

③ 同上书，第 283 页。

以说，作者所持的这种总结方式及其所做的判断，既是对宗白华的申说，也内在地包含着其自身有关中国式现代性美学体系形态的理解或理想。

作者的这种问题方式和判断指向，在其有关宗白华和朱光潜美学思想的比较分析中，得到了更切实具体的体现："朱宗两位，都善于做中西美学、中西艺术的比较对照，而且常常由此追究到中西文化的异同。但平心而论，朱氏有关论述，深度广度上或许稍逊宗氏一筹。原因有二：一是宗白华对中西哲学有过系统的比较，对中西形而上学的各自特点……有清醒而稳定的看法，而这，却是朱先生有欠的；二是宗白华有自觉的文化哲学思考，他统摄儒、道、释而超越儒道释，能从各家宇宙论中离析出通贯百家的最基本的文化观念……而朱先生如他多次表白过的，虽然也涉猎过道家和佛学，但他的美学观点，总体说'是在中国儒家传统思想的基础上，再吸收西方的美学观念而形成的'。因此，他对中国审美和艺术文化特征的认定，……有时竟难免为儒家学说所拘宥。例如他……解释中国何以多抒情短章而少长篇叙事诗，多少有些以偏概全。宗白华则归因于中国以时统空的宇宙观，归因于空间意识的节奏化，表情化。而这一时空观为儒道释诸家所共守，从学理上说，应当说更周全一些，更深刻一些。"① 单就学术操作的技术层面之训练言之，其实朱光潜本较宗白华或更为全面。一个很好的证明，就是宗译康德《判断力批判》（上）与朱译黑格尔《美学》对照，西文义理的理解与中文译述的传达两个方面，后者都似乎略胜一筹。但仍然应该承认作者此处观察的深刻与判断的准确，原因就在于作者此处体现的考察角度或说判断立场，已经超越了长期以来居于统治地位的西方近代美学传统——在中国现代的启蒙话语系统中，这个传统常被自觉不自觉地变通易名为诸如科学的美学、一般意义上的美学或马克思主义美学之类，而回归到了一种比较明确的"中国美学"。这个"中国美学"视角，不是孤立的美学文艺学理论问题，而联系着整体的文化视野，从根本上体现着中国式的文化观念。这种"中国美学"视角背后的中国式文化观念和文化视野，与西方近代美学联系着的理性主义、唯科学主义及西方中

---

① 汪裕雄、桑农：《艺境无涯——宗白华美学思想臆解》，安徽教育出版社2002年版，第278—279页。

心主义等，有着根本性分歧，正是这种分歧决定了朱光潜在这个比较分析中的被动。

　　本书作者学术上曾受朱光潜较大影响，且与其之间存在比较直接的渊源联系。① 这种影响和联系对于其从多种不同视角理解和评价朱光潜的理论得失和历史地位，抑或产生某些限制。但尽管如此，在比较分析朱宗两种学术路向的文化哲学意蕴时，全书仍保持了相当的冷静与坦然。书中第十一章谈道，朱宗二位都讲"意境"，但朱侧重从情景结合的心物关系层面做理论说明，宗则将情景结合视作意境创构三层次的一个中间层次，最终则指向充满宇宙情调和人生感悟的超越之境。二者都重视象征，宗强调象征是以具象意指不可言说的玄意玄思，朱则以为"大半起于类似联想"，是"以具体的事物来代替抽象的概念"。对中国艺术中"宇宙情调""宇宙意识"的估计，宗以为中国诗人长于"言在耳目之内，情寄八荒之表"，朱则以为"中国人底思想太狭隘，太逃不出实际生活底牢笼"。总之，朱将审美经验作为心理事实处理，哪怕最深微奥妙的部分，也诉之于心理学以求解析；宗则将审美经验视为宇宙生命与个体生命价值关系的感性呈现，对它的解说始终离不开宇宙生命本体。总之一偏于认识论，一偏于价值论；一偏于科学主义，一偏于人文主义。② 对于处在世纪之交、亟待实现建构模式转换的中国美学来说，显然，宗白华式从启蒙理性转向浪漫哲学，再从浪漫哲学最后回归东方自然生机哲学的精神方向，更容易获得共鸣和推崇；反之，朱光潜式的科学主义偏向，不可避免地转化成了反省的对象。二人精神方向上的这种不同，也有助于我们理解，何以在20世纪中国美学的既往历程中，朱光潜的影响长期超过宗白华，以于在

----

　　① 汪裕雄先生20世纪80年代转向美学研究之初，即选定审美心理学作为主攻方向，同其所受朱光潜的影响有直接关系。当时广为传诵的朱光潜《怎样学美学》（收入《美学讲演集》，全国高等院校美学研究会、北京师范大学哲学系编，北京师范大学出版社1981年版）一文，即系其参加美学讲习班时听课后整理（有录音）的结果。在其后来的学术活动中，也与朱式蓉等朱光潜子侄辈交谊颇深。80年代后期笔者随其问学，其与朱式蓉先生相见，每每话题都离不开朱光潜其人与其学（时后者正忙于为《朱光潜全集》搜集资料），其情景迄今仍非常清晰。日常言谈语中，其似乎也颇有以现代几位前辈美学家特别是朱光潜的皖籍身份为豪的意思。

　　② 参见汪裕雄、桑农《艺境无涯——宗白华美学思想臆解》，安徽教育出版社2002年版，第275—277页。

很大程度上"美学老人"就是朱光潜，现代中国美学学科的代表和象征就是朱光潜。① 也是基于这种具体历史发展过程中形成的实际地位和影响，论者才呼吁中国美学"从朱光潜'接着讲'"②。但在 20 世纪末，受文化保守主义思潮复兴的激励，理性主义、唯科学主义和西方中心主义都成了知识界审视的对象，"美学在中国"向"中国美学"的嬗变也成了似乎非常切近的任务，在这种时势情境下，宗白华作为价值认同象征意义上的优势地位就变得理所当然了。本书对这种时代性要求给予了自己的回应，同时将其与具体文本解读作了切实结合，体现出时代精神高度与学术客观性要求在阐释过程中的内在统一，堪称现代美学史个案研究领域内有典范意义的著作。

原载《安徽师范大学学报》2013 年第 2 期

---

① 据《美学散步》编者林同华介绍，为了获得出版许可，编辑过程中不得不对宗的原文稿进行删节修改。其中关键之处多与宗的这种文化哲学立场有关："责任编辑朱一智先生将其主任的写有'观点错误'、'提法错误'的批条给我看，要求修改。例如，《看了罗丹雕塑以后》原文是：'我自己自幼的人生观就是精神一元论，相信精神是我们生命底原动力，也是自然底原动力。'《美学散步》本是：'我自己自幼的人生观是相信创造的活力，是我们生命的根源，也是自然内在的真实。'我征得宗先生同意，由我按照他早期生命哲学的观点进行修改。……论歌德的几篇文章，因为编辑部认为不得刊用，被删掉了。"(《〈美学散步〉整编的来龙去脉》，《社会科学报》2010 年 3 月 25 日）这或许可以从特定角度诠释前注所谓朱之"屡受批判"与宗之"不需要被批判"的另一层意味，那就是"屡受批判"是因为还被认为有威胁性，存在争议的必要，因而当然也同时比较重视；而"不需要被批判"，则意味着在主政者心目中已经公认错误，不值得争议，毋庸担心，也当然不必再予重视了。

② 参见朗《从朱光潜"接着讲"》，收入其论文集《胸中之竹》，安徽教育出版社 1998 年版，第 255—282 页；汪裕雄《美学老人的遗产与国内今日美学》，《江淮论坛》1990 年第 4 期，等等。

四 传统文化的危机与 20 世纪中国的反文化思潮

提要：常规社会状态下的文化解构，总是与文化建构形成某种张力平衡，共同发挥推动文化生态系统健康发展的作用。但由于中国文化近代以来遭遇的挫败及由此而导致的道统失范，这种解构元素乃渐蜕变为单纯否定性的反文化思潮。文化是实用性的操作规范，更是超越性的生命寄托。从根本上消解中国文化传统作为主体生命寄托的神圣色彩，不利于个体自我的人格建构，也不利于社会总体的建设性革新。

关键词：反文化；传统；知识分子

本文所谓"反文化"，指某种文化内部摧毁其终极性价值规范的倾向。

文化作为人特有的生存样式，其核心部分是一套基本的价值观念。任何具体的文化形态，都有区别于其他文化形态的价值观念，显示出其特有的人文关怀方式。一般性的文化永远只能是单纯理论的抽象，现实存在的文化总是特定具体的。因而，文化的价值理想及意义结构，也只能是具体的，是与特定文化形态相联系并寄托在这样一个生态实体之中的。也是在这种意义上，本文对"文化性"与"人文性"做同等之理解。①

---

① 对"文化性"或"人文性"的理解，不能脱离价值理性和工具理性（科学理性）两个侧面的相互涵摄。否定这两个侧面是一种反文化倾向，过度强调其中一个侧面而相应贬低乃至抹杀另一个侧面，也同样具有反文化倾向。中世纪神学蒙昧主义和 19 世纪以来的极端理性主义，就是片面强调文化性构成的某个侧面而导致悖离人文精神的例子。考虑到 20 世纪中国反文化思潮的实际特点和论述的简便，本文重点申述的是反文化作为反价值理性思潮的意义。

（一）

20 世纪中国反文化思潮的一个突出表现，是其经久不息的全盘否定传统倾向。用闻一多的话说，叫作"我们这时代是一个事事以翻脸不认古人为标准的时代"[①]。

传统可以意味着许多的事物，许多代代相传的事物。这些事物包括物质实体，也包括人们对各种事物的信仰，还包括延续已久的惯例和制度。它可以是建筑物、纪念碑、景物、雕塑、绘画、书籍、工具和机器。[②] 传统是一个复杂的混合体，它涵盖了特定时期内某个社会所拥有的一切事物，这些事物在其拥有者发现之前就已经存在了。

传统自身内部可能是充满着矛盾、对抗乃至某种混乱的。但传统作为一种统合性力量，强调的不是具体的行为及相应的具体实物。人类的行动转瞬即逝，它们持续的时间不会超过实际完成它们所需要的时间。一旦完成，它们便都不复存在。传统强调的毋宁是隐含或显现于行为中的范型和观念，是关于允许、控制、确立或禁止这些范型和观念的信仰，是积淀并贯穿于文化的历史过程中，体现在繁富的物质的与精神的产品中的稳定的观念、意识、心理。而引导文化共同体顽强地克服各种阻碍，使之不断向前延伸的观念核心，则是那种超越特定利益阶层确定阈限的终极性人文情怀。任何文化的理想规范及意义结构，都是在传统的这种切切实实的伸延过程中孕育的，并构成了其任何一种进一步健康发展的生长点、出发点。离开文化特有的历史道路，任何价值理念都会显得既没有存在的理由，也不具备发挥影响的威力。

20 世纪的彻底反传统思想，在最初奠定其精神运动基本趋向的五四新文化运动中，就已经表现得相当完整了。

陈独秀称，五千年来的中国文化，本质上是畸形的文化。其中纵有某些人文主义因素，也由于既无民主观念作统率，又无科学精神作基础，而常常陷入自己的反面。传统社会的知识分子，貌似博学多才，忧国忧

---

① 闻一多：《现代英国诗人·序》，收入《闻一多全集》第 2 卷，湖北人民出版社 1993 年版。

② 参见 E. 希尔斯《论传统》中文版，上海人民出版社 1991 年版。

民，实则既不能真正体察民意，又对科学一窍不通，而只能投身专制朝廷充当政治工具。"农不知科学，故无择种去虫之术。工不知科学，故货弃于地。战斗生事之所需，一一仰给于异国。商不知科学，故惟知罔取近利，未来之胜算，无容心焉。医不知科学，既不解人身之构造，复不事药性之分析，菌毒传染，更无闻焉；惟知附会五行生克寒热阴阳之说，袭古方以投药饵，其术殆与矢人同科；其想象之最神奇者，莫如'气'之一说；其说且通于力士羽流之术；试遍索宇宙间，诚不知此'气'之果为何物也。"① 作为传统文化基本指导思想的孔孟儒学，更被五四主将视同寇仇："孔二先生的礼教讲到极点，就非杀人吃人不成功，真是残酷了！一部历史里面，讲道德说仁义的人，时机一到，他就直接间接地都会吃起人肉来了。"② 吴虞甚至提出两千年来的中国历史都是一个儒家的圈套。这就彻底否认了作为一种实际存在过程的传统的合理性甚至必然性，同时也意味着要彻底摒弃从这个过程中生长起来的文化的全部价值关切。

伽达默尔《真理与方法》中提到，作为此在之本体性展开的理解活动的进行，有待于一种"界域"来构成理解的背景。这种"界域"牵涉到指向未来的此在之可能性，但其具体内容却无疑是过去的历史传统所限定的。历史传统是此在主体之所以能立足于此并向未来展开的唯一依据。彻底摒弃传统，意味着摒弃主体自我的逻辑与历史的前提，意味着主体的一切行动与梦想都成了没有根基的漂浮物，其逻辑结果只能是生命的惶惑、茫然乃至绝望。彻底的反传统主义，无论其产生有多么充分的理由，无论其表现形式是多么慷慨激昂，无论其动机是多么积极进取，最终都无一例外地会堕入无可奈何的悲凉。西方是这样，中国的情况也是这样。陈独秀在全盘否定传统的同时，却在给友人的信中自述衷肠曰："仆误陷悲观罪戾者，非妄求速效，实以欧美之文明进化，一日千里。吾人已处于望尘莫及之地位。然多数国人犹在梦中，而自以为是。不知吾之道德、政治、工艺甚至于日用品，无一不在劣败淘汰之数。虽有极少数开明之士，其何救

---

① 《独秀文存·敬告青年》，安徽人民出版社1987年版。
② 赵清、郑城编著：《吴虞集》，四川人民出版社1985年版，第171页。

于灭亡之命运?"① 由此种情绪出发,他甚至断言,中国被列强瓜分只是时间问题。基于中国文化不再有任何合理性、任何生命力的判断,他甚至认为如果殖民者能以法律统治中国,则即使处身殖民统治之下,也未尝不是幸事。历史翻过 70 年,20 世纪 80 年代中后期的文化讨论同样受这种逻辑规律的支配。《河殇》尽管极力做亢奋状,其大声疾呼却无法卸却底气不足的苍白。呼喊者的立足点既已陷落,目标也找不到任何既定的现实前提,茫然当为理所当然。发展下去,只能是刘晓波的所谓中国唯一出路是殖民统治三百年论。

韦伯之后的西方社会学研究有一种偏见,即因为传统发挥作用的方式而把它说成是与科学的理性精神不相容的,应予彻底清除。中国 20 世纪的反传统思潮,在学理上亦受此种观念的影响。但拒不承认此在生命本体和社会本体有不容抹杀的超理性侧面,不承认理性的限度,这本身就是理性主义精神的变质。

具体文化形态往往与一定民族共同体相同一。一民族区别于他民族的基本性格特征构成其民族性。文化特有的价值关怀方式是民族性的最高体现。民族性的形成受自然、生物、社会历史等多重因素制约,其价值理念,形式上虽是主观心态性的,内涵却是民族共同体在漫长历史过程中自觉适应外在生存环境,适应社会发展的客观规律的结果,是无数实践经验的凝结。全盘弃绝传统,不仅意味着连根拔除人所特有的人文理念,而且意味着否定人类生存的历史性,否定历史经验的参照意义。与具体的历史的实践过程相脱离,科学理性就会因为被抽象绝对化而陷入困境。因为作为具体的历史的人类这样一种超生物族类的理性,其功能和适用范围也同样是具体的历史的。绝对化的结果只能是丧失自己的应有合理性。所以全面拒绝传统的历史虚无主义不仅将摧毁文化的价值理念,也为向怀疑否定科学理性的功能的非理性主义暗转埋下了伏笔。

传统的范导作用,常通过诉诸主体超越单纯工具理性的此在整体,通过诉诸主体某些自然性的精神情感需要来实现。人们对代代相沿传承而来

---

① 转引自林毓生《中国意识的危机》中文版,贵州人民出版社 1986 年版,第 96 页。

的思想行为模式的信奉，对与我们古老历史来源相联系的象征物的依恋，合理性都很难得到经验科学的实证性的支持。对传统的信仰，看起来似乎仅仅因为它们从来就是人们的信仰。这在反传统主义者那里成了传统的荒谬性的最好证明，也成了五四新文化倡导者痛下全盘抛弃传统之决心的根据："倘以旧有之孔教为是，则不得不以新输入之欧化为非。新旧之间绝无调和两全之余地。吾人只得任取其一。"① 因为欧洲文明"举凡一事之兴，一物之兴，罔不诉之科学法则，以定其得失从违；其效将使人间之思想云为，一遵理性"②。相反，中国文化传统则灌输给人的只是无尽的愚昧、盲从、轻信。

由于传统发挥影响不同于科学理性的方式，反传统主义者反过来拒绝用科学理性的态度对传统进行具体分析。陈独秀就将全部儒学传统看成一个整体，称其中任何一个侧面都是不能适应现代生活的。当胡适试图通过整理国故来从传统文化中寻找移植西方文化的契机时，钱玄同也大不以为然，认为这样"对于千百年积腐的旧社会，未免太同他周旋了"③。

文化的进步发展，本来无疑义是自我更新蝉蜕的过程，无疑义包含着解构既有文化规范的任务。问题是，当这种解构完全否认所解构的对象的意义时，则解构活动本身的意义也就得不到解释了。这种情况下的"新文化"之"新"，由于没有了任何认同性的规定，也就转化成了"非"或说"反"的同义词。这样的解构，其效用只能是解构本身，是为解构而解构。

（二）

20 世纪中国反文化思潮的又一个突出表现，是它持续的激烈反知识分子倾向。

知识分子作为一个阶层，与其他社会阶层的区别之处，在于除有其专业工作和特殊利益外，还扮演着一般文化价值规范看守者的角色。希尔斯

---

① 《独秀文存》，安徽人民出版社 1987 年版，第 15 页。
② 同上书，第 9 页。
③ 《胡适往来书信选》（上），中华书局 1979 年版，第 25 页。

认为知识分子源于人类的这样一种兴趣，即通过言语、色彩、形体或音响，去理解、体验与表达个别具体事件的一般意义，由此与人、社会、自然和宇宙的最一般或最本质的方面，建立认知、道德和欣赏性的联系。这也就是孔子说的士志于道的意思。不同地域、不同时代知识者的表达方式和侧重点可能不同，但应该拥有超越性的人文关切这一点却应是肯定的。正是出于这种考虑，西方某些社会学家认为实用技术型的专业人员，如牙科大夫之类，不应归入知识分子队伍，在文化类型上，他们更多的可能是相应于中世纪的手艺人而不是士。

反知识分子的方式之一，就是从政治、经济乃至艺术审美形象等各种层面，对其进行批判、剥夺、丑化。

传统社会中一直被称为四民之首，始终处在中心位置的"士"转化为 20 世纪的知识分子后，开始遭受愈来愈"边缘化"的命运。世纪之初的二三十年，主要由于传统士大夫文化的某种余荫，知识阶层还仍然扮演着令人尊敬的角色，还能对实际利益集团发挥一定程度的制衡作用。北伐成功后，蒋介石推行党化教育，知识阶层作为一般文化价值规范代言人的独立地位开始受到挑战。胡适 1946 年回国，本拟重办独立的文化评论刊物，却不能为当时环境所允许。至于一般文化人所受控制，那就不必说了。1949 年后，从"反右"到"文革"，历次政治运动的基本主题，几乎都是对试图保有或多或少的独立身份、姿态、意识的知识者的声讨。胡适、俞平伯、冯友兰、梁漱溟、朱光潜、胡风、丁玲、马寅初、储安平、杨献珍、孙冶方、邵荃麟、"三家村""四条汉子"《武训传》《早春二月》《林家铺子》《水浒传》、"孔孟之道"，这一串还可以长长排下去的知识者或其代表作品的名单，在当代史上意味着的却是一场接一场的政治批判乃至专政运动，是以工农兵名义进行的严肃声讨。长期宣传教育的结果，是知识者成了多层级的社会结构组合中最严重的意识形态偏见的受害者。用柯庆施的"名言"，叫作知识分子有两大特点，一是懒，二是贱，三天不打，尾巴就翘上天。更为庄重的说法则是"拿未曾改造的知识分子和工人农民比较，就觉得知识分子不干净了。最干净的还是工人农民，尽管他们手是黑的，脚上有牛屎，还是比资产阶级小资产阶级知识分子都干净"①。这些批判声讨的过程一点也不和风细雨，充分暴露出现实权力对知识分子之为知识分子的独立意识的疑忌和义愤。反右派的斗争就明确规定，以资产阶级和知识分子为限，在农民和其他劳动人民中，一概不提反"右派"斗争的口号，也不划右派。

独立精神的维持，除政治宽容度和人格上的坚定外，还有赖于物质性的经济基础。先圣有"士志于道而耻恶衣恶食者，未足与言也"的明训，但终极性价值关切和作为这种关切前提的良好文化教养，仍然仰仗于金钱和闲暇。况且，经济利益的不同分配，必然导致有关不同阶层存在的社会意义高低的暗示。这种暗示实质上是对文化共同体成员的一种导引。所以先圣又说，邦有道，贫且贱为士之耻。五四新文化人对服膺拜金主义的消闲文艺多所扫荡，但坚持不为金钱而是为学术而学术，却需要文化人经济上的起码自立。陈独秀、胡适、李大钊等教授的月薪是 300 个大洋，一般职员则是 8 个大洋，还自觉不低，像当时在北大图书馆做馆员的毛泽东后来曾在延安向斯诺介绍的那样。所以当时的文化人可以自己集资办独立的言论阵地，如《语丝》《努力周报》《独立评论》等。20 世纪 30 年代以后，就再也没有这样的风光了。抗日时期知识分子每日三餐都成了颇费踌躇的事，于是有西南联大诸多名教授刻章卖字补贴日用的现象。1949 年后，知识分子没有自己的同人刊物，政治环境当然是根本原因，但事实上他们也不具备花自己的钱、说自己的话的经济实力。反"右"斗争后，知识分子更整体上跌入了"老九"的位置。

五四时期的知识者爱以人力车夫为题材，写作小说诗歌之类来表示对劳动者贫困生活的同情，到 20 世纪末，这种同情却大概早被自惭形秽替换了。在 20 世纪 80 年代中期以后，知识阶层面对的政治强力大体消解，经济压抑更加突出。面对市场经济初级阶段的汪洋大海，知识者从没像今天这样强烈地感受到金钱对尊严的剥蚀。那启蒙者的大义凛然，以天下为己任的豪迈，乃至遭政治迫害的悲壮，顷刻间都成了倍遭商品讥嘲的无的放矢和莫名其妙。他们成了最无足轻重的一群。

---

① 《毛泽东选集》（合订本），人民出版社 1977 年版，第 804 页。

政治身份、政治地位和经济利益，对生命是相对外在的规定。在淡化意识形态色彩的时代，对知识者的剥夺进一步深化到了人性内涵本身。嘲弄知识者成了似乎 20 世纪 80 年代后期以来的审美时尚。小说、电影、电视、广播，各种大众传播媒介中，对知识者形象的贬损成为越来越流行的文艺现象。知识分子形象成了伪善、自私、心胸狭隘、懦怯等性格品质的代名词。王朔是个突出的例子。他自己解释说："我的作品的主题用英达的一句话来概括比较准确。英达说：王朔表现的就是'卑贱者最聪明，高贵者最愚蠢'。因为我没念过什么大学，走上革命的漫漫道路，受够了知识分子的气，这口气难下咽，像我这样的粗人，头上始终压着一座知识分子的大山。他们那无孔不入的优越感，他们控制着全部社会价值，以他们的价值为标准，使我们这些粗人挣扎起来非常困难，只有给他们打掉了，才有我们的翻身之日。"① 读书人的艺术丑化此前也有，如《决裂》《反击》等，但那还只是局限于抽象政治观念的意念性设计，王朔却获得了真实丰满得多的感性心理背景和知觉依据，所以，他的嘲弄也拥有前者无法比拟的感染力。这种"进步"的唯一解释，只能是知识者阶层在现实的社会意识系统中地位的下落。

反知识分子的第二种方式是对他们进行改造，把他们由人类终极命运的关怀者改造为仅仅是拥有特殊技能的"驯服工具"，也可以客气地称作"专家"，把他们从志于道的"士"改造为只剩下术或艺的"匠"。

知识分子改造作为积极方式和批判作为消极方式，在 20 世纪中国思想史上可以说互相促进、相映成趣。毛泽东说过："要争取广大的知识分子，……没有革命的知识分子，革命就不会胜利。"要争取是因为知识者有专业技术，对革命事业有用。但知识者之为知识者，还有更根本的特性，那就是超越性的人文情怀。在任何确定的政治组织或政治派别中，他们都容易显出区别于其他成员的自主精神和独立意识，这被认为是非常有害甚至是危险的："知识分子把尾巴一翘，比孙行者的尾巴还长。孙行者七十二变，最后把尾巴变成个旗杆，那么长。知识分子翘起尾巴来可不得

①　《王朔自白》，《文艺争鸣》1993 年第 1 期。此处仅就王朔作品外在社会功能的层面加以分析，至于其作品的内在心理涵容，或当有超出这所谓自白者。

了呀!"① 为了把他们的尾巴割掉或起码是夹紧,索性宣布"知识分子是最无知识的"。一直到军宣队、工宣队、农宣队进驻学校,和知识青年的上山下乡,都是要对他们进行改造重塑,以去除其与众不同的自以为是也即独立意识。改造之后余下的,就是有实际用途的专业技术和循规蹈矩的服从性格了。这种新型知识分子被褒许为"螺丝钉"或如前所说的"驯服工具"。总体上看,即使在"文革"最狂热的阶段,也没有真正否定过"专"或科学理性的功能,只不过强调"专"必须脱离知识者的独立意识,转而同对现实政策观念的膜拜相结合。从这样的角度,可以说 20 世纪中国对人文理性的摧毁自始至终伴随着一种唯科学主义倾向。符合科学本身许多情况下都不再只是一种事实描述,而成为价值褒扬。

20 世纪 50 和 60 年代知识分子思想改造运动,与传统儒学奠基于公私义利之辨上的仁者修养,有某种形式上的相应。有些思想史专家据此提出中国马克思主义的儒学化的问题。② 其实二者间有重要区别。思想改造的实质,是去除立足于自我生命主体对世界进行感受、体验、思考判断的独立之精神,是要驯服地认同体现现实社会利益集团要求的政治观念,而仁者修养则是要求士人借以超越现实藩篱,超越包括王权专制的官僚机器在内的各种因素对自由之意志的束缚。

"文革"是对知识分子进行剥夺最猛烈的时期,而反"右"的 20 世纪 50 年代则称得上是对知识分子进行改造最卓有成效的时期。"右派"共有 55 万多人,大体分为两类。一类是因各种原因,如得罪了单位领导,本单位没完成划"右"指标等,被误划的无辜者;另一类是确实提出了与执政党不同的政治主张的真正"右派"。"右派"的主张大体体现在四个方面:一是反对马列主义的教条化倾向并否认其独尊地位。二是要求保持民主党派的独立性。三是坚持个人权利的观念。四是对国家体制和国务管理原则,包括权力分配有不同意见。这些意见的实质,是继承了 40 年代代表自由知识分子愿望的"第三条道路"的精神。随着"右派"分子被大批流放,拥有独立意识能力的知识者阶层代表的那种超越性价值理想,此后几

---

① 《毛泽东选集》第五卷,人民出版社 1977 年版,第 452 页。
② 如李泽厚先生的《中国现代思想史论》,东方出版社 1988 年版。

乎销声匿迹了。

与此相联系的还有对教育体制的改革。1952 年的院系调整，将综合性大学由 55 所减至 14 所，工科院校由 18 所增至 38 所，师范院校由 12 所增至 37 所。这种调整有其当时情况下的积极作用，但也显出严重削弱人文教育的倾向。综合大学的减少，意味着对通才教育的抑损。教育计划与国民经济建设计划紧密相关，按产业部门、行业、产品设立学院、专业，像粮食学院、钢铁学院、铁道学院、拖拉机学院、坦克学院等，昭告着与"螺丝钉"相一致的教育目标。至于后来提出所谓大学里一个中文系，一个历史系，唯心主义最多的说法，其反人文倾向就更是变本加厉了。"知识越多越反动"在其得到权威某种首肯的意义上，"知识"乃是被偏重于指向独立思考、独立意识的能力，而非实用的专业技术。当然，人文精神的崩溃，不能不影响到整个社会的全面稳定发展，相应地导致自然科学研究和应用的停滞落后，但那已属另一个层面上的问题。

于是会有普遍的"文科无用"的偏见，有 20 世纪 70 年代中期以后"学好数理化，走遍天下都不怕"的处世箴言。1980 年，经过恢复和发展，中国大学生中文科的比重上升到 8.9%。据联合国 1977 年的统计数字，世界上 1000 万以上人口的 50 个国家中，文科学生占在校大学生比重大于 50% 的有 13 个，介于 26%—50% 的有 26 个，介于 20%—25% 的有 6 个，介于 18%—20% 的有 4 个。中国的文科学生比例比最低的国家低将近 10%。更值得注意的还不是形式性的数字比例，而是教育内容的性质。我们的文科在那段时期其实是政治教条灌输的代名词，理科是"红"下加"专"。两类教育都无视人文教育、生命教育的重要性。

改造的结果，是知识分子人格的普遍萎缩。纵然在哲学这种最能显示生命独立创造精神的领域，长时期以来我们也只培养了一批机械背诵经典来与具体政策条文相拼接的所谓"工作者"，而看不到像样的哲学家。在这种极端化了的社会组织系统中，也有一些类价值理性的概念命题。但系统整体的反人文性质，决定了这些概念命题的扭曲性诠释。道德可以是对失势者的无情摧残，进步可以是永无止休的破坏与争斗，生命意义就是自我主体性的主动戕害，而民主则成为没有条件的所谓"集中"和"绝对服从", 等等。思想史的考察, 尚停留于这些命题的抽象逻辑结构而不深入体察其背后的实际社会内涵, 就轻率地以"道德主义"之类说法予以概括, 那就未免显得轻率了。

知识者个人作为现实的社会成员, 其存在并不必然与文化的普遍性价值规范同一。在这个意义上, 反知识分子并不直接等同于对价值理念的破坏。但就实践效应看, 知识阶层的遭遇总是与一般价值理念的命运有着较其他阶层更密切的联系。就好像教士在人们心目中的地位, 教士的个人品质, 不可避免地会影响信众对上帝的信仰一样。理论上, 每个人心中都自有一条通向天国的大路, 可反教士、反教会的结果, 肯定是上帝权威的弱化及淡化。作为文化一般价值规范看守者的知识者, 如果在现实生活中总是可疑的（政治上、道德上）、可悲的（经济上）、可厌的（艺术审美格调上）, 那怎能不引起社会公众对价值理念存在意义本身的困惑呢? 从社会分工角度看, 知识者阶层是距离作为一般价值理念的"道"最近的, 如果知识者们都无法因为这个特点感到自豪, 甚至还要因此而感到自卑, 感到有罪, 那又怎能寄希望于一般公众对价值理想的热切追求呢?

（三）

反文化思潮不同于文化共同体所面临的单纯外在冲击, 即使这些冲击十分强烈, 以致有些时候甚至会导致具体文化生态的消亡。古罗马帝国的掠夺, 南亚次大陆上古雅利安人的征服, 以至近代以来欧洲殖民者对美洲大洋洲的占领, 都造成过曾是十分灿烂的当地土著文化的中断或消亡。但这些都只能说是不同文化间的冲突对抗。

反文化思潮往往与文化生态内部的异端因素有联系。中国传统文化内部, 以老庄为代表的处于非主流地位的自然主义思潮, 在对儒家人文主义的批判过程中, 就流露出某种程度的反文化倾向或说解构倾向。但在正常情况下, 异端因素对主流文化的批判, 是文化共同体全面健康发展不可或缺的建设性组成部分, 其与主流文化间的关系应视为一种相反相成的关系, 从不同的侧面共同体现着更高层面上的人文关怀。

人文性的价值理念, 作为人区别于动物界的文化性生存的标志, 如果脱离具体历史的流动着的人性的真实，就可能转而异化为钳制人的此在生存的枷锁，异化为一种伪善。为了防止这种异化，就必须给人文性的价值理念找到一个标准，找到一种制衡的张力。这个标准就是人性的自然性。在这个意义上，在中国文化的历史道路上，道家自然主义对儒家人文主义的批判，就不仅不是反文化的，而且是消解其追求过程中的异化现象的不可少的工具。只有当文化共同体陷入巨大的生存危机，而主流文化又表现得无能为力时，异端因素对主流文化的虚伪性的批判，才会由于外来冲击力量的刺激，而极度膨胀为对文化终极性价值关怀方式的彻底否定。只有在这种时候，异端的批判，才会从作为文化生态的建设性组成部分的存在，蜕变为摧毁性的反文化思潮。

20 世纪中国反文化思潮的发生，有其传统内部的思想史渊源，但主要乃是由于传统文化进入近代以来遭遇的现实危机。林毓生《中国意识的危机》中指出，作为 20 世纪中国激烈反传统思潮象征的五四运动，其三个公认的领袖人物陈独秀、胡适和鲁迅，无论在性格、政治观念还是思想方面，都存在巨大差异，却共同得出了相同的关于必须全盘否定中国文化传统的结论。因而，对此就很难单从心理或政治观念的层面加以解释。反传统思潮的发生，与其说是一个思想文化问题，不如说是一个实际历史选择的问题。

中国文明依照其特有的性格逻辑，独立发展了五千年，也曾有过堪可告慰的辉煌，可一朝梦醒，它却在炮声隆隆中纯然被拽进了近代史的大门。西方文化的侵入，构成了整个中国近代史，包括近代反文化、反传统思潮的基本背景。

汤因比称，在文明的一般接触中，只要被入侵的一方没有阻止住辐射进来的对手文化中的哪怕仅仅是一个初步的因素在自己内部获得据点，它都不可避免地要进行一次心理革命。面对着李鸿章所谓"二千年未有之变局"，中国主流文化不得不努力作出急剧调整以为回应。第一次鸦片战争以中国的失败和可耻的城下之盟——《南京条约》的签订而告终。天朝大国居然败于"蕞尔小夷"之手，这不能不对作为文化理想最忠实的献身者的知识者造成深深的心理情感刺激。魏源认为，西方的对外扩张发展，从道义上并不值得效仿，但东方民族要想生存，面对这种扩张却只能急起直追，以求与其处于平等地位，在这个意义上，应承认西方科学技术的价值，放下架子，虚心学习。这就是著名的"师夷长技以制夷"。冯桂芬强调学习西方"坚船利炮"的必要性，而且要求相应地改革现有体制、教育等方面的弊端，以造就出相应的适用人才。但他们都认为这种向西方的学习，只是不改变中国社会结构的"器""用"之变，是"取西人器数之学，以卫吾尧舜禹汤文武周孔之道，俾西人不敢蔑视中华"①。这也是洋务派代表人物之一张之洞作"中体西用"之概括的出发点。

但19世纪80年代相继而来的中法战争特别是中日甲午海战的惨败，给了洋务派的努力以根本性的打击。洋务派几十年辛苦经营的成果，由于这两次失败而被知识界认作已是付之东流。梁启超《变法通议》说："中兴以后，讲求洋务，三十余年，创行新政，不一而足。……其荦荦大端，必曰练兵也、开矿也、通商也。斯固然矣，然……不挈其领而握其枢，犹治丝而棼之，故百举而无一效也。""吾今为一言以蔽之曰：变法之本，在育人才；人才之兴，在开学校，学校之立，在变科举；而一切要其大成，在变官制。"②中国败于日本的一切因素都向人们提示：必须进行制度、思想和精神的改革。中国未能建成强大的海、陆军，并非单纯由于西式武备的缺乏，实际上中国海军的吨位就大于日本，令人震惊的失败根源，是政府机构的无能和腐朽。因而康、梁、谭等极力痛斥中国政治体制之弊，提出"仿洋改制"，君主立宪，维新变法。但戊戌变法使这种改良的设计成了又一次空想。

孙中山曾在甲午上李鸿章书中提出了与康梁类似的主张，但终于不能不对清廷感到失望，乃决意革命推翻之。在辛亥一代的革命者看来，中国的改革与发展不可能依靠满清政府自上而下地进行，而只有彻底废除君主，建立共和。在文化上，他们也主张广泛吸纳传统文化的各种成分，与西方文化在更广泛深刻的意义上进行会通，以熔铸重构新时代的中国文化体系。辛亥革命推翻了清朝帝国统治，可政治并未走上正轨。军阀割据混战，官吏争权腐化，民国的共和成了一块空招牌。唯一的区别就是，随着

---

① 薛福成：《筹洋刍议·变法》，上海醉六堂光绪二十三年印。
② 引自石峻主编《中国近代思想史参考资料简编》，生活·读书·新知三联书店1957年版，第374、376页。

君权这层掩盖最后被扯下，价值权威缺失造成的秩序紊乱更加明显。社会精英们陷入极度彷徨苦闷中不知所措。鲁迅遁入绍兴会馆中钞墓志、辑佚书、念佛经即为著例。所以，"五四"的彻底反传统是极度绝望心态中酿就的。"假如一间铁屋子，是绝无窗户而万难破毁的，里面有许多熟睡的人们，不久都要闷死了，然而是从昏睡入死灭，并不感到就死得悲哀。现在你大嚷起来，惊起了较为清醒的几个人，使这不幸的少数人来受无可挽救的临终的苦楚，你倒以为对得起他们么？""然而几个人既然起来，你不能说绝没有毁坏这铁屋的希望。"这是鲁迅自陈决意投入五四反传统运动的经过，大体也能代表激烈反传统主义在当时为许多人接受的一般缘由。本杰明·史华慈看到，这些近代知识者对于中华民族的维护与发展的献身远远超过了对任何其他价值理念的倾心。任何价值理念能否被接受，都取决于它们能否有助于民族的维护和发展。"五四"知识者对以传统为根基的价值理念的背叛，根本动机乃是他们相信，只有这样，才能挽救中国的危亡命运。近代中国始终处在被列强推推搡搡的境地，始终被亡国灭种之威胁压抑着，每种自我调整几乎都没等充分完成就被新的失败笼罩了。人们在惊慌失措中不得不进行新的选择。这样，中国近现代史就被迫呈现出某种越来越彻底的自我否定趋向。社会主导思想也一步比一步更为激进。这种势头在五四时期终于落实为对中国文化根本合理性的否定，落实为对其几千年特有历史行程中孕育滋养的价值核心观念的否定。

　　太多太多的挫折，使先进的中国人相信，在 20 世纪的世界文明格局中，我们的文化传统不仅不再能够提供有效的回应手段，反而只能造成难以承受的负面重荷。"固有之伦理、法律、学术、礼俗，无一非封建制度之遗，……尊重二十四朝之历史性，而不作改进之图，则驱吾民于 20 世纪之世界以外，纳之奴隶牛马黑暗沟中而已，复何说哉？于此而言保守，诚不知为何项制度文物，可以适生存于今世。吾宁忍过去国粹之消亡，而不忍现在将来之民族，不适世界之生存而归消灭也。"① 不仅要彻底改换固有文化形态的全部有形的"用"的层面，而且要彻底舍弃转换其终极性价值

---

① 《独秀文存》，安徽人民出版社 1987 年版，第 4—5 页。

理想观念的无形的"体"的层面，只有这样，才谈得上彻底割断与传统的关联，民族也才有新生之希望。

（四）

知识阶层与传统，与传统血肉相连的文化价值理念的联系，比任何其他阶层都更直接。一种诚挚的献身与崇奉，使知识阶层中最突出的理想主义者几乎无法把自我生命在世之意义与其所从属的文化价值理想分开。王国维、梁济之所谓殉清就是两个极端的例子。他们生前和清王朝并没有特别大的利害联系，所以其举止甚令人不解。事实上，所谓清廷于他们，不过是内心深处割舍不去的价值关怀系统的外在象征符号罢了。他们乃是为已经渗入骨髓和血液中的价值理念的现实崩溃而献身。一个丧失了意义的世界，在他们看来，本同于虚无。自沉身死不过是无可如何地承认这种虚无罢了。因为这种特征，知识阶层对文化共同体的命运，有着格外敏锐与强烈的挂心。"生年不满百，常怀千岁忧"，"风声雨声读书声，声声入耳；家事国事天下事，事事关心"。心之所系者远，容或其所忧者深也。"心事浩茫连广宇"，这是知识者的超脱豪迈处，也是其分外痛苦处。"智慧的痛苦"，智慧之为痛苦在于它本质上不是纯理智性的精明机巧或技术专业，而是庄严的仁者情怀，是肃穆的道一体验，是超越现实特定利益集团阈限的对整个文化共同体命运的忧戚。

传统是相沿成习的文化风俗，是一代又一代奉为神圣的先贤典籍，是那已与我们此在生存融为一体的情感思维判断方式，是那令我们为之魂牵梦萦的终极性价值理念。"为什么我的眼里常含泪水？因为我对这土地爱得深沉。"① 无论多么新的新文化猛士，也很难真正割净尾巴，很难真正去除固有文化土壤的积习。自承"不知怎地总是有点'隐逸'"的周作人不说，"新文化中旧道德的楷模，旧伦理中新思想的师表"的胡适之也不说，就是被公认为沿着五四新文化的方向最义无反顾地坚决走下来的鲁迅，又何尝能真正切断与文化传统间的脐带呢？传统如梦魇般缠绕着我们，要否

---

① 艾青：《我爱这土地》，收入《北方》，文化生活出版社 1942 年版。

定传统，要解掉与传统间令人害怕的维系，就不仅要从根本上改变我们生活行为的具体方式，撤弃痛斥所有那些先贤遗典，而且要审视我们自身，否定我们自身。不仅我们的知识修养，我们的谋生方式，而且我们据以安身立命的根本的价值观念、意义结构，都因为与传统的血脉相连而显得面目可憎。

对中国文化传统的否定，是由于文化共同体面临的现实危机。知识者基于其"先天下之忧而忧"的使命感，充当了这种否定的急先锋。但知识阶层自己与传统的联系却较其他阶层密切得多，所以其对传统的彻底否定逻辑必然地导向对自我的审判。字字句句痛斥着"国民性"的鲁迅，其实对自我有更沉重的悲观："我的思想太黑暗，而自己终不能确知是否正确……"[1] "我总觉得我的灵魂里有毒气和鬼气，我极憎恶他，想除去他，而不能。我虽然竭力遮掩着，总还恐怕传染给别人。""我觉得古人写在书上的可恶思想，我的心里也常有，能否忽而奋勉，是毫无把握的。"[2] "华夏大概并非地狱，然而'境由心造'，我眼前总充塞着重叠的黑云，其中有故鬼，新鬼，游魂……"[3] "自己也未必靠得住。"[4] 一种深重的负罪感压在 20 世纪中国知识者的心头和身上，一种对自我深深的绝望和对民族新生殷殷的祈望交织在一起，构成了典型的灵魂的炼狱。最大的奢望也只能是肩起黑暗的闸门，放后来者到光明的地方去。自己则注定了是这黑暗的一部分或殉葬品。

反知识分子浪潮，在很大程度上是由知识者阶层主动掀起的。当这种浪潮转化为一次又一次声势浩大的外在社会政治运动以后，知识分子自身的配合仍然发挥着不容小觑的作用。知识者阶层超越性人文关怀的否定与改造及其向工农等现实利益集团的彻底认同，始终伴随着自身的真诚渴望。尽管这种渴望在不同环境条件下，可能因为主动或被动的刺激而有激动兴奋或酸涩苦楚的区别。1958 年 3 月 16 日，北京各民主党

---

① 《两地书·二十四》，收入《鲁迅全集》第 11 卷，人民文学出版社 1981 年版。
② 《坟·写在〈坟〉的后面》，收入《鲁迅全集》第 1 卷，人民文学出版社 1981 年版。
③ 《华盖集·"碰壁"之后》，收入《鲁迅全集》第 3 卷，人民文学出版社 1981 年版。
④ 《华盖集·导师》，收入《鲁迅全集》第 3 卷，人民文学出版社 1981 年版。

派和无党派民主人士——以知识分子为主体——集体在天安门举行"社会主义自我改造促进大会",通过"自我改造公约",发起"交心"运动。"交心"其实就是交出独立思考、独立判断的超越性人文情怀,用现实当下的具体政策条文或意识形态充填自己的精神宇宙。这里面有外在压力的因素起作用,但在 20 世纪 50 年代思想改造过程中,知识者整体上怀有一定的真诚性、主动性却不容否认。1949 年确实意味着 20 世纪中国历史的重要转折。国内空前统一。从岭南到塞北,从内地东南沿海到边防新疆西藏,中央令行禁止,畅通无阻,彻底消除了五十年来军阀割据混战的局面。对外,1949 年人民解放军炮击悍然在内河游弋之英国军舰,50 年代与头号帝国主义国家对抗于朝鲜,60 年代顶住了苏联压力,确实显示了中华民族应有的伟大尊严。这一切都是中国共产党领导工农大众取得的。其令一个世纪以来为陷入危机中不能自拔的民族焦灼不已的知识者感佩,实非偶然。

知识者由于负罪感,由于同被自己否定了的文化传统的密切关联而对劳动大众产生的崇敬,在 20 世纪 30 年代就表现得很明显。在大批青年知识者走进农村的过程中,对自身的纤细、敏感、脆弱、精致同工农的粗豪、质朴、爽朗形成的反差的愧悔,曾令人深为感动。"老是把自己当作珍珠,就时时有怕被埋没的痛苦;把自己当泥土吧,让众人把你踩作一条大路。"[1] 这是全然发自内心的愿望。"于是我的心胸/被火焰之手撕开/陈腐的灵魂/搁弃在河畔……/这时候/我对我所看见所听见/感到了从未有过的宽怀与热爱/我甚至想在这光明的信念中死去……"[2] 改造是痛苦的,也是令人感奋不已的。《绿化树》所写章永磷的因坏的"出身"的原罪感,面对劳动者产生的对自己肚子中学问文章的自惭形秽感,以及借肉体与精神折磨求得解脱的变态心理,不只是特定政治运动的结果,而且是联系着 20 世纪中国思想史整体逻辑进程的一条重要脉络。

知识者自身的二重性,决定了那种集激烈反传统的狂热和心灵深处难以排遣的落寞感伤以至罪感于一身的性格类型在 20 世纪中国思想史画廊中

---

[1]　鲁藜:《泥土》,收入《鲁藜诗选》,人民文学出版社 1983 年版。
[2]　艾青:《我向太阳》,收入《向太阳》,香港海燕书店 1940 年版。

的层出不穷。"寂寞此人间，且喜身无主，眼底烟云过尽时，正我逍遥处。花落知春寒，一任风和雨，信是明年春再来，应有香如故。"这阕咏梅词是曾在铁与火的革命浪尖上充当过政治领袖的瞿秋白的心灵独语。民族拯救的使命感使他不能不投身到残酷激烈的斗争中，而心的深处则明白自己究其实乃属于一个不同的世界。性格的分裂造成了极度的苦闷和疲惫，而终于不能不有一篇惹来各种非议的《多余的话》。

在民族危亡的政治拯救中是这样，在经济拯救中也是这样。就20世纪80—90年代的经济转型而言，是知识者阶层首先跳出来为市场经济鼓吹，是知识者阶层把最早一批主要由"三劳"人员组成的个体老板褒奖成所谓代表未来中国积极因素的萌芽，也是知识者阶层最早明确批判那些构成知识阶层特性的东西，认为它们不适应甚至是阻碍新的经济社会秩序的建立。似乎那种人文性的道德担待意识，那种以天下为己任的使命感，那种对文化理想的献身精神，那种支配了知识阶层几千年的仁者情怀，都只能成为这新的社会进步不可免的牺牲。当然，也仍要从过去中找出某种资源作为依托，作为生长点。但被认为能担当此种重任的，却是传统社会中的痞气、无赖气。据认为，传统中就只剩这点痞气、无赖气还保留着一点未经阉割的生命活力。

与"文革"的极权专制吸收了传统社会反人文性的王权专制权术相应，20世纪80—90年代的反传统主义者们所要吸收的，是传统社会江湖上的反文化资源。这两种渊源的反文化因素在传统社会中一直没有消失，许多时候还互相结合。称王称帝开一代基业者多属流氓兼豪杰的性格类型，此类型君王政治的反人文色彩也格外强烈。如刘邦，如朱元璋。但在总体上，这两种反人文因素一直处在以儒学为代表的文化共同体的一般性价值理念的涵摄之中而有所收敛。倒是在20世纪，由于传统社会的巨大危机，传统文化的核心性价值结构遭到了破坏，传统社会内部的反人文性资源与新的社会政治思潮结合而被发挥得淋漓尽致。十年"文革"既是反传统的极致，又是传统社会内部反人文性资源复活并恶性膨胀的极致。

与20世纪80年代文化热讨论中对儒学代表的精神观念的批判相一致，

文学艺术界正是知识分子所谓"渴望堕落"①之风盛行的时候。不仅知识者内在的价值理念、情感方式，由于和文化传统间割不断的脐带成为罪过，就连知识者因特有职业方式所形成的外观容貌特征，也被看作丑陋可笑的。如果说王朔作品对知识者形象的嘲弄是80年代中国引人注目的现象，那这种嘲弄在知识者圈子中赢得的喝彩与共鸣，就更发人深思了。

为了迎合这种嘲弄，知识者纷纷费力地做高仓健状，做阿兰·德隆状，做西北黄土高原往酒中撒尿的壮汉状，甚至做土匪恶汉状，费力地掩盖其职业不可免地烙在体态神情上的印痕，生恐落下"小白脸"之讥。波及开去，乃有蔚为大观的审丑风尚。持久不懈的努力，加上外在社会呼唤"真正男子汉"压力向动力的转化，于是我们拥有了迥异于传统知识者性格与形象的新型知识者——无赖——痞子形象。这些人聪明潇洒，但满口污言秽语。寡廉鲜耻，却没有通常意义上痞子面对正面文化现象的本能性自卑。②作为长期自觉选择的结果，他们理直气壮地蔑视否弃一切既有价值规范，而且因此感到自豪，感到得风气之先，感到对本阶层中尚未觉悟者的"活得累"的由衷怜悯。于是"何不游戏人间"成了知识阶层中影响深远的人生哲学。

（五）

在遭受西方文明全面性强力冲击之前，中国传统文化事实上就已陷入了严重窘困。程朱理学延续到清初，已完全异化为专制君主笼络控制知识分子的手段，它在士人心目中的地位也日渐沉落。顾炎武、阎若璩在这样的背景下，继承儒学内在的人文关怀精神，抛弃理学的僵化形式，开创出新的经世致用之学，以作为王权控制士人的意识形态的对抗。乾隆等也慢慢看出了理学的奄奄一息，作为弥补，乃有四库全书馆之设立。四库馆设立的意义，是将在野的以考证为主要特征的汉学，提到了官方半官方的地

---

①　参阅《东方》杂志1994年第1期王力雄文《渴望堕落》。

②　这种自卑意味着的是文化价值观念在正常秩序中对非文化性成分的涵摄功能。历史上，有些痞子即使后来位极人臣甚至登基为王，也仍摆脱不掉这种文化价值观念造成的自卑，因而十分忌讳别人提及其早年的"身份"。

位。随着汉学家地位的提高，除戴震等少数例外，大部分人逐渐丧失了此派学脉开启者顾炎武那种清醒地批判现实的精神。汉学乃渐变而为"纾死避祸"的防空洞，乃至"润饰鸿业"的点缀品。汉学发展到段玉裁、王念孙父子阶段，表面上一片繁荣，但繁荣背后却潜藏着文化精神的低迷委颓。士子纷纷钻在象牙塔里讨生活，缺少一种虽九死其犹未悔的道义担待精神，思想界所能看到的只是一片冷落沉寂的景象。因此，对既有文化模式进行批判冲撞，扫荡那些已蜕变为束缚人们生命创造活力的旧理路、旧学风、旧观念，乃是承续光大传统根本精神的当务之急。

首先站出来大声疾呼的是章学诚。随后，常州学派以《公羊》学为武器，试图系统清理乾嘉学风之流弊。作为《公羊》学中重要人物的龚自珍，从《公羊》三世的历史观出发，极力倡导变革的意义，猛烈抨击乾嘉之学的"琐碎饾饤"，同时批评了宋学的空泛无当。

龚自珍思考的重点，是如何改革社会关系，确立起新的利益分配原则，以达到富国强兵的目的。但由于各种复杂的原因，这种思考并没导致新的，能够发明出中国文化内在核心的强大生命力，而又能够同时担当起统摄中国社会现实运作的重任的观念体系的创立。尽管现实的外在秩序还似乎完好，实则内在精神的恐慌已是日渐加重。

西方文明的强力侵入，既加速了中国社会精神恐慌的爆发，又一步步从根本上击碎了中国知识阶层对自身文化合理性的信念。一种彻底反传统的以至反知识分子的思潮漫卷开来，成了 20 世纪中国社会变迁的重要一翼。一而再，再而三的挫败、耻辱中，社会精英们看到的是一团漆黑。整个过去的数千年，似乎都成了一个错误的梦。全部的价值理念、信仰权威，都成了一种阻碍甚至欺骗。二十四史的字缝里都浸满了吃人的血腥气。可能的唯一回答，就是打垮古人、粉碎传统、跳出规范的樊笼。

摧毁价值规范，确能解除人们情感、思维、行为方式上的诸多禁忌，确能解放受到文化规范压抑的原始感性冲动。因而许多人对这种摧毁、这种解放寄予厚望。但单纯感性冲动的非理性特征，决定了它无法直接产生对社会文化共同体的建设性效应。就经济领域看，改革开放和向市场经济转轨的实践已充分表明，"跟着感觉走"在任何意义上都不能说是积极的。

建基于单纯感性欲望的利益追逐无助于社会财富的积累，而且这样的动力也必然不是持续稳定的。人与动物不同，因为人摆脱不掉精神与肉体的二元性。物性刺激可以带来极大的生命快感，但随着物性沉迷在时间上的推延，人会本能性地滋生出远离自我真正本质的空虚感、沉沦感，陷入莫名的惶惑。新的物性刺激的结果只能是新的快感与空虚的轮回。所以享乐主义和悲观主义，历来是一枚硬币劈不开的两面。没有价值权威作为统摄核心的文化社会共同体，即使短期内形成某种程度的经济繁荣，随之而来的也必然会是普遍性的精神彷徨，并引发相应的经济停滞甚至滑坡。中国在20世纪80年代和90年代经济改革过程中的诸多负面现象，应该已经替我们敲响了这样的警钟。

单纯感性欲望驱使的人，他们相互间结成的社会群体关系也必然是不稳定的，充满危机的。《荀子·礼论》中称："人生而有欲，欲而不得，则不能无求，求而无度量分界，则不能不争。争则乱，乱则穷。先王恶其乱也，故制礼义以分之，以养人之欲，给人之求。使欲必不穷于物，物必不屈于欲，两者相持而长，是礼之所起也。"礼的完整理解，不应单纯或主要指向外在的社会规范，而应包括内在主体性的价值结构。如果人性中彻底拔去良心、信义、不忍人之心诸如此类最基础性的价值观念，那就会连最简单的社会交往关系都陷入混乱。

"五四"以来的反传统主义倾向，在唯科学主义观念的支配下，过度强调进化论原理对文化考察的意义。陈独秀《孔子之道与现代生活》中说："孔子生长封建时代，所提倡之道德，封建时代之道德也；所垂示之礼教，即生活状态，封建时代之礼教，封建时代之生活状态也；所主张之政治，封建时代之政治也。封建时代之道德、礼教、生活、政治，所心营目注，其范围不越少数君主贵族之权利与名誉，于多数国民之幸福无与焉。"[①] 这种考察注意的只是文化外在物态形式的历史阶段性，而无视其内在核心性价值观念超越性的一面。这样的方法论原则引申下去，只能是以科学理性吞并代替价值理性，从而使科学理性自身也变质异化。没有人文

---

① 《陈独秀文章选编》（上），生活·读书·新知三联书店1984年版，第155页。

观念的范导，则科学理性越发达，其被用来作为反人类工具所可能造成的危害也就越大。掌握了现代科学技术的希特勒，给人类造成的创伤超过了历史上任何一个暴君，就是很好的说明。如果社会组织成员没有被培养成拥有内在主体性价值自律观念的人，那无论多少法律、道德、纪律，无论多少典型范导或威吓利诱，都只能是对着一群免疫功能丧失者的头痛医头、脚痛医脚，是治标不治本的外在性管制。

在摧毁固有文化价值结构对社会运行维系作用的同时，我们在有些阶段也曾试图引入意识形态性观念来代替这种维系作用。依靠政治高压，短时间内也有效果。但这些人为设立的观念，缺少深厚文化根基的滋养规约，实际运作中很快就演化成了不健康的极端性强力，据以维持的社会秩序因而也只能是极端性的。一旦环境条件有所变化，就会迅速瓦解。试图完全抛开传统，短时间内凭空创设一套所谓全新的价值结构，如同拒绝人类全部的文化积累，要回到洪荒年代的白纸上凭一己之力绘制最新最美的文明图画一样，带有浓厚的空想色彩。这种人为设立的观念，由于根本拒绝了积淀在文化经验中的丰富具体的生命情怀，充其量是在表述形式上披一层僵死的类价值理念包装而已。"文革"中许多蛊惑人心的极端性宣传口号，性质就是这样。

彻底反传统主义的重要思维前提，是偏执文化生态为一不可离析之整体结构，要么全盘继承，要么全盘否定。如果真是这样，如果文化传统的任何一个成分都是不可分地捆在一起的，那也就没有任何吸收异质文化的余地了。同时也无法借鉴引进，因为西方文化也是一个不可分的有机整体，除非整个儿地一下子搬过来。因此彻底的反传统思潮，在逻辑上就已潜含着自绝于人类文化的反人文性质。

对有着强烈民族主义意识和高度理想主义精神的中国知识分子来说，否定自己所从属的文化传统，本质上也就意味着否定自我。这决定了反传统与反知识分子两个命题二而一的性质。这种否定也因而必然是充满矛盾与反复的。全盘反传统是为了挽救民族危亡，为了光大振兴中国文化，但结果却往往并不如愿。这样的背景下，20 世纪知识分子在激烈反传统与向传统复归间的普遍性摇摆，就不显得奇怪了。80 年代中期的文化讨论，曾以继承"五四"的激烈反传统思想为主调，但摧毁价值权威的结果，解放痞气的结果，去除理想去除沉重"潇洒走一回"的结果，是人欲横流，是腐败、欺诈、背信、无耻和各种刑事犯罪现象在一片整治声中的蔓延，并对我们寄予悲壮希望的艰难的改革开放的前程出路，造成了明显的威胁。对比之下，同属儒教文化圈的其他东亚新兴工业国家、地区，继承了更完整的传统价值关怀方式，也没有经过类似中国大陆的暴烈的破坏传统运动，却在追求社会的现代化转型和民族进步的过程中取得了更显著的成绩，这不能不是双重的刺激。于是进入 90 年代，儒学和传统文化复兴的某种潜在趋向又成了令人不能无视的文化现象。

严复在 20 世纪初就以个体的形式经历过类似的心路历程。早年严复严厉批评张之洞"中体西用"之说，称"牛有牛之体，有牛之用，马有马之体，有马之用"，"未闻有牛之体有马之用"者，称中西文化是"最不同而断乎不可合者"。①但辛亥革命后，目睹帝制推翻后的所谓共和的不堪现实，严复转而认为西方文化不足以解救中国，由积极鼓吹向西方学习而终又回头向传统文化寻求答案，提出"他日中国果存，其所以存亦恃数千年旧有之教化，绝不在今日之新机"，甚至声称"现在一线生机，存于复辟"。②

"严复现象"不是个别的，也不是偶然的，也很难用中国知识分子的软弱性解释。康有为、周作人等许多著名人物都有类似转向。鲁迅《在酒楼上》中写有一段令人喟叹不已的文字："我在少年时，看见蜂子或蝇子停在一个地方，给什么来一吓，即刻飞去，但是飞了一个小圈子，便又回来停在原地点，便以为这实在很可笑，也可怜。可不料现在我自己也飞回来了。不过绕了一点小圈子。"它事实上是 20 世纪中国社会进程本身矛盾性的人格化反映。近代中国诱发型的变革机制，迫在眉睫的现实危机，都决定了许多矛盾性因素在这个进程中的同时展开，也决定了主体选择的艰难。鼓吹向西方学习仿效，结果导致基本立足点的消失；鼓吹中国本位，结果却可能导致实践中对腐朽事物的辩护；鼓吹民主共和，结果却导致四

① 《严复集》，中华书局 1986 年版，第 29 页。
② 同上书，第 662、669 页。

分五裂；鼓吹权威统一，结果却流为专制独裁；赞成革命，结果流为打砸抢抄烧；认同改良，却客观上暗转为消极保守；全盘砸烂传统价值理念的结果，却是传统内部恶性资源的大爆发，等等。在中国文化精神充分消化吸收 20 世纪以来的外在刺激，并作出有效回应，从而完成自己足以统摄这个巨大社会共同体运行发展的新的价值观念形态之前，这些实践操作中的悖论都不会消失。由此也决定了 20 世纪中国知识者，不论激烈反传统抑或要求在认同基础上改良传统，都无法免却心灵的困惑。

周作人有一首诗，名字叫作《歧路》：

> 荒野上许多足迹，
> 指示着前人走过的道路。
> 有向东的，有向西的，
> 也有一直向南去的；
> 这许多道路究竟到一同的去处么？
> 我的性灵使我相信是这样的。
> 而我不能决定向那一条路去，
> 只是眤了眼望着，站在歧路的中间。
> ……

确实，20 世纪的中国，没有确定无疑的路可走，只有在摸索中向前。面对歧路徘徊，这就是我们的命运。

原载《原道》第 1 辑，中国社会科学出版社 1994 年版。

第三编

古典观念的回溯

一　论儒学的"哲学的突破"

提要：由礼内化而来的仁，形式上是应然之理，实质上却与存在对象界保持着根本一致。儒学以这种方式化解主体意义性需求和客体存在性现实间的紧张，满足了自然经济时代人的立命需要。但由此建立起来的和谐，其诸构成要素没有经历充分的分化发展，所能承受的张力非常有限，其积极意义将随着个体性的日益丰富而降低，从而其在近现代所面临的种种质疑和挑战也就成为理所当然。

关键词：儒学；哲学的突破；存在意义

美国社会学家帕森思提出，纪元前10世纪之后的一段历史时期内，各主要文明都先后发动过一场他谓之为"哲学的突破"的精神革命。通过这次革命，人乃逐渐摆脱与自然缠绕不清之混沌状态，于自我在宇宙间的位置、意义等，形成明确的理性化的观念，为继起的进一步发展奠定了基本的支点与基本的动力。"哲学的突破"在中国应以春秋战国时期诸子百家的争鸣为标志。儒学在这个过程中，发挥了主导作用并对后世产生了最广泛的影响。

（一）

人之异于其他物种之处，在于他能够对自己的在世生存活动形成观念性的自觉。这种自觉当然有一个历史的发展过程，黑格尔所谓绝对理念从自在到自为的展开过程，可以视作人类精神自觉过程的神秘化映象。这种自觉在最初的原始意识中，表现为各式各样的图腾和禁忌观念的出现。这些图腾和禁忌，作为人在幼年时代对自我本质及自我与对象世界关系的认识，往往局限于非常具体的现象层面，并把这个层面加以不恰当的膨胀，推崇为存在世界的全体或根本。这在作为人的自我本质的异化形式的宗教神灵观念上，表现得格外清楚。法国百科全书派的代表人物之一霍尔巴赫提出，人类历史上最早出现的宗教是拜物教，其所崇拜的对象就是自然物和自然势力，也即粗俗的物质对象本身，在此基础上才逐渐发展为人格化的神灵，最后才形成具有高度抽象概括功能的一元神观念。这一观念在近现代许多不同流派的宗教学研究中都得到了证实。现代宗教学的创立者麦克斯·缪勒经过对印欧语系各民族神名的语源学研究，得出结论说，这些民族所信仰的神，许多都来源于很具体的对象物，如石头、树木、太阳、星辰等。人类信仰中的神灵观念的这种变化，所揭示的其实也是人们有关自我存在的观念变化过程，这种变化乃是一个愈来愈彻底地超越自然对象的物性具体性的过程。所谓"哲学的突破"，其实质就是人类精神在漫长历史积累的基础上所实现的从自在到自为的飞跃。作为这种飞跃结晶而形成的一系列人文范畴，给此后社会文化的发展提供了基本的生长点和凝聚核心，在这个意义上，雅斯贝尔斯又将这个时期称作"轴心时期"。

　　世界不同区域的文化，在其发展的早期阶段，都先后经历了这种文化精神从自在到自为的"哲学的突破"，为各自文化的进一步发展奠定了基本的前提。但作为人类文化精神从自在到自为飞跃的普遍性规律的展现，不同文化区域完成这种突破的具体方式，又由于不同的历史地理背景而呈现出不同的特征。就与古希腊、以色列、印度等文明的比较看，帕森思称以中国的这场精神革命的表现方式最为温和。某些学者，如美籍华裔学者余英时认为，这种温和的特征与诸子，特别是与儒家开新所取的托古的方式有关。

　　不同于其他文明，中国历史的特殊性在于，在其更后起的阶段，它没有发展出一套新型的社会伦理，而依然由血缘性的宗法伦理发挥调节人与人社会关系的意识形态的功能。经周秦之变，尊尊亲亲的血缘性宗法伦理在确定和维护社会秩序活动中的作用及发挥作用的方式，都有了巨大的变化，但这种伦理观念确乎延续了下来，延续了几千年。西周末年开始跃动于社会意识形态内部的人文精神，经长期积累，到春秋终于有可能脱颖而出。这种人文精神的成熟，意味着人可以跨出西周天命神学的神秘化笼罩，用理性主义的态度对自己的本质与使命进行冷静的反省。章学诚《文史通义·原道下》中说过一句话，谓"孔子之大，学周礼一言可以蔽其体"。孔子对人之在世立足点自觉地理性化反思的结果，是恢复周礼。"周监于二代，郁郁乎文哉，吾从周。"（《论语·八佾》）周礼在这里事实上成了孔子之前漫长的华夏历史文化传统的总体性象征。但孔子之能够完成"哲学的突破"，或更恰当地说，能够成为这场精神革命的标志性人物，重要的不在于他从社会政治层面对周礼的选择和维护，而在于他从人类学本体论高度对这种选择、这种维护所做的哲学论证。这种论证的意义，超越了具体的保守主义倾向的社会政治策划，奠定了中国文化关于生命本质与意义目标的基本观念。孔子认为，礼的本质不像它表面上看起来的那样是一种外在的强制，而是内在人性自然流露的结果。人之高于禽兽，中国之异于夷狄，就在于他天然地富有仁性。人也者，人也。丧失了内在的仁性，礼也就成为无意义的了。因为此时的人实际上也就不复为人了。"人而不仁，如礼何？人而不仁，如乐何？"（《论语·八佾》）儒学的根本，即是何以为人之学。

仁由于和礼的渊源关系而带有强烈的伦理色彩，但其内涵远非伦理学所可涵盖。"士不可以不弘毅，任重而道远，仁以为己任，不亦重乎，死而后已，不亦远乎。"（《论语·泰伯》）仁构成了生命追寻的终极性意义目标，提供了此在生存的根本立足点和根本动力，因而"仁者不忧"（《论语·子罕》），它也同时意味着生命旅途中的圆满与安定。仁作为"人极"，作为终极性意义目标，与对象的存在性现实间应保持某种张力。现实存在由于其直接性而注定了与超越性的人的意义目标间的区别，另外，存在界由于和人的联系而必然与人的意义目标间保有联系。联系保证了二者间相互渗透、包容、转化、过渡的可能性。

意义与存在的关系，实质上是人与自然关系的一种特定形式。在不同文化中，这种关系的表现形式是不同的。西方文化突出二者间的区别对立，中国文化则倾心于肯定二者间的联系。就仁而言，形式上虽是主体性的需要，具体内容却是由作为历史事实的礼转化而来的。"克己复礼为仁"，周礼是早期更原始礼仪的继承和发展，早期礼仪不是早期人类意识理念的产物，而是早期人类面临的自然环境和氏族社会内部结构规律共同作用的结果，是一种存在必然性的反映。由礼内化而来的仁，形式上是应然之理念，实质上却与存在对象界有根本的一致。所以儒学不无理由地坚信自己观念追求的现实实践功能。在由思孟而明确化了的心学传统中，这种坚信越来越被推向极端。诚意正心修身，而后才谈得上齐家治国平天下。"三代之得天下也以仁，其失天下也以不仁。国之所以废兴存亡者亦然。天子不仁，不保四海；诸侯不仁，不保社稷；卿大夫不仁，不保宗庙，士庶不仁，不保四体。"（《孟子·离娄上》）仁或无仁作为内在心性需要的性质，直接成了天下得失的根本。仁性的力量沛然无敌，不可以人数之多寡计。"仁不可以为众也。夫国君好仁，天下无敌。"（《孟子·离娄上》）仁甚至也不再只是现实事功的前提或必要条件。很多时候，在儒者眼里，内圣的建立几乎就是立功的充分条件，所以说："仁，人心也。……学问之道无他，求其放心而已矣。"（《孟子·告子上》）由首先必须有内圣才谈得上外王，而至于有了内圣则自然外王，以至于有了内圣，有无外王都无关紧要。内圣仁心被摆到了一个本体性的不为任何外在客体所动摇的地位。由此也才可能理解所谓足乎内而无待于外，所谓万物皆备于我，所谓万物森然于方寸之间。

　　在非常确定的阈限范围内，"礼"既是必然性的存在的现实，则以理想的形式概括地反映揭示其精神实质的仁性修养或说君子人格以至内圣，是应该能够积极有效地适应现实、改进现实的，但作为对特定历史时期存在必然性的适应的结果，礼有其相对凝固性，以礼为参照建造的内圣目标因而也有相应的封闭性。现实在急剧地变化，本来是内在蕴含着必然之理的当然性，慢慢地就与存在的必然间出现了裂隙。裂隙愈来愈大，则对由内圣而必外王，由意义而化存在的坚信，也就会愈来愈少现实性的根基。同时，有异于孔子的把人与外在之礼相沟通，孟子极端强调作为善端的心由主体生而禀有的性质，所谓"恻隐之心，人皆有之；羞恶之心，人皆有之；恭敬之心，人皆有之；是非之心，人皆有之。恻隐之心，仁也；羞恶之心，义也；恭敬之心，礼也；是非之心，智也。仁义礼智，非由外铄我也，我固有之也，弗思耳矣"（《孟子·告子上》）。内圣的仁性失去礼的现实性的规定，它于是愈来愈主体意向性化，愈来愈成为一种内向的精神修养目标。

"仁"作为儒者践履性的生命目标，其内容表现分普遍人性层面上的和具有特定时代性意义层面上的两部分。后个方面也确乎可以随着现实情境的变化而调整，这与三代之礼的损益沿革是相应的。但站在现代人的立场，这种调整的机制与成效，特别是在进入近代社会以后，确乎显得不够充分。

（二）

不同于孔孟的以仁释礼、以仁代礼，荀子把礼当作了自己人生哲学的重心。同样是礼，荀以礼法并称，强调礼作为存在领域必然性的反映与主体心性自然要求间的对立性质，强调其特有的约束、规范、强制功能。"礼起于何也？曰人生而有欲，欲而不得，则不能无求，求而无度量分界，则不能不争。争则乱，乱则穷。先王恶其乱也，故制礼义以分之，以养人之欲，给人之求。使欲必不穷于物，物必不屈于欲，两者相持而长，是礼之所起也。"（《荀子·礼论》）"人之生不能无群，群而无分则争，争则乱。"（《荀子·富国》）"故先王案为之制礼义以分之，是有贵贱之等，长幼之差，知愚、能不能之分，皆使人载其事而各得其宜，然后使悫禄多少厚薄之称，是夫群居和一之道也。"（《荀子·荣辱》）礼是人的社会性生存之维持与发展的必然，正是这种必然构成了人与动物的区分，构成了人之为人的根本，即人道。礼不是依什么主体性的当然之则、依什么先验良知善端设置的，它是现实的必需，因此它也不再是保守的、凝固的，而是可以不断调整的。不再是"法先王"，而是"法后王"，不是依据传统神圣性的应该，而是以现实势运化机为基础的必然。

内在先验的善良本性于是不再必要，主体人格自由基础上的意义目标也成为次要的。重要的是依循外在律则的强制。生命本然的愿望为"恶"，须用外在之"礼"加以改造。不是意义需要导出礼仪事功，恰恰相反，意义追寻是后天习得，是自我否定的结果。同样讲修养，孟子是通过修养找回自己天赋之真性善端，荀子则是要压抑克制重塑自我。对孟子而言，生命的存在自身就已经包含了它应有的意义，问题只是如何发扬之、推导之，以使之成为普遍存在的现实。荀子则以意义为后天的，为认同外在性群体规范的结果。

自然生命必须予以社会的改造才能具备人之道。就天来说，天行有常，不为尧存，不为桀亡，是纯粹客体性的存在的天。所以人要生存发展延续，要实现自身的意义，就必须与自然斗争，必须认识、征服、改造自然。故此，不同于流行性的天人合一观念，荀子提出了天人相分的思想。天有不同于人的独立的客体性质，要努力把握认识对象的客体自然性，只有如此才能制天命而用之。荀子十分强调学的意义，他的学不只是修身养性，而是与对存在客体性的承认把握及利用相联系。陈大齐在谈到荀子的自然论时，针对这种特点，称其有关"天"的学说，具独到精辟之见解，为当时思想界放一异彩，而与近代自然科学的精神甚相吻合。①

孟子之学仅求放心，荀子之学则指涉存在之理，沿此之理，可抵"天见其明，地见其光"的宇宙论本体。可惜荀子思想的这个方面没有得到充分的发展，也没能产生应有的影响。真正奠定荀学在中国文化中的地位的，是其人道观。但荀子并没能很好解决外在的礼与内在心性的关系，他说明不了强制改造的主体性依据，说明不了这种"化性而起伪"的结果对生命何以有终极性的肯定意义，因此他关于礼的观念，也就只能在社会政治理论的层面被发扬，由此而最终走向韩非等根本否定主体性的价值意义，完全从政治操作的权术之层面看待礼—法的法家理论。这就由人文主义的对人生意义价值的探求，蜕变成了否定主体性特有意义的反人文主义思潮。在这个意义上，荀学的侧重点，并不是直接体现人本身的终极性精神关切的人生哲学。

内圣修养，仁义礼智之学，没有真正实现生命的意义需要，反而最终蜕变为非人文性的专制政权摧残人性、剥夺生命自由的工具。在道家

---

① 参见陈大齐《荀子学说》，（中国）台湾中华文化出版事业委员会印本 1954 年版，第 13 页。

特别是在与儒学孔颜一脉有承续痕迹的庄子看来，这是人为地追求所谓意义性的必然报应。人本来就是自然存在的一部分，生命的真正需要与自然是一致的，生命的真正意义本来就包含在自然而然的存在之中。空悬一个所谓意义性目标，只能破坏天与人的固有同一，破坏意义与存在的固有同一。

孟子也讲天人合一，但孟子的天人合一与庄子大不相同。孟子强调天人二者在人的宗法伦理性善端基础上的合一，庄子则主张取消人的一切不同于自然的社会属性，在纯粹自然性的基础上与天合一。庄子对"天"与"人"作过区分，《秋水》称："牛马四足是谓天；落马首，穿牛鼻，是谓人。"《庚桑楚》谓："性者，生之质也。性之动，谓之为；为之伪，谓之失。"但与荀子区分天人以强调人为不同，庄子区分天人是为了抛弃人为，在他看来，只有抛弃人为才能恢复人的真性，恢复与天合一之性。

曾有人以庄子比之现代存在主义，其实大异于存在主义者的存在先与本质，庄子是典型的存在即本质即意义——也即他之所谓"道"——论者。万有即自然，自然即道，道即无限即自由。存在的本原意味着生存的本质，意味着人的意义。回到存在的本体，回到自然，回到道与无，也即回到了真正圆满的自我。人为的意义导致了人为的仁义，人为的礼法，人为的残害，破坏了生命的也是存在的本原性、自然性、全面性，因而必须从天下汹汹的末世退回民风淳厚的上古。价值目标扰乱了精神的纯一周全，必须借助各种神秘的反文明的思致戒慎修养来返璞归真，回到原始的朴野淳厚状态。破坏真正意义性生存的，正是圣君贤相们鼓吹的所谓价值意义尺度目标。放弃这些目标，才能摆脱意义缺乏感，才能体会真正的意义——无缺憾感的状态，也才能有所安放我们的在世生存，安放我们的生命关怀。安放的支点不需要寻找，它不是别的，它就是这自然、这存在世界本身。我们所要做的，就是执着地看护这存在，就是宁静地酣梦于这存在之中。

在相信意义自具于存在对象之中这一点上，孔孟与庄学完全相通。只是对具体生命意识而言，外在存在既可能是社会历史性的，也可能是自然性的。孔孟作为满怀希望的救世者，所面对所思考的存在，首先是前者；

庄子作为绝望之余避居世外的隐者，所面对思考的，当然只能是后者。由此造成了对与存在同一之意义的不同发挥。如果意义与存在统一，则意义性与存在的本原性应成正比，所以相应于庄子道家对自然本原的投入，孔孟则梦寐以求恢复上古三代，恢复社会历史性存在的源头。这也就是所谓述而不作、信而好古的人生实践在思维方式上的缘由。

庄子对天人之学做了消极无为的自然主义发挥，过度强调人对自然承续的一面。尽管其理论出发点是寻找生命的意义支点，结果却是以自然性吞并人性，是否定超越自然性的人文意义。难怪当时就有人批评他蔽于人而不知天。孔子把求道、行道、弘道，把人之为人的道，提升到了精神反思的核心命题的高度。沿着孔子的思路，孟子强调人在天地间的崇高地位，强调人的意义性追求的本体地位。对内圣之学而言，主体当然之理有其对象领域内的必然之理的依据。如孔子称巍巍乎，唯天为大，唯尧则之；称天何言哉，四时行焉，百物生焉等。但他所理解的"天"还保留有浓厚的人格性、意志性色彩，这就使他对真正自然性的"天"体会不够，因而没能解决好"人"与"天"的关系问题，某种程度上有蔽于"人"或曰"人伦"而不知"天"的偏向。这样，儒学确立的生命意义支点在后来的发展中，就有了从对象性存在之域，从现实性的必然之域悬空的危险。庄学合理地指斥这种悬空性，却又过分偏执于对"天"的连接性，过度强调天道自然的轴心地位，从而将主体的意义向度朝存在境域无限地倾斜，最后完全取消了主体性，这也就从根本上否弃了生命支点的必要。

出现在战国中后期的《易传》，试图对此加以总结，通过整合此前各家思想，主要是儒道两家思想，对天人关系，其中也包括主体性意义目标与客体性存在自然间的关系，作出了更全面的处理。

中国思想最古的源头，可追溯至西周的天命神学，经周末勃兴之人文思潮重铸，而为儒、道、墨、法等各家所分别承续。这是一种既明于本数又系于末度的整体之学。明于本数，即对天人整体有根本的理解。这种理解是统贯天人的，故此种理解的观念包含着反映天道自然的思想精髓与体现人道理想的价值目标两个方面。这种天人之学的基本思路，一方面援引天道来论证人道，另一方面又按照人道来塑造天道。援引天道证明人道，是为了表明主体性的追求不是空洞的臆想，而是符合天道的自然法则，有着如同天道那样的客观确实性根据。以人道塑造天道乃因为他们对天道的研究，不是要建立一种自然哲学，而是要为人道寻找合理性根据。所以，"天人合一"也就是通过"以人合天"与"以天合人"两个过程的不断循环往复来把握天人整体。诸子各家在建立体系时往往割断了这种思路的循环往复过程，由此或偏于"以人合天"或偏于"以天合人"，前者如儒，后者像道，这就事实上破坏了天人之学的完整性，不能真正完成"立命"的任务。

孔子思考主体性的终极依据时，也追溯到天，孟子把主体性的本质归结为天之命，但他们都没有最后找到贯穿天道与人性的根本规律。老庄无视主体人性的独立意义，只是用阴阳范畴论述天道自然的对象世界。《易传》围绕"一阴一阳之谓道"的命题，对儒道的或偏于天或偏于人做了重新整合。"一阴一阳之谓道，继之者善也，成之者性也，仁者见之谓之仁，知者见之谓之知，百姓日用而不知，故君子之道鲜矣。显诸仁，藏诸用，鼓万物而不与圣人同忧。盛德大业至矣哉！富有之谓大业，日新之谓盛德。生生之谓易，成象之谓乾，效法之谓坤，极数知来之谓占，通变之谓事，阴阳不测之谓神。"（《易·系辞上》）以阴阳范畴贯通天人，由此形成了一个天与人互相发明的完整体系。周易的天是保持着自然性的天，因此是有存在的现实可靠性的天。这种天又并不隔绝于人、对立于人，它毋宁更多地意味着人的前在性。周易的人是拥有主体性的人，是有着主体性意义目标与价值规范的人，但这种人同样不把自己从天道自然中孤悬出来。与其视这种人为存在自然性的否定，不如视之为存在自然性延伸的必然结果。因此它的外推，它的现实化就不会缺少客观的依据、客观的可能性。存在的现实本是人的意义向度的最初缘起，因此，从根本上说它也不会对抗拒斥这种意义性的靠拢。由此，《周易》的思想体系就在自然与人同一的前提下肯定了主体性的本质和意义，在肯定主体性本质和意义的基础上维持了人与自然的和谐。在这个意义上，《周易》最后完成了儒学的"哲学的突破"，最后完成了儒学对主体性意义支点的探求，并对此后中国人人格理想的塑造起到终极参照的作用。①

（三）

天道与人道循环论证所反映的，并不是单纯思维的逻辑，而是现实的生存本身的逻辑。人最初是自然的一部分，世界诸文明在其发展的最初阶段，都显出主体与自然缠绕不清的特点。就各个民族文化早期发展过程中都曾出现过的图腾崇拜言之，一方面，这种崇拜显示了人把握自我存在本质的最初努力和建立自我概念的最初尝试；另一方面，这种努力与尝试，也说明了那个阶段的人类意识，还不能在主体精神性存在与对象物质性存在之间建立必要的界限。这两个方面还以一种非逻辑的方式渗透交融在一起。随着文明的进步与实践的深入，现实的逻辑就会转化为思维的观念，人与自然的分立于是就逐渐成为毋庸置疑的事实。这在以古希腊罗马为源头的欧洲文明的发展过程中表现得特别明显。自然成了人类的生存工具与生存手段，成了人的认识对象，人类则成为自然的叛逆者、审视者、征服者。泰戈尔称希腊文明城邦是堡垒内的文明，由此形成了它注重与外界外物划限的思维性格。国与国、人与人、物与物之间，都崭然各别。所以国家主义、个人主义，及细致的学科研究分类对这种文明来说，都是自然而然的事情。就人与自然的关系看，欧洲文明也特别重视二者的不同。自然作为直接现实性的存在，有自己的生成本体和逻辑本体，掌握了这些本体，才谈得上认识它、征服它，才能在世界上生存下去。于是有热烈不懈的科学探求精神。就科学精神来说，愈是冷静客观，愈是有希望接近对象真况。人作为一元自然世界之否定，有自己主体性的希望、冲动和主体性的意义目标。但这种希望的目标作为纯粹精神性的否定，在其起点上只是一个抽象的无。只有经过不断的奋斗征服才可能转化为实现了的意义感，人也才可能从其起点上的空洞存在转化为真正有本质、有内涵、有意义的存在。因此，西方现代人对世界的荒原意识和存在先于本质的鼓吹，也就只不过是对这种文明自其轴心时代就形成了的天人观的某些侧面的逻辑引

---

① 参见余敦康《周易的思想精髓与价值理想》，载《易学今昔》，新华出版社1992年版。

申罢了。也因此，对西方文化而言，存在与意义之间，有着难以弥合的鸿沟。这也是高度理性化的希腊文明的意识宇宙能够接纳一个来自希伯来的神秘化上帝作为意义归依的基本条件之一。

与欧洲文明对自然的堡垒式隔绝不同，华夏祖先始终没有离开泥土气息浓郁的田野。小农耕作的生存方式将人与自然紧密地结合到一起，四季往复，阴晴雨雪，自然运动的秩序节律直接投射为人们的意识宇宙。人们生长在广大而和谐的宇宙系统中，与阴阳大生机浑然同体，浩然同流。在这样的文化背景下，自然就不再只是单纯被认识、被征服的对象这种意义上的存在，人也不是单纯意味着对自然存在的否定性希望，二者是一种一而二、二而一的关系。"夫大人者，与天地合其德，与日月合其明，与四时合其序。"（《易·文言》）小农经济与自然生态变化的直接相关，决定了生民对天地的依赖感和亲和感。春生夏长，秋收冬藏，日出而作，日落而息，天人合一观念在这种土壤中生长是非常自然的事。圣人大人不过是能努力借一心之灵明充分自觉发明这种合一性罢了。天地不是机械性的物质，而是生生不息、化育万物的德行。存在不仅是存在，而且是终极性的意义目标。仁者浑然与万物同体，内圣修养是对生命意义的追求，同时也是对自然大化的投入。

小农经济的生产生存方式，使一家一户成为有效的社会单元，也使安土重迁、聚族而居成为普遍风尚，尊尊亲亲的孝悌伦理把人们紧紧地团结在氏族的或家族的共同体中。在这样的背景下，与社会相分立的个体本位的观念，一直没能充分发育起来。个人需要及他对自我需要的意识，都同外在的社会人伦环境密切相关。儒学所理解的人，所立的人极，在根底上也只能是外在世界的内在心性本体化。故此，性善论在中国哲学中始终占主导地位。

性善论的实质，无非是坚信人的发而为外的行为操作，从根本上说将是必然符合外在世界的普遍性秩序需要的，顺着人的本性自然伸延，我们必将达到一种确定的完美与和谐状态。礼的基本原则是仁性的依据和内核，反过来，仁性作为主体意向性自然就会导向对礼的需要和负荷。所以对中国哲学来说，不仅天人是合一的，自然存在与人的意义向度上下同流，而且个人与社会也是合一的，个人的意义追求既相通于外在的自然环境，也相通于外在的人伦环境。以礼为则之修养，使人与社会礼仪取得和谐，同时又可以使心性复归于天理。在这个意义上，中国哲学中没有一个存在与意义的关系问题。这不成其为问题。无意义的存在和不必然导向存在的意义，在这样的观念系统中，都只能被视为不可理喻，故而只能置之不论的怪力乱神。存在与意义的同一，生命与价值的同一，很大程度上成为不言而喻的思维预设或观念前提。

主体意义性与客体存在性的同一，是生命的永恒课题。该课题的儒学式解决，满足了农业文明时代人的立命需要。生命不是一个叛逆的孤独的个体，自然也并不以其漠然神秘令人敬畏。"乾称父，坤称母。予兹藐焉，乃混然中处。故天地之塞，吾其体；天地之帅，吾其性。民，吾同胞；物，吾与也。"（张载《西铭》）天地自然，人文社会，心性灵明，都像聚族而居的家庭一样，血肉相连，忧乐与共，为融融的亲情所笼罩。不需要另外寻觅，这当下的世界就是我们的家园。"天地姻缊，万物化醇；男女媾精，万物化生。""天地之大德曰生。"（《易·系辞下》）一草一木，无不浸透大化生机，鱼跃鸢飞，花开花落，皆资生于道。"行到水穷处，坐看云起时。"（王维《终南别业》）云水动静，俱见出化机之妙。中国人不需要上帝那样孤悬的抽象意义本体的降临，他的存在已自具神圣。中国人不需要一个超自然的彼岸世界，现实就是他安妥灵魂的归宿。吾非斯人之徒而谁与？这是入世者的自辩，但其实纵然是避世者，也并不需要宗教的天堂，因为鸟兽并非真的不可与同群。山水田园之中自具真意。"至于山水，质有而趣灵。是以轩辕、尧、孔、广成、大隗、许由、孤竹之流，必有崆峒、具茨、藐姑、箕首、大蒙之游焉。又称仁智之乐焉。夫圣人以神发道，而贤者通。山水以形媚道，而仁者乐。"（宗炳《画山水序》）消极如庄子，神往的也不过是无何有之乡、广漠之野中可以彷徨乎无为其侧，逍遥乎寝卧其下的大树浓阴而已。尽管有那样多的磨难周折怀疑厌倦，有那样多的痛苦失望以至绝望，尽管感叹了那样多的退隐、归田、遁世，尽管可能非常非常透彻地了悟到生命的某种空漠虚无，中国士人却终于难以抛舍此在之执着，难以成为严格意义上的宗教徒。有许多居士如东坡之类，说穿了也仍不过是此岸中人。他们所能感受到的意义永远寄寓在此在的现实中。首先是人伦的现实，其次是自然的现实。他们眼中的存在，永远透着不可抗拒的意义性之魅力，不论它有多么多的缺憾，不管它给过他多么多的刻骨铭心的伤害。

在两千多年的漫长岁月里，儒学提供了稳固的生命支点。它不是宗教，却满足了生命对终极意义的需要；它不是美学，却能够引导人们以体验同情的眼光去贴近观赏自然。物我浑然，心物交融，就是在现时当下，建立了一个温馨的精神家园。

家园当然也有家园的代价。意义与存在的同一既是先在的，则人要做的就主要是适应而不是改造对象。这就形成了中国文化偏于静的性格。舒缓从容的节奏，周期性循环的历史，无疑都与此相关。当应该是自然而然的同一遇到故障，如孔子一方面自信天生德于予，另一方面悲叹河不出图、洛不出书时，就只能把故障的原因归为理性无法企及之域的某种神秘的"命"。"命"意味着的，是相对贫弱的主体面对客体世界的无力和无奈。

个人与社会，主体意义目标与对象客体存在间的和谐同一，没有经历过充分的分化发展，始终徘徊在低层次上。这个和谐系统在理论上并不否认个体特殊性的合理性，但它所能承受的张力十分有限。个体意义向度与存在环境冲突时，首先就要以存在来参照意向，要通过修养克制来回复源于自然的"真性"。自由往往脱离感性冲动原动力，被过分地强调为实践理性自觉。在群体的人伦礼制受到破坏时，在系统的平衡稳定面临威胁时，这个淳朴的笼罩着亲情的"家"，对叛逆性的异端人格将会表现出其毫不容情的一面。圣人也慨叹吾未见夫好德如好色者，可心想见实际历史进程中不可免却的残忍。仁义社会的维持背后，无疑隐含着血和泪的牺牲。这种低层次和谐平衡的积极意义，不可避免地会随着个体主体性的丰富高扬和自身的相应僵化而降低。也只有从这样的角度，才能解读巴金小说《家》所代表的几代知识分子独特的"家"的意象的深层社会文化学内涵。

（四）

意义与存同一的观念模式，导致价值关怀与认识实践、操作实践的紧密联结。最高意义目标的实现与最后存在本体的把握，对中国哲学来说是一件事的两种表述。这种目标或本体也即所谓"道"。"道"既可理解为类似于存在本体的东西，也可理解为类似于精神境界性的东西。它既意味着本体，也意味着境界，是本体与境界的同一。这是"道"与西方哲学从作为宇宙始基的"水"开始的各种存在本体，和以"上帝"为代表的各种超自然性意义本体根本不同的地方。也因此，中国哲学的分类，很难适应源自西方哲学中精神意义与存在物质间对抗关系的唯物主义、唯心主义的范畴体系。中国哲学强调也相信，在客体对象与主体意义向度的相互作用中，能找到生命最终极的支点。它排斥与主体目的性意向无关的纯客体穷究，也排斥与对象世界彻底隔绝的单纯主体的非理性冥想。为科学而科学的精神不会出现于中国，巴克莱式的唯心主义也不会出现在中国。

对象存在的本原与主体价值关切相通，认识改造对象存在的实践与主体的价值关切也不可分离。以具有价值合理性的方式对世界进行体会和亲和，我们即可得道行道、内圣外王。离开价值合理性指导的认识和实践，即使有成效，也是无意义的。正好像不合当然之理的必然之理不成其为理，只能归入不可理喻的怪力乱神一样。由此乃有儒学的君子小人之辩，乃有儒学的公私义利王霸之辩。

人乃七尺血肉之躯，七情六欲，人之皆有，我岂可无？所以儒学并不否认谋生实践的合理性。"天之生人也，使人生义与利。利以养其本，义以养其心。"（董仲舒《春秋繁露·身之养》）关键是如何满足利益需要。既然利益追求可以和意义关切相结合，意义关切又高于利益，那么求利之实践就理所当然地应接受意义向度的制约。"富与贵，是人之所欲也；不以其道得之，不处也。贫与贱，是人之所恶也；不以其道得之，不去也。"（《论语·里仁》）孟子更称："非其义也，非其道也，禄之以天下，弗顾也，系马千驷，弗视也。"（《孟子·万章上》）君子喻于义，小人喻于利，只是强调志向趣味的着重点不同。程颐就明确承认"君子未尝不欲利"

（《遗书》卷十九）。区别只在于小人为一己之利而无所不用其极，君子却守死善道，任何情况下都自觉接受价值准则的规范约束。

就儒学所处的具体社会历史环境看，生存实践涉及的环境对象，突出表现为人伦环境。在这个限度内，利益性目标和意义性手段确乎有极大的统一性；善有善报，恶有恶报，也不是一种没有现实内容的空洞愿望。所以说，"仁者安仁，知者利仁"（《论语·里仁》）。这也是假道学伪善始终普遍存在的真正原因。就儒学的内在理论逻辑看，强调仁义之类意义结构的优越地位，强调其对生存实践的统摄作用，也无疑有助于高扬超自然的人的主体性的光辉。

意义结构指向的，在儒学是一种外在的宗法伦理秩序。"义者，所以等贵贱，明尊卑。"（《大戴礼记·盛德》）"大小不等，贵贱如其伦，义之正也。"（《春秋繁露·精华》）虽然要"因民之所利而利之"（《论语·尧曰》），但利只能摆在次要地位。"不患寡而患不均，不患贫而患不安。"（《论语·季氏》）与其让过度的利冲垮秩序人伦，不如贫困地相安于固有状态。"正其义不谋其利，明其道不计其功"（《汉书·董仲舒传》），尽管出发点在于"正其义则利自在，明其道则功自在。专去计较利害，定未必有利，未必有功"（《朱子语类》卷三十七），实际上却由于对利之害的过分警惕，如朱熹所谓"'利'是个监界鏖糟的物事，……才说着利，少间便使人生计较"（《朱子语类》卷三十六），导致以价值关切冲击贬斥利欲。意义结构对社会是一种约束性、稳定性及凝固性因素，它总是相对保守的，利欲则源自生命本能冲动，意味着人类进步的基始性动力源。儒学正确地看到了感性冲动非理性的一面，却感受其正面积极效应不够充分。

"何必曰利"作为个体人格理想，作为对上层统治者一己修养的规劝，自有其合理性。一旦放大为社会文化整体的运行方针，就几乎必然会使社会陷入停滞落后的局面。宋儒也很重视一己之私和天下公利的区分，承认公利就是义，甚至恰当的个人利益也同样不违背义。但宋儒始终没处理好以意义结构规范利的正当性和这种规范的限度性之间的关系。生存实践涉及的环境对象，除人伦环境外，更重要的还有自然环境。自然存在有其不同于价值关切的自在规律。认识和改造自然的目的在于谋利，但这种谋利的方式只能依存在本身的自在之理，却很难依循主体价值关怀指向的意义结构。在这些领域鼓吹义高于利，鼓吹德行之知高于见闻之知，只会给具体操作加上无谓的束缚，妨碍生产力水平的提高。这样就确乎有着给实践理性和纯粹理性、意义目标和存在对象、人与天划界的必要，儒学也确乎某种程度上忽略了这种划界的必要。

儒学有关意义关切和利益追求关系的理论，集中体现在君子人格的塑造与构成问题上。"质胜文则野，文胜质则史。文质彬彬，然后君子。"（《论语·雍也》）君子人格的"文"，是指知礼守礼；"质"，是指养成内在的仁性。求仁学礼，是意义关切，也是成功之途得利之路。孔子称，邦有道，贫贱则为耻。所谓有道之邦，实即求仁学礼可得利之邦。君子的成功，君子求义与求利的统一，在于它以重义轻利的方式自觉地适应了宗法伦理的社会环境，并以自身的典范效应反过来强化了这种环境。

君子人格在宗法伦理秩序的社会内部如鱼得水，在引导社会群体更有效地改造自然以提高物质文明的水平方面，或在对抗外来夷狄的野蛮冲击方面，却并不擅长。因为仁义这些意义结构与自然力与夷狄都没有关系，无法约束它们。仁义对稳定确立某种社会人伦秩序的需要有吸引力，对消除非理性暴力事实却倍感棘手。这也是典型的儒家君子人格普遍不想也不能成为开一代基业的帝王的原因。只有在暴君奸雄夷狄们确立了自己的位置，感到对确定性的秩序状态的需要的情况下，君子才能因其势而利导之，才能借其机运而弘道。"天地间惟理与势为最尊。虽然，理又尊之尊也。庙堂之上言理，则天下不得以势相夺。……故势者，帝王之权也；理者，圣人之权也。"（吕坤《呻吟语》卷一）作为终极性意义关切的"理"比"势"更尊贵，实践上却更多的是"势"拒绝接受"理"的制约引导而"理"不得不屈服于"势"。虽然"理"作为人文理想在两千多年间也从来没有放弃自己的追求。传统中国社会封闭稳定的独特历史地理环境，决定了君子人格较大的现实适应性及相应魅力。在 20 世纪前所未有的大变局中，在不同文明之正面冲撞不可避免的局面下，如果仍以古代君子为范本，仍然以为单凭理想的人格就可以制造巨大的事功效应，或坚持任何层面的操作都必须从源自传统的终极性价值关切中找到依据，并接受这种价值关切的直接指导,那必将陷入难以解脱的困惑。王国维是一个例证,梁济也是一个例证。这样的例证在 20 世纪的知识阶层中还有很多。

但即使在认识自然、征服自然的似乎纯功利层面,坚持价值目标对手段过程的规导作用又确乎仍有自己的理由。脱离价值关切而恶性膨胀的纯粹理性、工具理性,几乎是必然地要反过来吞噬生命的意义结构,尽管这种吞噬可能伴随着生产力水平魔术般的飞升。有机用者必有机心,19 世纪以来西方文化的命运似乎在给庄子作注。而庄子在这一点上,不过是把儒学以正面积极肯定的方式传达的观点用消极否定的形式做了更强烈的表述罢了。

黑格尔通过绝对理念之自我展开、自我完成宏伟过程的描述,表达了他对人类历史规律的认识。异化,自我某个侧面或某种需要、某种造物极度膨胀,以至反过来吞并自我全面存在本身的异化,及对这种异化的不断克服,是人类进步的手段。这种手段以极端的甚至是病态的形式,充分挖掘了、发扬了生命不同向度的内涵,为最后的真正全面的自我实现打下了基础。生存就是选择,选择就意味着丧失,意味着牺牲。不选择你将一无所有。但这种片面的分裂性进步的残酷和血腥,又注定对它的抗拒和排斥也永远是符合人性的。

现代文明的进步充分张扬了人性的几乎每一个角落,巨大的物质堆积,以其刺激性快感,掩盖了全部生存空间。但我们却愈来愈感受到对泥土的思念,感受到对前现代条件下自我完整的思念。作为自然经济的宗法制度条件下的人文精神,儒学由此显现了它特有的魅力。20 世纪激烈反传统倾向的负面影响及其当代困境,也决定了重新审视古典的需要。在这样的背景下,究竟应该怎样才能使儒学的内在合理因素,在一种全新的文明的建设中得以充分发挥,是学术界面临的时代性课题。

原载《孔子研究》1994 年第 3 期

二 前期儒家的生命哲学

提要：孔子改造了此前巫史文化的天命观，把人生哲学的立足点，摆到人本身而非外在神秘化了的自然力量上。仁与礼的内外双重规定，把具体感性的个体人，置入了高度秩序化的社会有机体之中。个体的意义，被引向了所扮演的社会角色、所承担的社会功能。儒家对个体有限性的超越，对生命不朽的追求，与其对人的社会性角色功能的强化之间，具有内在的统一性。这种生命超越模式的建立，与其社会历史文化背景是密切相关的。

关键词：前期儒家；生命哲学；生命的超越

孔子说过"未知生，焉知死"（《论语·先进》，以下凡引此书只注篇名）的话，所以，"子不语怪、力、乱、神"的形象，几乎已成为学人心目中的定格。确实，按西方死亡哲学的一般模式考察儒家哲学，我们可能不免失望。但作为一种立志给人的生存意义提供稳固支点的终极关切，儒家思想的深层逻辑结构，不可能不受死亡这一基本人生课题的制约。中国文化在绵延数千年、横亘数万里的巨大历史时空中形成的富于深度的精神文化空间，决定了这种文明对于生命有限性问题的充分自觉，也决定了作为这种文化共同体主导观念的儒学，对于死亡问题的无法回避。这与其说是一个主观性的理论兴趣的问题，毋宁说是一个客观性的社会需要的问题。儒学对中华文明之有关这个问题解答需要的满足程度，奠定了它的基本地位；而它解答的不充分性，则一方面决定了其随着时间流程而进一步发展的必然性，另一方面也意味着为其他思想学说的存在留下了余地。

（一）

中国思想史肇始于"青铜时代"，即殷商西周时期。殷商社会最触目的特征，是笃信神灵的巫史文化占据绝对的统治地位。自传说中的五帝时起即专司人神交通的巫，随着生产力水平的提高而逐渐职业化、制度化，功能也愈来愈多样化。巫史在殷商有极高的地位，不仅笼罩于全部精神生活领域，而且支配社会政治之运作。巫史职责包括卜筮、祭祀、书史、星历、教育、医药等。殷人观念中，天帝鬼神无所不在，所以巫风极浓，动辄必卜。

天帝、鬼神还有祖先，实即自然力量在殷人精神世界中歪曲化、神秘化的反映。殷人卑微地匍匐于外在力量的威势之下，年岁丰歉、出入吉凶、战争胜负、官吏黜陟，似都牵系于冥冥中的天地神祇。大千世界处处飘散着的游荡不息的神灵，统统受到顶礼膜拜。殷人不能正确区分自我与自然，其天帝神灵崇拜与祖先崇拜合二为一。《诗经·玄鸟》称："天命玄鸟，降而生商。"殷人相信，王母简狄春分时节去河边沐浴，吞食玄鸟遗卵，怀孕而产契。因为玄鸟乃天之使者，故殷祖契是为天的儿子，也因而天帝亦即是殷人之祖。

殷商的神本文化，奠定了中华文明黎明期的最初基础，对后世影响极大。但神并不能给人带来真实的帮助。随着社会生产实践的进一步发展，人类对神的崇拜乃渐次淡化，对自身能力的信心也相应增加。至西周，虔诚的迷信之风开始被注重现实的精神取代。《礼记·表证》说："殷人尊神，率民以事神。……周人尊礼尚施，事鬼敬神而远之。"周人被下述历史事实所震动，即原初"如火烈烈，则莫我敢曷"（《诗经·长发》）的殷人，其势如火熊熊，没有任何东西敢与之对抗，结果却转而为周人所灭。殷之亡覆，非不敬神灵之故，周人由是得出殷鉴不远、"天命靡常"（《诗经·文王》）的结论。

如果要使这"靡常"的天命永远抚爱周土，对统治集团来说，就不仅要供奉祈祷，而且要宜民宜人，帮助老百姓安居乐业。"皇天无亲，唯德是辅。"（《周书》，转引自《左传·僖公元年》）"德"是周公发明的概念，用以概括主体的伦理素质和精神修养。由此,社会文化思潮乃发生神本向人本之转变。人由不再是与自然缠绕不分之纯然被动者,而成为可以通过自由自觉的努力来自我决定的此在性的主体。

周人依然祭祖祀神,却伴随着怀疑态度。郭沫若认为:"周人一面在怀疑天,一面又在仿效着殷人极端地尊崇天,凡是极端尊崇天的说话是对待着殷人或殷人的旧时的属国说的,而有怀疑天的说话是周人对着自己说的。……这就表明着周人之继承殷人的天的思想只是政策上的继承,他们是把宗教思想视为愚民政策。自己尽管知道那是不可信的东西,但拿来统治素来信仰它的民族,却是一个很大的方便。"[①] 周人是否已如此"机巧",固属难忖,但"天不可信"(《周书·君奭》)之怀疑心态最初跃动于西周社会,却应该是可以肯定的。

外在神祇既属虚妄,则反观自审应属正常。主体自觉之人文思潮由是滥觞。徐复观在《中国人性论史》一书中指出,周人面对殷商先进文明之压力,"战战兢兢,如临深渊,如履薄冰"(《诗经·小旻》),经长期奋斗努力,终在文王之世,达成足以克商之优势局面。此种经历,使周人深感主体行为的重要,局面转换由"经之营之"来,事变吉凶由努力进取来。若欲突破困境,则人的行为应负起绝对之责。这种对人之主体自立性、责任性的自觉,即为"忧患意识"。此意识为周公、召公所发扬光大。忧患意识宣告了生命意识的觉醒,宣告了人的真正自我的诞生,也宣告了对人之为人的任重道远性、人之为人的艰巨性的意识。此种人的自觉的主题,至春秋战国而更形突出。"社稷无常奉,君臣无常位"(《左传·昭公三十三年》)的现实,动摇了人们对神灵王道的崇拜,加深了人事无干于天道的意识。"天道远,人道迩,非所及也,何以知之?"(《左传·昭公十八年》)内史叔兴更干脆称"吉凶由人"(《左传·僖公十六年》)。这种时代性的人文思潮在《左传》一书中,有广泛而深刻的揭示,到《易传》就更伸展为对人的意志、力量、人的生活的热情讴歌。《易传》将"天道""地道""人道"并列,"夫大人者,与天地合其德,与日月合其明,与四时合

---

① 郭沫若:《青铜时代》,人民出版社 1954 年版,第 20 页。

其序"（《乾·文言》），人被提到与天地日月同辉的地位，这是此时期人的发现的最明确标志。外在权威的解脱、怀疑和否定，引发了内在人格的觉醒、沉思和追求。

对自我生存境况更清醒的洞察，更主动地把握自我生存的命运，更深刻地理性审视，所有这些，往往伴随着更深重的精神苦恼。古希腊悲剧家索福克勒斯就曾说过，无思虑之人的生活是最幸福的。上升到哲学高度的忧患意识，其深刻性恰恰在于能从繁荣背后发现困厄。"危者，安其位者也。亡者，保其存者也。乱者，有其治者也。是故君子安而不忘危，存而不忘亡，治而不忘乱，是以身安而国家可保也。"（《系辞下》）《易传》作者认识到，身处险境困苦，固为不吉，安适于高位，也会成为凶象的前兆。国运鼎祚，社会繁荣，倘执政者不居安思危，也会反过来导致毁灭、动乱。所以君子须危以为危，安亦为危，惊悚谨惧，"杞人忧天"。《系辞下》作者还深有感悟地说："作《易》者，其有忧患乎？"这种忧患的内容就其表现形式看可能都是十分具体的社会政治伦理问题，但正是这样一些具体生存问题的沉思，启示并导向了生命关于自身的一般性存在的自觉。

作为先秦人文思潮的最高代表，孔子也是西周以来涌起的"忧患意识"的继承者和哲学阐发者。忧患意识形成了孔子特有的天命观。孔子既奉行积极进取、知其不可而为之的入世思想，所谓"人能弘道，非道弘人"（《卫灵公》）；又感叹"死生有命，富贵在天"（《颜渊》），将人的境况遭遇穷达贤愚归因于外在的天，把人摆在被动、渺小、无力的位置上。这种表面上的矛盾，恰好揭示出孔子特有的生命观，揭示出伴随其生命自觉而产生的困惑与苦恼。

孔子改造了此前巫史文化的天命观，把人生哲学的立足点，摆在人本身而非外在神秘化了的自然力量上。由此，"命"被解释为人禀受自天的心理本性。天命不是外在的可怖权威，而是就在人心之中，就是人之为人的特有规定性。郑玄《中庸》注云："天命，谓天所命生人者也，是谓性命。"《孟子·尽心篇上》称："尽其心者，知其性也；知其性，则知天矣。"天命在人身上的具体体现就是"仁"。"仁者，人也。"（《礼记·中庸》）"仁"即人之为人的本性，"仁"是天命的体现。在这个意义上，天命绝不是神秘的强制性力量，它的发扬光大，只要尽心知心，努力学习就可以了。为仁即尽天命，这是完全由主体自己决定的事，是自由选择的结果。所以孔子称："吾十有五而志于学，三十而立，四十而不惑，五十而知天命，六十而耳顺，七十而从心所欲不逾矩。"（《为政》）称："不知命，无以为君子也；不知礼，无以立也；不知言，无以知人也。"（《尧曰》）杨伯峻译"不知命"为"不懂得命运"，殊堪讨论。此"命"所指，应为人天生的本性，亦即仁性，与外在的礼相对而称。"不知命"，即不能自觉弘道之责，不能认识自己"为天地立心，为生民立命，为往圣继绝学，为万世开太平"（张载《语录》）的重任。这样的人，当然称不上"君子"。尽心知性，这是由"仁"而"圣"的第一步。这是孔子赋予"命"的规定性的积极一面。这一面反映出孔子对人作为独立自主的主体的力量的认识。

但人之为人，还在于他有另一侧面，在于他无可逃避的有限性。对这个侧面的认识，形成了孔子关于"命"的规定的第二个方面，即消极性侧面。在这个方面，"命"意味着主体性高扬的最大极限，意味着生命不可逾越的某种最后界阈，一道永难跨过的门槛，一道有限人生与无限宇宙间的鸿沟，意味着人的认识实践努力的终点。在这个意义上，孔子才说："道之将行也与，命也；道之将废也与，命也。公伯寮其如命何？"（《宪问》）才说："君子有三畏，畏天命，……小人不知天命而不畏也。"（《季氏》）孔子感到，有限人生笼罩着一道驱除不去的阴影，总是陷于难以突破的被围困状态。当最得意的弟子，很合乎仁人君子理想的颜回不幸短命死去的时候，他悲伤地哭泣说："天丧予，天丧予。"（《先进》）一种非理性的、绝对的深渊，潜伏于人生之途，随时可能吞噬你的血肉之躯。

孔子天命观不是正面讨论死亡问题，但"命"之积极与消极二面背后，却实实在在牵系着生与死的课题。"命"的不可知性和死亡的虚无性是完全同性质的。在"命"作为人性、人生、人为、人事的极限这一消极意义背后，是对人的不在性或者说必死性的体认。

萌芽于周初，大兴盛于春秋战国的人文思潮，作为生命脱离外在自然神权的独立自觉，其正面负面效应在孔子天命观中都留下了深深的印痕。

它提高人至于与天地观的崇高地位，但也衍生了艰涩沉重的课题，即由此将噩梦般缠绕着主体的生命有限性问题，或说是与生命互为同一枚硬币正反面的死亡阴影问题。儒学并不专注于这个问题的抽象思辨，但这道阴影形成的深层心理压力，不能不对其理论追求及相应的深层内蕴产生重要的影响。"命"作为界限的存在，生命有限性的意识，使孔子对时光的流逝有一种极度的敏感，有一种哲学本体高度的体验，由此更刺激了他关于此在人生倏忽迅然的恍惚感。《子罕》篇中，孔子悲伤地叹息："凤鸟不至，河不出图，吾已矣夫！"凤鸟降世，黄河现图，都是清明世界的预兆，这种清明世界可让君子仁人一展怀抱。但这样的时机总也不出现，所以孔子深为自己痛惜。《子罕》篇还记载："子在川上曰：'逝者如斯夫！不舍昼夜。'"奔流东去的河水，唤起他关于时光不再、生命有尽的感叹。纯粹物理时间的流逝，不可能有如此强度，一般生物体成长节奏的时间的流逝，也不会有如此强度。只有已自觉到了自我死亡的确定性的人，只有对此有着清醒的理性洞察的人，才会体验到如此强度的时间。只有死亡压力下的时间，才会显出如此的珍贵性，才会在主体心理世界中唤起如此强烈的反应。

（二）

斯宾诺莎称，生命体都努力保存他自己，这种自我保存本能构成了生命的真正本质。就任何执着于此岸大地的人来说，死亡总是值得悲哀的。死的哀伤与呻吟，几乎渗透进了全部中外人类文化史。《诗经·蜉蝣》有称："蜉蝣之羽，衣裳楚楚，心之忧矣，于我归处？蜉蝣之翼，采采衣服，心之忧矣，于我归息？"旧解此诗为"刺好奢"之作，考据甚繁。从现代读者的鉴赏眼光去看，则毋宁说它倾诉的是诗人对生命短暂的痛惜。蜉蝣之羽翼，五彩闪亮，然近在眼前之终局，却是没入黑暗虚无的混沌中，是灰飞烟灭随风无影无踪。神合莎士比亚"人生乃幻梦的织物"之感喟。

生命自觉愈甚，则死亡之哀痛弥深。陆云《岁暮赋》叹息："悲人生之有终兮，何天造而罔极。"王勃《滕王阁序》也感慨："天高地迥，觉宇宙之无穷；兴尽悲来，识盈虚之有数。"桓温抚柳叹喟："木犹如此，人何以堪！"（《世说新语·言语》）诸如此类，统合其间者，皆生灭之悲一绪而已矣。生之惜，死之痛，即生命有限性的课题，是一切志在为人类终极价值寻求支点的思想家，都不能不面对的。解答这个课题，就是要调和生命死亡的事实和人生企求不朽的心理本能间的对立，就是要帮助此在超越有限的藩篱，在对无限对永恒的啜饮中，解脱死亡的胁迫。从这样的角度，则不同哲学体系实际上是对超越生命有限性的路径作出不同选择的结果。

人与自然相对而言。与自然相对而称的人包含两个层次，即人的社会性群体和一己性个体。亦即通常所谓"大我"和"小我"。人的有限性，人的死亡，首先是针对个体的人说的。我们每日目睹遭遇的，无非是具体某人的生来逝去。人生大舞台，舞台小世界。演员你进我出，节目轮回转益，一幕幕悲欢离合，刹那即成幻影，一次次生离死别，顷刻转为妄诞。然而世界却长存不坏，舞台总坚而难颓。坚执一己小我，仅从人与其自身的关系中来理解"我"之在世，理解"我"的意义，则死亡之逼近性、触目性，不容延缓，淋漓尽致。所以仅从人与其自身的关系上来思考人生者，结果只能是分外强烈地体验生命的短暂性、虚幻性，只能是分外强烈地描下人生的灰色黯然，描下人生的阴郁惨淡，陷入绝望之渊，疯狂迷离，感伤悱恻。海德格尔等存在主义者就是很好的例证。

如果把与自然对称的人侧重理解为人的群体与人的社会，则我们思考、体验、感受的重心，都会发生变化。我们把人之为人的本质所在，把人之存在的基本立足点，称作人的本体。本体是据以认识分析观察其他现象，确定我们在世之选择态度的逻辑起点。对人首先是作为社会还是作为个人的看法，也即对人的本质首先是他的社会性，还是首先是他的个人性的看法。悲叹人的死亡，人的速朽，人的时光的倏忽，这首先是站在人作为独一无二的个体的角度感受的结果，是从独特自我无法为任何别的存在代替的角度感受的结果。仅仅因为千百年之前无此孔子，千百年后亦无此孔子，仅此时此地有此独一无二之孔子，千古仅此一孔子，只有在这样的心理观念背景上，"逝者如斯夫，不舍昼夜"才成为如此沉重的心理喟叹，也才足以百世之下仍令人为之吟咏再三，唏嘘不已。川尚在，水长流，斯人斯叹，却已遥遥不再，怎能不令神往者扼腕，令心向者神伤呢？

人从神本的迷雾中走出来之后，人的生存意识最初觉醒后，最强烈地触动其感觉神经的，乃是生老病死等边际性生活经验。这种经验深刻洞显出生命现象的私人性质，所以把"我"理解为"小我"，把生命存在视作感性的个体，应该是人的基始性生存体验的结果。儒学解决这个问题的方式，就是把人从感性个体层次的存在，提升到社会群体的层次，把人的本体由基于直观经验的私人挪移到联系于理性观念层面的家国社会，把个人融入群体组织中去。

就人之为人的内在本性说，儒家认为："人者，仁也。""仁"是人的根本。"仁"的核心是"爱人"，是"推己及人"，是"己所不欲，勿施于人"（《颜渊》）！孟子说："仁者以其所爱，及其所不爱；不仁者以其所不爱，及其所爱。"（《尽心上》）康有为《中庸注》释"仁"曰："仁从二人，人相偶，有吸引之意，即爱力也。"总而言之，在儒家哲学，人的内在本性应被规定为外向性的社会爱，一种爱他人、爱群体的情感冲动。正是由于这种人性观念，尽管极度落寞失意，疲惫困倦，针对隐士桀溺的避世之谈，孔子仍然要说："鸟兽不可与同群，吾非斯人之徒而谁与？"（《微子》）人之为人，还要把内在的爱心与外在的社会性条例规范，也即与外在的"礼"相结合。"克己复礼为仁，一日克己复礼，天下归仁焉。"（《颜渊》）遵从外在的"礼"，就是实现内在的"仁"，"仁"与"礼"互为规定，因此要"非礼勿视，非礼勿听，非礼勿言，非礼勿动"（《颜渊》）。"仁"与"礼"的统一就是人之为人的"道"，就是人的本质。

"礼"是人之外在秩序的划分。君君臣臣，父父子子，各正其名，各守其位，各司其职。相应的"仁"也有不同的表现形式。"仁"的核心是爱，但爱有差等，它首先是一种血缘亲族之爱，然后再推广开去，广被天下。不同的人相互间有不同的关系准则，"君令，臣共，父慈，子孝，兄爱，弟敬，夫和，妻柔，姑慈，妇听，礼也"（《左传·昭公二十六年》）。但这些不同的关系原则又符合共同的人道。他们导源于人最基本的血缘亲族情感，又整合着整个社会的稳定秩序，所以《论语·学而》云："其为人也孝弟，而好犯上者鲜矣；不好犯上，而好作乱者，未之有也。""夫孝，三皇五帝之本务而万事之纲纪也。"（《吕氏春秋·孝行览》）故此，"父为子隐，子为父隐"的私人亲情，不仅无害而且有助于社会政治。

仁与礼的内外双重规定，就把具体感性的个体人，置入了一个高度秩序化的有机整体中，化为一个其乐融融的大家庭的构成要素。作为一个生命体，他的意义不再是独立的，而应通过他所扮演的社会角色，所发挥的社会功能来阐释。个体生命变成了整体生命的一部分，尽管生命个体仍要死去，但他所据以获得生存意义、生存价值的整体却仍将延续下去。"虽我之死，有子存焉。子又生孙，孙又生子，子又有子，子又有孙，子子孙孙，无穷匮也。"（《列子·汤问》）如此，个体似乎也就随之达到了某种无限，某种对死亡的超越。

至此，对儒家哲学来说，人之有限性的超越，人的不朽性的获得，与其社会角色功能的强化间，就取得了完全的统一性。人过留名，雁过留声，人生于世，即应昂扬奋进，建功立业。"天行健，君子以自强不息。"（《易·乾象》）人应追随天地自然，像天地自然一样恒常有力地运作，一样自强不息。正是这种精神，鼓舞着孔子去周游列国，去百折不挠地宣传自己的政治主张，败而不馁，挫而愈奋。孔子强烈地渴望着能为世所用，称："如有用我者，吾其为东周乎！"（《阳货》）只要有机会，他就要实施自己的政治理想和治世方式，就要努力复兴文王武王之道。他还反诘不赞成他急于从政的学生说："吾岂匏瓜也哉？焉能系而不食？"（《阳货》）认为自己绝不是只挂着给人看而不能用的摆设。在另一个地方，他还认为君子应为自己在快要离世之时，没有功成名就感到痛心。所以对那些成就了一番惊天动地的大事业的人物，孔子总心怀敬羡。不要说尧、舜、禹、汤、文武、周公，就是不免道德仁性缺失的管仲，也因其辅佐齐桓公成就霸业的巨大事功，而被孔子许以"仁"的美誉。

鲁大夫叔孙豹给"不朽"下过一个定义："太上有立德，其次有立功，其次有立言，虽久不废，此之谓不朽。"（《左传·襄公二十四年》）既然人的意义在其社会性角色功能的实现，所以一旦这一点达到了，人也就进入了不朽之列，此时个体本身生命的存毁反倒无足轻重了。同样道理，如果人的这种角色功能没有实现，则无论如何艰难屈辱，也不甘就死。所以孔子称："朝闻道，夕死可矣。"（《里仁》）司马迁宁忍宫刑的奇耻大辱，也要写出《史记》，借立言以至不朽。当社会性的角色功能与肉体持存发生冲突时，理所当然地要选择前者。"生亦我所欲也，义亦我所欲也，二者不可得兼，舍生而取义也。"（《孟子·告子上》）有社会群体意义的死，虽死犹生；放弃了社会意义关怀的生，虽生犹死。

同样由于对不朽的追慕，中国人有着浓厚的家族意识。父、祖、曾祖、高祖、玄高祖，子、孙、曾孙、玄孙、玄玄孙，漫长而清晰的语言概念序列，作为悠远时间过程的反映，揭示出中国人对绵延不绝的巨大家族整体的深层心理眷恋。就横向空间序列看，中国的五服制度，也是其他民族所少见的。"慎终追远"形成了中国人强烈的祖宗意识。"不孝有三，无后为大"成为被普遍接受的观念，其积极形式则是多子多福。在纵向生命之流的传续中，中国人体验到超越死亡的满足感。"孝"被与家族生存、与人生不朽相系，它不再只是一种主体情感，而变成了外在性的功业。"孝"不再单纯地指向先人，还延伸及后代。这样的生命观念影响至深，以至连鲁迅都说："种族的延长，便是生命的连续，……所以新的应该欢天喜地向前走去，这便是壮，旧的也应该欢天喜地向前走去，这便是死。各各如此走去，便是进化的路。"[1]

儒家这种对死亡的超越模式，这种人生哲学理想的选择建立，有丰厚的历史土壤。周人取殷商而代之之后，随着人文思潮的涌动，开始逐渐走上把上帝神界与人类血缘联系切断的道路。由此，人本身、氏族本身的血缘关系的地位，变得重要了。古代血缘关系的遗存，在周人那里，被重铸为一套完整而严格的宗法制度，宗法制度反过来强化了血缘伦理关系在社会生活中的地位。宗法制是中国古代特有的社会结构模式，以其庞大复杂而井然有序的体系影响了中华文明数千年。按此制度，社会最高统治者是"天子"，称为天下的大宗，也是政治上的共主，接受并管理上天赐予的土地和臣民，王位由嫡长子继承。天子的庶子有的分封为诸侯，有的分封为卿大夫。诸侯对天子称为小宗，在本国内为大宗，其职位亦由嫡长子继

---

① 《热风·四十九》，收入《鲁迅全集》第一卷，人民文学出版社1981年版。

承。卿大夫对诸侯称为小宗，在本家为大宗，其职位同样由嫡长子继承。卿大夫之下再分封士。这种家国同构，以血缘亲疏为序组织整个社会的模式，使中国整个社会就像一个大家庭，从最小的"天子"——父亲，到最大的"父亲"——天子，形成一种严密的层级结构。血缘伦理和政权规范的紧密结合，使每个人都被牢牢地网罩其间。所以从一开始，中国社会的个人本位意识就极为淡薄。周人忧患意识，就其内容看，个体性命之忧的色彩甚为隐晦淡薄，而主要是家国之忧，氏族之忧。文王被禁羑里，而演绎不迭，其忧患，就属觉醒到自己担负的巨大社会责任的政治家的国族之忧。这种忧患的个体生命内涵，被融入了群体之中。在这样的社会结构基础和精神文化背景下，儒家选择的超越死亡之路，就很好理解了。

社会性的功业不朽，取代了感性生存退场的忧虑，个体死亡的沉重性大大消减了，也从而人的社会角色属性，置换了生命本身。缺失了这种角色性，无异于丧失生命本身。这一点极大地影响了中国人的文化心理结构。《红楼梦》第三十回写贾宝玉对林黛玉表白忠心："你死了，我当和尚。"显示出鲜明的中国特色。佛教虽广布中土，其于中国人生命价值观的影响却十分有限。它或被与庄玄糅合，形成内在心理性的审美解悟，即中国化的佛教——禅；或被浅俗化为实用功利性的民间迷信。和尚理论上虽能成佛，但既"跳出三界外"，消失了世俗社会的角色性参与，在一般国民心目中，则无异于废人，所以是很被瞧不上眼的。民间俗例，婴孩取用阿猫、阿狗等贱物之名可保长命，"和尚"一词亦侧身其间，即属趣证。贾宝玉要去"当和尚"，意味着丢弃自己的全部社会角色性责任，作为中国人，其中寄寓的深情不难想见。这和西方骑士在此类场合下必然提及的自杀，具有等值的意义。与此一致，直到现代，中国人对异常型的社会个体，仍抱有特殊的怜悯或轻蔑。男女独身现象之罕见及此类人物所承受的巨大压力，都与中国人的生命观念有联系。社会角色性的不完整，严重性不亚于肌体部分坏死。

克尔凯郭尔批评传统哲学无视人的感性直接存在本身，认为传统理性主义哲学，如黑格尔哲学，通过抽象繁复的概念思辨，追求超人的所谓本质，人由此被压平为无差别的空洞符号。他提出，哲学的核心应重新移到当下此在的"个人"身上，任何时代的、阶级的、民族的、社会的，诸如此类的现象存在，都只有以此为基础，才能得到真正的说明。任何哲学，脱离此在孤独个体，不能构成个体心灵的真理，都没有资格作为哲学存在。所谓"孤独的个体"，作为主观的思想者，作为纯粹的精神本身和唯一的个人，是只与自身发生关系的。它自己领会自己、体验自己。克尔凯郭尔当然是偏颇的，但他的参照，却有助于我们更冷静地剖解儒家关于生命本体和关于个体死亡的态度。将此在本体，将人生意义的终极依归，借助"仁"的中介，挪移到外在的"德""功""言""礼"，挪移到外在的社会群体性上面，固然是替有限此在找到了永生的根基，安慰了生命消亡阴影下的心理忧虑，但这些模式本身，同时却不能不形成对个体存在的另一种掩蔽。在对社会伦理秩序和事功的投入中，生命确实解脱了死亡畏惧，却同时失却了生命本身的纯粹性、本真性、自由性，失去了属于自己的自我。由自我独立承负的死亡没有了，由自我独自拥有的感情、意志、欢乐、梦想也没有了。所以，从一开始，我们就不能不审慎地发出疑问，这种解脱值得吗？它带给我们的，与从我们这儿带走的相比，哪个更多？

生存的本性、生存的意义依归在群体，在社会伦常秩序，则个体的肉体生存或死亡都无关紧要。在不涉及社会伦理义务时，自杀也就没什么意义了。孔融、何晏、夏侯玄、嵇康、谢灵运，一个个备受迫害，却也必待引颈受戮，而不自觅短见。从这样的角度，傅雷夫妇之类仅因个体尊严受到威胁而选择自杀的行为，应该说是有特殊文化意义的。海德格尔认为，人只有在面对个体死亡时，才能最深刻地体会自己的存在。死亡就是非存在，就是虚无，面对死亡，就是审视存在向非存在的转变契机。死亡的可怖意味着的是存在与非存在间的对比。死是充分个体的、无法替代的，只有死亡才把人与外在的集合概念，如社会、阶级、集团、家庭之类分离开来，才使主体真正意识到自我与其他存在间的界限，真正懂得生存的意义。因此，死亡既意味着个体的毁灭，意味着生命的终结，也意味着此在觉醒的必要前提，是此在获得本真性生存的契机。为了领悟此在的真谛，清醒地、自由地面对死亡、走向死亡，是理所当然的事情。海德格尔哲学有我们无法接受的浓郁悲观主义色彩，但其对死亡的积极人生意义的论述，却值得深思。针对孔子"未知生，焉知死"的思想，我们是否也可以说：不知死，焉知生？

（三）

黑格尔曾说："在东方宗教中主要的情形就是，只有那唯一自在的本体才是真实的，个体若与自在自为者对立，则本身既不能有任何价值，也无法获得任何价值。只有与这个本体合而为一，它才有真正的价值。但与本体合而为一时，个体就停止其为主体，主体就停止其为意识，而消逝于无意识之中了。"① 这段话，对理解古代士人的生命意识，是有启发的。儒学把生命本体归结为社会历史性的伦理秩序，从而个体存在的意义，也就被转化成了他对社会的角色性参与；其自我实现、自我超越，也就被转化成了外在社会性的功业贡献。"天地者，生之始也；礼义者，治之始也；君子者，礼义之始也；为之，贯之，积重之，致好之者，君子之始也。故天地生君子，君子理天地。"（《荀子·王制》）生命此在的意义，就在于刚健有为、自强不息，在于把有限的生命投入无限的为族类家国服务中去，在于把有死的个体小我会聚到不灭的大我群体中去，由此感受到无限，感受到永恒，感受到常驻不流的安然。

这种社会性不朽的获得，按说既可以是实践领域的，也可以是精神领域的，但现实的事功总是以其逼近性、切实性，而具有更大的吸引力。更何况，按原始儒家，内在道德修养始终应指向外在的功业建设，并以后者为目的。所以孟子说："士之仕也，犹农夫之耕也。"（《孟子·滕文公下》）更进一步，内在道德理性素质的拥有与否，某种意义上也有待外在功名业绩的修成与否来证明。《中庸》说："非天子，不议礼，不制度，不考文。今天下车同轨，书同文，行同伦。虽有其位，苟无其德，不敢作礼乐焉；虽有其德，苟无其位，亦不敢作礼乐焉。"单纯内在的道德理性素质，倘若不实现为外在的煊赫事功名位，就没有资格充任众人的表率、天下的宗师。"礼"指道德伦理规范，"度"指社会秩序法令，"文"指文化

---

① ［德］黑格尔：《哲学史讲演录》中译本第一卷，贺麟、王太庆等译，商务印书馆1959年版，第117页。

规则尺度等，总而言之，即礼乐制度。如果只具备内在德行，而无外在名位，那是没资格参与这些东西的。"立德""立言"的不朽，于是被要求结合到"立功"的努力中去。这就是曹植《与杨德祖书》所言："吾非德薄，位为藩侯，犹庶几戮力上国，流惠下民，建永世之业，流金石之功，岂徒以翰墨为勋绩，辞赋为君子哉？"

在这样的观念背景下，孔子的地位在汉代也发生了危机。他虽终日奔波于诸侯显宦之门，汲汲于政治权争之场，终其一生，却并没有取得政治上的成功。说他"继往圣，开来学，其功反有贤于尧舜者"（朱熹《中庸章句序》），那反映的是宋以后人的价值观。孟子称孔子作《春秋》，而乱臣贼子惧。但从正名的角度说，孔子并无处罚这些乱臣贼子的名分，严格地说，这简直是"僭越"。为解决这个问题，汉初《春秋公羊传》编造了一个故事，说是鲁哀公十四年，鲁地樵夫打死了一头叫作麟的兽，"麟者，仁兽也，有王者则至，无王者则不至"（《春秋公羊传·哀公十四年》）。这头麟实是新王降世的信号，孔子就是这个新受命的王。尽管麟一出现就被打死了，孔子没有成为事实上的王，但他自己知道自己的"受命之符"，因此作《春秋》传述自己的"一王之法"，所谓"仰惟天命，俯察时变，却观未来，豫解无穷，知汉当继大乱之后，故作拨乱之法以授之"（何休《公羊传解诂·哀公十四年》）。

孔子之地位尚需如此解释以求圆通，一般士人之必须走向外在事功，实即走向从政做官来表明自身的价值，就更是不言自明了。如此强调名分职位的重要，儒学才能保证社会伦理秩序的稳定性，才能保证对社会与人性构成的非秩序性因素的遏制，才能保证大一统宗法政权模式的长治久安。也只有这样，才谈得上此在本体的永恒性与不朽性，个体生命的不朽冲动也才有落脚之处、立足之点。尽管这样一来，无疑将会给个体超越有限的追求带来外在的滞碍。名不正，则言不顺，为求得言、求得行的可能，就须谋名谋位。

读书做官，读书就是为了做官。读书明理，明理也须围绕做官。任何知识、学问、修养，都只有作为走向政治成功的前阶，作为获取封爵利禄的手段才有意义。中国士人有几千年的历史，近代意义上的知识分子却迟迟没有降生，其间缘由，于此可见一斑。"学来文武艺，货与帝王家。"读书人阶层一直是预备官僚库，而没走上凭自身掌握的科学文化知识直接服务社会、谋取个体生存发展的道路。由此也可以理解读书人在民众中的二重性形象。一方面是万般皆下品，唯有读书高，白衣卿相，粪土当年万户侯；另一方面穷酸秀才似乎已成了贯穿文化各个层面的受嘲弄蔑视怜惜的意象原型。前种形象，基于读书人无限未来的政治可能性，基于"今日落难才子，明日高官显宦"的众多典型范例。后种形象的塑造，是由于读书人一旦丧失跃龙门的可能，则其诗书学问之类敲门砖完全作废，既不会种田也不会经商，就成了十足的废物。所以，我们几乎看不到什么在正常心态下甘愿做纯学者或纯诗人的选择。专业知识分子对于政治家乃至一般官僚的自卑感，直至今日也是不容忽视的社会心态。

踏上政治舞台，进入权力中心，辅弼圣君成就帝王之大业，由是乃成为统率中国士子几千年的根本性心理情结。它不仅仅牵系于个人世俗功利层面，也不仅仅牵系于社会族类的责任义务层面，而是通向生命此在最深层的形上冲动，是由儒门独特的生命哲学所决定的本体渴望的展开，是面对滚滚如东逝之川的时间之河的儒生们超越此在狰狞大限的唯一出路。尽管对于具体的研究对象，同一种追逐的意义可能是根本不同层面上的，但就知识者整体言，政治事功追求不可否认地有着深层的生命意义，密切地联系着人性中的不朽冲动。

这就导致了儒者的不朽冲动与现代西方人的自我实现、自我超越间的重要差异。后者是个体本位文化，前者只能转向族类、家国，这是中国人生命的重心所在，是他们躲避死亡、抗拒逝川的掩蔽之所。政治功名意识在近现代中国依然保留着强大影响，"官本位"意识所隐含着的，就是对专业技术知识分子价值独立自主性的无视。只是20世纪70年代末期之后的全面的社会经济政治改革，才开始为消除读书人的预备官僚意识，为造就真正近代意义上的知识者提供了现实的前提。

功名在士子心目中的地位，在隋唐科举制度盛行以后，愈发广泛深入。科举之作为功名的同义语，产生了神奇的魅力，成为封建时代中后期社会文化生活中的重要内容。不朽的事功追求，本为解除生命限在之悲哀，但这种追求从一开始就意味着新的悲剧诞生的可能性。对绝大多数的知识者来说，入世救世建功立业封妻荫子的理想，只有通过被现有政权体系接受才有实现的可能。一方面，专制主义的政权体制，注定将使一大批有真才实学者不能得到应有的承认。另一方面，个体自我意识与其实际素质间不可避免的距离，也决定了一大批心气颇高的士子无法走进官僚集团的上层。第二方面的原因往往被论者有意无意地忽略。其实，某些杰出的诗人、艺术家，尽管政治上不得志的忧伤叹息令人同情，如李白、杜甫、左思，但其真正的政治才能如何，是需要打上问号的。李太白诗中高傲地宣称"安能摧眉折腰事权贵"，事实上为了平步青云，以"申管晏之谈，谋帝王之术，奋其智能，愿为辅弼，寰区大定，海县清一"（《代寿山答孟少府移文书》），却可谓用尽了心机。一方面游走四方，扩大名声；另一方面奔走权门，甚至打通了玉真公主的关节。终于，借着皇帝妹妹的门路奉诏入京。玄宗准备封之为中书舍人，却渐渐发现这位诗仙实非廊庙之器，于是打消了念头。政治上，李白大概应归入志大才疏之列。这并没有什么值得奇怪的，每个人的天赋气质总有一定的类型属性，都会有某些发展方向上的局限性，尽管后人出于对其诗歌天才的推崇而讳避这一点。

作为士人最早的代表和最高的典范，孔子就开始咏叹怀才不遇这个忧伤的主题了。出仕不仅是内在生命仁性的必然体现，而且是君子应有的义务。《论语·微子》里子路对荷蓧老人的批判，是能代表孔子态度的。"不仕无义。长幼之节不可废也，君臣之义如之何其废之？欲洁其身，而乱大伦。君子之仕也，行其义也。"因此孔子反对避世之隐，针对桀溺的建议，针锋相对地提出："鸟兽不可与同群，吾非斯人之徒而谁与？天下有道，丘不与易也。"这种志于道而事于君的理想能否实现，取决于君主之手。倘若君主无意于道，则只能"隐居以求其志"（《论语·季氏》）。但时光倏忽，岁月催人，消极地等待而见不到希望，不能不令人悲从中来，叹息命运的无情。"凤鸟不至，河不出图，吾已矣夫"的叹息，令人为孔圣人那凄凄惶惶，不乏狼狈之态的一生，千载之下犹自黯然神伤。

屈原以他凄艳哀婉的歌喉，九死未悔的偏执，自沉汨罗江的绝望，第一次用艺术的方式凸显了中国文化精神中的这个重要主题。"惟夫党人之偷乐兮，路幽昧以险隘。岂余身之惮殃兮，恐皇舆之败绩。……荃不察余之中情兮，反信谗而怒余。……曰黄昏以为期，羌中道而改路。初既与余为言兮，后悔遁而有他。"（《离骚》）小人当道，君聪不明，忠而遭贬，信反被疑。"日月忽其不淹兮，春与秋其代序。""老冉冉其将至兮，恐修名之不立。"孤独的生命个体是短暂的，"人生一世，草木一秋"，可人能凭"内美"与"修能"，建不朽之伟业，所以"草木零落""美人迟暮"，本亦无关紧要。可怕的是尽管自己"扈江离与辟芷兮，纫秋兰以为佩"，尽管"朝饮木兰之坠露兮，夕餐秋菊之落英"，却并不能得到一展抱负的机会。日月飘忽，春秋代序，转瞬老冉冉其将至，而自己的精神、自己的生命、自己的意志并没有外在化为社会性的结构事实，自己高洁的素质并没有转化为播撒宇内、摇落九州的英名。这样一来，当那最后的时刻来到之日，自己就会无声无息地没入虚无，就会如逝水难收滚滚东去不见影踪，春梦醒来了无痕。一般庸众可以不要确定的意义立足点作为支撑，屈原却不行。一种注定不能光耀天地、不能修名不朽垂于后世，不能突破物化噩运而达于自在自为状态的生存，一种渺小如飞絮，飘摇似浮萍短暂无根同于朝晦暮菌的生命，有与没有，还有什么重要的不同呢？更何况还要在对意义性、不朽性的无望的希望中白白忍受幻灭感的折磨。如此一来，屈原主动舍弃对他已是无价值的生命躯体，又还有什么奇怪的呢？

汨罗一纵，将屈原的生命境界提到了新的高度，使他与溺于物化状态的纷攘人群区分开来。屈原之生，乃自觉尽天命、就人道、求超越的自由选择的生；屈原之死，同样是突破自然生存法则，突破世俗活命成例的自由选择的死。他不能忍受虚无"自在"的荒谬偶然状态，他以放弃自我存在的方式，选择了自我所应具备的本质。屈原没能在正面的积极意义上舒展自己的抱负以获得此在的自由，超越感性生命的速朽性，却借助似乎是消极的方式，从相反的方向达到了永生。"人在开始的时候还没有成为什么。只是到了后来，他才成了某种东西，他才把自己创造成他所要成为的东西。……他是他自己所意欲的——他跃进存在之后，他才意欲自己成为什么东西。"① 选择真正作为选择，而非随波逐流，其本然的自由禀赋决定了这种选择所赋予主体的不朽性、自为性，而不管其选择的结果如何。

志于道、仕于君、救世新民，这套儒家的人生哲学，作为形上自觉的自由冲动，作为不朽之途的特定选择，本可使主体达至极高的生命境界。可在事实上，当这种选择成了一套常规、一种不容违背的范式之后，对利欲熏心之徒就可能全然失其原初的生命意义。功名反过来成为自由的羁绊。这条路上走过的达官贵人、将相王侯多矣，但目光短浅、营营役役、人格萎缩、思维板滞、知识狭窄的俗儒甚众，真正谈得上以自由选择赋予自我有限生命超越性内涵的，却微乎其微。尔曹身与名俱灭，不废屈原万古流。主动选择自我毁灭的屈原，反倒成了中华文化不灭的永恒象征。"士不遇"主题本是求不朽不得者，面对死亡逼近发出的绝望悲叹，结果在漫长的封建社会中，却有众多士子就由于这绝望后的悲叹而洞见了生命的真谛，脱离了"现象"而跨入了"本体"。"遇"者反倒可能由于忘记了求"遇"的原初本义而沦入物性的迷茫。

人是复杂的矛盾体，人的自我意识与其实际可能往往恰成反照。聪明的苏格拉底永远记着自己其实一无所知，并因承认自己一无所知而智慧绝伦。倒是那些无知的人，总自认为理所当然的"智者"。也正因此，屈原身上毁灭与永生的巨大张力，丝毫没有减轻后世"不遇"者的悲苦与沉痛。"烈士多悲心，小人偷自闲"（曹植《杂诗》其六）说的正是这种情形。多悲心乃心不甘虚度此生，痛感功业不立而时不我待之谓。自闲者，随波逐流、浑浑噩噩、无所作为而不自为憾也。多悲心是生命意识高度清醒的结果，是敏感生命有限而欲图突出之所必然伴随的心理状态。李白愤愤然于"大道如青天，独我不得出"。杜甫亦忍辱含垢："骑驴十三载，旅食京华春。朝叩富儿门，暮随胡马尘。"（《奉赠韦左丞丈二十二韵》）考到七十一岁未能及弟的蒲松龄，更一腔血泪一把鼻涕："王孙老矣，颠倒了天下几多杰士。蕊官榜放，直教那抱玉卞和哭死！……数卷残书，半窗寒烛，冷落荒斋里。"（《大江东去·寄王如水》）

---

① 萨特：《存在主义是一种人文主义》，载 W. 考夫曼编著《存在主义》，商务印书馆 1987年版。

与春秋战国时的先辈相比，后世士子处于更艰难的境地。孔子、屈原的时代，所谓春秋五霸、战国七雄，是多元并举、自由竞争的时代，求仕者可以择君而从，如鸟儿择枝而栖，恣意所存。范睢就为了自魏入秦，不惜皮袋中匿身；颜阖，也无妨凿穿后墙自鲁他亡；苏秦以一身挂六国相印，公子无忌以贤招八方门客，令诸列强不敢加兵谋魏十有余年。时代的风气，决定了士人某种程度的选择自由性及相应的主体自尊感。无怪贾谊要替三闾大夫惋惜："历九州而相其君兮，何必怀此都也。"（《吊屈原赋》）也无怪乎宋玉要说："当世岂无骐骥兮，诚莫之能善御；见执辔者非其人兮，故跳而远去。"（《九辩》）随着大一统政治集权体制在秦汉的确立，那有限的自择也就成了不可挽回的过去。"彼一时也，此一时也。"（东方朔《答客难》）彼时之士，可以"矫翼厉翮，恣意所存"，此时之士却只能"欲言者卷舌而同声，欲步者拟足而投进"（扬雄《解嘲》）。韩愈说得更真切明白："古之士三月不仕则相吊，故出疆必载质。然所以重于自进者，以其于周不可，则去之鲁；于鲁不可，则去之齐；于齐不可，则去之宋之郑之楚也。今天下一居，四海一国，舍乎此，则夷狄矣，去父母之邦矣。故士之行道者，不得于朝，则山林而已矣。山林者士之所独善自养而不忧天下者所能安也，如有忧天下之心，则不能矣。"（《后十九日复上书》）

在彼此的对照中，在对先秦之士"幸运"的神往中，后来者"不遇"感的深切沉痛被进一步加重了。立志"捐躯赴国难，视死忽如归"（《白马篇》）的曹子建，结果却只能"泛泊徒嗷嗷，谁知壮士忧"（《鰕鳝篇》）。以《三都赋》纸贵一时的左太冲，也称"郁郁涧底松，离离山上苗，以彼径寸茎，荫此百尺条"（《咏史·其二》），深感现实不公道。终生抑郁的李贺，更是只有沉浸在"老兔寒蟾泣天色"（《梦天》）中，悲歌"秦王不可见，旦夕成内热"（《长歌续短歌》）的份了。宋琬《昌谷注叙》称："贺，王孙也，所忧宗国也。和亲之非也，求仙之妄也，藩镇之专权也，阉宦之典兵也，朋党之衅成而戎寇之祸结也。以区区陇西奉礼之孤忠，上不能达之天子，下不能告之群臣，惟崎岖驴背，托诸幽荒险涩诸咏，庶几后之知我者。"大体正确地介绍了长吉歌诗之悲的现实依据。不用说陆游

《黄州》中的悲凉："局促常悲类楚囚，迁流还叹学齐优。江声不尽英雄恨，天意无私草木秋。"政局黯然，官场腐烂，岁月蹉跎，草木皆秋。各种莫名的禁令束缚，令放翁壮志难酬，迁流异地。我们似能听见英雄之恨，怨恨之深长，如不尽长江，无穷无尽。这是功名不就之恨，更是生命侵蚀之悲。"当时万里觅封侯，……此生谁料，心在天山，身老沧州。"（《诉衷情》）就这样悄无声息，老死家园，来无踪，去无影；就这样毫无抗拒、毫无张力，眼睁睁无可奈何地听着死神敲门，把自己牵去。放翁生命体验深层的不甘和凄哀，揭示了数量众多的"士不遇"主题作品的共同实质。

研究者多着眼"士不遇"主题在形而下层面的内涵，即它所蕴含的社会政治理想或现实功利追求不得实现的苦闷的性质，而少注意这一主题与生命终极关怀的联系。对具体某个研究对象而言，这种层面的阐释或不乏依据，但对中国文化精神整体言之，对把握士人作为特定社会阶层其生命求索的逻辑特性言之，这种阐释就显得表面化了。当与现实事功相联系的苦闷达到极点，当"遇"的希望彻底破灭以后，诗人们就将无所掩蔽地暴露出其直面生命短暂的惨怆。朱自清《李贺年谱》引洪为法语谓："贺惟畏死，不同于众，时复道及死，不能去怀；然又厌苦人世，故复常作天上想。"畏死者岂唯贺哉！吾辈之众，概莫能外。不过李贺已从靠"收取关山五十州"的壮举来抗拒生命速朽的迷梦中清醒过来了，从而不再遮遮掩掩罢了。并非李贺"畏死"而又"厌苦人世"，而是这个冷冰冰的人世拒绝为他提供任何寄托、任何抚慰，由此不能不成为离群孤雁，不能不陷落进令人毛骨悚然的死亡阴森世界。李贺"鬼诗"只有十多首，却足以说明本体性的死生之忧在士人生命苦闷中所占有的地位。置之死地而后生，李贺正是由于被置入超过任何其他人的现实绝境，才得以没有任何含糊地觉知并倾诉了生命此在最本己的体验。

既然不能不绝望，那就对绝望作些希望吧。既然生的世界已无退路，那就索性到死的王国来一番游历吧。"南山何其悲？鬼雨洒秋草。长安夜半秋，风前几人老？低迷黄昏径，袅袅青栎道。月午树立影，一山惟白绕。漆炬迎新人，幽塘萤扰扰。"（《感讽五首》其三）"从衰老更进一层，想到死亡，意趣凄冷、悲怆……"（叶葱奇《李贺诗集疏注》）所以李诗极"喜用鬼字、泣字、死字、血字"（王思任《李贺诗解序》）。后人评价其所经营的意境特征时，曾说是："险怪如夜壑风生，暝岩月堕，时时山精鬼火出焉；苦涩如枯林朔吹，阴冻崖雪，见者靡不惨然。"（谢榛《四溟诗话》卷四）倘若不是没有任何可以回避之所，那么谁又会愿意到这样的地方徘徊呢？几千年间，"不遇"之士悲情哀怨之作众矣，此等境界却所见无多。可就是到了如此凄冷的鬼域，生前的抱负亦难得一展："秋坟鬼唱鲍家诗，恨血千年土中碧。"（《秋来》）前代诗人鲍照曾有"对案不能食，拔剑击栏长叹息。……自古圣贤尽贫贱，何况我辈孤且直"（《拟行路难》其六）等语，故"鲍家诗"乃怀才不遇之谓也。鬼域里照样会贤愚混淆、良莠不分。"士不遇"之悲伤作为现实政治理想的苦闷，和生命倏忽之哀高度一体化的性质，在李贺身上，得到了淋漓尽致的表现。

原载《社会科学战线》1995 年第 5 期

三 说"名节"

提要： "名"对应着的是不同的社会身份及相应的权利义务。儒家主张以"名"参照、节制情性之"实"，将由此而形成的内在紧张及道德耻感视作生命境界提升的基本动力。以"名"节"实"需要遵循适度的原则，过度可能导致虚饰之风，不及则易流于放荡任诞。虚饰和任诞形态迥异，实则对道德风尚的解构效果是相通的。

关键词： 名节；诚；耻

儒家所谓"名"，从根本上说，乃是对基于分工的人文秩序的确认与描述。不同的"名"相应于不同的权利与义务，这即所谓"分"。只有获得一定的"名"，才能发挥相应的作用。这既是社会的现实，也是保障文化秩序的稳定性的必要条件。基于这样的思路，儒家反对道家的无名观念，强调"正名"，让社会成员以与自己身份地位相称的方式立言行事，所谓"名不正，则言不顺"（《论语·子路》）。荀子就此论证道："异形离心交喻，异物名实玄纽，贵贱不明，同异不别。如是，则志必有不喻之患，而事必有困废之祸。故知者为之分别制名以指实，上以明贵贱，下以辨同异。贵贱明，同异别，如是，则志无不喻之患，事无困废之祸。"（《荀子·正名》）与"正名"对应的，是"尚贤"，即要求把每个成员都摆到与其才德相称的等级位置上，所谓"虽王公士大夫之子孙也，不能属于礼义，则归之庶人。虽庶人之子孙也，积文学，正身行，能属于礼义，则归之卿相士大夫"（《荀子·王制》）。认为只有这样，才能"万物皆得其宜，六畜皆得其长，群生皆得其命"（《荀子·王制》）。

社会赋予个体以不同"名分"，依据的是其不同的才德修养。就这种与特定社会评价的联系而言，"名"又成为"名誉""名声"。在这样的意义上，孔子说"君子疾没世而名不称焉"（《论语·卫灵公》）。赢得积极的评价，需要客观的成就，这就是"功名"。孔子对管仲的肯定，就是从这种角度考虑的。儒家士人缺少来世观念，而能够秉持死而后已的观念践行仁道，其动力，从根本上说，即与其对这种"名声"或"功名"的注重有关。"名"作为个体之社会价值的确认，提供了超越感性满足之上的精神性支点。这种人生哲学观不仅对士子，而且对普通民众的生存境界，都产生了有力的提升效应。所谓"人过留名，雁过留声"，可以说，对在所从属群体中之"名"的爱惜，与孟子意义上的"良知"一起，从内与外两个不同侧面支撑着传统中国人的道德自律意识。

汉兴之后，士人心态观念中对"名"的崇尚，往往与事功热情分不开。其时对儒家思想即所谓"儒术"的鼓吹，主要也是从这种学说特有的"用"的角度展开的。陆贾之以《诗》《书》说刘邦，理由就是汤武逆取而顺守，文武并用，长久之术也。叔孙通得到高祖重用，也是因为他不受传统观念制约，变通古礼为汉制定朝仪。很大程度上，西汉诸帝对儒学的接受，主要是在意识形态的宣示层面，实际政治运作则表现出强烈的机会主义倾向。本来，无论"名声"抑或"功名"，都是内在人格情操修养的从属物，但在专注于操作性之"用"的风气之下，士人对"名"的追求，往往有颠倒本末，搁置身心之本而专骛外在名利的情况。《汉书·匡张孔马传》曰："自孝武兴学，公孙弘以儒相，其后蔡义、韦贤、玄成、匡衡、张禹、翟方进、孔光、平当、罗宫及当子晏，咸以儒宗居宰相位，服儒衣冠，传先王语，其醖藉可也。然皆持禄保位，被阿谀之讥。"最典型的为公孙弘，以治《春秋》而至拜相封侯，极大地鼓舞了天下经生的仕进热情。就性格说，公孙弘体现了儒者一贯的热衷功名的特点，但其对"名"之生命意义的理解，却背离了先秦儒者的精神。据说一次庭议时，汲黯当面批评他说："弘位在三公，俸禄甚多，然为布被，此诈也。"武帝让他解释，他很诚恳地说："夫九卿与臣善者无过黯，然今日庭诘弘，诚中弘之病。夫以三公为布被，诚饰诈欲以钓名。"又据《汉书·公孙弘传》："弘奏事，有所不可，不肯庭辩。""尝与公卿约议，至上前，皆背其约以顺上旨。"如果说作为个人的一种生活方式，其行为做派，虽不免做作，在与公然的奢侈之风的对比中，却无可厚非，那么为了取悦人主而在国事方面放弃原则，就未免有违儒者求名之道了。如此之"名"，事实上蜕变成了"利"的特殊体现形式，所谓"名利"，自然也就不再能够发挥引导个体超越其感性化生存境界的功用。

鉴于西汉时期士风存在的上述问题，光武中兴后，对于士人个体价值的肯认，发生了从注重外在功名到注重内在之德行的转变。为了导引社会的崇尚名节之风，光武帝刘秀有意识地对王莽时期不仕新朝的道德君子予以格外礼遇。可以说，刻意强调"名"与"节"的关联，也即强调超越世俗利害的内在人格情操的本体地位，和相应的外在之"名"对这种内在情操的从属性，是东汉朝廷对武帝以来独尊儒术政策的积极发展。这种导向对于儒家价值理念真正融入广大社会成员之深层心理情感世界，产生了深远的影响。

东汉朝廷崇尚名节之举甚多，著名者如光武之于严光："（光）少有高名，与光武同游学。及光武即位，乃变名姓，隐身不见。帝思其贤，乃令以物色访之。后齐国上言：有一男子披羊裘钓泽中。帝疑其光，乃备安车玄纁，遣使聘之，三反而后至。舍于北军，给床褥，太官朝夕进膳。……除为谏议大夫，不屈，乃耕于富春山。……复特征不至，年八十，终于家。"（《后汉书·严光传》）按诸儒家一般性的忠孝原则，严光应有义务出仕在当时被普遍认为已获得了统治合法性的新朝，这既是对天下国家的义务，也是自己立身扬名的机会。如果认定了严光是有用之才，朝廷即使不强迫，起码也可以要求他出仕。但在这个问题上，代表朝廷的光武帝与代表儒生的严光不约而同地采取了另外一种不同的策略。之所以如此，当然是针对西汉一朝士人因功名之心太过而导致的种种不良风习。"名节"之联"名"于"节"，意味着这种价值的追求，从一开始，就需要某种节制、某种操守、某种有所不为的准备。功名富贵当然好，但过分贪图功名富贵之心，则可能侵蚀功名富贵对于生命本有的积极意义。因此，在世人普遍汲汲于富贵功名的背景下，反倒是面对功名的某种清高乃至不屑，具有了广泛的社会意义，成为值得珍视的。严光之隐退，与西汉公孙弘之拜相类似，在当时都产生了广泛的示范效应。其后的许多儒者，也都纷纷拒绝征聘，像董扶、杨厚、黄琼等，朝廷反复延请做官，而坚不出山。其中虽或有故作姿态的成分，但对于民间道德化风尚的养成，仍自有其正面意义。

由于东汉朝廷的自觉努力，这一时期形成了完善的名教伦理制度。"名教即是因名立教，内容包括政治制度、职官设置、人才配合以及礼乐教化等等。但其中最为重要的是依据儒家的伦理道德标准选拔人才，使被选拔的人才与所居职位相配合，做到人尽其才，官称其职。当时的选举标准即所谓经明行修，尤其注重人的道德操行。而名教政治最重名声，一个人的名声越大，社会政治地位越高。"① 在这种制度基础上，东汉时期，出现了以服膺儒学价值观为基本特征的士族阶层。这些世家大族"是在宗族乡里基础上发育滋长起来的，因而具有古老的农村结构根源。……这一类宗族团体以血缘为纽带，内部关系十分紧密"②。出身这些世家大族的子弟，自幼接受宗法血缘伦理的熏陶，在价值观上对儒家的社会政治观有着天然的认同。世家大族子弟经察举进入统治阶层之后，反过来又进一步加强了士族阶层的地位。由此，对儒学价值观的认同与士族阶层的实际社会政治地位之间，在名教制度下，达成了积极的互动，成为左右东汉社会走向的重要因素。

就消极方面言之，注重名节的风尚，也导致了伪善的盛行。其反动，在实践层面，表现为曹魏，特别是曹操用人政策上的逆反。从建安八年到二十二年，曹操先后四次颁布求贤令，宣示唯才是举的任人理念，甚至公然声称："负辱之名，见笑之行，或不仁不孝而有治国用兵之术，其各举所知，勿有所遗。"（《三国志·魏志·武帝纪》注引《魏书》）在理论层面，则是老庄无名思想借玄学思潮的泛滥。

从人的生命境界提升的角度着眼，作为外在道德理念的"名"，与内在本然的性情之"实"二者间，理应保持适当的张力。就实言之，荀子径

① 唐长孺：《魏晋南北朝隋唐史三论》，武汉大学出版社1993年版，第66页。
② 同上书，第45页。

言性之本恶，孟子虽道性善，却也承认有"大体""小体"之分。也就是说，儒家的不论性善性恶派，都并不认为人的生命会自然而然地符合道德礼义。就此而言，仁之为人，这只能是一种理念，一种认同，一种时刻努力警戒以图持守的状态。既如此，生命过程，以"名"来参照"实"、节制"实"，就成为无可避免的事。参照、节制的结果，是生命的内在紧张，是自我的耻感。《中庸》最重"诚"，却着意区分了"诚"与"诚之"的不同，认为："诚者，天之道也。诚之者，人之道也。诚者，不勉而中，不思而得，从容中道，圣人也。诚之者，择善而固执之者也。博学之，审问之，慎思之，明辨之，笃行之。"对于现实的人来说，"诚"意味着的不是没有遮掩的本然呈示，而是富于内在紧张性的对于"从容中道"状态的进取。耻感有两方面的意义，一方面，知耻近乎勇，它意味着对自身不符合道义理念的方面的正视；另一方面，特别是在人生修养的初级阶段，它也必然意味着某种节制乃至压抑，或者说遮蔽。对人性的内在自然状态全无节制，所谓从心所欲不逾矩，这种圣人状态只能是长期进德修业的结果。在实践的意义上，几乎没有人可以宣称自己已达到了这样的境界。此外，不敢正视内在生命之真，刻意求名，专以弃绝情欲之意，也会导致心性的扭曲和分裂，所谓伪君子即此之谓。《易·节》在提出"节，亨"的命题的同时，又警告说"苦节不可"，就是这个道理。在社会评价系统中，过分专注"名"，将导致虚饰之风；但反过来，像曹操那样，片面强调"行"先于"名"，其结果，将是社会心态层面耻感的淡化乃至最后丧失。

魏晋禅代之际，社会风气极端毒化，名实完全背离。在这种状态下，标榜"以孝治天下"的司马氏集团固然流于阴险，而专以非毁礼法为能事的阮籍、嵇康等竹林名士，其完全摆脱"名"之规范的"实"，也不能不流于非道德的痞化。就阮籍、嵇康个人来说，虽标榜"越名教（名）"而"任自然（实）"，实际上还是能够以其特有的方式"吸取名教的某些精神，而使自然和名教得到调和"① 的。所以史书评价阮籍曰"外坦荡而内淳至"

---

① 孔繁：《魏晋玄谈》，辽宁教育出版社 1991 年版，第 86 页。

（《晋书·阮籍传》）。但其彻底否定名教的理论在实践层面的危害，却并不因这些个人因素而消减。干宝《晋纪·总论》中说："观阮籍之行，而觉礼教崩驰之由。"（《文选》卷四十九）并非没有任何道理。《世说新语·任诞》载："阮公邻家妇有美色，当垆酤酒。阮与王安丰常从妇饮酒，阮醉，便眠其妇侧。"又刘孝标注引王隐《晋书》谓："籍邻家处子有才色，未嫁而卒。籍与无亲，生不相识，往哭，尽哀而去。其达而无检，皆此类也。"至于理由，则是所谓"礼岂为我辈设也"（《世说新语·任诞》）。从积极的方面说，当然也可以说是赤子之心，是"思无邪"。但如果完全去除羞耻意识这道屏蔽，那么在实践中，又靠什么来保证所谓赤子之心不流于恬不知耻呢？这并非危言耸听，人的动物化，确是竹林任诞之风传衍的结果之一。《世说新语·德行》之"王平子、胡毋彦国诸人"条注引王隐《晋书》说："魏末阮籍，嗜酒荒放，露头散发，裸袒箕踞。其后贵游子弟阮瞻、王澄、谢鲲、胡毋辅之徒，皆祖述于籍，谓得大道之本。故去巾绩，脱衣服，露丑恶，同兽禽。甚者名之为通，次者名之为达也。"中朝之后的名士，与竹林时期的阮籍等之间，或者不能简单地画等号，却无法否认其间的继承衍变关系。

生命必然有所追求，不过追求的目标有直接与间接之不同而已。人的文化性，其基本标志，就是追求目标愈来愈远离原始的生命冲动，而且渐以这种原始冲动本身为羞耻。就此而言，"名节"观念的一个作用，就在于转移、节制、淡化社会成员人人皆具的利欲之心。尽管对"名节"的执着自有其消极面，但彻底破除"名节"观念，对绝大多数社会成员来说，其结果却很有可能是赤裸裸的贪欲。顾炎武就此沉痛地指出："有亡国，有亡天下，亡国与亡天下奚辨？曰：易姓改号谓之亡国。仁义充塞，而至于率兽食人，人将相食，谓之亡天下。魏晋人之清淡，何以亡天下？是孟子所谓杨、墨之言，至于使天下无父无君，而入于禽兽者也。"（《日知录》卷十三《正始》）《五代史·冯道传论》称："礼义廉耻，国之四维；四维不张，国乃灭亡。……礼义，治人之大法；廉耻，立人之大节。盖不廉则无所不取，不耻则无所不为。人而如此，则祸败乱亡亦无所不至。"顾炎武就此评论说："四者之中，耻尤为要。故夫子之论士，曰'行己有耻'；

《孟子》曰'人不可以无耻，无耻之耻，无耻矣'，又曰'耻之于人大矣，为机变之巧者，无所用耻焉'。所以然者，人之不廉而至于悖礼犯义，其原皆生于无耻也。故士大夫之无耻，是谓国耻。"（《日知录》卷十三《廉耻》）正是从这种角度，他对曹操用人政策在世道人心层面所造成的消极影响，进行了严厉的批评。理学人物之普遍强调"名节"，乃至出现"饿死事小，失节事大"的极端之辞，从实践层面说，应该也都与对唐末五代时期世风败坏的切肤之痛有关。各种可能的文化理念，其在社会实践层面的效应都是多侧面的，不可能纯然地好或坏，重要的是保持适当的文化张力，使文化价值理念的不同侧面，实现相互之间的健康互补与良性互动，而不是在发现某种价值原则的负面影响之后，简单化地反其道而行之。

原载《浙江社会科学》2003 年第 5 期

四　庄子生命哲学述论

提要：庄子生命哲学在两种意义上展开了对"道"的论述，一是作为生命存在的状态和境界，二是主体认识追求的对象和结果。人类对此在有限性的超越，是现实地通过物质性实践而不断伸展的过程。基于特定的气质和个性，庄子无视这种生命超越的历史性和实践性，也从而他之所谓"逍遥"形式上虽是超越的，实质上却赋有主体自我消解的性质。

关键词：庄子；生命哲学；逍遥

如果说儒家的生命忧患，由于从一开始就被融注于对家国种族的责任感、义务感之中，从而显得相对隐蔽、模糊，那么，道家哲学则以其对个体生命体验的直接关注，而多少获得了某种与现代存在主义相通的属性。道家哲学本质上是关于个人存在意义的哲学，是由于对此在生存的挚爱而格外深切地咀嚼着此在苦涩的哲学。故此，构成现实人生困窘之基始根源的生命的有限性，不能不成为其运思的焦点。庄子在这方面是一个突出代表。

（一）

庄子生逢乱世，如何保全生命，使之避免残酷现实的戕害，成为这位哲人运思的动力起点。爱之愈深，痛之弥切。哲人敏感的心灵，睿智的双眼，使他比一般人更清醒地认识到生命遭受的威胁。

首先，是社会的发展，文明的进化，仁义的兴起，名利之心汹汹，普天下皆然。《外物》记宋国之演门地方，某人死双亲而哀伤过度，以致面容憔悴，形销骨立。宋君为旌扬孝行，乃赏官封爵。众人由是羡慕不已，每逢父母亡故，必以尽力糟蹋自己的生命形体为能事，结果，竟有许多因此死去。"今世俗之君子，多危身弃生以殉物，岂不悲哉。"（《让王》）"自三代以下者，天下莫不以物易其性矣。小人则以身殉利，士则以身殉名，大夫则以身殉家，圣人则以身殉天下。故此数子者，事业不同，名声异号，其于伤性以身为殉一也。"（《骈拇》）名利的诱惑，导致人们违拗自己的真原本性，投入客体冷冰冰的物性中去。小人求取庸俗的现实物质利益，士大夫则心系于高雅的仁义圣德，似乎南辕北辙，风马牛不相及，其实它们都同样背弃了生命，都是把此在生存用作工具性手段，用作捞取非生命存在的工具。在这样的意义上，伯夷为清圣之名，饿死首阳山下，与盗跖为利欲的满足抛尸东陵之上，二者除表现形态的差异外，就残生伤性的实质言，有什么根本的不同呢？人一生下来，就被抛入扰扰攘攘的名利场中，身不由己，竞逐于物性之域不能自已。"一受其成形，不亡以待尽。与物相刃相靡，其行尽如驰，而莫之能止，不亦悲乎。终身役役，而不见其成功。然疲役，而不知其所归。可不哀邪？人谓之不死，奚益！其形化，其心与之然，可不谓大哀乎？人之生也，固若是芒乎？其我独芒，而人亦有不芒者乎？"（《齐论论》）竞争追逐，互相斗杀，冲撞、摩擦，忙忙碌碌，疲于劳役，无所安顿之场，虽困顿疲惫不堪，虽明知是在无意义的竞逐中消耗生命，却又无以为禁。人们不免想到叔本华人生如踏烙铁之喻。脆弱而第三的心灵，纵横越千年，仍息息相通，他们同样提示了世界的悲惨一面，表征了生命的巨大忧恐。

其次，是各种各样外在的恶势力，都对生命此在构成巨大威胁，成为难以防备的非理性的忧患。"天下有大戒二，其一命也，其一义也。子之爱亲，命也，不可解于心；臣之事君，义也，无适而非君也，无所逃于天地之间。"（《人间世》）颜阖被派作卫灵公太子蒯聩的师傅，此太子生性暴虐无道，嗜杀如命。尽管知道这一点，却又不能不去。去了，是战战兢兢、如临深渊、如履薄冰的朝不保夕，不去，也只能是即刻身首异处。无可奈何，乃往求教于蘧伯玉。蘧伯玉要他"戒之，慎之，正女身也哉！形莫若就，心莫若和。虽然，之二者有患。就不欲入，和不欲出。形就而入，且为颠为灭，为崩为蹶；心和而出，且为声为名，为妖为孽。彼且为婴儿，亦与之为婴儿；彼且为无町畦，亦与之为无町畦；彼且为无崖，亦与之为无崖；达之，入于无疵"（《人间世》）。面对不可抗拒的强暴，本能的生存原则决定了我们只能尽量去接近他、顺从他、讨好他。但接近又不能不注意保持适当的距离，顺从，也不能流于露骨的谄媚，否则，仍将恶兆连连，跌得头破血流。要想保全性命，必须随时随处依照这穷凶极恶的人主的喜怒好乐调整自己。或做天真无邪状，或做率性随心状，而且要尽可能做到周至圆满、臻于化境。或谓中国人心计之深，自古如斯，实则心计者，无非特定生存情境之投影而已。左右转舵，委曲用心，当然可怜，可不知深浅，致令陷身虎口，岂非更加惨痛？"汝不知夫螳螂乎？怒其臂以当车辙，不知其不胜任也，是其才之美者也。"（《人间世》）有感觉理智的人，怎会甘心混同于自恃其才而陷死地的螳螂呢？

最大的忧患痛苦，还来自将生命玩弄于股掌之上的天命无常。"死生，命也，其有夜旦之常，天也。人之有所不得与，皆物之情也。彼特以天为父，而身犹爱之，而况其卓乎。人特以有君为愈乎己，而身犹死之，而况其真乎。"（《大宗师》）死生转换，犹如昼夜交替，是造化的规律，自然之运行，非人力所能改变。道卓然独立，均施万有，周流天地之间，其势位远非天地君父之类可比。万事万物都要死去，无论你藏到哪里，无论你寄处何方，都不可能逃脱。"人生天地之间，若白驹之过隙，忽然而已。"（《知北游》）面对浩茫无际之宇宙，面对妙化无垠的道独元一，短暂渺小的生命主体只能感到阵阵怅然。"小知不及大知，小年不及大年。奚以知其然也？朝菌不知晦朔，蟪蛄不知春秋，此小年也。楚之南有冥灵者，以五百岁为春，五百岁为秋；上古有大椿者，以八千岁为春，八千岁为秋，此大年也。而彭祖乃今以久特闻，众人匹之，不亦悲乎。"（《逍遥游》）五百岁为春，五百岁为秋的冥灵，八千岁为春，八千岁为秋的大椿，尽管拥有宏大的生命节律，称得上"大年"，但与黢然永恒的天道自然相比，又算得上什么呢？而远不能与之匹敌的彭祖，竟被当作长寿的理想模型受到景仰，这不明明白白地揭示了人类生命的脆性吗？"人上寿百岁，中寿八十，下寿六十。"（《盗跖》）上寿也不过百岁，对这种所谓长寿的追求，显得多么可怜呀！不仅人的寿夭贵贱统不能由自己做主，就是其生命存在形式本身，也具有极大的偶然性，是完全被动的。"人之生，气之聚也；聚则为生，散则为死。"（《知北游》）气的聚积便形成了生命，气的消散就决定了生命的死亡，而气之聚积消散，完全是由对主体来说是不可知的命运操纵的。"舜问乎丞曰：'道可得而有乎？'曰：'汝身非汝有也，汝何得有夫道。'舜曰：'吾身非吾有也，孰有之哉？'曰：'是天地之委形也；生非汝有，是天地之委和也；性命非汝有，是天地之委顺也；子孙非汝有，是天地之委蜕也。故行不知所往，处不知所持，食不知所味。天地之强阳气也，又胡可得而有邪。'"（《知北游》）人是天地造化的结果，人的身体，人的出生和成长都是阴阳二气调和的表现。人的子子孙孙，衍生承续，也是天地赋予的机能。行动、居处、饮食，一切活动都不由自主，都是天道作用的结果。在造物的面前，人是多么无力，多么脆弱，多么短暂渺小呀！"吾在乎天地之间，犹小石小木之在大山也。"（《秋水》）天地宛如巨炉铁砧，人不过如任其锻造的一块生铁罢了。

（二）

生死矛盾是主体面临的最大矛盾。此在对自我不在性，精神对混沌之虚无状态的本能敌意，反映到心理领域，就形成了终极性的死亡焦虑。任何文化范型，任何形而上的生命思考，都不可能完全撇开这种心理向度的制约影响。不过，在不同的文化范型中，这种生命深层动力的展开方向却可能显出很大的差异。就庄子哲学言之，这种忧患一般是被与外在社会性环境，或与外在不可知的造化相联系。这就使这位古代东方的所谓"存在主义"者与现代存在主义间具有了根本性的不同。海德格尔给死亡进行定义说："死，作为此在的终了，是此在最本己的可能性——它是无关涉的、确实的，本身又是不确定的、不可逃脱的。死，作为此在的终了，在这一在者向着它的终了的在中。"[①] 死亡是此在最本己的可能性，向死而在构成了此在的基本属性。死亡焦虑无关于任何外在的客体性存在，它就是主体

---

① ［德］海德格尔：《存在与时间》，陈嘉映、王庆节译，生活·读书·新知三联书店1987年版，第312页。

的本质所在，残废是真正属于主体个人的，死与他人毫无关涉。与庄子不同，海德格尔的死亡论，完全超越了生物学、社会学层次上的所谓死亡，而在纯粹人类生存本体论的意义上进行。所以他的所谓死，就不是物质性的气的聚散，而是内在于生命本质的"去实现死"，是"先行到死中去"。死亡不是人的外在命运，而是人的内在本质，只有直面死亡，清醒意识到自己的向死性，细心咀嚼体验死亡的焦虑，才算真正达到了主体之为主体的存在，才是真正的"亲在""此在"。"本真的向死亡存在不能闪避最本己的无所关联的可能性，不能在这一逃遁中遮蔽这种可能性和为迁就常人的理解力而歪曲地解释这种可能性"①，"最本己的可能性是无所关联的可能性。先行使此在领会到，在能在中，一切都为的是此在的最本己的在，而此在唯有从它本身去承受这种能在，别无他途。死亡并不是无差别地'属于'本己的此在就完了，死亡是把此在作为个别的东西来要求此在。在先行中所领会到的死亡的无所关联状态把此在个别化到它本身上来。这种个别化是为生存开展出'此'的一种方式。这种个别化表明了，事涉最本己的能在之时，一切寓于所繁忙的东西的存在与每一共他人同在都是无能为力的。只有当此在是由它自己来使它自身做到这一步的时候，此在才能够本真地作为它自己而存在。"② 死是真正属于自己的，死帮助主体与一切外在客体，与一切他人区别开来，死亡意识帮助主体提升而跨越了日常生存的"群众"状态。"死亡是此在的最本己的可能性。向这种可能性存在，就为此在开展出它的最本己的能在，而在这种能在中，一切都为的是此在的存在。在这种能在中，此在就可以看清楚，此在在它自己的这一别具一格的可能性中保持其为脱离了常人的，也就是说，能够先行着总是已经脱离常人的。领会这种'能够'，却才揭露出实际上已丧失在常人自己的日常生活中的情况。"③ 只有孤零零的自我，只有逃避了一切外在屏障的自我，只有最深刻地忧惧着面对只属于自己的残废，面对着构成了自己本

---

① 〔德〕海德格尔：《存在与时间》，陈嘉映、王庆节译，生活·读书·新知三联书店 1987年版，第 312 页。

② 同上书，第 315 页。

③ 同上。

质内涵的死亡的自我，才可能建立起本真的而不是非本真的生存，才可能获取真正人的存在意义。死是笼罩人的一切可能性的最深刻的可能性，是使一切成为不可能的最后的可能性。它不是在我之外，也不是在我之后，而是就在我之中，在我崎岖人生之旅的全过程内。生存就是死亡，生命的旅途就是向着死亡进发的征程。

海德格尔指出，通常人们习惯于把死亡看成"公共"的，看成远离自己的公共事件。尽管他也抽象地意识到死亡对自己的不可避免，却总是企图把它放到遥远的将来，千方百计地掩盖其时刻可能袭来的严峻性。这样一来，人就只是在临死的时候，才领会到死亡的真正意义，才找回真正的自我，但已太晚了。人们要想进入本真的生存状态，必须从一开始就按人存在的本来面目去领会它、体验它，从死的视角反观生。只有这样，才能使主体从此在最大的陷阱，即"人们"或说"群众"的混沌状态中解脱出来，成为自由的人，人之为人的人。只有不在的参照，才能洞显此在生存的真切内容。

海德格尔不同于庄子。首先，站在此在生存而非如何超越此在生存的角度，庄子只注意到了死亡对于生命体延续的消极、否定意味，而海德格尔则赋予了死亡意识以生命本体的建设性意义；其次，庄子更倾向于把死亡描述成一种外在静态的客观事实，一种主客对立的结果，一种由命运决定的不由自主的结局，而海德格尔则把死亡看成主体本身所固有的，是内在于主体的不断运动，把死亡看成一个过程而非单纯结果，看成一种生存境界，而非单纯的物态事实。这种不同，乃基于不同时代不同文化土壤的结果。海德格尔的死亡哲学，是 20 世纪西方后工业文明的产物，是人的主体性充分发达以到显出吞并自然的态势下的社会思潮的反映，而庄子的死亡哲学，是两千多年前极落后的小农经济时代的产物，是人还完全从属于自然运化节律的状况的抽象反映。

庄子对老子有直接的继承关系。老子的辩证法思想使他得以从理论上认识到死亡的必然性。老子认为，任何事物都是对立方面的统一，有无相生，难易相成，长短相形，高下相倾，音声相和，前后相随，美丑、强弱、刚柔、祸福、荣辱、进退，等等，都是相互关联、相互包含、相互转化的，离开了其中的一方，另一方也就丧失了存在的前提。其论述侧重点并不在生死问题，但作为这种辩证法思想的自然伸展，老子也认识到了生与死对人作为互相联系的两面，相互间不可分离的关系。"祸兮，福之所倚；福兮，祸之所伏。"祸患的事情，未始不潜藏着幸福的因素；幸福的事情，也未始不含藏着祸患的因子。比如身处逆境，往往激发一个人奋斗的心志，走向开阔的未来；安乐的环境，倒可能促成怠惰的习性，使他走向颓败的路子。一切事物都是这样，都是两个方面的相互归依。事物的两个侧面，发展到极端，就会向其负面反弹。"曲则全，枉则直，洼则盈，敝则新，少则多，多则惑"（《老子》第十八章），月极盈则必亏随之至，灯之将灭，而往往炽明以为兆，花盛乃谢，水满即溢，"重为轻根，静为躁君"，人的生命亦不例外，"坚强者死之徒，柔弱者生之徒"（《老子》第七十六章）。作为对自然与社会生活中某些客观存在的辩证联系的直观性把握，老子的这种观念在传统社会生活中产生了非常深刻的影响。

老子哲学思维的否定性特征，往往妨碍了后人对其生命肯定内涵的认识。其实，正是通过对这个侧面的发扬，才形成了庄子学派。老子哲学作为方法论，很大程度上是生命自我保存渴望在抽象的概念思辨层次的表现。"名与身孰亲？身与货孰多？得与亡孰病？是故甚爱必大费，多藏必厚亡。故知足不辱，知止不殆，可以长久。"（《老子》第四十四章）老子强调与一切外在物性利益，与一切客体性事实比较起来，生命本身是最宝贵的。过分追求外在的功名、货财，必会遭致惨重的损失。不懂得恰当地涵养生命，同样会导致灾祸。"出生入死。生之徒，十有三；死之徒，十有三；人之生，动之死地，亦十有三。夫何故？以其生生之厚。盖闻善摄生者，陆行不遇兕虎，入军不被甲兵；兕无所投其角，虎无所措其爪，兵无所容其刃，夫何故？以其无死地。"（《老子》第五十章）人始于生而终于死，这是必然的、普遍的、不可抗拒的。但具体到每个人，也有所区别。其中长寿的人十分中有三分，本应短命的，十分中有三分，还有十分之三，本可长寿，却由于奉养不当、滋补过度而夭折。兵强则灭，木强则折，为避免这种情况，老子提倡贵柔守雌，居下守拙。老子从植物的生长状况得到启发，"草木之生也柔脆，其死也枯槁"（《老子》第七十六章），

"物壮则老，是谓不道，不道早已"（《老子》第三十章）。草木柔嫩娇弱之时，恰是生命力活泼闪耀之时，而其坚挺脆硬，则是生意了无的表征。为了尽可能长地维持生命，应尽量把自己保持在弱小童稚的状态，应"去甚、去奢、去泰"。

老庄学派，看到社会的黑暗与人世的伪诈，看到文明进步所带来的诸多流弊，因而渴望从各种繁复的外在束缚中解脱出来，获取生命的独立性，获得个体人格的独立自由。但作为觉醒了的、特出的生命体，作为更充分地完成了自我之为自我的本真状态的结果，他们必然更深地体验到死亡的压力，更孤立无援地直面死亡的深渊。尽管由于历史文化条件的限制，死亡仍被定位为外在于主体的宿命或说造化。面对巨大的、迫近的、不可抗拒的黑暗深渊，面对一种将要没入混沌无秩序状态的启示，面对当下此在意识将要转化为神秘不可言说的定数，还仍是那样贫弱的主体不能不油然生出一种惶惑，一种不知所措，一种不明所以的迷惘。《齐物论》里，庄周自述梦蝶，这段自述用以说明的思想内涵是复杂的，但从某种角度看，它所表现的乃是生命面对自我有限而世界无限所产生的深层心理上的失落感、茫惑感，是死亡阴影下生命个体的自我不确定感。《大宗师》也写道："且也相与'吾之'耳矣，庸讵知吾所谓'吾之'乎？且汝梦为鸟而厉乎天，梦为鱼而没于渊。不识今之言者，其觉者乎？其梦者乎？"世人论说驳议，互相我啊你啊地喋喋不休，其实，何以知道这所谓"我"就一定真的是所谓"我"呢？当你梦中为鸟的时候，则奋飞冲天；梦中为鱼的时候，则深潜入渊。就连这样的想、说、分析议论本身，也难以判断是梦中还是醒时。庄子说这些，本为阐明安时处顺、善生善死、随顺造化的思想，却同时流露出了心中的苦闷，流露出浮生若梦的无所归依感。这对后世文人影响甚大，形成了中国文化意识中的一条重要线索。如广为流传的南柯一梦的传说："梦里空惊岁月长，觉时追忆始堪伤：十年煊赫南柯守，竟日欢娱审两堂。"（张嵲）如苏轼的"世事一场大梦，人生几度凄凉"的感伤，如《红楼梦》中"纵有千年铁门槛，终究一个土馒头"的绝望，等等，追极溯源，实共同导源于此种生命短促、此在无依的悲剧自觉。

虚幻感的折磨要求哲人去寻找实质，短暂的恐惧诱发思想者去制造永恒。有死亡的觉知、死亡的咏叹，就必然会有死亡的超越，有各种或机智或笨拙，或积极或消极的超越。

（三）

人之为万物之灵，在于他会对自我存在的目的、意义等发生疑问，更在于他会给自我存在有意识地寻找、建构意义。他能够认识到自我的不确定性，如一片落叶随风飘逝浮沉于大化流行之中，但又能够通过某种理想目标的树立，形成确定的人生支点。他能够自觉生命此在的有限性，死亡焦虑盘桓其心萦绕于怀，又能够借助特定的精神转换模式，将自己置入不朽感之中，获取心理的慰藉。庄子哲学的主旨，与解除生死之忧这一基本人生课题密不可分。死亡忧虑被借助两种不同的方式消解，一是生存论上建立起超越有限感性此在的绝对化本体，二是认识论上建立起消泯万有界限的相对主义思想方法。庄子建立起的超越性本体谓之为"道"，他消泯万有界限的相对主义思想方法即所谓"齐生死"。

庄子"道"的思想承续了老子的道论。"道"是老子五千言的核心观念，其整个思想体系由此展开。《老子》第一章说："道可道，非常道；名可名，非常名。无，名天地之始；有，有万物之母。故常无，欲以观其妙，常有，欲以观其徼。此两者，同出而异名，同谓之玄。玄之又玄，众妙之门。"显然，此所谓"道"，是指构成宇宙的根源与动力，是万有存在的本体。作为存在生成本体的道，不同于任何具体对象，不局限于任何现实事物，超越一切规定性。在这个意义上，它是无，是不可言说。也因为如此，它有可能成就天地万物。但从它成就了天地万物，从它作为超越一切规定性的无的存在来说，它又有自己特殊的规定性，因而又是一种有，尽管是最抽象的有。无与有都是道的体现，一是强调其作为万有之先的超越性，二是强调其成就天地山川的创生功能，所以说"同出而异名"。从道之为无的角度，可以窥见其微妙玄通，深不可识，从道之为有的角度，可以捕捉道用之广大辽远、包揽周备。沈一贯《老子通》谓："凡物远不可见者，其色黝然，玄也。"道化生万有，又非任何现实规定性所能述其

· 174 ·

一二，它是绝对的大全，是永恒的本体。自具体物有的视点看，深远不可分别。"大道之妙，非意象形称之可指，深矣，远矣，不可极矣，故名之曰玄。"《老子》第十四章描述"道"说："视之不见，名曰夷；听之不闻，名曰希；搏之不得，名曰微。此三者，不可致诘，故混而为一。其上不，其下不昧。绳绳不可名，复归于无物。是谓无状之状，无物之象，是谓忽恍。迎不见其首，随不见其后。"超越万有，故视之不见其形，听之不闻其声，触之而难觉其形。也就是说，道是浑然一体的有，是不可究诘的无。有无都只是对道的描述，而道并非就是有或无，甚至道亦非道，它非有非无，超越于理性化语言的界限之外，所以说："吾不知其名，强字之曰道。"（《老子》第二十五章）道是绝对化的无限自足本体，无始无终，无边无际，无形无象。"道之为物，惟恍惟惚。惚兮恍兮，其中有象；恍兮惚兮，其中有物。窈兮冥兮，其中有精；其精甚真，其中有信。"（《老子》第二十一章）只有无形无象，才能不局限于具体时空，不被规定，不现实化为具体事物对象，才能免除生死变化，才能永存常在。

道不是静寂的，它是天地万有的创生者。"天下万物生于有，有生于无。"（《老子》第四十章）"道生一，一生二，二生三，三生万物。"（《老子》第四十二章）道具有深远的创造力和生命力。"道生之，德畜之，物形之，势成之。是以万物莫不尊道而贵德。故道生之，德畜之，长之，育之，亭之，毒之，养之，覆之。"（《老子》第五十一章）日月山河，鱼飞鸢跃，万物的生生不息，欣欣向荣，都昭示着道的活力。道"周行而不殆"，万物在道的周流中都生生灭灭、前后相续，而道却永远不会消失，不会熄灭，道独立不改，它是变化中的绝对，生灭中的永恒，具体中的无限，是恒定的存在本体。

从整体倾向上看，老子的道属宇宙本体论范畴，却也不可抹杀其中的生存论意义。道既是万物之源，当然也就是一切生命之源。老子认为，生命的演进是一个周而复始的过程。"万物并作，吾以观其复。夫物芸芸，各归其根。归根曰静，静曰复命，复命曰常，知常曰明。"（《老子》第十六章）万物产生出来，萌芽生长，成熟衰老，然后走向死亡。但死亡有别于绝对的寂灭，而是恢复到"道"，恢复到自己的本体。这种本体境界经过一番涵养孕育工夫，又会推导出新的生命节律。老子把宇宙间的万物都看作充满活力的、有灵性的准生命体。这种生命内涵的基原在于道，在于"真宰"。"昔之得一者，天得一以清，地得一以宁，神得一以灵，谷得一以盈，万物得一以生，侯王得一以为天下正。"（《老子》第三十九章）一即道，即真宰，即是天地鬼神谷物王侯诸如此类一切存在的生命属性的来源。

（四）

老子道论的生存论内涵，使庄子有可能把道改建为一种生存论意义上的本体。庄子生命哲学在两种意义上展开了对"道"的论述。一是作为生命存在的境界、状态，在这个意义上，道即逍遥、自由。二是主体认识追求的对象、结果，在这个意义上，它是人与自然、主体与客体相互统一的最高本体。道作为认识对象与结果的意义，还在于帮助主体跃入逍遥的境界，所以归根结底，道在庄子，被发展改建成了代表主体追求的生存境界、生存状态的本体范畴。

《逍遥游》集中展示了庄子心目中的自由境界。奋起而飞，其翼若垂天之云的鲲鹏，与决起而飞，抢榆枋，时或不至则投地而已的学鸠之流，当然不同。知效一官，行比一乡，德合一君者，与举世誉之不为所动，举世非之不为所阻的宋荣子之类，也肯定会有区别。但所有这些，其行为都还不完全是由主体意志决定的，还是有待的，都还算不上真正的逍遥。即使如列子御风而行、轻神妙，旬又五日方回返，足以为当世志于道者所慕，也仍然要借助风的协助，算不上无待的逍遥。要达到逍遥游的境界，必须摒弃各种现实的具体目标追求，必须丢却世俗的荣辱利禄，要在主体与客体对象的矛盾区别中，干脆取消主体一方的存在。"若夫乘天地之正，而御六气之变，以游无穷者，彼且恶乎待哉。故曰：至人无己，神人无功，圣人无名。"（《庄子·逍遥游》）

自由本是人类认识征服自然的主体能力的标志，它与一定时期的社会实践是分不开的。自由总是特定历史阶段的产物。与其说自由是特定的终端状态，毋宁说它是一个不断追求的运动过程，对任何具体生命存在来说，他所获得的自由都只能是相对的。同自由完全一致，人类对此在有限性的超越，对无限不朽的渴望，也是一个现实地通过物质性实践而不断伸展的过程。人们正是在对现实领域非绝对的自由、无限的体验和超越的过程中，获得了绝对的自由、无限感。庄子不明白这一点，他把自由、逍遥、无限，也即道，僵化为静态结果式的绝对本体，以此绝对本体为存在的唯一依归和意义的最高准的。因为任何现实的具体存在物，任何现实的具体的人，都只能是特定时空、特定历史坐标中的存在，都只能是有条件的非绝对实体，因而不可能达到绝对的逍遥。因而庄子要想跨入心目中的所谓无限自由，就只有干脆取消作为现实主体的自我，只有以"无己"相标榜。

庄子逍遥论对主体的消解，还有另一层次的根源。真正的自由就是主体现实地认识征服客体世界的产物，是物质性实践追求的结晶。庄子作为现实社会矛盾冲突中的失败者、逃避者，其哲学上对无限本体的寻找，与其心理情感上及实践上从客体世界的退却是密切关联的。他的哲学思辨，不可能导向物质性地重塑对象世界的现实自由的追求，不可能真正解决主体作为现实矛盾一个方面所怀有的焦虑、苦恼，因此他只能依靠纯主观的精神玄想，来设计一种抽象空洞的生命逍遥图。这种精神玄想不是面对现实自我的结果，不是客观世界的反映，而恰恰是逃避、背对现实的结果，是不敢正视世界真面目的结果。这种精神逍遥最高本体地位的确立，逻辑上必然要求对与之本性冲突的现实世界与现实自我的否定。

"无己"，就是要无心无虑、无情无思。"惠子谓庄子曰：'人故无情乎？'庄子曰：'然。'惠子曰：'人而无情，何以谓之人？'庄子曰：'道与之貌，天与之形，恶得不谓之人？'惠子曰：'既谓之人，恶得无情？'庄子曰：'是非吾所谓无情也。吾所谓无情者，言人之不以好恶内伤其身，常因自然而不益生也。'"（《庄子·德充符》）人事纷纭，悲欢离合，物象运移，阴晴圆缺，这一切都不足以触发主体的喜怒哀乐。"有人之形，无人之情。有人之形，故群于人，无人之情，故是非不得于身。眇乎小哉，所以属人也。乎大哉，独成其天。"（《庄子·德充符》）达至逍遥之理想人格，虽有人形而已除人情，无人之情，故处稠人广众之中而能不落于是非争斗，能超然物外。超然物外的目的在于全身保命，在于不因好恶内伤其身。

要超然物外，路径无非两种。一是直截了当地取消主体的社会角色性，离群索居，隐身山林，遁迹人世。"惠子谓庄子曰：'吾有大树，人谓之樗。其大本臃肿而不中绳墨，其小枝卷曲而不中规矩。立之途，匠者不顾。……'庄子曰：'……今子有大树，患其无用，何不树之于无何有之乡，广莫之野，彷徨乎无为其侧，逍遥乎寝卧其下。不夭斤斧，物无害者，无所可用，安所困苦哉!'"（《庄子·逍遥游》）松柏桃李，因其用乃遭劫，是故无用方成其为大用。无用之才，即可隐身世外，心系高玄而免受俗世礼法仪范约束，不为利欲名望惑疑，可以远远地躲开这黑暗无耻、欺诈残暴的人世间。各个时代的失意士人，红尘场中栽过跟头的落寞客，总梦寐着庄子描述的这种无何有之乡，这广漠之野，但对于这个专横的世界而言，这种向往未免过于奢侈，于是有了超然物外的第二条路径，所谓"外化内不化"，"内直而外曲"："擎跽曲拳，人臣之礼也。人皆为之。吾敢不为邪?"（《庄子·人间世》）外化内不化即心顺万物而无情。外在行为可以随遇而安，内在精神却凝静专一。"然则我内直而外曲，成而上比。内直者，与天为徒。与天为徒者，知天子之与己，皆天之所子，而独以己言蕲乎而人善之，蕲乎而人不善之邪? 若然者，人谓之童子，是之谓与天为徒。外曲者，与人为徒也。……为人之所为者，人亦无疵焉，是之谓与人为徒。"（《庄子·人间世》）内在精神上返虚归本，致真笃道，外在形体实践中，无妨委曲求全、随波逐流。这也即内心从社会性的俗世关怀中超越出来，却仍违心地担负起社会要求自己承担的角色义务。

庄子本人极力鼓吹的是第一种超越模式，第二种则只是不得已为之的权宜之计。但到郭象《庄子注》，为调和儒道，则大大提高了第二种模式的意义。关于《大宗师》"茫然彷徨乎尘垢之外，逍遥乎无为之业"的说法，郭象注道："所谓无为之业，非拱默而已；所谓尘垢之外，非优于山林也。"《大宗师》曾借孔子之口说："彼游于方之外者也，而丘游于方之内者也，外内不相及。"显然游外的孟子反、子琴张与游内的孔子是两种完全不同的人。游外即超越现实社会的孟子反等，构成了庄子心目中的人格理想，即离人群超世间的至人、神人之类形象。郭象在《逍遥游》注中事实上否定了这类形象："若独亢然立乎高山之顶，非夫人有情于自守。守一家之偏尚，何得专此？此故俗中之一物，而为尧之外臣耳。"执意于离群索居，本身就是未脱俗的表征。郭象仍用"外化内不化"的思想方法说解游外游内问题，以替孔子之类圣人辩护，认为圣人能终日挥形而神气无变，俯仰万机而淡然自若，能应物而无累于物，因而现实礼教政治中的圣人亦即庄子理想中的至人、神人。这种说解方式固然借鉴了庄子，但其价值指向已与"外化内不化"的庄子原意大大不同了。

无心顺物即安时入顺，即避免与现实冲突，只有这样才能免遭覆灭之灾厄。现实是险恶的，生命的境遇是可怕的，深陷其中不行，执意抗拒也不行，只能因势而导。"为善无近名，为恶无近刑，缘督以为经，可以保身，可以全生，可以养亲，可以尽年。"（《庄子·养生主》）也即要放弃一切主体的意志，因循自然、天理，顺应命运的定数，否则即是遁天倍情。这表明庄子哲学对此在有限性精神上的超越，是与其在现实中的失败主义、命定主义情绪互为表里的。"死生存亡，穷达贫富，贤与不肖，毁誉饥渴，寒暑，是事之变、命之行也。日夜相代乎前，而知不能规乎其始者也。故不足以滑和，不可入于灵府。使之和豫，通而不失其兑。"（《庄子·德充符》）人世沧桑，皆天命之所运行，日夜交接，阴晴转移，自然的一切非主体所可预知。既然无奈何之，干脆听之任之，既然主体不可能认识征服对象以扩张自我，那么主客对立带来的只能是焦虑、凄惶。如此，也就不妨干脆把主体淹没到客体中去，这样就能获得和谐，就能在物我的融和无间中体验和顺与逸乐。

庄子的命定论是他追求自由的思想前提，也因而决定了他自由追求的特定指向和特定方式。命定与逍遥本是敌对的，但在庄子那里却取得了特殊的统一性。一切命定，也就不必孜孜用心以求，也就可以安命若常，一切物事变迁也就不足以扰乱心灵的安逸。那是已然凝寂之心，是不再希望故也不再有绝望之心。不再抗拒命运，不再叛逆现实，故现实与命运也就不再构成威胁，故精神世界的漫游也就有了保障。安命与逍遥于是得以奇妙地相反相成。

由安命而得逍遥，则此逍遥只能是纯心理性的，游于逍遥者也就只能是一颗心，一颗充满失败感、退避感的敏感脆弱之心。所谓"乘云气，骑日月，而游乎四海之外"（《庄子·齐物论》），所谓"乘云气，御飞龙，而游乎四海之外"（《庄子·逍遥游》），都是说一种精神境界，一种心理态度。"不知耳目之所宜，而游心乎德之和"（《庄子·德充符》），"游心于淡，合气于漠，顺物自然而无容私焉"（《庄子·应帝王》），在一种澄碧广远、清寂浩莽的巨大心理时空中，主体得以超越了、战胜了，也即是忘记了现实中的一切不如意、不满足。此种境界即为玄为道，为高为远，为本真为至极，即是此在生存的本体依归，达于此种境界者即为神人、至人、真人。

"何为真人？古之真人，不逆寡，不雄成，不谟事。若然者，过而弗悔，当而不自得也。若然者，登高不栗，入水不濡，入火不热，是知之能登假于道者也若此。"（《庄子·大宗师》）真人不违逆时势，不执着求功，不思虑物事，无入不顺，无得不安，故能登高毋庸发抖，入水不觉潮湿，入火不感灼热，这就是入道的状态。这样的人就会喜怒通四时，凄然似秋，暖然似春，与万化为宜而入于无极之阈。这样的人当然也就解脱了一切拘于俗世有限的忧患。作为有限此在各种忧患之终极点的死亡之忧，也同样被消泯了："至人神矣。大泽焚而不能热，河汉冱而不能寒，疾雷破山，飘风振海而不能惊。若然者，乘云气，骑日月，而游乎四海之外，死生无变而已，而况利害之端乎。"（《庄子·齐物论》）因为解除了各种现实忧患，解除了死亡怪影的可怕威吓，所以这种人生是平静的、安适的。"古之真人，其寝不梦，其觉无忧，其食不甘，其息深深。""古之真人，不知悦生，不知恶死。其出不欣，其入不距。然而往，然而来而已矣。"（《庄子·大宗师》）真人忘怀于世，与天人合一，高居万用之上，故无生天之虞，无死生之悲。

（五）

与作为至人、神人之内在心理境界的逍遥相对，庄子之道，还指某种有待于主体去发现的外在本体。对这种不乏神秘色彩的外在本体的认知，与俗世之所谓知迥然相异，庄子谓之为"真知"，有真知之人即为"真人"，"且有真人而后有真知"（《庄子·大宗师》）。庄子继承老子道法自然的观念，认为愈是原初自然的混沌状态愈是道的真实反映；愈是后起人为的文明结果，愈是悖于道的精神。陷入现实社会各种具体对象的认识，不仅无益于存在最高本体的揭示，反而会更深地掩蔽它，因此世俗这知实为无知。真正道体的悟觉与庸常的机巧精明是格格不入的，在此意义上，觉道之知必表现为无知。《知北游》中知谓无为谓曰："何思何虑则知道？何处何服则安道？何从何道则得道？"三问而无为谓三不答。之所以不答，乃因为道不可闻，闻而非也；道不可见，见而非也；道不可言，言而非也。《应帝王》记啮缺求道于王倪，四问四不知，结果啮缺却跃而大喜，行以告蒲衣子。"不知深矣，知之浅矣；弗知内矣，知之外矣。"（《庄子·知北游》）真正对道有体味有悟知者，只能感觉到无以言说的恍兮惚兮，自以为是只能是浅陋俗薄的暴露。《应帝王》借混沌的遭遇形象地说明了道与俗常具体知识的对立。南海之帝倏与北海之帝忽为报中央之帝混沌之德，日凿一窍，七窍备而混沌死。混沌即庄子哲学中的最高存在，即天道自然。从认识论上说，它是超越存在的现实具体性的，是与耳目心智之思格格不入的；从本体论上说，存在一旦展开到现实实践层面，一旦脱离了混沌整一的原初自然状态，就步入了轮回之网，就尝尽了生灭之苦，就开始在幻灭阴影的逼问下步履维艰。因此要想重获超越性的无限、永恒，要想免除有限感性具体的忧患，就要认识道的真相，恢复道的怀抱。

这种道体的认知，不能用常规的理智的方法，而必须用特殊的心灵悟觉的方法。即通过"心斋"、"坐忘"、"见独"的方法。借助这套程序，主体就可以识见，可以投入道一，就可以与天地万物浑融无间。

"心斋"出现于《人间世》："若一志，无听之以耳而听之以心，无听之以心而听之以气。听止于耳，心止于符。气也者，虚而待物者也。唯道集虚。虚者，心斋也。"也即要摒除情欲思虑，关闭耳目视听，保持虚壹而静的精神状态。"唯道集虚"有两种理解，一是说只有体道才能真正虚静，二是说只有虚静之心才能成为道之舍所。不管哪种理解，显然，道都与心无一物的空寂宁静状态不可分。

"坐忘""见独"出现于《大宗师》："堕肢体，黜聪明，离形去知，同于大道，此谓坐忘。""见独"形容超越拘拘之小成，体道成真的最高境界："以圣人之道告圣人之才，亦易矣，吾犹守而告之。参日而后能外天下，已外天下矣，吾又守之，七日而后能外物，已外物矣，吾又守之，九日而后能外生；已外生矣，而后能朝彻，朝彻能见独，见独而后能无古今，无古今而后能入于不死不生。"徐复观认为，堕肢体和离形，指的是摆脱由生理而来的欲望，黜聪明、去智知，指的是摆脱普遍的认知活动，总之，是要离弃一切人为的主动自觉、机巧努力，只有这样，才能忘却作为确定社会角色的种种烦扰，才能超越一己偏私的困窘，同于大道。见独亦即见道，道为绝对无待之最高本体，故谓之独。独则统领万有而无所偏狭，独则超越因果时空。老子所谓"独立而不改"是也。

欲见视独，达于独，则需视汹汹天下、纷纷世界以至自我生命为草芥，为浮尘，为春梦一场。"道恶乎隐而有真伪？言恶乎隐而有是非？道恶乎往而不存？言恶乎存而不可？道隐于小成，言隐于荣华。"（《庄子·齐物论》）陷溺济济小成则与道无缘，则终日戚戚有得失之虑，有生死之忧。见独则反本归真复元。现象犹似梦幻飘浮不定，犹似白驹过隙顷刻无影无形，本体则至大至坚。生命一旦把自己提高到本体的崇高地位，一旦得以从云端俯睨尘世众生，则所有那些烦恼还在哪里呢？

当然，这不是说见独者真的就可长生，而是说他能外生，能把自己看成不是自己，能"丧我"，从而似乎现实之我的死亡只是一个无关的客体事件，从而也就能心安意宁。所以认识道的关键是要忘，是要从心理上超越，由此获得的不朽自然是精神感觉上的，而非身体现实中的。由求道而希冀肉体长生者，则已流于神仙方术道教一流，与作为哲学思潮的道家有了重要分野。

只能通过直觉把握的道，尽管超越一切具体规定性，不可言说，但既被树为主体认识的逻辑终端，又不能不有所交代。"夫道，有情有信，无为无形；可传而不可受，可得而不可见；自本自根，未有天地，自古以固存；神鬼神帝，生天生地；在太极之上而不为高，在六极之下而不为深，先天地生而不为久，长于上古而不为老。"（《庄子·大宗师》）作为某种抽象一般的实体化，庄子对道的描述与老子之道基本一致，无非强调其弥纶宇内、无所不在，贯通古今，无时不存，不执于一隅，不着于一偏，故能无所用心而已。庄子认为，一旦认识了这种道，也就跨入了真人的境界。所以，庄子对此在本体的追索是从两个方面进行的。一是说主体不断地自我调整自我修养，则可入于不死不生之境，即可作逍遥游，即可谓道。二是说道不生不灭，无情无信，主体借助神秘的直觉可以认识体悟它，尽管不能言说它，一朝悟知，则与道同体，则脱于死生之境。两种不同方向的解脱实质上是相同的，无非是借设想中的心理本体，来解脱现实中的有限感性之苦，来解脱此在死生之忧。

（六）

道作为超越性的绝对本体，实质上指向主体那种荣辱不惊的精神境界。"死生亦大矣，而无变乎己，况爵禄乎。"（《庄子·田子方》）因此，是否能通过道的追求获得生命超越，其关键，在于主体的认知态度和价值评判方式。正是为了确立道的绝对性和对生命无限的追求，庄子建立了一套相对主义的认识论。

这种相对主义认识论的起点是怀疑论，即怀疑主体理性把握认识世界真相的可能性。首先，就主体说，人的生命是短暂的，认识能力也是非常有限的。"吾生也有涯，而知也无涯。以有涯随无涯，殆已。已而为知者，殆而已矣。"（《庄子·养生主》）生命是有限的，认识的愿望与内涵都是无限的，以有限追逐无限，只能是劳神伤心，疲困不堪。其次，就客体说，理性之知以具体事物为对象。具体对象总处于复杂无穷的因果时空关系网中，有着无穷的条件和根据。把握对象就要把握对象的各种原因，各种前提，各种根据。事物层层相依，环环相扣，认识由是难究其竟。"知有所待而后当，其所待者特未定也。"（《庄子·大宗师》）罔两问影的寓言说明了这个道理。罔两运迁有待于影，影的变化系于物，物亦类似于蛇蜕、蝉衣，各有所本，最后根据是找不到的，确定的认识因而也就不可能。所以世界上的一切都难以确论，一切都游移不定。"果且有彼是乎哉？果且无彼是乎哉？"（《齐物论》）"庸讵知吾所谓知之非不知邪？庸讵知吾所谓不知之非知邪？"（《齐物论》）不同的结果似乎都有同样的可能性，不同的论断又似乎都没有切实的根据，因此只能承认多样的可能性而中止确定的判断。在此基础上，庄子对流行的生死观提出了挑战："予恶乎知悦生之非惑邪？予恶乎知恶死之非弱丧而不知归者邪？"仅仅根据传统习惯，就盲目地执着于对生的悦乐和对死的厌恶，难道不是应该受到怀疑的独断吗？也许对死的厌恶，正像迷途不返者一样，是没认清自己真正家园的结果。

既然乐生忧死的传统观念是无根据的，生死优劣是无法确定的，那又何必把生死转换看得那样石破天惊、肝肠欲裂呢？即使在某些问题上能够获得确定的认识结果，这些结果也只有相对的意义。任何认识都是站在一定视点观察的结果，都是一定认识尺度的产物。不同的主体，由于站在不同的立场，采用不同的认识标准，从而对同一认识对象，就会作出不同的结论。"民湿寝则腰疾偏死，鳅然乎哉？木处则惴栗，猿猴然乎哉？三者孰知正处？民食刍豢，麋鹿食荐，蝍蛆甘带，鸱鸦耆鼠，四者孰知正味？……毛嫱丽姬，人之所美也，鱼见之深入，鸟见之高飞，麋鹿见之决骤，四者孰知天下之正色哉？"（《齐物论》）人睡在潮湿之所，则有腰疾，泥鳅则不然；人居于树之高枝，就会惶惧惊恐，猿猴则不然。三类动物能说谁的居处标准更正确呢？人食肉，鹿衔草，蜈蚣吃蛇，乌鸦嗜腐鼠，四种动物，能说哪一类的口味标准更正确呢？毛嫱和西施是绝色美人，鱼鸟麋鹿之类却不欣赏，能说哪一类的审美标准更合理呢？不同的认识只是代表着不同的方面，没有什么是绝对怎么样的。自彼则不能理解此，自此则必非议彼。其实彼有彼的是非，此有此的好坏。彼此相互间很难说有什么是非的绝对不同。

生死的分别也是这样。自生观死，则以为死。自死观生，则生反为死矣。生者畏死，而死者也可能畏生。"丽之姬，艾封人之子也，晋国之始得也，涕泣沾襟；及其至于王所，与王同筐床，食刍豢，而后悔其泣也。予恶乎知夫死者不悔其始之蕲生乎？"（《齐物论》）怎敢说死就一定不会后悔他当初对生的留恋呢？庄子去楚国的路上，捡到一个骷髅带回来当枕头，夜梦中骷髅对他说，活着劳形伤神，死了就不会这样。一死万事空，什么义务、责任都没有了。既无君王发令于上，亦无臣侍候命于下，也没有寒暑易位、春秋代序。死后的快乐，是生时贵为人主亦难与之相提并论的。庄子要带他来人间与父母妻子团聚，遭到了他坚决的拒绝。因为骷髅不愿丢下赛过国王的快乐返回忧苦的人间。所以，庄子认为，流行的死亡观只是一孔之偏，是极片面的。生与死事实上没有什么优劣的分别。

即使用严格的理性认知的方法来说，死与生的区别也非常小。"天下莫大于秋毫之末，而大山为小；莫寿于殇子，而彭祖为夭。"（《齐物论》）泰山固然大，自更大者视之，则反转为小，秋天动物身上新扎的细毛固小，但自更小者视之，亦不失其为大。宇宙无穷，物象万千，自大而小，自小而大，大大小小，排列比分下去，永无止境。没有某一物称得上绝对大或绝对小的，因此区别大小也就失去了意义。死生寿夭的区别亦如此。"方生方死，方死方生，方可方不可，方不可方可。"（《齐物论》）生与死相系相连，相因相关，缠绕纠结，难以截然二分。随着生的降世，死也就开始了，伴着死，生的可能也就出现了。"生也死之徒，死也生之始，孰知其纪。"（《知北游》）谁能说清楚生死变换的确定界限呢？不仅如此，死亡对于任何生命都是必然的，生命体相互间的区别尤甚。通常人上寿一百，中寿八十，下寿六十，典型的大寿星彭祖，也不过活了几百年。"虽有寿夭，相去几何？"（《知北游》）泰山与秋毫间的区别都微不足道，那么通常生命长短间的区别，不就更是毫无意义吗？早死晚死都是死，早晚的数量悬殊又那么可怜、那么无意义，所以干脆不如不计生死，任其自然了。

庄子揭示了生死寿夭的区别的相对性，朝菌不到一日，蟪蛄仅为半年，彭祖高达数百岁，但与以八千年为一季的大椿比，则十分可怜。存在无限，知也无涯，这些思想表明庄子的深刻性。但以此为根据否定事物包括生死相互间的区别性，则是其绝对主义的价值观念方式作祟的结果。所谓绝对主义的价值观念方式，就是将价值意义与无价值意义绝对地割裂对立起来，要么是绝对有价值有意义，绝对无限、自由，要么是绝对无价值无意义。

什么是绝对的呢？只有道是绝对的，其他万有都是道的衍生物，是相对有限不自由的，是有生灭之苦的。因此，从道的立场看，现象界的一切区别都不足以为区别，具体对象诸种情状样态，其意义都仅仅在于昭告道的化用流行，在于反照出道体的永恒稳定。"物固有所然，物固有所可。无物不然，无物不可。故为是举莛与楹，厉与西施，恢诡谲怪，道通为一。"（《齐物论》）纤草与巨木，恶丑之女与绝色西施，五花八门的一切，从道的超越性视角看去，都谈不上什么区别。相互间不同的只是外表，外表下面掩盖的根本内涵是齐一的。"狙公赋，曰：'朝三而暮四。'众狙皆怒。曰：'然则朝四而暮三。'众狙皆悦。"（《齐物论》）猕猴吃橡子看到朝三暮四与朝四暮三的不同，于是后者悦乐而前者恼怒。其实朝三暮四与朝四暮三有什么不同呢？陷溺在现象具体中的人也与猕猴相似，为生死表面的形态差异迷惑，贪生畏死。自道观之，生生死死，死死生生，都不过水面上偶尔泛起的水泡罢了。泛起也就泛起了，破碎也就破碎了，哪里说得清楚什么界限什么区别呢？道是永恒的生生不息的大生命，生死都是道的体现，生不必悦，死亦不必恶。"夫大块载我以形，劳我以生，佚我以老，息我以死。故善吾生者，乃所以善吾死也。"（《大宗师》）所以要"以死生为一条"（《德充符》）。

《大宗师》中写道："古之人，其知有所至矣。恶乎至？有以为未始有物者，至矣，尽矣，不可以加矣。其次以为有物矣，而未始有封也。其次以为有封焉，而未即有是非也。是非之彰也，道之所以亏也。道之所以亏，爱之所以成。"最高的知识就是无知，就是视万有为混沌之一。次一等的则尽管关注事物的存在，却并不强调其间的界限。再次一等的，认为事物有区别有界限，却不强调是非。是非一旦纷争起来，道的本体就被掩蔽了。生死也是如此，执着其间的对立歧异，只能妨碍道的体悟。所以古之真人，得道的神人，才会"以生为体，以死为尻"，称"孰知有无死生之一守者，吾与之为友"。子祀、子舆、子犁、子来，都是庄子心目中的理想人格，他们在一起谈论，说谁能把生看作脊梁，把死当作尻骨，懂得死生有无的一体性，就和他交朋友。由是四个人心领神契，乃为莫逆。子舆病了，子祀问他是否嫌恶病的降临，子舆回答说："且夫得者，时也，失也者，顺也；安时而处顺，哀乐不能入也。此古之所谓悬解也。而不能自解者，物有结之。且夫物不胜天久矣，吾又何恶焉。"（《大宗师》）生死都是自然之道，认识到这些，就可哀乐于人，就可解除遁天之刑。后来，子来又病得快要死去，妻儿围聚以啼，子犁却让他们走开，说是不要惊动干扰了子来进行着的生死变化过程。子来亦称："父母于子，东西南北，唯命从之。阴阳于人，不翅近父母；彼近吾死而我不听，我则悍矣，彼何罪焉。"（《大宗师》）有阴阳变易之道，乃有生生灭灭之幻。道之于人，如父母之于子女，执生拒死，乃是悖逆天道，其罪较子女不从父母恐怕更有过之。

（七）

张岱年曾说："在中国哲学中，注重物质，以物的范畴解说一切之本根论，乃是气论。中国哲学中所谓气，可以说是最细微最流动的物质，以气解说宇宙，即以最细微最流动的物质为一切之根本。西洋哲学中之原子论，谓一切气皆由微小固体而成；中国哲学中之气论，则谓一切固体皆是气之凝结。"[①] 庄子也试图运用气的理论来解说生死问题。

气的观念起源甚早。西周末伯阳父就提道："天地之气，不失其序。"（《国语·周语》）《左传·昭公元年》记载，春秋时医和说过："天有六气，……六气曰阴阳风雨晦明也。"《管子·内业》提出"精气"说，"精也者，气之精也"，"凡物之精，此则为生。下生五谷，上为列星"。人的精神形体同样由气构成。《枢言》篇称，"有气则生，无气则死，生者以其气"，即精气乃生命智慧之根源。

庄子之前，稷下学派的道家人物，如宋、尹文，就开始从精气动变的角度论述生命死亡问题。他们非常重视生命的滋养，认为万物包括神鬼都是气的产物。人得到精气，形体就健壮，外貌就鲜洁明亮，神明就清爽，思致就端正安详。一旦丧失了精气，生命就会衰顿死亡，皮肤也会松弛枯萎。宋、尹文看到生命需遭罹诸般磨难："思索生知，慢易生忧，暴傲生怨，忧郁生疾、疾困乃死。思之而不舍，内困外薄；不早为图，生将巽舍。"（《管子·内业》）如何才能延缓死亡这临期呢？"凡人之生也，天出

---

① 张岱年：《中国哲学大纲》，中国社会科学出版社1997年版，第39页。

其精，地出其形，合此以为人。和乃生，不和不生。察和之道，其精不见，其徵不丑。平正擅匈，论治在心，此以长寿。"人的生命，天赋以精气，地养以形体，天地和合乃生民。怎样才能做到天地二气和合呢？其微妙深奥难以言传，关键在于心胸和平中正，不失其偏。愤怒过度，宜设法排解，情欲跃动，应适当节制，如此和气弥满身心，则可保生长寿。

宋、尹文学派试图用气一元论分析生命现象，但在当时，他们不可能切实地把握心理现象的内在机制，所以把精神现象也归结为特殊的物质，认为可以脱离形体而独立活动。这一点对于后来中国哲学史上有关形神问题的讨论产生了重要影响。庄子在此前关于气的学说的基础上，加以进一步的改造，用来对自己有关齐生死的观念做进一步的论证。庄子称气充满天地之间，万物不过一气："方且与造物者为人，而游乎天地之一气。"（《大宗师》）"察其始而本无生，非徒无生也而本无形，非徒无形也而本无气。杂乎芒芴之间，变而有气，气变而有形，形变而有生。"（《至乐》）混沌整一之道生气，气生形，生由形显，生死变化，气之聚散而已。气的失调会带来疾病，造成残缺，气失和合，最终带来生命的死亡。《大宗师》中子舆之病，即因于"阴阳之气有诊"，即阴阳二气失序的意思。"人之生，气之聚也；聚则为生，散则为死。若死生为徒，吾又何患。故万物一也，是其所美者为神奇，其所恶者为臭腐；臭腐复化为神奇，神奇复化为臭腐。故曰：'通天下一气耳。'"（《知北游》）人的出生，乃气之聚积，气之消散，就造成了死亡。万物是一体的，我们把所称美的当作神奇，所厌恶的当作臭腐，其实，神奇可化作臭腐，臭腐可复转作神奇，整个天下，不过一气之运化罢了，所以，真正的智者，应看出万类诸宗间的相通齐一性。"彼以生为附赘悬疣，以死为决溃痈；夫若然者，又恶知死生先后之所在？"（《大宗师》）生命不过是气聚如赘疣而已，何可乐邪？死则气散如赘疣溃以决，何可哀邪？

《养生主》写老子死了，老子的朋友秦失去吊丧，哭了三声就出来了。弟子不以为然，质问道："难道他不是你的朋友吗？"秦失说："是的。""那么这样吊丧是否太不像话了？"秦失解释说，那些痛哭号丧的人中，往往有不想来吊唁、哭泣的，只是拘于礼仪才不得不这样做，他们这样做失去的是自己的真实天性，背弃了内心的真实感受。老子并非一般的人，该来时，他就来了，该去时，他就去了，来去都不过一气聚散。既然来去都属自然变化，为什么还要执于一偏之见，固执地进行抗拒呢？"明乎坦途，故生而不悦，死而不祸，知终始之不可故也。计人之所知，不若其所不知；其生之时，不若未生之时；以其至小求穷其至大之域，是故迷乱而不能自得也。"（《秋水》）总而言之，生死都是外在命运决定的，生死的本体都不过是外在于生命的气，生命不过是气生死运化过程中的表现形式，大可不必过分认真、斤斤计较。

换个角度说，生死的本体都是气或道，则在生命表面的生成消逝背后，自有恒久者在。感性肉体的寄托形式消失了，却有某种精气继续下去。庄子以薪烛与火的关系说明生命的这种特性："指穷于为薪，火传也，不知其尽也。"（《养生主》）指即脂，作烛薪的脂肪燃尽了，火却可以传下去以至无穷。这个比喻后来被广泛用于形神关系的讨论中，说明各种不同乃至截然对立的观点。

庄子本是非常爱惜生命的，即所谓重生。曾借盗跖之口斥责孔子："世之所谓贤王，莫若伯夷叔齐。伯夷叔齐辞孤竹之君而饿死于首阳之山，骨肉不葬。鲍焦饰行非世，抱木而死。申徒狄谏而不听，负石自投于河，为鱼鳖所食。介子推至忠也，自割其股以食文公，文公后背之，子推怒而去抱木而燔死。尾生与女子期于梁下，女子不来，水至不去，抱梁柱而死，此六子者，无异于磔犬流豕操瓢而乞者，皆离名轻死，不念本养寿命者也。世之所谓忠臣者，莫若王子比干、伍子胥。子胥沉江，比干剖心。此二子者，世谓忠臣也，然卒为天下笑。"（《盗跖》）伯夷叔齐饿死首阳之山，周之隐者鲍焦同样作出一副脱俗清高的模样，抱枯木死，尾生为所谓信义不惜被河水淹死，他们都是为名而牺牲性命，毫无意义，根本不值得同情。但为了强调人有超肉体的"真君""真宰"在，为强调尽管薪已尽，而火可传于无穷也，庄子又塑造了大量形体残缺不全的理想人物，表明了对肉体感性的轻诋。

人是自然天地的产物，死不过是回到自己本身而已，所以人不必自隔绝于天地。活着时可以任意自然，安时入顺，死了则可混于大化，同入寥天。庄子将死，弟子要厚葬他，庄子说："吾以天地为棺椁，以日月为连壁，星辰为珠玑，万物为赍送。吾葬具岂不备邪？何以如此。"（《列御寇》）死去不过是反归自然，万物与我为一，自有天地为棺椁，有日月这样的连城之壁为陪葬，有闪烁的星星为殉葬的珠玑。大自然中什么没有呢，还要你们送葬。

儒家主张厚葬，是从隆礼说；墨家主张薄葬，是就节用言；道家鼓吹不葬，则是超越了生命与自然间确定界限的结果。通天下一气耳。死生都是同一本体的显现，都是无足道的现象。而生又与忧惧有着不解之缘，活着必然受到各种各样的磨难。不仅不应抗拒厌恶死亡，甚至还应以死为乐，以死为快。

《大宗师》中写子桑户死了，孔子使子贡往以助理丧事。结果子桑户的朋友们却在欢歌跳跃，或编曲或鼓琴，一起唱道：哎呀桑户呀，哎呀桑户呀，你已还归本真了，而我们还寄迹人间呵。子贡进前责难他们，结果却被这些人嘲笑讥刺了一番。孔子感叹地告诉他说：他们是游于方域之外的人，我们是游于方域之内的人。方域之外和方域之内是彼此不相干的，我却让你去吊丧，这是我的寡陋呀！他们是与造物者为友伴的，遨游于无穷的天地宇宙之间世外之人。他们把生命看作气的凝结，像身上的赘瘤一样。这样子，哪里还会计较死生先后的分别呢？借着不同的原质，聚合而成一个形体；遗忘内面的肝胆，遗忘外面的耳目，让生命随着自然而循环变化，不究诘他们的分际，安闲无系地神游于尘世之外，逍遥自在于自然的境地。他们又怎能不厌烦拘守世俗的礼节呢？[①] 所谓方外，美国学者 W. 彼德森用了一个术语，叫作圆，以与方相对。方内，即世俗社会的，属人的。从方的立场看，则生贵死劣。故孔子作为游方之内者，见子桑户死，就派弟子据礼义去吊丧。方外，或说圆，即天道自然的，超人为超社会的。自圆的视角看，即从天道自然的视角看，死是归于自然大化，是寻到了存在本体，从而超越有限感性之忧，因而可喜可贺，可歌可颂。

《至乐》中的故事更典型。庄子妻死，惠子吊之。庄子正两腿岔开像

---

① 此处参考了陈鼓应《庄子注译与评介》中的译文，中华书局 1984 年版。

个簸箕般散漫地坐着，一边敲着瓦盆奏乐唱歌。惠子责备他，说妻子与你在一起生活了那么长时间，生儿育女，春夏秋冬，由老而死，不伤心哀哭也就罢了，怎么还能忍心敲盆唱歌呢？实在太过分了。庄子回答说，不该这样看。她刚死时，我也不免伤感，但想到最当初，她并不活着，非但不活着，甚且连躯体都不存在，连一点形气都没有。后来由气而形而生，今又变而之死，现在安寝于天地巨室间。我如嗷嗷地跟在后面号丧，岂不是显得太不懂得天命了吗？所以才不哭而歌的呀！

庄子从重生出发，从摆脱感性此在的生死忧患的动机出发，结果却走向了自己的反面，走向了对否定生命的死亡的礼赞。生命的肯定与否定，在他以一种奇妙和方式达到了统一。这就形成了庄子哲学的矛盾性。一方面苦苦追思着怎样养生，另一方面又鼓吹并弃生。造成这种情况的根源，是庄子绝对主义的价值观念方式。

人永远只能是具体历史的存在，包括人类社会群体亦复如此。具体历史地存在的人，只有是相对性的存在，他所拥有的价值也只能是具体历史的、相对的。人所梦寐以求的绝对本体，只是相对于人这样一个相对、这样一个现实具体而言的；其意义也只能从人，从人的无限追求的运动历史求得解释。割裂人身上的绝对与相对，将其精神性的超越观念加以外在实体化，并与人本身的现实存在相割裂、对立，必然导致某种西方哲学范畴体系中的所谓"异化"。庄子哲学本要抗议社会群体对个体生命的异化，结果却用一种新的外在于生命的所谓本体，完成了一次对于生命存在的新的否定。

具体历史的人只能有，也只需要有具体历史的意义感，绝对、无限、不朽之类，必然是针对这种具体历史的人而言。由追求绝对、追求超越，而走向排斥否弃任何相对有限，走向无视一切现实存在的价值，这必然导向否定人本身。没有了人的主体，那么不论什么样不死不生的本体，又还有什么意义呢？没有了具体感性的人，没有了具体感性的人的具体的喜怒爱憎，所谓本体只能是冷冰冰的死寂，所谓"无情无信"者是也。作为人的哲学，作为人的生存求安身立命之地的终极关怀，结果却走向对人的生命价值的否定，走向对人生痛疾的无视。其中的思维教训不是发人深思吗？

哲学家往往为了追求理论的一元性而牺牲现实的多样复杂性，为了心目中的绝对理念而牺牲具体对象的相对的价值。这种思维运动推进到一定程度，就可能转向自己的反面。哲学思致的结果，倘若就是要人们面对爱妻之尸敲盆欢歌，那不论这结论的得出有着多么曲折雄辩的推导过程，它都显然过于残忍。人难道会真的希望、真的需要这样的哲学吗？任何东西，一旦绝对化，可能就已经开始了变异的危险，出现了向反面转化的契机。包括相对有限的人对绝对无限的追求这一哲学渴望和哲学动力本身。庄子哲学就是一个例证。

原载《中国哲学》第 19 辑，岳麓书社 1998 年版

五　艺术的否定与否定的艺术

——庄子美学的逻辑走向

提要： 从世俗社会与更广大自然世界也即天道的关系切入分析，庄子根本否定这种文明的合理性，相应地对充当人世间涂饰的所谓"艺"也持否定之态度。"艺"与"技"性质相通，"技"服务于个体或群体的各类现实追求，其效率的讲求与庄子精神格格不入。但倘超越实用性的约束限制，转而成为道的体现形式，"技"就可能赋有完全不同的属性。按照这样的逻辑，庄子否定"艺"的同时，实际上也做了将它移植到新的土壤之中，从而使之赋有某种针对世俗文明的否定性品格的准备。

关键词： 人道；艺术；天道

（一）

"五音令人耳聋，五味令人口爽"（《老子》第十二章）。庄子继承并发扬了老子的这一思想，提出"文灭质，博溺心"（《庄子·缮性》；下引《庄子》只注篇名），声称使人本性迷失的东西有五种，排在前列就是"五色"、"五声"。

庄子否定美与艺术的思想渊源于老子。老子认为，华美的形式不仅不会表现好的内容，而且会产生不良的刺激效应，令人丧心病狂。所谓"五色令人目盲"，因而他鼓吹说要"擢乱六律，铄绝竽瑟。塞瞽旷之耳，……灭文章，散五采，胶离朱之目"（《胠箧》）。

庄子对艺术的否定，与他的社会批判理论是直接同一的。他深刻揭露了社会的黑暗虚伪，却由此得出了全盘否定人类社会文明的结论。"自三代以下者，天下莫不以物易其性矣。"（《胠箧》）文明社会之前的"至德之世"，按他的想法则应该是非常美好的："当是时也，民结绳而用之。甘其食，美其服，乐其俗，安其居，邻国相望，鸡狗之声相闻，民至老死而不相往来。"（《胠箧》）万物并生，自然放任，耕而食，织而衣，朴拙无心，浑然不私，其乐融融。由于圣人君子的问世，刻意创设一套套的仁义道德规范和礼乐教化制度，才损毁了这种原初的安然整一状态，使人们真性迷失，道德沦丧。事物的发展变化就是这样充满矛盾。"其分也，成也；其成也，毁也。"（《齐物论》）有仁义礼乐，也就有仁义礼乐的异端，也就有争斗、戕害，有残缺、牺牲。丧失了自我本性的太初圆满，人们只好求助于外在的充填，纷纷求其所适而避其所不适。小人以身殉利，士则以身殉名，大夫以身殉家，圣人以身殉天下。名、利、天下，"名声异号，其于伤性以身为殉一也"（《骈拇》）。对这些外在于物性存在的追求，不但不能从根本上消除自身缺失，达于渴望的安宁，反而会使主体性灵淹没于黯然的物性混沌之中难以自拔。也正因此，"殉家""殉天下"者所据以自我标榜的仁义之道，完全可以充作"殉利者"的工具性手段。故以圣人之道治理天下，无异于扬汤止沸，难见成效。

那怎么办呢？只有绝圣弃知，摒弃"三代以下"的社会文明，返于至德之世。至德之世的人，有着完全不同的生活态度和价值伦理观念。"古之真人，不知说生，不知恶死。……不知其所始，不求其所终。"（《大宗师》）生下来就生下来了，死去了就死去了，就像鱼儿在江河湖海间自然游弋，就像春夏秋冬四季往复，就像日夜轮回万木枯荣，一切随意自然，无可无不可。"杂乎芒芴之间，变而有气，气变而有形，形变而有生，而又变而之死，是相与为春秋冬夏四时行也。"（《至乐》）人原之于道，而复之于道，有什么好感伤、厌弃的呢？有什么好计较、留恋的呢？"死生，命也，其有夜旦之常，天也。"（《大宗师》）天和人本是合一的，不管你愿意不愿意、承认不承认、喜欢不喜欢，他们都是合一的。人自觉地顺应这种合一关系，即为安时入顺；忤逆这种合一关系，必然劳形费神、竭力瘁心、烦恼忧虑。人们只有领会了这种合一关系，才有真知，才是合于天道之人。没有这种真知，陷入俗世的义利轨道框架中营营役役，就是与天道对立的人道。"无为而尊者，天道也，有为而累者，人道也。"（《在宥》）世俗人道的各种价值理想，庄子都进行了批判，对艺术的否定正是以此为理论背景的。世俗社会所谓的艺术，乃是形形色色世俗价值观念的反映。世俗价值观念名号各异，士人之"名"异于小人之"利"，因而也会有效用不同的艺术体现物。但不管是塑造求名之士的"诗"，还是满足求利之心的"乐"，都把生命引向了外在的非生命的存在，都是对淳厚朴拙本性的人为摧残，都无益于天道本性的蓄养、培植、保护。

墨子否定艺术，因为他看到了艺术活动对社会利益的损害。孔子肯定艺术，因为他看到了艺术活动对社会文明的促进。墨子与孔子艺术观截然相反，但在以社会利益或以人道为裁定标准这点上，却是一致的。庄子与孔墨不同，他从无限宇宙的整体角度出发考察评价人类个体与群体的行为，以天道之尺衡人道之事，孔墨则从人类社会这样一个宇宙中的局部及其内在规则出发去考察评判自身之内和之外的对象。故而后者对内则要求个体恪守社会规范，诚意正心修身齐家治国平天下，对外则"天道远，人道迩"，取敬鬼神而远之（孔）或挟以为己用（墨）的态度。庄子与孔墨艺术观的区别，说到底是一种从天道抑或从人道出发的区别。在庄子，对人世有增益，不成为肯定根据（孔）；对人世有损减，不成为否定根据（墨）。从天道整体的视角看，人为的任何努力增减变化，都没有实际意义。从世俗社会与更辽阔广大的自然世界也即天道的关系切入分析，庄子根本否定这种文明的合理性，因而也同样否定植根于此错误泥潭中不能自拔的艺术之花，否定它充当荒谬人间世涂饰的卑贱。关于"技"，庄子也有相应态度。技作为社会实践经验的凝结及其相应的工具手段，服务于个体或群体的各类现实追求，其效率的讲求与庄子精神是格格不入的。但倘若技能超越这种实用性的约束限制，成为道的体现形式，就会获得新的评价。《养生主》对庖丁所谓"超乎技，入乎道"的称扬，即为显例。所以，就在否定艺术的同时，庄子已做好了把它移植到一片不同的土壤中去，并赋予其以全新规定性的准备。这就是让艺术摒绝人道而去启谕天道。

艺术怎样才能成为天道的体现者呢？《齐物论》说："道恶乎隐而有真伪？言恶乎隐而有是非？道恶乎往而不存？言恶乎存而不可？道隐于小

成，言隐于荣华。"天道被"小成"掩蔽了。按庄子的逻辑，愈是原初无规定性的愈近于天道，相对后起具体的就是"小成"。由无无有的"一"，到无与有的"二"，到无与有加无无有的"三"，区分愈来愈繁复，道也就愈来愈难以被把握体认。文明社会的诞生，有自我主体意识、目标、追求的人的问世，是对自然整一状态的根本性破坏，是对天道的最大背叛与遮蔽。所以，小成所针对的乃是五花八门的人道。天道隐于小成，即隐于人道。自然万物本身无所谓是非然否彼此的对待，因而"天地一指也，万物一马也"（《齐物论》）。没有离裂变化，没有规定，是有，也是无，以至无无。"有始也者，有未始有始也者，有未始有夫未始有始也者。有有也者，有无也者，有未始有无也者，有未始有夫未始有无也者。"（《齐物论》）这与其说是本体论的宇宙演化生成过程，不如说是认识论的人类越来越具体地把握对象世界的过程。庄子觉得这种自然状态是最合于天道的。仅仅由于文明人的问世，才给自然存在加上了各种概念限制，从而才会有如许脱离整一之道的济济"小成"。由此局部有限的小成去看无限整体，只能是管中窥天，锥指测地，难识全豹。所以小成蔽道，终即人道遮天。艺术要想启谕天道，必得清除人道蔽障。庄子所致力的，就是要解除人道对天道的遮蔽。庄子这种具有强烈否定倾向的艺术的倡导，使他关于艺术否定的理论得到了深化。

（二）

《齐物论》以极其生动的语言描写了地籁的审美胜境："山林之畏佳，大木百围之窍穴，似鼻，似口，似耳，似枅，似圈，似臼，似洼者，似污者。激者、謞者、叱者、吸者、叫者、譹者、宎者、咬者，前者唱于，而随者唱喁，泠风则小和，飘风则大和，厉风济则众窍为虚。"宣颖评曰："初读之拉杂崩腾，如万马奔趋，洪涛汹涌。既读之，希微杳冥，如秋空夜静，四顾悄然。"可谓深得庄心。三籁关系历来说者有异。我们以为庄子意在以地籁诱发对人籁真趣的洞悟，即靠去除我执的内容而达到天心的袒露，这样，不管人籁还是地籁，都会获得天籁的属性。所以，三籁之分，实为审美境界之分。"女闻人籁而未闻地籁，女闻地籁而未闻天籁"，即此之谓。庄子以此来倡导没有机心成见的人言，这种从净尽的心地中流出的无心之言，迥然异于各执其偏的所谓"百家争鸣"。

庄子对显示天道的艺术审美境界的鼓吹，处处是和他对人道小成的否定联系在一起的。否定词"无"在庄子一书中有极其重要的地位，什么"无用""无成""无形""无作""无功""无极""无当""无己""无穷""无知""无涯""无方""无思""无心""无声""无古今""无趾""无足""无亲""无父母"①。这是特定思想内容在语言形式层面伸延的结果。如此多的"无"，用法虽然纷繁异趣，但大体符合于否定世俗社会的"人道"这一总趋向。文明社会的林林总总，上至王公大臣、父母尊亲、仁义礼智，下至窃盗谎诈、舐痔结驷、诗礼发冢，以至足、趾，无不是一种"成"，无不自是其是、忤逆天道，所以也就无不应投之以"无"，投之以"非"，投之以"不"。但这否定又不是单纯的否定，不是单纯破坏性的摧毁，而是积极的、潜含着建设性的。庄氏否定的肯定品格，借"大"这样一个范畴而获得了充分的凸显，什么"大辩""大仁""大廉""大勇""大圣""大用""大情""大巧""大德""大理""大道""大成""大美"等，都以其对"大"的强调，提醒着对"小"的蔑视、非议、摒除。庄子喜欢用肯定否定的二重结构来更明确地标示这种否定肯定的二重品格，如"大道不称""大辩不言""大仁不仁""大廉不谦""大勇不忮""大圣不作""大巧若拙"，等等。

为使其对人道的贬抑和对天道的揄扬收到切实的成效，庄子设计了诸多诡异奇丽的论说方式，形成了他否定艺术的鲜明个性风采。《天下》篇自评道："以谬悠之说，荒唐之言，无端崖之辞，时姿纵而不傥，不以觭见之也。以天下为沈浊，不可与庄语；以卮言为曼衍，以重言为真，以寓言为广。独与天地精神往来，而不敖倪于万物。不谴是非，以与世俗处。其书虽瑰玮，而连犿无伤也；其辞虽参差，而諔诡可观。"不管离奇还是古怪抑或谬悠，都是服务于其疏瀹秽浊，超越人道，达于天道的宗旨的。

---

① 此点参考刘笑敢《庄子哲学及其演变》一书，中国社会科学出版社 1985 年版。

　　庄子建立了一套达到与天地精神独往来的逍遥之境的理论程序，即"心斋""坐忘""见独"。所以，把握其艺术表现风格的实质，必须结合对这一理论程序的分析。而要深入领会这套程序，也不能不借助形式表现风格的阐释。浪漫主义的表现风格和"心斋"的理论程序，分别构成了庄子否定的艺术形式与内容两个侧面。

　　"心斋"见于《人间世》。"若一志，无听之以耳而听之以心；无听之以心而听之以气。听止于耳，心止于符。气也者，虚而待物者也。唯道集虚。虚者，心斋也。"也即要关闭耳目视听，达到像自然万籁空窍怒号、虚己弃执、无所思虑的幽深静寂状态。"见独""坐忘"都出现于《大宗师》。"堕肢体，黜聪明，离形去知，同于大道。此谓坐忘。"也即《齐物论》开篇子綦所谓"吾丧我"。"见独"形容求道所达到的一种最高境界。"以圣人之道告圣人之才，亦易矣，吾犹守而告之。参日而后能外天下；已外天下矣，吾又守之，七日而后能外物；已外物矣，吾又守之，九日而后能外生；已外生矣，而后能朝彻；朝彻而后能见独；见独而后能无古今；无古今而后能入于不死不生。""心斋""坐忘""见独"分列，指同一种修养活动，并置则可示这同一过程的不同阶段。该三层次在"见独"一段文字中都有涉及。成玄英疏"参日而后能外物"云："天下疏远易忘，资身之物亲近难忘，守经七日，然后遗之。"这大致相当于"心斋"的虚己过程。成疏"九日而后能外物"云："堕体离形，坐忘我丧。"疏"朝彻"云："死生一观，物我兼忘，豁然如朝阳初启，故谓之朝彻。"这相当于"坐忘"。已乃小成，既去小成，乃见大道。夫道，绝对无待，故谓之独、谓之一。厉与西施，道通为一，故无古今之异，无生死之隔，"至此则道在我矣"（宣颖注语）。

　　"心斋""坐忘""见独"的实质，都是要通过主体自身的精神修养，摆脱世俗文明的条条框框。文明社会好比一架大机器，人一生下来，就被置入其间，按一定的程序加以塑造，所谓"黥汝以仁义，而劓汝以是非"（《大宗师》），从此人就丧失了自己的淳朴天性，违逆自然之理，"遁天倍情，忘其所受"，竟逐于物性名利之域而不知返。人人相猜相疑、相妒相嫉。《德充符》里叔山无趾批评孔丘"蕲以諔诡幻怪之名闻，不知至人之以是为己桎梏"。说他是"天刑之，无可解"，也就是受天意惩处，无法解救。孔丘自己作为文明社会价值观念的代表，也无奈地自叹为"天戮"之人。这即所谓"遁天之刑"（《养生主》）。要解决这个问题，就社会说，是要小国寡民、无为而治，要退回到人与禽兽同的远古原始阶段；就个人说，则是要发挥主观精神的超越功能，处社会而亲自然，随人道而通天道，出污泥而不染，"外化而内不化"（《知北游》），"不与物迁"，"不以好恶内伤其身"（《德充符》）。作为人生哲学，而非社会政治理论，庄子探讨的重点当然是后者。

人乃自然之子，"道与之貌，天与之形"（《德充符》），本应"不知说生，不知恶死，其出不欣，其入不距，翛然而往，翛然而来而已矣"（《大宗师》）。安详娴静、无思无虑，出入死生之境，往来阴阳二极，譬如夜旦之常，好比春秋代序，无所谓得，无所谓失。天人不相胜、父子不相亲，就像鱼儿相忘于江湖，无所用心。但文明社会违背自然之道，私设君臣尊卑之制，擅定男女里外之别，家国天下、华夏夷狄、忠恕慈孝，不一而足。这套规则制度形成强迫性的外在规范，又内化为个体特定的理性心理结构，从两个方面钳制生命的自由灵动。置身社会小环境中的人犹如受了魔法，只会依外在的指令行事，"役人之役，适人之适，而不自适其适"（《大宗师》）。也因此，对自然混沌状态的眷念，往往成为身处社会之中的人追求个体自由的特殊表现形式，庄子美学即可作如是观。

对社会性的抗拒，体现在对与外界社会性关联和对自我内在理性戒律的摒弃。也就是摒斥功利关系和道德关系，以及与此相关的内在理智性观念。"吾丧我"的"我"，指日常社会的功利道德之我，功利道德之我去除，剩下的就是澄明晶莹的纯净之"吾"、自然之"吾"。"吾"与"我"和外物有截然不同的关系。老子要求"塞其兑，闭其门"（《老子》第五十二章），《德充符》称："通而不失于兑。""兑""门"，指的就是耳目鼻口等日常感知方式。由于这些日常感知方式在长期的历史实践过程中，积淀了丰富的理性内涵，它们体现的是社会性之我与外界的关系。庄子认为这种关系只能妨害生命本体，所以要统统关闭。同于天道的"吾"，与外界摆脱了这种理性支配的日常感知关系，建立起一种神秘的直觉关系，所谓"无听之以耳，而听之以心。无听之以心，而听之以气"（《人间世》）；所谓"无视无听，抱神以静"（《在宥》）。相类的描述，在现代艺术哲学中可谓比比皆是。

由"我"到"吾"，靠的是"忘"。"回忘仁义矣"，"回忘礼乐矣"（《大宗师》），皆此之忘。要忘我，就要停止我在日常生活中的竞逐，就要静，静则虚，"虚室生白，吉祥止止"，"唯道集虚"（《人间世》）。"丧我"则"见独"，"见独"乃与道同体。

"忘"在庄子，有两层意义。一指遗忘，"回忘仁义矣"之"忘"；一指适意，"相忘江湖"之"忘"。两层意义是统一的。因为忘却了俗世的种种烦忧，所以适意，因为高度适意，所以不及考虑戒律种种。但忘非易事，所谓"以爱孝易，以忘亲难。忘亲易，使亲忘我难。使亲忘我易，兼忘天下难。兼忘天下易，使天下兼忘我难"（《天运》）。每个人都是稠密社会关系网中的一个纽结，难以真正和社会割断联系，完全清除自小的耳濡目染。个体的超越性实在是非常有限的，他不可能真正摆脱各式各样的束缚。"天下有大戒二：其一命也，其一义也。子之爱亲，命也，不可解于心；臣之事君，义也，无适而非君也，无所逃于天地之间。"（《人间世》）和庄子相比，审美自由境界对孔子也具有终极归宿的意义，"吾与点也"的喟叹就是明证。不同于庄子的地方在于，对诸如爱、孝、亲、命、义、天下之类，孔子不愿、不能或说不忍相"忘"。他期冀通过消化吸收社会性的秩序规范以至整个文明，来最终实现心灵的审美自由。儒道相通相异处，大体源于此。

庄子认识到"忘"的困难。"擎跽曲拳，人臣之礼也。人皆为之，吾敢不为邪？"（《人间世》）为解决这个矛盾，庄子提出"外化而内不化"的理论，以外在现实活动的随波逐流，换取与社会大众的和睦相处，来保证内在精神的自由。但自我身心的割裂，必然带来刻骨铭心的痛苦，减轻抚慰这种痛苦，是否也是庄子处处声嘶力竭地贬抑身的价值，褒扬心的光彩的自觉或不自觉的动机之一呢？

对文明社会的否定，不仅构成庄子艺术灵魂的核心，还被成功地投射到表现的形式层面。《德充符》写兀者王骀、申徒嘉、叔山无趾和丑人哀骀它等六个作者心目中完美的典范人物。《齐物论》提出道蔽于小成，《德充符》即以小成（形体）之残缺显大道［德］之充实而有光辉。兀者王骀，从其游者与仲尼相若，虽然，不肯以物为事："死生亦大矣，而不得与之变，虽天地覆坠，亦将不与之遗。审乎无假，而不与物迁，命物之化而守其宗。……不知耳目之所宜而游心乎德之和；物视其所一而不见其所丧，视丧其足犹遗土也。"兀者申徒嘉，与郑子产同师伯昏无人，自称"与夫子游十九年矣，而未尝知吾兀者也"。令尊贵如子产之辈亦自愧弗如。兀者叔山无趾，不以无趾为憾，而蔑孔子之德。卫之恶人哀骀它以丑骇天下，而"丈夫与之处者，思而不能去也。妇人见之，请于父母曰'与为人妻，宁为夫子妾'者，十数而未止也"。有形之体的残缺，喻作为社会存在物的不足，无形之德的广大，言作为自然生成体的完整。形体之全，仅是俗世的价值标尺，德行之光，乃为另一世界景观。故不残缺不足以见完整。"畸人者，畸于人而侔于天。……天之小人，人之君子；人之君子，天之小人也。"（《大宗师》）形与德的巨大张力，将天道与人道的对立暴露无遗。这种张力是形成庄子艺术怪诞风格的根源。丑怪的体现形式本身，就是对文明社会诸如温文尔雅、温柔敦厚、文质彬彬等一套审美法则的嘲弄，而作者的极尽推崇，将帮助读者跨越这丑怪、嘲弄的形式层面，跨进"如平旦之清明"（宣颖注语）的精神朝彻之境。

人道小世界中的失意落魄、穷困潦倒者，由此反倒可能是天道自然境界的万众宗师。并且也正因为这失意落魄、穷困潦倒，才格外醒目地显示了万众宗师的本色。既入于天道，必无意于人道，故可"安时而处顺，哀乐不能入"。子舆病至曲偻发背，颐隐于脐，肩高于顶，乃竟嬉笑置之，自称："浸假而化予之左臂以为鸡，予因以求时夜；浸假而化予之右臂以为弹，予因以求鸮炙；浸假而化予之尻以为轮，以神为马，予因以乘之，岂更驾哉！"（《大宗师》）非天道之人，何能至于此？当然，心如死灰，形似槁木，只能是愤激哀痛至极的幻想，只能是纯精神性的观念境界，并不能现实地解决人生问题。子桑穷而病，虽与子舆等同列于"宗师"之尊，仍不免若歌若哭，鼓琴以怨命："父母岂欲吾贫哉？天无私覆，地无私载，天地岂私贫我哉？求其为之者而不得也。然而至此极者，命也夫！"

（《大宗师》）表达的就是这种现实实践层面无可消解的悲苦。

（三）

庄子美学思想的整个体系，都基于对自由和无限的追求。生天生地、无为无形的天道，入水不濡、入火不热的体道真人，共同特征都是超越了各种束缚、局限，而入于无所待的逍遥之境。天地大美、道、逍遥、真人，可以看作同级的概念。真正的艺术，就应该是这种真人体道、入于逍遥之境后的大美的体现。

问题在于，人是生而不自由的。

原初自然作为绝对完整，是没有规定性的无。人这一非自然事实的降临，为"无"提供了初步规定性。自然混沌无凭其和人的区别而转化为有。人之非自然，在于能思。无蜕变为有的关键，在于被思、被言。思作为理智，以感知觉为前提和工具。探究无限自然时，感知觉由于其具体性，只能将混沌之一分割为诸多局部，映象为互不关联的鳞光片羽。思对这些材料整理、归纳、概括，形成特定的概念—语词—存在物。思只能是对这些经由感知觉制造的理智概念的思。原始的有，随着被思的深入，分化为更丰富具体的有，获得了更多的规定性，从而更加远离独一无二的道体混沌，更加远离磅礴万物以为一的逍遥。《应帝王》记：南海之帝倏与北海之帝忽，相与遇中央之帝混沌，"混沌待之甚善。倏与忽谋报混沌之德，曰：'人皆有七窍以视听食息，此独无有。尝试凿之。'日凿一窍，七日而混沌死"。形象地说明了作为思之工具的五官感觉与无所规定的存在整体间的敌对性质。因而，人作为理智能思之物，必然是置身于一个充满限制、规定的不自由的环境中。

但人又是超越之物。所谓超越，指从有限向无限、从不自由向自由的趋近、运动。人由于思（反思），超越了存在的直接性，而对存在直接性的超越与扬弃，是人区别于非人之物类的重要标志。没有这种超越后的观照，自然只是无，谈不上有限无限，自由不自由，也即不容讨论。从可讨论之自然的层次入手，一切自然存在物都作为它本身存在，都是确定有限的。人却超越了这种仅作为本身的存在。这种超越既是它的生成动力源，

· 202 ·

也是他存在的基本属性。所以人又是生而求自由的。

生性求自由的人，却生而不自由。这是包括庄子在内的历代思想家试图解决的课题。

解决这个矛盾有两条路径可循。

第一条，尽管人在任何既定的情况下，都只能是有限的存在，但他可以通过实践活动，不断征服异在的一块块局部自然，从而扩大自己的对象化存在，超越既定的有限性。自然有无限多可供人征服的局部，人也就有了自我扩张的无限可能性，有了超越的无限可能性。借助这种实践，人也就能够获得愈来愈充分、愈来愈绝对——当然永远也不绝对——的自由。

第二条，人生性是求自由的，这命题本身就寄寓着矛盾。人超越了自然存在的直接性，从而超越了这种存在物的有限性，显示了追求自由的意向和能力。但如没有对自然存在直接性的超越，也就没有天人之分，没有任何具体存在的有限规定，有的只是不可言说的混沌、至纯至一的天道，也就谈不上有限性、不自由性，也就谈不上自由不自由的对立。所以人之超越带来的自由可能性，是与不自由的现实性相伴随的。追求自由的可能性，却付出了面对现实之不自由的代价。因而，应放弃对自由的追求，从而消除不自由的痛苦。没有向着无限性的超越升腾，也就不会感到有限性的狭小猥琐。结论是，解决矛盾的关键，在于取消人对自然存在直接性的超越。庄子就是循此思路解决矛盾的。

取消这种超越，是要寻回原初世界的完整纯一，也即道、无、独。无被思所埋葬，而思体现的是言，所以要去思、废言。《齐物论》记啮缺问王倪，三问三不知，其意即在以不知启悟对道作为无与言作为思间的对抗性质的领会。不知乃为真知，俗世之知实是不知："庸讵知吾所谓知之非不知邪？庸讵知吾所谓不知之非知邪？"

思作为理智，带给人的限制束缚体现在生活的各个方面。比如，按这种行为观照方式，万事万物都须服从因果律，都处在无穷无尽的因果链中，都有所凭依、有所归趋、有所规定。《齐物论》记罔两问影曰："曩子行，今子止；曩子坐，今子起；何其无特操与？"影回答道："吾有待而然者邪？吾所待又有待而然者邪？吾待蛇蚹蜩翼邪？恶识所以然！恶识所以不然!"罔两凭依于影，影有待于物，物亦如蛇蜕、蝉衣之类，各有其所根据，如此环环相扣，延续无穷。人的认识因而也不能求得最终的根底。《大宗师》由是感叹："夫知有所待而后当，其所待者特未定也。"存在物若想无所待而至逍遥，就要跳出因果链，人若想根本把握对象世界而达到道体，也须跨越这套思维观照模式。

文明社会制定了一系列用于处理人和物关系及人和人关系的条例、准则，这些准则、条例的最主要部分可以归入功利主义和伦理主义两大类。如前文所指出，庄子对艺术的否定，即源于其对作为这种艺术前提的功利主义和伦理主义的否定。

按前述解决有限无限矛盾的第一条思路，亦即文明社会的理性之路，我们看到，人虽被许诺了无限自由的辉煌前景，却永远必须体验咀嚼现实的不自由。[①] 这是由思的分析特性决定的，它必须把世界切割为一块块的具体才能予以处理。艺术审美从这个角度，以其特有的整体直觉的把握方式，弥补了理性的不足，为疲惫苦旅的现实人生提供了精神上的憩园。功利主义和伦理主义却总是自觉不自觉地试图把艺术降格为自己的从属工具。因而，庄子对世俗艺术的批判有助于人的审美本性的觉醒。理智注目具体实在的品格，生活中往往导致生命个体蔽于局部不能自拔的现象，事实上脱离了向无限超越的根本性社会实践目标，由此生成的艺术也必然局促庸俗，或对应于粗陋感性，或迎合于乡曲之礼，庄子的抨击，触目地揭示了人性对自由无限的渴望，无疑会促进人们生存境界的升华。

但他由这种批判得出对思、对语言、对文明的根本否定，则是我们所无法认同的。按他的设想，固然不再有不自由的痛苦，却也不再有对自由的憧憬、激动和更加靠近自由的喜悦；不再有有限的卑屈、困厄，却也不再有向无限飞升的昂扬豪迈。

解决矛盾的这样一种方式，导致庄子价值观念上的绝对主义。

现代学者多注意庄子思想上的相对主义特征，却很少指明，其认识论上的相对主义，恰是和其价值观上的绝对主义互为表里的。庄子多侧面、

---

①　庄子没有意识到本体论意义上的自由（无限）与生存论层面上的自由的区别，由此而导致论述过程中的某些混乱。

多层次、深入而具体地论述了特定生存认识与追求的非终极性："天下莫大于秋毫之末，而泰山为小；莫寿于殇子，而彭祖为夭。""毛墙丽姬，人之所美也，鱼见之深入，鸟见之高飞，麋鹿见之决骤，四者孰知天下之正色哉？"（《齐物论》）参照标准的不同，导致认识观测结果及相应价值评判的分野。宇宙间不存在中心，不存在绝对的观测点，因而任何认识都是相对的。庄子以无限为标尺，而将有限与无限截然割裂开来，于是得出结论，所有这些有限的认识、价值都是无意义的。这种人生的无意义感在庄周梦蝶的故事中被抒发得淋漓尽致。其实，对人来说，没有具体针对性的绝对价值，不仅不可能，而且也不必要。人的一切认识，都以人这样一个特定的、不同于任何别的自然物种的存在为基点，脱离人类具体历史实践的所谓价值意义只能是无价值、无意义。正是在这种对于相对有限的价值意义的追求和不断超越的过程中，人产生了无限感。揭示人生现状的相对有限性，追求无限，体现了可贵的人性深度和亢奋的人生激情，但将无限与有限、绝对与相对对立起来，必酿就绝对失落以后人生取消主义的苦酒。

庄子绝对化的价值思维方式，与他自己的思维实践也是不一致的。《逍遥游》所谓逍遥境界，正是通过对由小到大的不断超越过程来启谕的。虽然微尘、斥鷃、大鹏以至宋荣子、列子就其本身看，都是有待的，但这样一个不断提升的系列过程却引发出关于无限、关于逍遥的浪漫遐想："若夫乘天地之正，而御六气之辩，以游无穷者，彼且恶乎待哉！"至此则可"肌肤若冰雪，绰约若处子；不食五谷，吸风饮露；乘云气，御飞龙，而游乎四海之外"。庄子对人之理性的态度也有这种矛盾。他抨击理智机心、五声六律，称大辩不言、道昭而不道，倡导无所用心、浑然不觉的生活态度，但他的抨击与倡导本身，并非毫无理性的胡喊乱叫，而是缜密深入细致的运思开导。就像一切具体有限的价值、真理、意义，都只有联系人类的具体历史实践才能得到解释一样，天道之无、之混沌，既经被评说、讨论、呼唤，也就只能是这种特定人类的理性之光烛照下的存在，就只能是相对于这个社会的特定社会历史实践而言的观照对象。庄子所神往的绝对天道、至德之世，也只能是相对于三代以下的这个文明社会说的，而非无所待的绝对。

　　庄子对艺术的否定激烈、切实，绝对化的价值观念方式，却使他对艺术的肯定显得虚幻、空洞。按这种价值观念方式，只有在终极意义上昭示了他所谓"道"的艺术才有意义。而任何可能存在的艺术都不可能攀上这个极限，由此真正有价值的艺术对于永远只能溺于有限此界的人来说，就成了仅仅无限彼岸的含糊幻影。任何艺术的表现，包括庄子否定的艺术在内，都不能不同时是一种掩蔽，是一种"小成"，是一种相对从而异于无限、绝对、天道本身。这大概就是所谓"可以言论者，物之粗也"（《秋水》），"臣不能喻臣之子，臣之子亦不能受之于臣"（《天道》）的意旨所在吧。言意之辩亦由是成为中国思想史的大课题。可尽管"言非吹也"（《齐物论》），尽管"君之所读者，古人之糟粕已夫"（《天道》），却仍不能不言、不辩，不能不读、不写。价值意义的相对性，是无法剥离的基始属性，任何价值感、意义感的存在，都潜含着对相对性的让步、屈服，意味着将绝对与相对、有限与无限、自由与不自由绝对割裂的形而上学的破产。

原载《安徽师范大学学报》1992 年第 1 期

六 "游"："君子"和"至人"之间的张力及其释放

提要：儒者立足"方内"，但因理想主义诉求而无法抑制"方外"之思；道家立足"方外"，但对感性生命的执着决定了其对"方内"的无由割舍。儒道思想基因的相互渗透，决定了士人在"方内"与"方外"之间出入游走的普遍性人格特质。以"游"为突出特征的人生趣味和人生理念，由于传统中国隐性游民社会的长期存在，而获得了丰厚的现实营养资源。其和现代性审美精神的契合，又提供了从新的视角予以阐释的可能性。

关键词：游；君子；至人；审美

（一）

"君子"是儒家倡导的理想人格范型。"君子"的基本特质就是立足现世的礼乐文化规范体系不断完善自我，所谓"修身"，并以"立德""立功""立言"的方式确立自己的人生价值，所谓"齐家、治国、平天下"。道家特别是庄子则对"君子"人格的内在局限性抱有强烈警醒。在他看来，所谓"三不朽"归根结底，无非"名"和"利"而已。斤斤于世俗的名利，他谓之为"殉物"："道之真，以治身，其绪余以为国家，其土苴以治天下。由此观之，帝王之功，圣人之余事也，非所以完身养生也。今世俗之君子，多危身弃生以殉物，岂不悲哉！"（《庄子·让王》）基于这样的认识，他在"君子"之外，另外标举"至人"的人格理想："古之至人，先存诸己而后存诸人。所存于己者未定，何暇至于暴人之所行？"（《庄子·人间世》）

"至人"在不同的情境下，有不同的称谓，如"神人""圣人"（《庄子·逍遥游》）、"真人"（《庄子·太宗师》）等。《逍遥游》中说："至人无己，神人无功，圣人无名。"当然，儒家也标举"圣人"，但儒家所谓"圣人"实是"君子"之极致。上古圣人为儒道等共同标举，其学派倾向含糊，孔子则是代表儒家学派立场的"圣人"典型。就孔子的性格底色言之，应该说偏于谨言慎行，力图在礼乐文化的规范体系之内实现自己的功名事业理想。所以其之所以被推崇为"圣人"，不是因为他不是"君子"，而是因为他最大限度地体现了"君子"理想所可能达到的境界。也是由于这个缘故，庄子道家学派对孔子的圣人地位并不认可，往往加以冷嘲热讽。庄子道家所谓"圣人"，同"至人""神人""真人"等一样，都是超越世俗礼乐规范体系之上，不受"名""利"观念约束的："圣人不事于务，不就利，不远害，不喜求，不缘道，无谓有谓，有谓无谓，而游乎尘垢之外。"（《庄子·齐物论》）"尘垢"即"尘世"的否定性称谓，"尘世"之为"尘世"的关键，在于它充满各种有关高低是非的判断标准和行为规范。对应于"至人""真人""神人""圣人"等称谓的异名同实关系，"无己""无功""无名"等概念之间，也实际上是相互阐释的关系。不仅"功"和"名"是相互关联的，而且它们和"无己"也是相互支持的。"无己"当然并不是要真正否定自我的主体地位——如果那样，"逍遥"之境也就失去了基本的支撑，而是要超越"功"和"名"的困扰，如此才能真正"守其一，以处其和"（《庄子·在宥》），才能"德全""形全"乃至"神全"（《庄子·天地》），如此也才谈得上真正的"成己"。荣格等用现代学术语言对此种内涵做过进一步阐释："只有当自我舍弃了预定的期望目标而进入更为深刻的存在的基本层次时，这种心理内核的创造性活动的性质才能体现出来。在没有任何下一步的意图和目标的情形下，自我才能够服从并奉献给这种内在发展的要求。……处在植根于更牢固的文明状态的人们较之原有状态，更易于理解这一点，即有必要放弃具有功利性意识的筹划，以便开辟出促进个性内在发展的道路。"[1]

---

① 卡尔·荣格等：《人类及其象征》，张举文等译，辽宁教育出版社 1988 年版，第 140—141 页。

对应于"君子"理想的修齐治平，"至人"的志趣在于出离尘世之"游"。只有在"尘垢之外"的游历中，自我的"德"和"神"才能获得有效保全。"人类需要从太不成熟、极受限制或太肯定的状况下解脱出来。……通过超越达到自由的最普通的梦象征之一就是孤独旅行或朝圣的主题。……不仅是鸟的飞行或进入更大荒野的旅程代表这个象征，而且任何例证这种解脱的强烈行为都可代表它。"[①] 透过出离日常生活状态的超越性位移即出游，人有可能达到真正的自己，从这样的角度说，出游与朝圣实际上是同类型的活动。受教者孤独地到未受文明熏染的神圣之地旅行，在那儿陷入冥想或忘我境地，从而达到与守护精灵的合体，得以完成自己的"成人"洗礼。就"游"之出离文明规范体系并以这种方式释放生命的内在发展要求从而成就自我人格来说，荣格等现代深层心理学研究和庄子们的理解是完全一致的，区别只在于，荣格等体会更多的是这个过程的宗教性神秘主义色彩，而庄子们强调的是这个过程的审美化感性自由色彩。

（二）

儒道两家对彼此间人格理想上的这种区别都有清醒认知。《庄子·大宗师》借孔子之口简洁而明确地传达了这种认知："彼游方之外者也；而丘游方之内者也。""方"通常划分为东西南北上下，每个方向都可以无限延伸[②]，就此而言，"方"之所涉，本无所谓"内"可言，因为它包括了所有可能的实体空间。随着人类历史的积累和文明的不断扩张，作为现实存在空间的"方内"在越来越大程度上富有了文明载体的属性。后来马克思"自然人化"或者说"人化的自然"的命题，反映的就是这种自然向人生成的历史趋势。由于这种趋势，本来理论上应该是无限的"方内"，最终有可能用来指称作为有限实体的世俗或者说文明社会。

不甘于世俗的限制和禁锢，就需要寻找"方内"之外的寄托空间，这个寄托空间就是所谓"方外"。"方外"与"方内"的区别在于对规范和禁锢的消解。就"方外"之无所规范判断言之，庄子亦称之曰"无何有之

---

① 荣格等：《人类及其象征》，张举文等译，辽宁教育出版社1988年版，第129—130页。
② 《庄子·逍遥游》："汤问棘曰：'上下四方有极乎？'棘曰：'无极之外，复无极也。'"

乡"。立足现实的立场，既然"方内"具有无限延展性，置身其间的生命个体就无从摆脱。庄子曾叹息："天下有大戒二，其一命也，其一义也。子之爱亲，命也，不可解于心。臣之事君，义也，无适而非君也。无所逃于天地之间。"（《庄子·人间世》）"无所逃"固然首先是由于个体心性自身与尘俗世界的内在相关性，但同时也是由于这种规范随上下四方的延展而富有的无限弥漫性。就此而言，"无何有"提示的不仅是内涵的空无，而且是外延的无限趋于零，即在现实的思维逻辑中，这个"无何有之乡"没有立足之地，只是不现实的存在或者说现实的不存在。因此，"方外"是出离现实存在维度及其理性化思维方式的产物，是虚拟性空间。

中国古代的社会文化现实是，一方面在政治理念上，"普天之下，莫非王土；率土之滨，莫非王臣"（《小雅·北山》）；另一方面从政治实践的角度看，由于政治治理手段的客观限制，笼罩天下的主导秩序在进入君主集权时代之后，仍保持着浓厚的自发与自然属性，在空间构成上也始终保持着广阔的化外之地。秦汉之后君主集权的政治体制之所以不同于现代意义上的专制主义，原因有多个方面，但"天下"秩序的自然或者说"野"的属性，应该说是根本原因。孟子在与桃应的讨论中，能够作出舜放弃天子之位，窃负犯凶杀罪的瞽叟逃到海滨欣然终老，也是基于这样的环境特征。在这样的社会背景下，当"方内"渐渐演化为社会文化性空间的代称时，相对保持着较完整自然面目的"野"就可能被借用为"方外"的象征符号，由此"方外"也就可能从纯粹的虚无空间转化为某种程度上的自然性空间。

庄子和儒家人物一样，讲究天人之辨，天人之辨对应的就是文野之分。儒道理论上都把这种"辨"看得很严重，实际上从历史发展的角度看，所谓天人文野间的界限并不固定，总会随时势以各种不同的形式进行调整。庄子时代，"牛马四足是谓天"，"络马首，穿牛鼻"即为人，"逃虚空者"即避世隐居之士的环境，是所谓"藜藋柱乎鼪鼬之径，踉位其空"（《徐无鬼》）；而在陶渊明，隐居针对的只是作为名利场的市朝，在他笔下，"暧暧远人村，依依墟里烟"（《归园田居》其一）的乡村田园也可以以其相对恬淡淳朴而用作自然乃至"方外"的象征符号。

就庄子自身来说，其所谓"方外"，对应的当然首先是心灵的觉悟和超越，是纯粹精神性的"乌有乡"，但有时也会把它和化外之地意义上的自然实体性空间，所谓"野"联结起来。他笔下的"广莫之野"实际上有双重属性，一方面是染有神秘色彩的"乌有乡"，《逍遥游》中"神人"居住的"姑射之山"就属于这种类型；另一方面则是现代意义上与"文明"相对的"自然"，《徐无鬼》篇描述的"逃虚空者"的隐居之所就属于这种类型。

在中国历史上，愈是到后来，"方外"作为相对隔绝于世俗名利场的自然山水空间的意义愈突出，而其作为带有彼岸神秘色彩的"乌有乡"的意义则相对淡化，但始终没有消失。毋宁说这两种本是不同性质的空间被有意识地叠合了起来。在《红楼梦》的意象体系中，这种彼岸与此岸的叠合关系得到了非常真切自然的体现。大荒山无稽崖青梗峰下的顽石与神瑛侍者及宝玉的叠合，太虚幻境与大观园与白茫茫一片大地意象的叠合，等等。在这种叠合中，本是超越性彼岸神秘化的存在，获得了某种现实的真切性；而本是现实具体的存在对象，则被赋予了神圣超越的色彩。在中国文化特有的这种彼岸与此岸相互观照渗透的模式中，"方外"既是超越之地，又和"方内"保持着随时转换的通道。

"野"与"尘世"之间的区隔可以是空间性的，也可以是时间性的。如所谓"至德之世"，实即历史文化发展意义上的"野"："当是时也，民结绳而用之。甘其食，美其服，乐其俗，安其居，邻国相望，鸡狗之声相闻，民至老死而不相往来。"（《胠箧》）不管是空间性的区隔还是时间性的区隔，它们在中国传统中的共同特色在于，这种区隔都不是绝对的，而是在区隔的同时保留着随时转换的通道。"上古"和"今世"，"城郭"和"乡"乃至"野"，"文明"和"自然"，在这种观念体系里都是既区隔又连续，从而后世的士大夫阶层有可能最终将居家空间和出游空间通过造园这种方式统一起来。这种本是不同性质存在空间特有的叠合与联结关系，决定了"游"在中国人特别是士人生存方式中的特殊地位。"游"即无所定在，中国士人心性在"方内"与"方外"、市朝与乡野间的徘徊无所定，决定了其内在的心理张力，而这种张力的释放，正是通过"游"这种特殊的超越路径。说特殊是因为"游"作为超越方式，是临时的和不彻底的，也即它是通过"归"而和"居"维持着某种程度的统一性。

（三）

在自觉意识层面，儒道各有自己的人格理想诉求。儒家立足于"家"—"世"建构自己的生命意义世界，其学说体系核心乃是居家者的伦理告诫；而道家以"避世"、"游"于"野"为志业，其学说在气质上更像是漫游者的抒情诗篇。另外，二者间在情感气质上又存在强烈的渗透和互补关系。这在儒家创始人孔子身上就有清楚流露。从"吾与点也"的叹息，到"道不行，乘桴浮于海"（《论语·公冶长》）的牢骚，无不启示着其心理世界深层的离"家"出"世"情结。反之，似乎是超尘脱俗的庄子们，其内心深处实际上也始终无法完全割舍对人间世的眷恋。前文所谓"命"和"义"之"无所逃"，很大程度上是基于其无由割舍。这种对个体现世情怀的真切体会，在《徐无鬼》的一段文字中有更动人的传达："去国数日，见其所知而喜。去国旬月，见所尝见于国中者而喜。及期年也，见似人者而喜矣。不亦去人滋久，思人滋深乎！"对照孔子"鸟兽不可与同群，吾非斯人之徒而谁与"的说辞，可以很容易理解二者心态上的相通性。

儒道两家心态上的相互关联性，从两个不同的方向共同揭示出中国传统士人生命情怀的二重性。一方面，宗法社会的深厚传统，从根本上限制着士人的情感指向与价值认同；另一方面，周秦之际礼崩乐坏的现实，又对士人个体人格意识的觉醒产生了强烈的刺激作用。这就是李泽厚所说的："孔子对氏族成员个体人格的尊重，一方面发展为孟子的伟大人格理想，另一方面也演化为庄子遗世绝俗的独立人格理想。……庄子尽管避弃现实，却并不否定生命，而毋宁对自然生命抱着珍贵爱惜的态度，这使他的泛神论的哲学思想和对待人生的审美的态度充满了感情的光辉，恰恰可以补充、加深儒家而与儒家一致。"① 没有庄子道家避世观念的批判解构，

---

①　李泽厚：《美的历程》，广西师范大学出版社 2000 年版，第 71 页。

士人将因过度的礼法禁锢普遍性地陷入思维的僵化和精神的委顿；而没有儒家家国情怀的牵系，士人们则有可能在对主观自我的过度沉迷中最终走向纯粹精神世界的神秘。二者之间的相互平衡和补充，造就了典型化中国士人人格出世与入世之间的折冲平衡，所谓"达则兼济天下，穷则独善其身""身在江湖，心存魏阙"，等等，说的其实都是士人心性的这种二重性品格。

审美是一种现代性命名，虽然审美概念的内涵非常丰富，但它首先强调的是对主流世俗之思维方式和价值取向的超越，同时，它所指向的超越世界又是感性的、此岸的。现代性审美精神这种超越而感性的特征，决定了它和典型的中国士人心性趣好的契合。儒道互补关系在传统士人人格构成中具有极大的普遍性，儒家思想限定了这种人格指向的现世性，道家思想保障了这种人格指向的超越性，就此而言，审美化人生态度乃是典型中国士人心性的底色。这种现代性命名对于我们从新的视角更立体性地观照中国式传统人生哲学的内在气质，具有很好的启示作用。而审美化人生态度和游的生存状态，某种意义上其实就是内涵和形式的关系。

三代漫长的礼乐传统积淀和周秦之际激烈的社会结构转换对士人人格世界的限制和刺激的双重效应，是导致"游"观念在中国式人生哲学体系中特殊地位的最初历史契机。此外，秦汉之后，中国社会人口构成的二元性，则为这种以"游"为核心的人生哲学提供了有力的社会实践支持。杜亚泉在20世纪初即曾提出，游民阶级在中国传统社会构成中权重甚大，其中包括兵、地痞、流氓、盗贼、乞丐等。游民文化与贵族文化为矛盾的存在，更迭盛衰，即贵族文化过盛时，社会沉滞腐败，则游民文化起而代之；游民文化过盛时，社会纷扰紊乱，则贵族文化起而代之。秦汉之后的政治革命，大抵都由游民与知识阶级的结合而爆发。[1] 20世纪90年代之后，相关研究愈来愈深入，称之为被历来正统官方意识形态所着意遮蔽的"隐形社会"[2]。针对片面立足农耕文化模式观照中国思想内在品格的倾向，

---

[1] 杜亚泉：《中国政治革命不成就及社会革命不发生之原因》，收入《杜亚泉文存》，许纪霖等编，上海教育出版社2003年版。

[2] 参见王学泰《游民文化与中国社会》，学苑出版社1999年版。

有学者转换视角后提出：所谓"中国是以农立国之国家，人民以耕稼为主，安土而重迁，具有勤劳敦厚之美德，重视乡里情谊……都是统治者意识形态的编织，用以建构人民的自我认识。……中国的社会，实际上是由安居业农者和不安居业农者所共同组成，但因历代主政者依一套'编户齐民'的制度进行社会组织、动员及控制的工作，居者与游者之间，乃形成了极复杂的对比关系"①。在常规状态上，脱离社会主流秩序结构之外的游民总是处于被歧视和排斥的地位，以至不约而同，跨约古今和东西的文化差异，庄子和美国当代码头搬运工、社会学家霍弗（Eric Hoffer）都以"畸人（Misfits）"（原译为"畸零人"，此处为求与庄学概念的对应而引作"畸人"，含义相同——引者按）② 作为其典型化的象征符号。但或许恰恰由于这种排斥和歧视，为一种超越而独立的生命视角和人生哲学理念的坚持提供了有效的动力。按庄子的解释，砍断了脚的人不在意涂饰，因为已看淡毁誉；刑役之徒登高不惧，因为已将生死置之度外。正由于被主流歧视排斥，反而有可能较少受文明的拘禁污染，以此与天道形成更好的对接。这就是所谓"畸于人而侔于天"，"天之小人，人之君子；人之小人，天之君子也"（《大宗师》）。

游民与居民共生的现实社会结构，对于理解庄学在中国文化传统中不可被取代的特殊地位，对于理解"江湖"对中国人生生不息的审美魅感力，都能提供某种有效支持。而游和居两种价值取向和思维方式之间的持续张力，也赋予了我们把握中国人，特别是中国读书人性格原型的重要参照。

原载《中国美学研究》2015 年第 1 期，商务印书馆出版

---

① 龚鹏程：《游的精神文化史论》，河北教育出版社 2001 年版，第 39—53 页。

② 参见埃里克·霍弗《狂热分子：群众运动圣经》第二部第三章，梁永安译，广西师范大学出版社 2008 年版。

第四编

传统伦理的现实可能性

一 "和":如何实现从"天下"向现代政治国家的转移

提要:观念形态的"和"是礼制中国的现实在意识形态层面的必然要求，经过近现代"天崩地裂"式的社会文化变革，当代中国人实际上置身于和传统完全不同的人际结构和文化氛围之中，在这种背景下，仁爱情怀如何可能继续作为个体立身之本？时代精神的困惑和焦灼，从根本上牵引着中国现代学术的思考方向。传统的或外来的各种思想元素，都只有在与现实制度重构和时代精神文化重建的互动关系中，才有可能找到属于自己的实践功能性定位，进而真正成为现代性中国精神建构过程的有机组成部分。

关键词:和；天下；国家；现代化

中国现代学术的发展，始终是在古今中西的对话与会通过程中进行的。但应该说，无论是中西还是古今对话的广度和深度，在最近十几年中，都取得了长足的进步。就古今对话言之，正面依傍传统思想观念，探求当代社会与文化难题的化解之道，这种学术取向无疑体现了较诸前此更为开阔的胸襟视野。但学术思想观念的生命力，往往并不单纯存在于学术论说的逻辑层面，而系于其与特定社会结构现实之间的对应关系，乃至系于其所置身的总体性精神文化环境。因此，对于传统或外来学术思想观念的移植，对其现代中国意义的阐释，应该自觉超越狭义的学术知识性阈限，而同有关现实制度模式和总体性精神文化建构原则的创新思考相结合。

有关传统学术思想观念的移植，近几年最为人注目的是关于"和"之观念的讨论。有子说："礼之用，和为贵。先王之道，斯为美。"（《论语·学而》）观念形态的"和"乃是礼制中国的现实在意识形态层面的必然要求。礼制社会是把宗法血缘关系作为基本结构原则的社会，这种结构原则决定了作为政治共同体的"国"与作为血缘伦理共同体的"家（族）"之间的相通性。既然社会成员之间首先是泛血亲伦理关系，那么在相互关系的协调处理过程中，就不会突出他们之间的利益竞争关系，也不会强调其互利合作关系，而很自然地要强调他们在血缘属性上的相通性和在社会实践功能上的互补性。仁学思想就是对这种相通性和互补性进行伦理化提升的结果。

利益竞争关系注重的是实力强弱的比量，利益合作关系注重的是权利和义务的平衡，而对于血亲伦理关系来说，则不仅实力抗衡原则是消极的，即或对权利义务平衡的讲求也不值得鼓励。面对父母亲人，自由、权利、公平诸如此类的考虑，都可以暂时搁置。在基于亲情的社会关系网络中，仁爱情怀被视作为人之本，和谐圆满的人伦关系本身就被视作最重要的利益目标。这深刻地影响了传统中国社会的运作理念。对"天"的信仰则从形而上的高度，为这种以"和"为依归的社会运作理念提供了哲学支持。天帝在殷商时期本是异在自然力量的总体象征，但到西周时期，天帝信仰与祖先崇拜逐步融合。这种融合赋予"天"以整个"天下"社会之共同祖先的属性。从而，超越性的"天道""天理"与社会心理性的"人情""良心"就汇通了起来。"仁"的情怀，"和"的理想，是泛化了的宗法伦理要求，同时也被视作超越性的"天道""天理""天意"。顺应"天道""天理""天意"，则将得到天佑；反之，背弃"天道""天理""天意"，必将遭受天谴。宗法社会结构及相应的宗法伦理观念，结合超越性的"天"的信仰，共同为"和"作为思维方式和价值原则发挥规范作用提供了有效的保障。

当然，传统中国不是复古主义者想象中牧歌情调的桃花源。朱熹曾感慨："千五百年间正坐如此，所以只是架漏牵补过了时日，其间虽或不无小康，而尧舜三王周公孔子所传之道，未尝一日得行于天地之间也。"

（《答陈同甫》第六书，《朱文公文集》卷三十六）尽管如此，传统中国民间社会之相对于国家的独立性，文化相对于政治的独立性，"道统"相对于"政统"的独立性，为文化之"道"的稳定延续提供了切实的保障。即使在现实政治最黑暗、社会心理最混乱的时代，文化核心理念仍然能够对人伦日用发挥某种统摄作用。这体现在"道"对普通百姓生存方式的潜移默化作用中，也体现在士大夫群体的理想社会追求意识中。中国历史上曾经历过不止一次异族入主中原，但即便是在政治中国消亡的危急关头，作为文化中国之道的自觉承传者，士大夫群体的文化立场和价值目标都仍然是明确和坚定的，并最终用自己的文化理念同化了异族入侵者。在这样的意义上，才能理解为什么朱熹一方面感叹"周公孔子所传之道，未尝一日得行于天地之间"，另一方面又仍坚信，"若论道之常存，却又初非人所能预，只是此个自是亘古至今常在不灭之物，虽千五百年被人作坏，终殄灭他不得耳"（《答陈同甫》第六书）。但19世纪中期之后，先是外来异质文化的压迫和冲击，后是内部激进主义思潮的批判和解构，从根本上解除了传统文化之"道"在中国社会生活中的主导地位。中国由此而进入完全不同的历史阶段。

冯友兰总结自己的学术思想历程时说："我生活在不同的文化矛盾冲突的时代。我所要回答的问题是如何理解这种矛盾冲突的性质，如何适当地处理这种冲突，解决这种矛盾，又如何在这种矛盾冲突中使自己与之能适应。"[①] 随着传统文化之"道"的主导地位的丧失，各种外来文化涌入，自身传统中原有诸种亚文化或异端文化要素膨胀。百多年来的中国，由是成为种种异质文化元素的竞技舞台。多元性的文化并置与冲突，注定了现代中国人自我分裂的难以承受之重，也造就了其精神信念无所附着的生命不堪负载之轻。每个时代的文化都具有多元性，但在通常情况下，那些多元性的文化基因，往往联系着不同的社会针对性，并能够在实践层面形成积极的互补关系。如传统思想中的儒道，儒家讲道德，道家重自然，似乎截然对立，但就传统文化的总体结构和传统士人的实际生存言之，正是道

---

① 冯友兰：《三松堂自序》，生活·读书·新知三联书店1984年版，第362页。

家的自然主义，限制了儒家道德主义走向异化的可能性；反过来，也是由于儒家的道德主义，限制了道家自然主义堕入反社会、反人文倾向的可能性。二者之间的对立，恰恰发挥了保障传统文化和传统士人人格健康发展的积极作用。但在近代中国，古今中西多种不同的文化基因，虽经长期冲突而至今仍然没有建立起这种互补与互动关系。

站在文化传统本位的立场上，可以说近代中国是"天崩地裂"的时代。就"天崩"言之，"天理"的信仰遭到彻底解构，"天"的价值属性及其神圣意味荡然无存，"无神论"与"唯物主义"成为概括20世纪以来中国人思维和情感方式最有效的观念工具。就"地裂"言之，血缘宗法原则被完全摒弃，阶级阶层意识成为支配各项政治经济制度设计的基本出发点。经过这种"天崩地裂"式的文化变革之后，现代中国人与传统中国人所置身的已经是完全不同的社会环境和精神文化土壤。传统哲学特别是儒家所倡导的"和"观念，无论是作为思维方式，还是作为价值取向，其发挥影响所依托的前提在经此巨变之后，已经从根本上丧失。置身相互利益对立的陌生社会群体之中，在完全没有天意护佑可能的精神荒原上，仁爱情怀如何继续作为个体立身之本？这种新的环境背景下的"和"观念，其现实支撑是什么，功能属性又将发生什么样的变化？

对于作为政治共同体的现代国家的性质，现代政治理论也有种种不同的定位。譬如，有的学派强调其作为强势利益集团压迫弱势利益集团的暴力工具的性质，另一些学派则强调其作为契约组织共同体的性质。无论是作为暴力压迫的工具，还是作为契约共同体，现代政治国家的运作机制，都肯定和作为宗法伦理共同体的"天下"根本不同。西方哲学辩证法崇尚斗争，这和中国传统哲学辩证法崇尚和合一样，都密切联系着其所由以发生的制度环境。把国家定位为强势集团统治弱势集团的工具，如此则前者的压迫和后者的反抗一样，都被视作理所当然，这就决定了斗争观念在意识形态体系和人们精神生活中的重要性。把国家定位为契约组织共同体，同样意味着斗争思维的重要性。契约各方代表着不同的立场和利益取向，所谓公平和正义体现的，实质上是这些不同立场和利益取向按特定规则相互博弈所取得的平衡。没有契约各方相互之间的斗争，就不可能有公平和正义的实现。笔者期望肯定"和"观念的现实生命力，也相信以"和"为旨归的传统哲学辩证法对现代人生活的启示意义，但单纯在理论层面抽象地鼓吹"和"的合理性，却并不能激发这种思维方式和价值理念的实践功能。对传统观念的移植如果要摆脱舆论宣传的性质，就需要落实为对相关现代性政治理念的批判反思，落实到有关当代社会实际利益分配模式和组织运行机制的创新性思考之中。这就对当代中国人文科学研究的自我定位提出了新的要求。

作为一次由外来文明挑战引发的文化转型，就"破"一侧面言之，百多年来中国社会的进展速度可谓令人瞠目。但就"立"一侧面言之，则似乎应该承认，我们至今尚未真正有效地建构起现代性的中国文化之"道"，尚未真正建构起与时代要求相适应的新的"中国精神"的核心。文化之"道"的缺位，导致社会终极目标的模糊和价值伦理原则的混乱，并投影为普遍性的社会心理困惑和焦灼。极端的个案就是如同梁济、王国维那样的自我毁灭。这种时代精神的困惑和焦灼，从根本上牵引着中国现代学术的思考方向。人文科学研究固然包含高度专门化知识领域内的技术性梳理工作，在基本思维方法和价值理念已经奠定了的稳定的精神传统中，这种技术性梳理工作甚至可能在一段时间内成为人文科学研究的主体部分。但在现代中国的特定情境中，人文科学研究则只能把"道"的探索责任担待起来，而自觉地置各种专门性知识层面的技术疏理于从属之地位。传统的或外来的学术思想观念，也只有在与现实制度重构和时代精神文化重建的互动关系中，才有可能找到自己的实践功能性定位，进而真正成为现代性中国精神建构过程的有机组成部分。

原载《中国文化研究》2008 年秋之卷

二 《周易》管理思想试探

提要： 易道具有超越性与操作性的统一，集中体现了传统中国社会的管理理念。第一，《周易》作者在肯定"利"作为社会管理产生与发展的基本动力的前提下，意识到了"利"背后的"义"的作用，强调管理者之"利"与管理者之"义"的统一关系；第二，区别于以效率为最高追求的现代科学管理，《周易》作者将"和"确定为评价管理成效的根本标准；第三，区别于道家自然无为的政治哲学理念，《周易》体现出有为主义的进取精神，并成为后此中国精神的主导倾向。

关键词： 易道；管理；义；利；和

易学之道贯穿天、地、人三才，凝聚着中国文化在其早期发展过程中对自然和人类生存规律艰苦探索的经验成果。就其性质而言，易道不是对客体世界纯粹理性的认知，也不是沉溺于主观世界中的单纯精神冥想，而是一套抽象却又与具体实践操作直接相关的决策模式。《系辞上传》引孔子的话说："夫《易》何为者也？夫《易》开物成务，冒天下之道，如斯而已者也。是故圣人以通天下之志，以定天下之业，以断天下之疑。"《周易》的这种目标追求，为现代读者从管理意识角度解读易道提供了可能。

（一）

《易经》本卜筮之书。卜筮起源可追溯至传说中画八卦的伏羲。当时人们的思维水平极低下，掌握的知识也很贫乏。人们基于生存的必需，迫切关心自己行为所可能带来的后果，因而通过卜筮预测吉凶祸福。卜筮不可能帮助卜筮者正确把握客体世界的规律，却显示了早期人类根据外在环境条件的动态发展来调整自己行为的可贵努力，包含着决策管理思想的最初萌芽。到了殷周之际，人们把卜筮的记录再加上一些对客观环境的观察和生活经验汇编成书，遇到新情况新问题时，就去从其中寻找参照。《易经》乃渐成为指导人们实践操作的参考资料的汇辑。春秋战国时期，人们的思维水平提高了，掌握的知识丰富了，能够把客观环境看成一个由天道、地道、人道组成的大系统，并且探索出支配这个大系统的根本规律是一阴一阳的道。在这种观念提升的基础上，思想家们有可能逐渐扬弃《易经》的宗教巫术，将它发展成一种理性化的哲学思维。但《易经》固有的认识与行为紧密相连的思维品格，却被完整地继承了下来。《易传》中一再强调，对自然与社会加以认识的目的，无非是用来指导自己的行动，趋吉避凶，"开物成务"，"以定天下之业"。没有对客体世界的正确把握为前提的单纯主观信念固然没有意义，不直接服务于主体现实需要的有关对象世界的认识探索，但同样被认为是玩物丧志。这种认识与价值的统一，突出地反映了中国文化自其开创之初就禀有的特殊气质。荀子对名辩思潮的批判正是从这样的角度出发的："夫坚白同异有厚无厚之察，非不察也，然而君子不辨，止之也。"（《荀子·修身》）"言无用而辨，辨不惠而察，治之大殃也。"（《荀子·非十二子》）

《易经》的卦爻辞，其用在告人以休咎，对功利有极冷静的计算。《易传》作为解经之作，继承了这种巫术文化中实用性和功利性的思想，对利益原则有着充分的认识。两利相权取其大，两害相权取其轻，成为其决策管理活动的基本原则，所谓："《损》以远害，《益》以兴利。"（《系辞下传》）但《易传》的功利思想又较《易经》有明显的进化。《易经》中表示休咎的词语在所多有，却没有"义"的字眼出现。这说明卜筮巫术只关心行为后果同一己之利的关联，而不顾及社会合理性原则，不顾及这种后果对更广大群体的影响。《易传》则在决策管理活动中明确提出了伦理道德的规范作用。《系辞下传》中说："小人不耻不仁，不畏不义，不见利不劝，不威不惩。不惩而大戒，此小人之福也。"又说："禁民为非曰义。""义"者，宜也。"宜于彼不宜于此，不得谓之利；宜于此不宜于彼，亦不得谓之利。必两利俱利，然后为利。"① 把一己之利当成最高的甚至唯一的行为准则，这样的人，《易传》称之为"小人"，这样的行为，《易传》认为必然导致对社会整体秩序的破坏，甚至会走上犯罪道路并反过来毁掉这些人自己的根本利益。所谓"不恒其德，或承之羞"（《恒卦》），就是这方面的警示。因此必须用"义"来规范主体的决策管理活动。这样才能把一己私利和社会结合起来。这才是包括"小人"在内的全体族类人群的根本福祉之所在。

《易传》倾向于从更开阔的视野上阐释"利"的概念。《乾卦·文言传》说："元者，善之长也；亨者，嘉之会也；利者，义之和也；贞者，事之干也。君子体仁，足以长人，嘉会足以合礼，利物足以和义，贞固足以干事。"元即始，即物生之初。生为物之本性，于人尤甚。人物不得遂其生，则铤而走险。君子体察此种生物之心，而后足以长民。孔颖达说："利物足以和义者，言君子利益万物，使物各得其宜，足以和合于义，法天之利也。"（《正义》）朱熹发挥说："以仁为体，则无一物不在所爱之中，故足以长人。嘉其所会，则无不合礼。使物各得其利，则义无不和。"（《本义》）"利"就是使所属各部分各得其利，各得其之所宜。所以说："备物致用，立成器以为天下利，莫大乎圣人。"（《系辞上传》）这种对"利"的理解，理所当然地指向对被管理者利益的关怀。但必须强调的一点是，周易对"义"及与"义"相应之"仁"的强调，始终立足于管理者的利益取向。所谓"义"与其说是"利"的超越，毋宁说是对"利"之实现途径的更深入认识。对于作为社会领导者的各级各类君子来说，其最大利益无一例外地落实在使属下百姓各安其位、各乐其业上。只有形成这样的局面，君子才有可能安于其位。这就是《系辞下传》说的："天地之大德曰生，圣人之大宝曰位。何以守位？曰仁。何以聚人？曰财。"荀子曾以作为最高管理者的君主为例对此进行了具体说明："国危则无乐君，国安则无忧民。乱则国危，治则国安。今君人者，急逐乐而缓治国，岂不过甚矣哉？譬之，是由好声色而恬无耳目也，岂不哀哉？夫人之情，目欲

---

① 胡朴安：《〈易经〉之政治思想》，引自黄寿祺、张善文主编《〈周易〉研究论文集》第四辑，北京师范大学出版社1990年版。

綦色，耳欲綦声，口欲綦味，鼻欲綦臭，心欲綦佚。此五綦者，人情之所必不免也。养五綦者有具，无其具，则五綦者不可得而致也。万乘之国可谓广大富厚矣，加有治辨强固之道焉，若是，则恬愉无患难矣，然后养五綦之具具也。故百乐者，生于治国者也；忧患者，生于乱国者也。急逐乐而缓治国，非知乐也。故明君者，必将先治其国，然后百乐得其中。"（《荀子·王霸》）管理者的特殊地位，决定了其在系统利益分配机制中的特殊优势，但要真正保障这种优势，就必须先保障系统的稳定，从而也就必须先保障系统成员利益要求的各得其所，这就是管理过程中的"义"。只有意识到这一点，才能理解《周易》思维方式上区别于后儒伦理学取向的管理学特色。

　　利益是引导人类决策与管理行为的根本动力，这不言而喻，但由此而深入一步，透辟地揭示出利背后的义的作用，自觉地将利与义统一起来，这却是《周易》的重要理论贡献。由此也影响了中国传统管理思想的基本特征。中国管理一贯强调"修己以安人"。所谓"修己"，就是把自己培养成真正的君子，就是建立对作为文化传统之核心的价值理念的自觉认同和自愿承当。没有这种自觉的认同和自愿的承当，就谈不上主体性的理想追求，就只能随波逐流，盲目接受世俗观念和私人性利欲的牵引，所谓"曲学阿世"即此之谓。"修己"不是要仿效山林隐者、避世贤人，求一己之宁静淡泊，而是为了"安人"。因此，中国文化一直强调内圣与外王的统一，为己之学和为人之学的统一。"利"必须结合"义"，这不仅是就系统外部的经营活动言之，而且更重要的是就系统内部管理活动所涉及的团体成员而言的。这种管理反对把属下当作单纯工具性的手段，而要求"己所不欲，勿施于人"，强调管理要遵循人与人相处的道理，所谓以"恕"道待人，而非人与物相处的道理。这似乎不符合抽象的科学管理的逻辑，不符合社会生产发展的效率原则，实际上是在更深的层面上把握了社会性组织的协调发展规律。

（二）

　　《易传》形成发展于一个空前混乱的时期。旧的秩序解体了，新的社会规范又没有建立。为了完成建构新的社会范型的任务，各派思想从不同角度作出了各自不同的探索。儒家的理想，是要在继承旧的氏族血缘伦理的基础上，发展出新的适应时代条件的礼乐制度。乐而和同，礼以别异，二者对立而统一，互相制约，既保持社会不同成员间上下尊卑的崭然界限，使之不盲目越位，又要求不同等级间的亲和团结，使之不紧张对立。儒家不是无视杀人盈野的混乱现实中触目皆是的剧烈冲突，甚至儒家也深刻意识到了不同利益成员构成的社会群体间矛盾对立的必然性，但儒家认为作为社会组织的管理者，不应鼓励这种不同利益划分造成的冲突，而应致力于不同成员间矛盾的协调，使之各自形成应有的自我约束机制，认真实行"忠恕之道"，从而形成全社会的和谐。

同西方的传统思维相比，在承认分别的必然性、合理性的前提下，中国文化更重视和合融洽的组织状态。如果说效率是西方近代科学管理的核心，那么对系统和谐状态的追求，就是以《周易》为代表的中国传统管理思想的核心。《乾卦·象传》首先提出了"太和"的观念，认为乾道变化的结果，应是万物各得其宜，刚柔协调互补，整个宇宙大化在一种最高的和谐中生生不已。《系辞上传》描述"易道"的功用说："易与天地准，故能弥纶天地之道。仰以观于天文，俯以察于地理，是故知幽明之故。原始反终，故知死生之说。精气为物，游魂为变，是故知鬼神之情状。与天地相似，故不违。知周乎万物而道济天下，故不过。旁行而不流，乐天知命，故不忧。安土敦乎仁，故能爱。范围天地之化而不过，曲成万物而不遗，通乎昼夜之道而知，故神无方而易无体。"还说："易简而天下之理得矣，天下之理得而成位乎其中矣。""中"就是得其之所适宜，就是"和"。《周易》关于各种不同情境中的吉凶休咎的分析，都以"和"的境界作为最基本的价值参照。

从西方科学管理的角度考虑问题，则虽然系统内部结构关系的和谐也自有其积极意义，但这种和谐的意义在根本上是服务于效率的提高的。所以，西方的管理者在理论上也可以认同以人为本的观念，也可以积极地对待人作为资源的价值，但在骨子里，却很难真正摆脱以人为问题、程序和成本的偏见，并在实践中导致往往将人的健康生存与业绩对立起来的倾向。如泰勒的所谓科学管理，通过对工人施加强制性的程序压力来提高生产成效，就是极端的例子。这种极端强调生产效率而导致的视人为物的倾向，造成现代管理过程中的许多弊病。中国传统管理则由于把和谐安定当作管理活动的最高目标，其业绩观念是第二位的，是从属于安人的目标的，所以这种管理思想在组织协调原则上，往往更多地强调宽恕、克制、容忍，强调虚怀若谷，强调毋意、毋必、毋固、毋我等。《中庸》说："万物并育而不相害，道并行而不相悖。"众生在和平融洽的良好气氛中，各尽所能，在上者应努力克服自己过分的专横暴虐，以换取在下者的感戴拥护；在下者则应恭谨勤勉，以赢得在上者的关怀爱护，这样就可以上下各得其所。在这种价值目标上对和谐境界的认同，对其有关义利关系的理论，从新的角度作出了更进一步的发挥。

《易传》在儒家注重和谐的社会价值理想的基础上，结合象数结构形式，具体探讨了由冲突转化为和谐的各种调整方略。一般地说，在价值理念上，儒家是强调社会组织成员依据贤不肖形成的尊卑等级划分的，所谓"上下之分，尊卑之义，理之当也，礼之本也"（《周易程氏传·履卦》）。荀子明确地说："幼而不肯事长，贱而不肯事贵，不肖而不肯事贤，是人之三不祥也。"（《荀子·非相》）《履卦·象传》释卦象说："上天下泽，履。君子以辩上下，定民志。"孔颖达解释说："天尊在上，泽卑处下，君子法此履卦之象，以分辩上下尊卑，以定正民之志意，使尊卑有序也。"（《正义》）《易传》作者并从类比角度对尊卑差异的必然性进行了论证："天尊地卑，乾坤定矣。卑高以陈，贵贱位矣。"（《系辞上传》）但社会组织在运行过程中遭遇的矛盾纷纭多样，并不是单纯固守这种抽象的价值理念就能够解决的。由于站在实践的立场上，处处从实际操作的可能性出发，《周易》才有可能在坚持儒家基本价值理念的前提下，发展出一套与这种价值理念并不完全对应的方法论原则。

从实践的角度出发，社会组织能否达到或保持和谐状态，处在强势地位的组织管理者发挥着关键作用。领导者如果片面地理解自己的尊贵地位、高高在上，下属成员通常的态度有两种类型：一是敬而远之，洁身自好，其结果是上下隔绝、否塞不通，系统的有机性或者说活力因之降低；二是卑躬屈膝，谄媚奉承，投其所好，但这样的结果只是上下齐一，而非真正的和谐。① 之所以出现这种情况，基于两方面的原因。一就动机而言，系统的和谐与否，领导者承担着更多的责任——这是由利益分配机制决定的；在领导者意识不到与下属沟通需要的情况下，下属相应地也就缺乏这种沟通的愿望。所以有所谓敬而远之、洁身自好的态度。二就可能来说，在领导者意识不到这种需要的情况下，他很难接受下属真正不同于自己的感受与意见；下属的弱势地位决定了他通常只能顺应领导的这种心态，所以即使下属有与领导深入沟通的愿望，这种愿望也很难真正实现。勉强行事的例外，无外乎两种类型，一是箕子、比干之类少数的忠臣，二是竖刁、易牙之流靠逢迎谋取一己私利的小人。基于这种实践的规律，《周易》创立的谋求社会结构关系和谐的方法论原则，从形式上看甚至多有与其基本价值理念相反之处。所谓相反，意思是，按照这套方法论原则，在和谐秩序的建构与调适过程中，领导者或说强势者的屈尊就下几乎具有必然性。典型的如《泰卦》，该卦卦象是乾下坤上，从人事意义上说，乾为君却处下，坤为臣却在上，这似乎是对正常社会秩序原则的违反，但在《周易》作者看来，只有这样尊者屈尊就下，才有可能下情上达，形成系统结构不同部分之间的亲和力，避免上下级之间的隔膜对立。所以《象传》的作者解释说："'小往大来。吉。亨。'则是天地交而万物通也，上下交而其志同也。"与《泰卦》恰成反对的是《否卦》，《否卦》卦象是坤下乾上，按说最能反映出儒家心目中理想的等级秩序，但事实上这却是六十四卦中极端的下下卦，因为"天地不交而万物不通，上下不交而天下无邦"（《否卦·象传》）。又如《临卦》，"临"者，领导治理之谓。《象传》说："泽上有地，临。君子以教思无穷，容保民无疆。"王注曰："相临之道，莫若说顺也。不恃威制，得物之诚，故物无违也。""容"即容受、宽和之谓。爻辞进一步从正反两方面论述了这种管理理念。"初九，咸临，贞吉。""九二，咸临，吉，无不利。""咸"即感，即以感化方式治理，结果

---

① 荀子有"明主急得其人，而暗主急得其势"（《荀子·君道》）的命题，认为"明主好同而暗主好独。明主尚贤使能而飨其盛，暗主妒贤畏能而灭其功"（《荀子·臣道》）。"急得其势"，则刻意维护自我权威与尊严，如此则在管理过程中必然陷入刚愎独断，并进而被谄谀和谎言包围，最后落得身死国灭的下场；"急得其人"，则必然礼贤下士，宽和大度，如此则其管理活动才能保障上下层级间的信息畅达和整个系统的生机活力。

是贞吉无不利。反之，如"六三，甘临，无攸利"，倘若能意识到这一点，"既忧之，无咎"。"'甘'借为'拑'，'甘临'就是以拑制手段治民。'忧'同'优'。……该爻辞是说，以拑制手段治民无益有害，若施政中和优优，则无咎。"①

这种尊上者主动就下的原则并非只表现在政治领域中的上下级关系方面，它事实上被认为是通行于社会生活所有不同领域的。即就夫妇关系言之，一方面，在古代社会的环境条件下，儒家坚持男尊女卑的立场；另一方面，儒家又因而坚持男性有责任在夫妇关系的建构方面采取主动立场。所以"求婚"之"求"，只能是男方诉之于女方的行为，反之则为不吉。如《姤卦》，卦象为下巽上乾，以一阴在下而上承五阳，喻示男女关系中女性过分主动的表现。卦辞称："女壮，勿用取女。"《彖传》作者议论说："'勿用取女'，不可与长也。天地相遇，品物咸章也；刚遇中正，天下大行也。""姤"的意思是相遇，男女相遇的结果本应是"和"，但倘若在建构相互之"和"的关系过程中，女性过于主动，所谓"壮"，则不宜长与相处，也即不宜娶为妻室。之所以如此，是因为从《周易》的思维方式出发，上下尊卑间的交通，只有由强势者采取主动，才是健康的。反之，则在政治领域往往失之谄媚，在情爱领域往往流于邪淫。也是出于这种逻辑，在内外关系上，《周易》总是倾向于内刚外柔、内健外顺。如《兑卦·彖传》说："兑，说也。刚中而柔外，说以利贞。是以顺乎天而应乎人。"兑者，喜乐、和悦之谓也。兑之为象，二、五为九，是谓刚中；而三、上为六，是称柔外。易理以为此乃中心诚实而接物和柔之象。刚内柔外，互济为用，故谓之为悦为利为贞。不然，柔外而无内刚以为凭靠，则必流而为谄；刚中而无柔外以为接引，则必失之于暴。《易传》作者认为，只有刚中诚信，才可能上应天理；同样也只有柔外和悦，才可能下顺人心。上应于天理，下顺乎人心，如此一来，才有可能立于无往而不利的境地。

《周易》共有六十四卦，三百八十四爻，各卦所体现的时空环境多有

---

① 赵忠文：《略论〈周易〉的政治思想》，《辽宁师范大学学报》（社会科学版）1986 年第 3 期。

差异，各爻所代表的主体的各种相同或不同行为，在这诸多的不同情境中，就呈现出极其复杂的意义情态。"《周易》用形象化的说法把人类的管理行为比喻为'经纶'。经纶的本义是指治理乱丝，理出头绪，使之由紊乱无序的状态变为井井有条的有序状态。《周易》认为，人类的管理行为也和这种治理乱丝的活动类似。"① 宋代易学家李觏将六十四卦之"时"分作三类，一是"因时立事，事不局于一时，可为百代常行之法者，如仁、义、忠、信之例是也"；二是"以一世为一时者，《否》、《泰》之类是也，天下人共得之也"；三是"以一事为一时者，《讼》、《师》之类是也，当事之人独得之也"。行为是否正确，后果是吉抑或凶，祸抑或福，并不单纯取决于行为本身，而同行为是否适合于具体情境也即"时"的规定直接相联系。不同的"时"，要求"君子"采取不同的方法原则，如同整理乱丝一般，致力于和谐秩序的建构。

六十四卦代表着六十四种不同的时或事，贯穿这诸多不同的时与事使之共同指向对和谐之境的追求的，是周易作者所理解的主体的道德担待意识。李觏讨论过这个问题："时虽异矣，事虽殊矣，然事以时变者，其迹也。统而论之者，其心也。迹或万殊，而心或一揆也。……其迹殊，其所以为心一也。"（《李觏集·易论第四十一》）统贯不同之"时"的论述的"心"，即是"圣人"救乱之心。"圣人"本此救乱之心，适时应变，建立不同功业。就其功业各有不同言之，则为万殊，至于其用心之所归，则是一本。这种圣人救乱的一本之心，体现了八卦的全体大用，代表着天道与人道的统一，因而也就是可以用来教人的常道。尽管现实实践无限复杂，《周易》不可能穷尽各种不同的环境场景和行为，但人们总是能够从《周易》对它所列举的那些典型情境中典型行为的分析里，获得方法论的指导。李觏描述这种"常道"说是："炳如秋阳，坦如大逵。君得之以为君，臣得之以为臣。万事之理，犹辐之于轮，靡不在其中矣。"（《李觏集·易论第一》）所以张居正说"至圣人涉世妙用，全在此书"。在这样的意义上，"易道"虽贯穿天地人三才，而尤以人心为其最高呈现形式。三才之

---

① 余敦康：《中国哲学论集》，辽宁大学出版社 1998 年版，第 476 页。

道，归根结底，落实于作为天地之心的人道。

（三）

追求和的境界，是传统各派社会政治理论的普遍特征。但在如何致力于这种和的境界的问题上，各派却显示出思维方式上的区别。仅就老子与《周易》二者言之，老子和《周易》一样，认为世界万物无时不处在变化之中。如老子说："飘风不终朝，骤雨不终日。孰为此者，天地。天地尚不能久，而况于人乎？"（《老子》第二十三章）这和《周易》所谓"无平不陂，无往不复"（《周易·泰卦》）是一致的。但在如何因应这种变化的态度上，二者却有区别。老子称："上善若水，水善利万物而不争。"（《老子》第七章）"曲则全，枉则直，窪则盈，敝则新，少则得，多则惑。是以圣人抱一为天下式，不自见故明，不自恃故彰，不自伐故有功，不自矜故长。夫唯不争，故天下莫能与之争。"（《老子》第十九章）"不争"实即消极地顺应自然。在老子想来，这种依顺自然的态度是社会组织活动中的最佳行为模式。《周易》则虽然也主张取法自然，所谓"包牺氏之王天下也，仰则观象于天，俯则观法于地"（《系辞下传》），却并不因此认为就可以无所作为。按照《周易》的思维方式，诸如吉利亨通之类的结果，既是尊重自然规律的结果，更是主动谋划争取的结果，故有"君子终日乾乾，夕惕若，厉无咎"（《乾卦》）之谓。

《周易》管理理念上的这种乾刚进取意识，最突出地体现在对"革变"的态度上。一般认为，儒家社会政治理论具有保守主义的特征，它总是立足于既有秩序框架的修补、调适与维护，而对激进的变革方式采取消极态度。然则事实上问题还存在另一个不同的侧面。孔颖达曾从与前述李觏不同的角度，对六十四卦之"时"作过另一种分类。他认为时运虽多，大体不出四类："一者治时，颐养之世是也。二者乱时，大过之世是也。三者离散之时，解缓之世是也。四者改易之时，革变之世是也。"（《周易正义·豫卦》）所谓"改易之时，革变之世"，就是矛盾双方对立白热化，难以找到同一性的情况。面对这种情况，《周易》主张斗争，主张勇敢地通过转型重组探寻新的生机。如《革卦》，卦象下离上兑，《象传》解释说："水火相息。二女同居，其志不相得，曰革。""水火相息"，矛盾的双方都企图消灭对方，无法共存，这就是"革变之世"。"革变"的结果，会有吉凶悔吝种种可能。但《周易》认为，回避矛盾无济于事，倒是以适当方式迎接注定要到来的大风雨，有可能化凶为吉。所以说："己日乃孚，革而信之；文明以说，大亨以正，革而当，其悔乃亡。"《周易》进一步结合人类社会发展的历史实际，指出这种革命性的大转型是自然与社会发展的共同规律，所谓"天地革而四时成，汤武革命，顺乎天而应乎人。革之时大矣哉"。

易之道存乎变，只有往来无穷之变，才能成就通，成就天地生生之大德。天地阴阳四时的变化不仅是必然的，而且是积极的，因为这种变化提供了文明进化与人事改良的种种新的契机，所以说"日新之谓盛德"(《系辞上传》)。但自然变化只是提供了变化与改良的潜在可能性，将可能性转化为现实性则需要人的努力。这种努力远不是老子意义上的"不争""无为"所能够涵盖的，它需要主体最大限度地发挥自己的聪明才智。《系辞》曾就《周易》的读法多有提示："《易》有圣人之道四焉：以言者尚其辞，以动者尚其变，以制器尚其象，以卜筮者尚其占。是以君子将有为也，将有行也，问焉而以言，其受命也如响，无有远近幽深，遂知来物。非天下之至精，其孰能与于此?"(《系辞上传》)又说："是故君子所居而安者，《易》之序也；所乐而玩者，爻之辞也。是故君子居则观其象而玩其辞，动则观其变而玩其占，是以'自天祐之，吉无不利'。"(《系辞上传》)"玩"者，玩味也，以切身经验细细地咀嚼体味其中蕴含之谓也。不能只是拘于抽象一般的逻辑推理，而应把自己全身心地投入其中，整体性地感受把握那种气氛、机缘、秘奥。现实世界太复杂了，其中包含的可能性，所预示的趋向，有的显豁，有的隐晦，而且随时流动、宛转无定，只有结合自己特定的经验感受去反复把玩体味，才可能充分实现其中的信息价值。所以说："极数知来之谓占，通变之谓事，阴阳不测之谓神。"(《系辞上传》)《周易》的象数结构形式上是寂然不动的，实质上却体现着"天下之至变"，这种体现穷极精微，臻于化境，为"占"也即主体的决策判断提供着坚实的基础。

金景芳比较老子与《周易》的不同风格气质说："老子尚阴谋，怀杀机，而以'无为'为藏身之固，故屡称于水而好谈兵。其为人也，当厚貌深情，天性冷酷，与《周易》一派之人生哲学，背道而驰，判若泾渭。盖在《易》，坎为水，为险，为陷，凡《困》、《蹇》、《讼》、《师》诸卦，皆取义于水；而离为火，为丽，为明，凡《同人》、《大有》、《丰》、《晋》诸卦，皆取义于火，其喜阳憎阴，好明恶隐之情，昭然若揭。"① 确实，《周易》与老子的不同，是基本气质和思维方式上的不同。《周易》那种"必有事焉"、主动进取的人生态度，不仅表现在系统发展过程的某些特殊关头，而且应该说贯穿于系统管理调控的全过程之中。

《易传》对《易经》的发展提升，一个很重要的表征，就是在它把卦爻结构改造为表现阴阳哲学工具的过程中，提炼出了"时"的范畴。卦由六爻组合而成，爻分奇偶，位有阴阳，由初而上，从其相互间的承、乘、比、应的关系，可以看出阴阳两大势力的不同配置。这种配置构成了客观世界推移变化的关系之网。它总览全局，对各爻起支配作用，成为各爻所象征的主体行为不能不置身其中的处境或说机运，这就是"时"。阴阳势力的配置错综复杂，随时推移，有的配置得当，有的配置不当；有的得和谐而吉，有的不得和谐而凶；有的吉而背后潜伏着凶，有的凶却隐约透出向吉运动的趋向。变化转机的关键，全在主体是否识时。如《乾卦》的分析："初九，潜龙勿用"喻示位卑力微之时，不宜急于表现；"九二，见龙在田"喻示要果断抓住时机；"九三，君子终日乾乾"喻示立足未稳，未可掉以轻心；"九四，或跃在渊"喻示事业突飞猛进之际亦不妨低调出场；"九五，飞龙在天"喻示在适当舞台与适当时机最大限度地施展自己；"上九，亢龙有悔"警示得意难免忘形的人生众相。变化决定了吉凶之时的相对性，因时而动则虽处极凶之时而能免于咎害。唯对时的恰当把握，需要非常高的修养品格。何谓"潜龙"之"时"，何谓"飞龙"之"时"，全凭主体自身的悉心体察，所以说运用之妙，存乎一心。又如，《泰卦》乃上上之卦，初九爻辞曰："拔茅茹，以其汇，征吉。"《否卦》则下下之卦，

---

① 金景芳：《〈周易〉与〈老子〉》，引自《周易研究论文集》（四），北京师范大学出版社1990年版。

初六爻辞曰："拔茅茹，以其汇，贞吉，亨。"初九当泰之时，上有六四外应，与二、三两阳相互牵引，若能积极进取即"征"，必获通达。初六当否闭之时，动则入邪，若能有所不为，守持正固即"贞"，则亦不失吉祥。吉的目标是相同的，唯因所遇之时不同，故主体的反应方式也迥然有异。

大至天下国家，小至宗族团体，安定祥和的局面，都只能是随时调整的结果。即使经过细致耐心的调整工作达到了和谐，也必须居安思危，注意克服有害因素，所以《系辞下传》说："作《易》者，其有忧患乎？"只有怀抱忧患感，才能减少失误，促使冲突向和谐转化，在和谐中又能安不忘危，存不忘亡，治不忘乱。曾子曾深有感慨地说："士不可以不弘毅，任重而道远。仁以为己任，不亦重乎？死而后已，不亦远乎？"（《论语·泰伯》）这种责任感与自豪感，其内涵也只有与《周易》建构的一套基于乾刚精神的行为法则结合才能得到具体的体会。站在《周易》积极进取的人生立场上，恰是这种人生责任的艰巨复杂而又永无止息，提供了人生价值充分展现的舞台，所谓"裁成天地之道，辅相天地之宜"（《泰卦·象传》）；提供了人作为主体与天地日月同辉的可能性，所谓"广大配天地，变通配四时，阴阳之义配日月"（《系辞上传》）。

原载《中国文化研究》2004 年夏之卷

三 《孟子》四题

提要：《孟子》将"仁"的观念从人性论、政治观、伦理观和方法论等角度作了更充分的发挥和落实，进一步完善了儒家的价值理想学说。《孟子》等儒家经典体现的，是一种道德化的世界观，从近代科学的世界观出发去读解，会发现很多不科学乃至不合理之处。体味并有效吸收其中潜含的人文教养意义，需要我们自觉地秉持某种同情的而非居高临下的阅读态度。

关键词：经典；传统思维方式；科学世界观；人文教养意义

（一）《孟子》的基本观念

儒家思想传统在人性论问题上的"性善"立场，政治观上的"王道"理想，伦理取向上的"义利"之辨，方法论意义上的"经权"之说，都是《孟子》最早给出系统论证的。

（1）"性善"

孟子对人性的讨论，从基本的人伦情感入手，这种情感不需要训练，每个人都可以自然而然地体会到，他称之为"良知良能"。这种良知良能包括对父母兄弟的孝悌之心，也包括对同类的"不忍人之心"。对同类痛苦的"不忍"，是人之为人自然而然的情感，或者说是本能。如果谁不具备这样的本能，那只能表明他徒具人形："人之有四端也，犹其有四体也。"（《公孙丑上》）一切人的本性中都先验地蕴含着四种道德的萌芽，因此，孟子得出结论：人的本性是善的。而之所以现实生活中常见恶人恶行，是因为本性被私欲遮蔽了。孟子也注意到，感性本能的自由伸张，会将人引向道德上的恶。但孟子以为，这些低级本能是人之所同于禽兽者，不应该视作人性。只有刻意持养人心中的四端，才有可能保障人之作为不同于动物界的特殊的类的意义和光辉。所以说："人之所以异于禽兽者几希，庶民去之，君子存之。"（《离娄下》）

人在世的基本责任，就是推广这种先验地富有的良知良能，这种不忍之心，实即发端于孝悌情怀的仁心，使之达到更大的空间范围："老吾老，以及人之老；幼吾幼，以及人之幼。"（《梁惠王上》）将心比心的能力，泛爱众的能力，使得似乎是囿于家庭范围的孝悌之心，在孟子看来，不仅不与仁民爱物的普世情怀相对立，反而正可以作为后者的依据。人很容易体验到对父母兄弟的爱，这种爱的感情丰富滋养着我们的人性，使之健康有活力，从而有可能在更广大的空间范围内体验到对这个世界的爱与同情。反过来，我们在更广大空间范围内的工作与成就，将使我们对父母兄弟的爱与回报具备更丰富的内涵和更高级的形式。

孟子的性善观念，有两方面的特点，一是以孝悌为根据；二是强调推恩而至于泛爱众。以孝悌为根据，所以在社会伦理关系的处理上，坚持远亲厚薄的差别，抵制墨家的兼爱之说；强调泛爱众，所以在社会政治层面，坚持治国平天下的人生诉求。对于这两个方面，儒家关注的是其间的一致性。

也就是说，泛爱众并不否定基于血缘关系的孝悌伦理。孝悌是根，泛爱众是树。无根自然无树，同样有根，树也会有大小的自然差异。普通百姓，其仁爱通常就体现在父母子女自家人身上；贵为天子者，就必须以整个天下的安宁幸福为己任。这种区别，既是由于先天自然禀赋的差异，更是由于所处社会职位的不同角色要求。仁心既是普遍性的，又是有差等的："君子之于物也，爱之而弗仁；于民也，仁之而弗亲。亲亲而仁民，仁民而爱物。"（《尽心上》）坚持这种差等的合理性，从伦理学的角度说，是强调尊重人性的自然，避免矫情，刻意违反自己的本心，待路人如兄弟；从社会学的角度说，则有利于充分发挥个人所掌握的通常是非常有限的资源的效用。①

与"性善"观念相联系，《孟子》还有两个值得注意的特点。一是对于学习的态度，二是对于"乐"或者说艺术的态度。儒家普遍重视学习，但其对学习的理解却不一样。这种不一样集中体现在孟子和荀子的对立上。荀子认为人性本恶，需要借助外在礼法的教化才能成就道德人格，其所谓学习，从根本上说，是指对外在社会规范的认知吸收。与此相反，孟子认为人性本善，陷于恶是后天环境诱发私欲遮蔽本心的结果，所以对他来说，学的根本任务就成了祛除外在诱惑，恢复本心。简单地说，荀子及后来朱熹等理解的学习，是加法式的；而孟子理解的学习，是减法式的。孟子意义上的学，多少类似于道家心目中的"为道"②。庄子与孟子伦理立场对立，但思维方式上却多有相通之处。二人从不同角度，同样发展出对传统士人影响深远的心性修养理论，这两种心性理论到宋明时期事实上被融汇到了一起。之所以能够最后出现这种会通，同其对学的特性理解的相通性是有关的。与对学的性质的理解相应，对于作为教化工具的"乐"或者说艺术，荀子非常重视，认为这是由古代圣王制作的，对于改变人心、移易性情具有特殊作用。荀子认为，规范性的"礼"和感化性的"乐"以不同方式对百姓进行教化，是同一礼制的不同侧面，所以，他写了专门的《礼论》，又写了专门的《乐论》。孟子由于立足于人的自内而外的心性的自然展开，对外在的规范灌输和教化表现得比较冷淡，基本上没有从作为积极教化工具的角度讨论过"乐"。所以，就与礼乐文化这个儒家精神渊源的关联说，荀子较孟子要更密切。宋明之后儒者，直到现代新儒家，往

---

① 比如一个农民一年收入 3000 元钱，那他的首要任务，就是安排好全家的生活，是为子女的教育做出尽可能充分的准备，如果要尽更大范围的社会义务，则给同村鳏寡孤独之类困难者送些吃的、穿的也就足够了。如果非要刻意凸显自己生命境界的特别崇高性质，将 3000 元钱一股脑儿捐给国库，那就不是值得肯定的做法。从伦理学上说，他颠倒了自身伦理义务的顺序，搁置了眼前迫近的也是首要的责任；从社会学层面说，这种做法也不符合效益原则。就对家庭成员——作为社会个体之生存需要的了解来说，这个农民比其他任何机构都更充分，因而也更能提供有效的满足。就对这笔非常有限的资源的支出来说，这个农民理所当然地会比任何国库管理机构都来得更慎重与认真。

② 《老子》第四十八章："为学日益，为道日损。"常规意义上的"学"与对外在之"礼"的认同吸纳，所谓"博文约礼"相关，《荀子》于此阐论甚夥。道家对"学"的贬抑，就是从其与"礼"的关联的角度着眼的。《庄子》说："'礼者，道之华而乱之首也。'故曰：'为道者日损。'"（《知北游》）

往试图摒弃荀学于儒家主流传统之外，这种做法站在实践的角度，不利于儒学现实生命力的保持。就此处所谈的问题而言，这种做法也在根本上违反了儒家学术传统的实际。

（2）"王道"

"王道"之说源于《尚书·洪范》，代表符合道德要求的政治秩序。"王道"观念经孟子发挥，成为儒家政治理想的集中表达。孟子将"王道"与"霸道"对立，认为"王道"的基本特征是"以德行仁""以德服人"，"霸道"的特征则是"以力假仁""以力服人"（《公孙丑上》）。"王道"政治有两个条件，一是就百姓说，普遍的人性本善，有可能通过道德感化的方式加以治理；如果照旧戏台上某些酷吏的信条，所谓"民是贱虫，不打不招"，把百姓本性认定为"贱"，当然不可能行"仁政"，也就无所谓"王道"可言；二是就在位君王或当政者说，具备圣人的品格和境界，愿意主动放弃暴力和强制，实行德治。照孟子性善的观念，前种条件当然始终存在，问题是后种条件。在孟子看来，当时的当政者普遍崇尚暴力，实行"霸道"。这是"王道"政治不能实现的根本原因。孟子一生的政治活动，就是要纠正现实中的"霸道"，将其纳入"王道"。

"霸道"的具体实施是"暴政"，"王道"的具体实施是"仁政"。"霸"向"王"转换的关键，是君主的存心。君主也是人，按"性善"观念，人皆有不忍之心，君主只要忠实于天赋的"不忍人之心"，就可以形成"不忍人之政"："人皆有不忍人之心。先王有不忍人之心，斯有不忍人之政矣。"（《公孙丑上》）当世君主不施"仁政"，多行"暴政"，不是因为能力，而是因为对"仁政"与"暴政"的利害得失缺乏正确认识。孟子就是从这样的角度，对所接触的君主进行循循善诱的说服教育。如《梁惠王上》的《齐桓晋文之事》章之与齐宣王的对话，就是这种说服教育的典型范例。

（3）"义利"

《告子上》说："仁，人心也；义，人路也。"仁是人的自然情感需要，沿着这种自然仁心所发生的行为，便是义，所以说"义，人之正路也"（《离娄上》）。"义"意味着对人的行为的道德性要求，不按照仁心的要求去做，谓之丧失本心，谓之"不义"。"不义"在日常生活中的常规表现，就是对一己私利的过分追逐。所以，一个人是否保持着仁心，是否恪守着"义"的规范，可以通过他对私利的态度进行判断。孟子将"义"与"利"之间可能的对立，推到了极尖锐的状态，迫使每个人作出非此即彼的抉择："生，亦我所欲也；义，亦我所欲也，二者不可得兼，舍生而取义者也。……如使人之所欲莫甚于生，则凡可以得生者何不用也？使人之所恶莫甚于死者，则凡可以辟患者何不为也？"（《告子上》）生命，是一切个人现世利益的前提，也可以说是最大的利。当生与义相冲突时，孟子认为，应当舍生而取义，不如此，不足以表现人之有所不为的操守。而为了利益，为了生命，无所不用其极，意味着人堕落为禽兽。

就个人来说，应该将"义"放在"利"之上，必要时能做到舍生取义，不如此不足以显示人性的高贵。对于国家政治来说，孟子同样认为，普遍性的道义原则比当下具体的利益更重要。他与当政者的很多辩论都是从这样的角度进行的。如《孟子》第一篇《梁惠王上》的第一章："孟子见梁惠王。王曰：'叟不远千里而来，亦将有以利吾国乎？'孟子对曰：'王何必曰利？亦有仁义而已矣。'"就个人伦理取向说，很多人能够赞同孟子的舍生取义之说，但在社会政治层面，往往会对"何必曰利"的态度表示怀疑。国家政治决策中的"利"显然不能归结为王者的私利，而从公共利害出发进行抉择，在我们这样一个现实主义政治观深入人心的时代，似乎已成为理所当然。但即便如此，孟子式"何必曰利"的国家政治观仍有其值得回味之处。"利"与"义"两个范畴，对应的是人类文化中的两种不同合理性。"利"能够更切实地反映具体实践过程的特点与方式，或者说更贴近当下现实，但其所涵盖的合理性却是具体的、短期的；"义"作为人类超越性精神关怀的观念化，虽可能有时与当下具体的实践过程和方式脱节，甚至会在与现实的对照中显出某种迂阔，却有可能在这种迂阔的形式背后，隐含着对群体更具长远、全局意义的合理性。在这样的意义上，"义"不是"利"，却可能因而保障更长远更根本的"利"；"利"是当下具体的所得，却可能因为这种当下的所得而遮蔽对更长远更全局之根本利益的洞视。所以说，不能急功近利。不急功近利的态度需要心灵的支柱，这种支柱就是"义"。对"义"的信念，这种对具体个体来说可能似乎是没有具体现实实证根据的精神关怀，乃是我们抵御各种当下之"利"的诱惑的根本凭靠。

（4）"经权"

"经"就是一般原则，"权"就是根据具体情况权衡轻重缓急，分别取舍。用现代人的话来说，"经"代表了社会群体的普遍性原则，"权"代表了个体人格在实践中的自由性和灵活性。个体伦理主体在常规情况下遵守普遍性的道德原则，对于维持健康的社会秩序是必要的，但更重要的是掌握这些形式性要求背后的精神，只有如此，才能既在常规情况下按原则要求行事，又在特殊情况下依据原则背后的精神，创造性地加以体现。这种个人根据实际情况所创造的行为方式，表面上看，可能与某些既定的原则违背，实则其背后的精神是相通的。这就是过去人常说的"反经合道"。"经"就是原则的具体表述形式，包括古圣贤的著作、语录，现时人们公认的行为准则等。"道"就是经背后的精神意向。"反经合道"就是说虽违背了道德规范的形式，却在更高的层面上呼应了道德的精神。

关于道德要求的规范性与灵活性之间的关系，孟子在与淳于髡的讨论中说得最明白："淳于髡曰：'男女授受不亲，礼与？'孟子曰：'礼也。'曰：'嫂溺，则援之以手乎？'曰：'嫂溺不援，是豺狼也。男女授受不亲，礼也；嫂溺，援之以手者，权也。'"（《孟子·离娄上》）男女授受不亲的根据是礼制，而礼制的根本精神在仁，仁者爱人，首先是爱自己的亲人，看着嫂子溺水而不援手，从根本上违背了仁爱的精神，所以说"是豺狼也"。儒家非常重视"权"。孟子明确提出："子莫执中，执中为近之，执中无权，犹执一也。所恶执一者，为其贼道也，举一而废百也。"（《尽心上》）依赵岐的说法，子莫是鲁国的贤士，其人生哲学和杨朱及墨子都不同。杨朱是极端为我，拔一毛而利天下不为；墨子是极端利他，只要对天下有利，无论多么艰苦也在所不辞。子莫取其中道，也就是介于两种极端之间。孟子认为，和不近人情的极端倾向相比，这样的主张更接近真理。但是中道的生命力，在于"权"，即根据具体情况灵活运用、随时调整的能力。如果没有灵活性，不懂得针对具体情况变通，所谓"中"也就失去了灵魂。僵化的"中",当然谈不上同"一"的区别。因此,"中道"与没有是非观念的一味折中是不同的,其关键是"权"。"权"是"经"有效发挥规范现实实践功能的必要中介。个体存在特有的社会价值,就是以此为前提实现的。

(二)《孟子》与中国政治腐败的所谓关系

特殊情境下,孟子式对孝悌与泛爱众的双重要求,会发生冲突。在二者冲突,不可得兼的情况下,孟子认为,应该首先持守孝悌这个根本。这种观点在设想中的瞽瞍杀人的案例处理方式上,得到了充分表现:

> 桃应问曰:"舜为天子,皋陶为士,瞽瞍杀人,则如之何?"
>
> 孟子曰:"执之而已矣。"
>
> "然则舜不禁与?"
>
> 曰:"夫舜恶得而禁之?夫有所受之也。"
>
> "然则舜如之何?"
>
> 曰:"舜视弃天下犹弃敝屣也。窃负而逃,遵海滨而居,终身欣然,乐而忘天下。"(《尽心上》)

现在有些学者以这段师徒对话及其他相关材料为例,试图证明孟子推崇的理想人物舜是所谓中国历史上第一个有案可查的高级别的腐败分子,孟子儒家思想是所谓滋生腐败的温床等。[1] 笔者以为,由于古今历史背景的悬殊和普遍性社会心理状态的差别,要真正同情式地体会舜的人生选择和孟子对他的肯定,是件很困难的事。但即使站在现代社会的价值立场上,用腐败来给舜的行为定位,也只能是出自误解。腐败不是一般意义上的违法犯罪,而是一种职务犯罪,其突出特征,是利用所担任的公职的便利,谋取不正当的个人利益。站在现代法治的角度,你可以说此处的舜是

---

① 具体批评可参见刘清平教授《美德还是腐败——析〈孟子〉中有关舜的两个案例》(《哲学研究》2002 年第 2 期)、黄裕生教授《普遍伦理学的出发点:自由个体还是关系角色》(《中国哲学史》2003 年第 3 期)等文。

在实施违法乃至犯罪行为，却不能说他是在从事腐败。因为他丝毫没有利用自己本来担任天子的职务便利。如果他要利用，很容易想象，他会有太多的办法。但他没有这样做，因为孟子不主张这样做。

舜面临的困境，从今天的眼光看，约略可以说成所谓公德与私德间的冲突。作为儿子，是否孝敬父母——即便是不慈的父母，这属于私德。作为天子，是否忠于职守，是谓公德。西方社会的家与国是完全分离的，所以西方人比较能够理解公德与私德间的可分离性。这也是克林顿与莱温斯基的丑闻在美国比较能够得到原谅的重要观念背景。由于家国合一的社会背景，中国文化更多地强调公德与私德的一致性，强调公德与私德同根同源的性质。在这种价值体系中，不可能有脱离私德的独立公德，丧失了私德的人，通常情况下，其公德也会被理所当然地否定。由于这样的原因，孟子为了保护设想中的舜的人格形象，只好让他在桃应所设定的二难处境中，选择私德这个做人的根本，而牺牲公德这个由根本之上生发出来的树冠与树干。为了这种私德，他不仅放弃了天子的职守，甚至付出违法的代价。这表明了孟子心目中私德的极端重要性。但舜持守私德的方式表明，在孟子看来，私德的重要性可以通过个体的自我牺牲来强调，却不宜通过普遍制度层面对公德的放弃——比如刑法上对天子之父杀人的行为网开一面——这种形式来强调。

我不赞同从所谓腐败角度解读舜这个人物及孟子所代表的儒家伦理观，还有一个原因，就是从现实实践的角度考虑，中国当前的腐败之风，其产生，并非由于受到儒家血缘伦理观念的影响而过分看重亲情的缘故。[①]反过来说，其克服，也不可能奢望通过淡化人们的血缘观念，或更明确地说，通过淡化人们的孝亲情怀来完成。

---

　　① 对传统儒家来说，子女之于父母的亲情和父母之于子女的亲情，意义是不同的。后者，更多地联系着人的生物性本能，或可称之为"私情"；在这样的层面上，有所谓"大义灭亲"这类说法；涉及最高统治者时，就是所为"王子犯法与庶民同罪"。但前者，是人之所以异于禽兽者，是人文秩序之源，是人文价值之本，故不能从与公相对的单纯私的意义上对待。站在这样的考察角度，现实中因溺爱子女被拖入浑水而落马的官员容或有之，为孝敬父母而跨入腐败行列的则似尚未听说。

（三） 孟子的论证方式

孟子以好辩著称。他总是通过辩论方式来论证自己的观点。苏格拉底也好辩，但孟子的辩与苏格拉底的辩却具有不同特点。苏氏的辩注重概念内涵的界定，借助逻辑上的演绎归纳，来明确自己的命题及自己与辩论对方的分歧。如著名的《大希庇阿斯篇》，苏首先向希庇阿斯提出"什么是美"的问题，然后针对希庇阿斯各种可能的回答，诸如"美就是一位漂亮小姐""就是漂亮的母马""美的汤罐""美的竖琴""黄金""玉石"等，仔细辨析某种可能是美的具体东西与能够通过把自己的特质赋予任何一物从而使它具备美的品质的"美本身"之间的区别，尝试各种可能的解答及可能遇到的反例，最后得出"美是难的"这个结论。这种辩论的目标是认识性的，接近目标的手段是概念分析和逻辑推理。孟子则不是这样。孟子的辩论目标，是努力让对手接受自己的政治理念，其基本论证方式则是类比。

如《梁惠王上》的《寡人之于国也》一章。孟子首先否定了梁惠王的治国方法。否定的方法不是从普遍公认的治国原理出发，比较梁惠王治国方略与这种原理的差异，而是很简单的一个比喻：战争中逃跑者"以五十步笑百步"的事例。在否定了对方已有政治选择的基础上，孟子正面描述了自己的"王道"主张，并仍然借类比的方式从反面揭露统治者错误政策的危害。这种论证方式的形成有多方面的原因，一是就辩论目标说，孟子试图让对方接受的——王道理想，不是客观的认识性结论，而是主体性的价值信仰，其合理性超出单纯逻辑理性层次之上。就此而言，气势的渲染和感情触动，较之逻辑性的辨名析理更有效果。二是就主体心态说，孟子有充分的道德上的自信，不屑于解释诸如梁惠王与邻国之君如何与战场上的"五十步"与"百步"对应之类问题。三是就接受土壤来说，中国传统思想具有浓厚的经验主义色彩，让读者接受自己的主张，重要的不是提供逻辑上具有必然性的概念演绎性的推理定式，而是两种不同类型心理经验在感悟中沟通并达到互相加固效果的形象化中介。所以我们能够理解，名辩学派诸如离坚白，一尺之棰、日取其半、万世不竭之类依托抽象思辨能力的命题，虽合乎逻辑却因为脱离了人们的感性经验而被视作诡辩，反之，《易传》中诸如"天行健，君子以自强不息"之类似乎与逻辑无涉的命题，却成为中华文化的基本观念。

孟子心目中的"天"，有自然之天、命运之天的含义，但他主要在义理之天的意义上理解天，他对我们生存的宇宙空间环境的理解，实质上是道德化的。因此，孟子在推理论证的过程中，缺少区别道德世界的应然与客体世界之必然的意识。过去有句话，叫作理所当然，势无必至。理与势不一样，理说的是价值论意义上的合理性，势说的是各种现实因素因缘和合而构成的综合性的力量格局。黑格尔说，凡是现实的都是合理的，凡是合理的都是现实的，他是从理与势两种因素互相转化的历史辩证法的角度立论的，不能作简单化理解。孟子的推理过程，由于缺少这种理势区分的意识，往往把一些本来复杂的问题简单化。如此才能理解诸如"以不忍人之心，行不忍人之政，治天下可运之掌上"（《公孙丑上》）之类的命题。人皆有不忍人之心，表达了道德性的信念；先王有不忍人之心，行不仁人之政，是以复古形式表达的王道政治理想；但由此而得出结论，说是以不忍人之心，行不忍人之政，则天下可运之掌上，就明显是以道德价值领域的应该代替现实政治层面的可能。我们可以说以不忍人之心行不忍人之政是合理的，因为这种做法满足了我们的道德诉求，却不能保证如此施政者一定完成统一天下、王天下的大业。孟子的许多辩论都是以此种方式进行的，这也是他尽管雄辩，却被当时的政治人物普遍视作迂阔的重要原因。

（四）《孟子》的人文教养意义

现代人阅读《孟子》之类儒家经典的意义，可以从下述三个方面把握。

一是，建立我们生存的历史感，增加生命的深度。我们生活在当下，但我们并不只属于当下这一瞬间。置身于过去、现在、未来的时间纵深之中，是精神性的人区别于纯粹感性的动物的基本标志。"前不见古人，后不见来者"，"不见"恰是因为"见"，因为对文化作为一以贯之的历史延续过程的内在结构性的真切感受和体会。将这种立体性的历史文化生命体系融入我们的体验世界，扩充我们生命的视野，不仅需要阅读普通意义上的历史记录，更要阅读作为既往人类内在心灵世界之活动记录的各种思想文献。

二是，奠立价值信仰。教育活动自身的产业化及教育目标的工具化，已经导致了越来越多的急功近利。心灵的空壳化，是中国教育目前面临的最严重的危机。民间过去习惯于将受过教育的人叫作有文化的人，可悲的是，现在的学校正制造着越来越多有用——有适应就业的一技之长，却没有文化——缺少超越性的精神关切，没有主体性的恻隐是非辞让羞恶之心的工具性个体。任何健康的文化生态，其构成都不能单凭科学的逻辑、实用的经验、感性的驱动，在所有这些要素之上，它还需要自己的"道"，自己的文化凝聚核心。这种"道"作为文化的轴心，对于社会的持续稳定繁荣，对于社会共同体抗御超常规的动荡与灾难，具有特殊重要的作用。中华文化之所以能够跨越五千年的岁月沧桑，成为世界各文明中唯一保持连续性的例外，就是因为它有自己一以贯之的道。古人说"天理良心"，"天理"就是文化的"道"，它对于个体具有先验的、神圣的意味，它通过教育传承落实到个体身上，就是所谓"良心"，也就是孟子所谓良知。天理良心的成立，不是靠科学实证，也不是靠逻辑推理，而是靠传统的积淀，靠历史的机缘。不同文化传统必然形成自己不同的"天理"与"良心"。脱离具体历史传统，则无论多么科学、多么逻辑缜密的"理"，都将因为没有融入社会成员的血脉之中而缺乏"天理"的那种自然和神圣。就此而言，接受儒家传统经典教育，对于平衡现实教育过分实用功利化的取向，对于奠立社会个体超越性的精神关切，具有特殊的积极意义。

三是，陶冶情操，移易气质，砥砺个体性的精神意志。孟子生活在两千多年前，其有关社会政治问题提出的解决方案，即便在当时，也已被视作迂阔不切实际；其有关自然、社会的知识，其评判是否所持的具体标准，用今天的眼光去看，当然更能见出诸多的不合时宜。但透过这些可能是非常不合时宜的立论和判断的形式，我们却能够很容易地体会到某种在普遍人性意义上令人感慨不已的精神情怀，某种凸显主体独立性的意志光辉。那种舍我其谁的自信，配义与道的浩然之气，面对世俗权势刻意挺立精神独立性的自尊，所谓"富贵不能淫，贫贱不能移，威武不能屈"（《滕文公下》），这样的品格气节，在《孟子》书中，都通过极具个性的人物对话，及神态情境描写，非常生动地保留了下来。这些精神情怀与人格形象，可以说，提供了人们进行精神修养的永远值得关注的营养资源。

总体来说，《孟子》等儒家经典体现的，是一种道德化的世界观，而今天占据我们意识世界主导地位的，是一种科学化的世界观，二者在思维形式上，有明显差异。加之时代环境的差别，《孟子》书中会有许多我们理解起来感到困难的地方。也正因此，经常会有学者针对孟子学说中的这一点或那一点进行抨击，给它加上诸如不符合科学、宣传腐败之类的罪名。这样的批评从具体细节来说似乎很有道理，但在总体上却没有意义。正好像从近代科学的世界观出发去读解《圣经》，会觉得它那种基于神学世界观的叙述处处充满荒谬一样，从近代科学的世界观出发去读解儒家经典，也会发现无穷多的不合逻辑、不科学、不符合民主与人权观念等诸如此类的缺陷。问题是，正因为我们意识到今天这种主导性精神方式的不足，意识到尽管我们不能不要科学，却不能以科学替代人类文化的全部，我们才到诸如《孟子》这类古代经典中，这种与我们今天所奉行的观念体系不同的文化典籍中寻找启示，寻找人文的滋养，寻找今日所受的片面化的科学教育的平衡与补充。要达到这种目的，首先需要一种同情的态度，一种"温情与敬意"，而不是居高临下地一遇到与我们观念不同的东西就大加挞伐的狂妄。①

原载（台）《孔孟月刊》2006 年第 4 期

----

① 刘清平教授曾在《站直了，别趴下——兼向郭齐勇先生求教》（见 Confucius2000 网站）等文章中，强调现代人阅读儒学经典过程中的所谓主体自信问题，对此，我想说，有时候，恰恰是谦恭体现着真正的自信。我的老师余敦康先生曾谈道，现代中国在经典教育问题上的最大问题，在于只有"俯视"而没有"仰视"，对此我深表认同。

四 生态伦理观:儒家和后现代主义的比较诠释

提要: 儒家人文主义对道德的强调,受制于前现代的自然经济背景,缺乏近代意义上的与客体明确对立的主体性支撑。在这样的意义上,黑格尔批评说中国文化的主体精神尚未从客观世界中分离出来,所谓的道德世界实质上只是自然世界的延伸。从负面影响言之,这可能导致中国文化中主体自由观念的相对贫弱及道德和政治上的他律指向,但就积极方面言之,这种内在的自然主义品格,也对中华民族在其漫长的生存实践过程中保持对自然世界的节制乃至恭谨态度发挥了有效的引导作用。这种节制乃至恭谨态度对于人类可持续性发展的必要性,在与西方近代无限发展主义的对照中,将会被越来越充分地认识到。从这样的立场出发,儒家思想传统将为新的建设性后现代发展观的形成提供积极的启示。

关键词: 儒家;人文主义;自然主义;后现代发展观

在与道家自然主义倾向的对照中,可以说儒家也有与西方人类中心主义相应的价值取向。《尚书》中有人是"万物之灵"(《泰誓》)的说法。荀子更论证道:"水火有气而无生,草木有生而无知,禽兽有知而无义,人有气、有生、有知、亦且有义,故最为天下贵也。"(《荀子·王制》)陆九渊说:"人生天地之间,禀阴阳之和,抱五行之秀,其为贵孰得而加焉。"(《象山先生全集》卷三十《天地之性人为贵论》)这些儒家发展不同阶段的言论,都共同强调人在宇宙间的特别优越地位。类似这样的言论,在儒家思想发展过程中并不是个别的。但因为处在"天人合一"这个大的观念背景笼罩之下，这种有时被称作"人贵论"① 的人类中心主义取向，在对待自然的态度上，又和西方现代性思维②的人类中心主义形成了很大的反差，而和后现代主义生态世界观表现出某种共通之处。比照后现代生态世界观和儒家天人合一的自然观，剖析其异同，有助于儒家思想资源的现代性转化，也对全面地理解西方文明精神推移演化过程中的辩证法不无裨益。

(一)

儒家涉及自然和人关系的学说，大体可以从哲学理念、伦理意识、制度安排几个方面进行梳理。"天人合一"之所谓"合一"，有两种可能的模式，一种是外在性的"合一"；另一种是内在性的"合一"。外在性的"合一"，西周天命神学关于天命眷顾与政权更迭关系的理论，就是在这个层面上展开的。比如说："昊天有成命，二后受之。成王不敢康，夙夜基命宥密。"(《诗经·周颂·昊天有成命》) 文王武王取殷纣王而代之的功业，乃是接受上天令旨的结果。周人还从这种是否能敬奉天命从而与之合一的角度对既往的王朝兴衰进行评点："皇天上帝，改厥元子，兹大国殷之命。……天亦哀于四方民，其眷命用懋。王其疾敬德，相古先民有夏。天迪从子保，面稽天若，今时既坠厥命。今相有殷，天迪格保，面稽天若，今时既坠厥命。"(《尚书·召诰》) 夏后和殷商二氏的兴起，无非敬奉天命的结果；其陨灭，也无非是因为悖逆了天命。周人现在承受天命，要想延续国祚，就必须吸取夏商统治者的教训。这种意义上的天人合

---

① 参见潘菽、高觉敷《组织起来，挖掘我国古代心理学思想的宝藏》，《心理学报》1983 年第 2 期。

② 中国学术界习惯上称文艺复兴之后直至 19 世纪中叶的西方哲学为"近代哲学"，称马克思主义产生之后的西方哲学为"现代哲学"。西方哲学界缺少这种对近代和现代的明确划分，和"后现代主义"相对的"现代"或说"现代主义"概念，既可以偏重指笛卡儿等开创的"近代哲学"，也可以偏重指"后现代"兴起之前的"现代哲学"。20 世纪 80 年代之后，中国学术界在介绍西方第一次世界大战之后新出现的文学和艺术现象时，经常使用"现代派"或"现代主义"的名义，而对所谓"现代"与"后现代"往往不加区别。基于这种事实，为了避免混乱，本文尽量不使用"现代主义""现代派"的表述，而基本不加区别地使用"现代性"、"西方现代性思维"、"西方近现代哲学"等概念，以之与"后现代性""后现代思潮""后现代主义"等概念相对。

一信念，春秋之后渐渐失去了影响力。子产明确地说："天道远，人道迩，非所及也，何以知之？"（《左传》昭公十八年）只是在汉代，今文经学又继承天命神学观念，建构了一套天人感应学说："帝王之将兴也，其美祥亦先见；其将亡也，妖孽亦先见。"（《春秋繁露·同类相动》）"天地之常，一阴一阳。阳者天之德也，阴者天之刑也。……天亦有喜怒之气、哀乐之心，与人相副。以类合之，天人一也。"（《春秋繁露·阴阳义》）天人感应之说，和天命神学一样，对天人关系做外在性合一的理解。这种理解在后世民间，始终保持着某种影响力；不过其之于儒者，主要是服务于政治操作的"术"，理论意义则比较有限。

真正体现儒家理论思维特质的，是其有关天人之间内在合一关系的阐述。《诗经》较早表述了这种观念："天生烝民，有物有则；民之秉彝，好是懿德。"（《诗经·大雅·荡之什》）生民善良的德行，是天道自然的创化。《郭店楚墓竹简·性自命出》①篇中有谓："性自命出，命由天降。"《中庸》上说："天命之谓性。"说的都是内在的人性由外在的天命所赋予，二者具有统一性。人性源自天命，所以对人道和天道可以作出统一的把握："《易》所以会天道人道也。"（《郭店楚墓竹简·语丛一》）在这样的意义上，孟子说："尽其心者，知其性也。知其性，则知天矣。存其心，养其性，所以事天也。夭寿不贰，修身以俟之，所以立命也。"（《孟子·尽心上》）宋明儒对性命通而为一的观念进行了更广泛的讨论。张载说："天人异用，不足以言诚；天人异知，不足以尽明。所谓诚明者，性与天道不见乎小大之别也。"（《正蒙·诚明篇》）程颐说："安有知人道而不知天道者乎？道一也。岂人道自是人道，天道自是天道？《中庸》言：'尽己之性，则能尽人之性；能尽人之性，则能尽物之性；能尽物之性，则可以赞天地之化育。'此言可见矣。杨子曰：'通天地人曰儒，通天地而不通人曰伎。'此亦不知道之言。岂有通天地而不通人者哉？……天地人只一道也。才通其一，则余皆通。"（《遗书》卷十八）人性与天道通而为一，人生的意义就在于体证天道、成就天命，这同时也就是完养发明自己的本心

---

① 荆门市博物馆编：《郭店楚墓竹简》，文物出版社 1998 年版。

本性。

在本体论的层面上，人和自然生物有共同起源，人性和天道在终极意义上相通。"天之生物，有有血气知觉者，人兽是也；有无血气知觉而但有生气者，草木是也；有生气已绝而但有形质臭味者，枯槁是也。是虽其分之殊，而其理则未尝不同。……若如所谓才无生气便无此理，则是天下乃有无性之物，而理之在天下乃有空阙不满之处也，而可乎？"（《朱熹集》①卷五十九《答余方叔》）因此，即使对其他非人的物类，人也承担着某种泛血缘伦理性质的道德义务："民吾同胞，物吾与也。"（《西铭》）从"民胞物与"的观念出发，儒家仁爱之说很自然地超出了人伦的范围，而推及整个天地生物世界："亲亲而仁民，仁民而爱物。"（《孟子·尽心上》）作为儒家理想人格的"大人"，就是能够自觉地意识到自我与天地生物之间息息相通的亲缘性，自觉地承担起"仁民爱物"责任的人："大人者，以天地万物为一体者也，其视天下犹一家，中国犹一人焉；若夫间形骸而分尔我者，小人矣。……是故亲吾之父，以及人之父，以及天下人之父，而后吾之仁实与吾之父、人之父与天下人之父而为一体矣。实与之为一体，而后孝之明德始明矣。亲吾之兄，以及人之兄，以及天下人之兄，而后吾之仁实与吾之兄、人之兄与天下人之兄而为一体矣。实与之为一体，而后弟之明德始明矣。君臣也，夫妇也，朋友也，以至于山川鬼神鸟兽草木也，莫不实有以亲之，以达吾一体之仁，然后吾之明德始无不明，而真能以天地万物为一体矣。"（《大学问》）这种仁民爱物的自然伦理意识，对儒者的生活和行为方式有着很强的规范引导作用。周敦颐不愿意芟除窗前杂草，程颐谏哲宗春日攀折柳枝，透出的都是这种人面对自然生物的怜爱之心。

不同于道家彻底自然主义的倾向或释氏以人生为幻妄的态度，儒家基于"人贵论"的价值立场，对基于生存需要开发利用自然的行为，仍持认可态度。积极地说，这是因为天地间的"道理"合该如此，所谓"爱有等差"；消极地说，这是无奈，"不能两全"："比如身是一体，把手足捍头

---

① （宋）朱熹：《朱熹集》，四川教育出版社 1996 年版。

目,岂是偏要薄手足?其道理合如此。禽兽与草木同是爱的,把草木去养禽兽,又忍得?人与禽兽同是爱的,宰禽兽以养亲,与供祭祀,燕宾客,心又忍得?至亲与路人同是爱的,如箪食豆羹,得则生,不得则死,不能两全,宁救至亲,不救路人,心又忍得?这是道理合该如此。"(《传习录》卷下)但既是出于不得已,所以儒家在肯定利用厚生的合理性的同时,也主张对人类开发利用自然的行为进行必要的限制。这种对开发自然的行为必须进行限制的观念,和西方现代性思维无限制地征服自然的理念形成了鲜明的对照。

这种限制首先表现在,儒家坚持人类开发利用自然的行为要适度,要努力使这种开发利用的行为,产生促进而不是损害生物世界孳乳繁育过程的效果。孔子说:"钓而不纲,弋不射宿。"(《论语·述而》)孟子说:"数罟不入洿池,鱼鳖不可胜食也。斧斤以时入山林,材木不可胜用也。"(《孟子·梁惠王上》)荀子说:"草木荣华滋硕之时,则斧斤不入山林,不夭其生,不绝其长也。鼋、鼍、鱼、鳖、鳅、鳝孕别之时,罔罟、毒药不入泽,不夭其生,不绝其长也。……污池渊沼川泽,谨其时禁,故鱼鳖优多而百姓有余也;斩伐养长不失其时,故山林不童而百姓有余材也。"《荀子·王制》)除掉从这种类似于"可持续发展"的角度立论外,儒家还从伦理关怀的角度,对没有节制的开发利用行为进行批评。荀子将猎杀禽兽不以其时的行为和朝拜君主迟到的行为并列,认为都属于"非礼":"杀大蚤(太早),朝太晚,非礼也。"(《荀子·大略》)《礼记》上说:"树木以时伐焉,禽兽以时杀焉。夫子曰:'断一树,杀一兽,不以其时,非孝也。'"(《祭义》)程颐作《养鱼记》曰:"吾读古圣人书,观古圣人之政禁,数罟不得入洿池,鱼尾不盈尺不中杀,市不得鬻,人不得食。圣人之仁,养物而不伤也如是。物获如是,则吾人之乐其生,遂其性,宜何如哉?"(《河南程氏文集》卷第八)既非完全否定人类的生存需要,同时又追求人文和自然之间的平衡,希望将人类的利用和自然物种的"乐其生,遂其性"相互协调,这形成了儒家人文主义和西方近现代人文主义的重要区别。

与开发利用自然不能无度的观念相应,就内在心性态度方面说,儒家主张适度节欲的美德观。儒家反对禁欲，也意识到了欲望在历史上的积极作用，却强调欲不可恃不可纵。欲不可恃不可纵的理由，首先就在于资源有限。荀子论述"礼"的功能，一方面是"养人之欲，给人之求"；另一方面同样非常重要的，是要据以节制人们的欲求，所谓"度量分界"。只有"养"和"度"两方面的平衡，才能保障"欲必不穷乎物，物必不屈于欲"（《荀子·礼制》），才能既保障人文世界的光大延续，又不因此戕物圮类，导致生态的恶化和社会的混乱，构造出人和人、人和自然良性互动的可持续发展局面。所以对于儒学来说，爱财之心虽无可厚非，但对于财富的无限度追求，却绝非人生的当务之急。张载所谓"富贵福泽，将厚吾生也；贫贱忧戚，庸玉汝于成也"（《西铭》），很能代表儒家在财富问题上的通脱态度。就个体心性修养来说是如此，就整个社会来说，儒家同样强调财富多寡对人类幸福影响的相对性。孔子说："有国有家者，不患寡而患不均，不患贫而患不安。盖均无贫，和无寡，安无倾。"（《论语·季氏》）对于人类幸福的提升来说，财富的扩张并非唯一的或最重要的杠杆，所以发展的指向不应该首先是自然的征服，而应该是社会内在组织结构方式的公平与正义。"不患寡"的观念对于处在现代化焦渴阶段的人们来说，会觉得非常刺耳；但如果立足现代化晚期阶段困扰人类的环境和伦理问题进行反思，就可能产生不同的感受。

　　表现在利用厚生的具体过程和方式上，儒家有所谓"仁术"之说："君子之于禽兽也，见其生，不忍见其死；闻其声，不忍食其肉。是以君子远庖厨。"（《孟子·梁惠王上》）个人情感意志不可能和自然存在的"道理"抗拒，所以"远庖厨"不同于佛教徒的禁绝杀生；但不能抗拒不等于因此无动于衷，更不等于以此为乐，所以"远庖厨"更不等于某些人所攻击的"伪善"；而是要以这种方式，提醒我们每个个体，应该对现实存在的这种我们无法抗拒的"道理"的不圆满性或者说残酷性保持自觉。一方面是天地之大德曰生，另一方面则是天地不仁。天地大化意识不到自身之中的张力、矛盾和残酷，人却有义务用自己的心，用自己的灵，去烛照感受并承担起这生物世界的残酷。释老是因为承受不起观照这生物世界残酷一面伴随的恻隐不安，而干脆要求从根本上否弃人文精神世界；

亚当·斯密、洛克等代表的现代性思维则把这种自然世界的残酷从事实转化为应该,认为人可以理直气壮地剥夺自然,理直气壮地最大限度满足自己的占有欲,甚至将这种对自然的掠夺等同于美德。儒家的中道思维表现在这个问题上,则是既承认实践层面利用厚生的必然性,又要求在情感上始终意识到某种不安与遗憾。这种情感上的不安与遗憾乃是我们节制自己的欲望,节制基于欲望的对自然的开发利用行为的基本动力。自然与人文是连续性的整体,对自然的怜惜之心从一个侧面反映着对人文世界的价值关怀。齐宣王不忍牛之觳觫,孟子说"是心足以王矣",并据此推断说"王之不王,不为也,非不能也"(《孟子·梁惠王上》),依据的就是这种有关自然与人关系的连续性的理论。

儒家对自然与人连续性统一关系的强调,不只停留在哲学和伦理学层面,还实实在在地影响着传统中国社会的制度性安排。《礼记·月令》按照自然运行的节气规律,对不同季节时令上至天子王侯下至庶民百姓的生产和生活作出系统安排。这种安排的基本原则,就是要和自然界其他生物种类的生息活动进行协调,尽可能减少人类行为可能带来的负面影响。比如说:"孟春之月,日在营室,昏参中,旦尾中。……东风解冻,蛰虫始振,鱼上水,獭祭鱼,鸿雁来。……是月也,以立春。先立春三日,大史谒之天子曰:'某日立春。盛德在木。'天子乃齐。立春之日,天子亲率三公、九卿、诸侯、大夫,以迎春于东郊。……天气下降,地气上腾,天地和同,草木萌动。……命祀山林川泽,牺牲毋用牝。禁止伐木。毋覆巢,毋杀孩虫、胎夭、飞鸟,毋麑,毋卵。……是月也,不可以称兵,称兵天必殃。……仲春之月,……安萌芽,养幼少,存诸孤。择元日,命民社。命有司省囹圄,去桎梏,毋肆掠,止狱讼。……毋竭川泽,毋漉陂池,毋焚山林。……孟秋之月,……命有司修法制,缮囹圄,具桎梏,禁止奸,慎罪邪,务搏执;命理瞻伤,察创,视折。审断,决狱讼,必端平,戮有罪,严断刑。天地始肃,不可以赢……仲秋之月,……乃命有司申严百刑,斩杀必当,毋或枉桡;枉桡不当,反受其殃。"在儒家看来,所谓犯罪,无非是对包括社会秩序在内的整个天人和谐关系的破坏,惩罚犯罪的方式,应该坚持有助于恢复与维持这种天人间整体性和谐,有助于培养社会成员对自然内在秩序的敬畏之心的原则。董仲舒就此论证说："然则王者欲有所为，宜求其端于天。天道之大者在阴阳。阳为德，阴为刑；刑主杀而德主生。"（《对策》）阳气萌动的孟春之月，不可以兴兵；生物滋长的仲春之月，应宽省刑罚，除去囚犯刑具。到了阴杀之气渐盛的秋天，则应准备好刑具，严格审核，避免放纵奸佞。《月令》中的这种规定在当时，可能更多联系着儒家作为学派的社会理想观念，但在西汉中期之后，却逐渐渗透到了实际制度层面，成为儒家化法律的重要特色。在儒家思想影响下，传统中国甚至早在一千多年前就颁布过专门的环境保护性法规。如宋太祖建隆二年所下诏书，其中就提道："鸟兽虫鱼，宜各安于物性，置罘罗网，当不出于国门，庶无胎卵之伤，用助阴阳之气。其禁民无得采捕虫鱼，弹射飞鸟。"（《全宋文》卷一宋太祖《禁采捕诏》）

（二）

希腊智者普罗太戈拉斯最早提出："人是万物的尺度，是存在的事物存在的尺度，也是不存在的事物不存在的尺度。"① 亚里士多德则认为，大自然创造动物是为了给人类提供食物，创造植物是为了给动物提供食物，整个自然界是以人为最后目的的。② 这大概可以看作西方人类中心主义思想的最初起点。人类中心主义即认为人是整个宇宙的中心或目的，只有人的价值需要才能提供考察和评价宇宙万物高低的标准。笛卡儿开创的近现代西方哲学认为，世界分为物质和精神两种实体，人是精神性的，自然则是物质性的。僵化的自然在与人的关系中，只能扮演工具的角色。培根提出，人应主动征服自然，使之服务于人类。洛克更宣布"听命于自然的土地……只是一片荒原"，只有人的改造才赋予自然以价值，"对自然的否定，就是通往幸福之路"③。经济价值如此，精神价值更是这样。如黑格尔所说："从形式看，任何一个无聊的幻想，它既然是经过了人的头脑，也

---

① 柏拉图：《泰阿泰德篇》，王晓朝译，《柏拉图全集》第 2 卷，人民出版社 2003 年版，第 664 页。

② 参见亚里士多德《政治学》，吴寿彭译，商务印书馆 1983 年版，第 23 页。

③ 转引自［美］杰里米·里夫金（Jeremy Rifkin）、特德·霍华德（Ted Howard）《熵：一种新的世界观》，吕明等译，上海译文出版社 1987 年版，第 21 页。

就比任何一个自然的产品要高些，因为这种幻想见出心灵活动和自由。就内容来说，例如太阳确实像是一种绝对必然的东西，而一个古怪的幻想却是偶然的，一纵即逝的；但是像太阳这种自然物，对它本身是无足轻重的，它本身不是自由的，没有自意识的；我们只就它和其他事物的必然关系来看待它，并不把它作为独立自为的东西来看待，这就是，不把它作为美的东西来看待。……只有心灵才是真实的，只有心灵才涵盖一切，所以一切美只有在涉及这较高境界而且由这较高境界产生出来时，才真正是美的。"① 这种对自然价值的理解，完全是外在性的，即自然的价值只是在作为人类生存手段和工具意义上的。

人类中心主义结合近现代以精神、物质二元对立为基础的机械自然观，为现代化进程中的无限发展和无限财富的憧憬，提供了充分的哲学上的根据。这种现化性思维意味着，人类的欲望及以这种欲望为动力的对自然界的征服活动，是价值产生的唯一根源。欲望作为价值创造的动力，愈强则社会进步愈快。最合理的社会就是最能够解放人们对财富的占有欲的社会。对自然的征服作为创造价值的活动，开展得越广泛越深入，则表明文明越先进。"培根、笛卡儿、牛顿、洛克和斯密都是机械论世界观的伟大普及者，……问题是如何安排自然万物，使之反映出宇宙间呈现出的秩序。这个宏伟的新模式的结论就是：我们积累的物质财富越多，世界就必然越有秩序。被认为能带来一个井然有序的世界的物质财富的不断积累，就成了进步的同义词。而科学技术就是履行这个使命的工具。"② 关于"启蒙运动"，康德曾定义说："启蒙运动就是人类脱离自己所加之于自己的不成熟状态。不成熟状态就是不经别人的引导，就对运用自己的理智无能为力。"③ 但从我们选择的观察问题的角度，则可以说"启蒙运动"其实是解放和激发人类潜在的财富占有欲望，并把欲望的无穷占有冲动美德化的运动。"理性"在这个过程中扮演的，则只是某种被欲望驾驭的工具的角色。

---

① 黑格尔：《美学》第 1 卷，朱光潜译，商务印书馆 1979 年版，第 4—5 页。

② 转引自［美］杰里米·里夫金（Jeremy Rifkin）、特德·霍华德（Ted Howard）《熵：一种新的世界观》，吕明等译，上海译文出版社 1987 年版，第 24 页。

③ 康德：《历史理性批判文集》，何兆武译，商务印书馆 1991 年版，第 22 页。

现代性发展观及其对自然与人关系的看法，在进入 20 世纪之后，开始日益暴露其危害性。1972 年，美国麻省理工学院丹尼斯·米都斯（Tennis L. Meadows）领导的科研小组接受罗马俱乐部委托，编写出版《增长的极限》①。该书提出，近代之后的人口、经济、粮食消费、资源消耗和污染等，无一例外地是按指数方式增长的，每隔一定时间就翻一番。但地球上可供开采的资源和容纳环境污染的能力是有限的，如果继续按这种指数方式增长下去，世界经济最后将因失去支撑而崩溃。他们并依据系统动力学模型的模拟，预测说崩溃将可能在一百年内发生。为了避免世界末日性的崩溃，米都斯认为应该尽快实施"零增长"方案，建立经济规模不再增长的"全球均衡状态"，通过提高经济质量来帮助人们过上虽然不一定更富裕却可以更闲适愉快的生活。"零增长"方案在现有的国际关系框架内不可能得到真正落实，但这种对建立在人与自然对抗关系上的现代性发展模式的危机感，并不是罗马俱乐部所特有的。它反映的是普遍性的时代精神状况。1972 年 6 月 5 日通过的《联合国人类环境宣言》② 说："人类既是他的环境的创造物，又是他的环境的塑造者，环境给予人以维持生存的东西，并给他提供了在智力、道德、社会和精神等方面获得发展的机会。生存在地球上的人类，在漫长和曲折的进化过程中，已经达到这样一个阶段，即由于科学技术发展的迅速加快，人类获得了以无数方法和在空前的规模上改造其环境的能力。……在现代，人类改造其环境的能力，如果明智地加以使用，就可以给各国人民带来开发的利益和提高生活质量的机会。如果使用不当，或轻率地使用，这种能力就会给人类和人类环境造成无法估量的损害。在地球上许多地区，我们可以看到周围有越来越多的说明人为的损害的迹象：在水、空气、土壤以及生物中污染达到危害的程度；生物界的生态平衡受到严重和不适当的扰乱；一些无法取代的资源受到破坏或陷于枯竭；在人为的环境，特别是生活和工作环境里存在着有害于人类身体、精神和社会健康的严重缺陷。"尽管"崩溃"的预测和"零

---

①　参见［美］丹尼斯·米都斯（Tennis L. Meadows）《增长的极限》，李宝恒译，四川人民出版社 1984 年版。

②　引自 http://www.cef.ngo.cn。

增长"的方案提出后遭到很多人的反对，但随着时间的推移，"增长的极限"的观点的正确性获得愈来愈有力的支持，也成为愈来愈广泛范围内的共识。1982年10月28日联合国大会通过的《世界自然宪章》① 宣告："人类是自然的一部分，……文明起源于自然，自然塑造了人类的文化，……人类与大自然和谐相处，才有最好的机会发挥创造力和得到休息与娱乐。……每种生命形式都是独特的，无论对人类的价值如何，都应得到尊重，为了给予其他有机体这样的承认，人类必须受行为道德准则的约束，……如果由于过度消耗和滥用自然资源以及各国人民间未能建立起适当的经济秩序而使自然系统退化，文明的经济、社会、政治结构就会崩溃……"

现代性发展观导致的人类困境及普遍性的对这种困境的危机感，是后现代主义思潮兴起的基本动因。作为后现代主义哲学观集中体现的后结构主义思潮，对支配近现代启蒙运动的人类中心主义、西方中心主义、民族中心主义和逻各斯中心主义等，都无一例外地采取了解构的立场。英国文学理论家伊格尔顿（Terry Eagleton）解释说："人们可以把后现代主义定义为对现代主义本身的精英文化的一种反应，……它的典型文化风格是游戏的，自我戏仿的，混合的，兼收并蓄的和反讽的。……从哲学上说，后现代思想的典型特征是小心避开绝对价值、坚实的认识论基础、总体政治眼光、关于历史的宏大理论和'封闭的'概念体系。它是怀疑论的，开放的，相对主义的和多元论的，赞美分裂而不是协调，破碎而不是整体，异质而不是单一。它把自我看作多面的，流动的，临时的和没有任何实质性整一的。后现代主义的倡导者把这一切看作对于大一统的政治信条和专制权力的激进批判。"② 对构成现代性发展观前提和基础的所谓"主体"的真实性，后现代主义哲学表示强烈的质疑。福柯提出，所谓"主体"并非起源，而不过是各种学科知识建构的结果，是权力话语的产品。福科知识考古学的基本意图，就是要颠覆"主体"在历史叙事中的奠基性功能。在笛

---

① 引自 http://www.cef.ngo.cn。
② ［英］特里·伊格尔顿（Terry Eagleton）为《后现代主义的幻象》华明译中文版所作《前言》，商务印书馆2005年版。

卡儿的叙述中，相应于物质和精神两类实体类型的划分，身体和精神也是两分的；不同于精神的自我同一、稳定、明晰，身体则意味着感性和不确定。福柯却要证明，所谓精神主体其实不过和身体一样，是知识和权力的产物；不是认识主体的活动产生某种有助于"权力"或反抗权力的知识体系，而是相反，认识主体与认识对象、认识模态一样，都不过是"权力—知识"这些基本连带关系及其历史变化的效应体现。① 在这样的意义上，福科预言"主体"将很快消亡。也就是说，近现代哲学与客体相分离并高踞万物之上的"主体"，只是形而上学的虚构，不具有真正的现实性；自由主体的观念表明的只是现代哲学人类学方法的昏聩，脱离这种昏聩状态的唯一出路，就是摧毁作为知识、历史、叙述和价值的前提意义上的"主体"，还其作为历史进程中无意识客体的本来面目。

"主体"之死的结果，是以主体为核心的整个现代性结构大厦的轰然坍塌，是这个结构的各种意义上的"中心"的被解构和相应的所谓"边缘"的重新引起关注。解构中心，就是解构立足"中心"对所谓"普遍性"作出的定义，就是强调包含在"普遍性"范围内的差异性从而暴露所谓"普遍性"的虚假性。生态学思潮和后现代主义世界观之间的关联，也可以从这样的层面加以理解。某种意义上，洛克所谓"荒原"意义上的自然，乃是现代性价值理念的受害者。英国哲学家辛格（P. Singer）把对动物权利的漠视和对诸如女权、少数族裔权利、同性恋者权利、未成年人权利、精神病患者权利等的侵犯相提并论②，从一个侧面表明了生态学世界观中的"自然"对现代性世界观所具有的解构效应。美国学者小约翰·B. 科布说，生态学是后现代科学，它为生态世界观提供了最基本的要素；生态学走向一种后现代世界观、后现代生态世界观。在对传统哲学批判的基础上，生态哲学成为一种反主流文化，在后现代主义思潮中占有一席之地。③

---

① 参见［法］米歇尔·福柯（Michel Foucault）《规训与惩罚》，刘北成、杨远婴译，生活·读书·新知三联书店1999年版，第29—30页。

② 参见［英］辛格（P. Singer）《动物解放》，孟祥森、钱永祥译，光明日报出版社1999年版。

③ 参见余谋昌《生态哲学》，陕西人民教育出版社2000年版，第39页。

后现代的解构不仅指向社会内部的知识和权力关系，同时要求解构社会外部的、人与自然环境之间的知识和权力关系。站在后现代思潮的视角上，这两种似乎是存在于不同领域内的知识—权力关系，乃是一种同构的关系。基于这种理解，女权主义者依据关于男人统治妇女和人类统治自然之间关系的研究，发展出生态女性主义理论，主张把妇女解放和环境保护结合起来。如美国学者沃伦（Karen J. Warren）提出，男人统治妇女与人统治自然之间的联系，在认识上是根植于以统治的逻辑为特征的、家长制的概念框架中的。家长制在世界观的层次上有三个特征，一是二元对立的思维方式，及由此出发作出的诸如男人和女人、文化与自然、精神与肉体、理性和感情之类的类型划分；二是价值等级观念，从某种预先设定的道德观出发，认定具有某种价值特征的类型在道德上比缺乏这种特征的类型优越，如认为男人比妇女优越、人比自然优越等；三是统治的逻辑，基于对两种不同类型道德尊卑的假定，推论在道德上优越的群体统治另一类群体的合理性，如推论出男人统治女人的合理性、人统治自然的合理性。她认为生态女性主义就是要重新构建女性主义理论、批判大男子主义和反对一切反自然的行为，要反对一切压迫、根除一切压迫制度，要构建重视男人统治妇女与人统治自然之间关系并抛弃这种统治的环境伦理学。①

后现代生态哲学观力图引导人们摆脱精神与物质、人与自然、主体与客体对立的二元论思维方式，摆脱机械论的、单纯以人为中心的世界图景。美国后现代主义代表人物大卫·格里芬（D. R. Griffin）批评笛卡儿式的自然观说，按这种观念，“在决定对待自然的方式时，人类的欲望及其满足是唯一值得考虑的东西。这就意味着一种掠夺性的伦理学：人们不必去顾及自然的生命及其内在价值；上帝明确地规定了世界应由我们来统治（实质上是‘掠夺’）”②。后现代主义倾向于把人类当作自然的一部分，强

---

① ［美］卡林·J. 沃伦（Karen J. Warren）：《生态女性主义的力量和承诺》（The Power and thePromise of Ecological Feminism），收入沃伦主编《生态女性主义哲学》（Ecological Feminist Philosophies）（Indiana University Press，1996）。此据［美］罗斯玛丽·帕特南·童（Rosemarie Putnam Tong）《女性主义思潮导论》第 8 章的转述，艾晓明等译，华中师范大学出版社 2002 年版。

② ［美］大卫·雷·格里芬（D. R. Griffin）：《后现代科学》，马季方译，中央编译出版社 1998 年版，第 219 页。

调人类与其他物种之间连续性的亲缘联系。"他们主张人或主体不是独立于世界万物的实体，而是'本质上具体化的并且实际上是与世界纠缠在一起的'，人就是'世界的成分'，人与世界万物交融在一起，彼此不可须臾分离，也可以说人融化在世界万物之中。"① 按这种生态学的立场，"人们把环境设想为一个包罗万象的壳子，其中的小环境随着进化的发展相继被占据。人们可以看到生物的阶段是如何交错在一起的，每个阶段又如何对另一些阶段起作用。生态学的考察方式是一个很大的进步，它克服了从个体出发、孤立的思考方法，认识到一切有生命的物体都是某个整体中的一部分"②。生物和生态系统的各种因素，包括生物因素、环境因素及它们的关联性，都是相互依赖的。因而，后现代生态世界观强调自然世界本身的"内在价值（inherent value）"，要求将道德关怀的对象从社会扩展到整个生命和自然世界。

美国学者罗尔斯顿（H. Rolston）是生态中心主义伦理学的重要代表人物，他将地球生态系统划分为七个不同的层次，认为其中每个层次都表现出自己特殊的价值需要和评判能力。第一是有评价能力的人。人可以对自然世界进行工具性评价，但并非只有人才能充当评价的主体。第二是有评价能力的动物。动物面对不同的可能性，能够作出自己的选择。它们能感受饥渴、兴奋、困倦，能捍卫自己的利益，没有理由否认它们区别于人类的特殊价值能力。第三是有评价能力的植物界。植物生长、繁殖、修复创伤和抵抗死亡，努力保持自我的同一性，并以这种努力对相关营养资源的价值进行着评价。第四是有评价能力的物种。第五是有评价能力的生态系统。第六是有评价能力的地球。地球上构成生命的那些基本元素，诸如碳、氢、氧、氮等，在宇宙间普遍存在，但生命迄今只在地球上被发现，这是因为这些普通的元素在地球上得到了特殊的安排，这种特殊安排使地球成为活的、有自组织能力的系统。第七是有评价能力的自然。"如果……一个物种把自己看得至高无上，而对自然中其他一切事物的评

---

① 张世英：《天人之际》，人民出版社1995年版，第172页。
② ［德］汉斯·萨克塞（H. Sachsse）：《生态哲学·前言》，文韬等译，东方出版社1991年版，第1—2页。

价，全都视其是否能为己所用，那是很主观的，在哲学上是天真的，甚至是很危险的。这样的哲学家是生活在一个未经审视的世界，从而他们及受他们引导的人，过的都是一种无价值的生活，因为他们看不到自己所生活的这个有价值能力的世界。"① 所以在他眼里，一种哲学理论是否谈得上深刻，重要尺度之一就是看它是否达到了对自然和文化之间互补关系的把握并予以尊重。② 激进的生态中心主义者甚至说宁愿杀死一个人而非一条蛇③，也就是说，对于自然生态平衡的维护者来说，他们认为某些濒危物种的保护，其意义更有甚于某个社会成员的保护。

与生态中心主义者立足整个自然生态系统来强调自然的"内在价值"不同，生物中心主义者更多关注动物个体的存在权利。洛克等近代哲学家曾触及过这个问题，但其出发点却仅仅在于更可靠地维护人的生存权利。如洛克建议父母教导孩子善待动物，因为"折磨、杀害野兽的习俗不同程度上使孩子甚至有可能对人硬起心肠；而从低等动物受折磨和毁灭中取乐的人对自己的同类不大可能很同情或仁慈"④。生物中心主义者保护动物权利的理由，则是强调动物自身有其感觉痛苦与快乐的能力，或动物有其固有的生存权利。如辛格说："如果一个存在物能够感受苦乐，那么拒绝关心它的苦乐就没有什么道德上的合理性。不管一个存在物的本性如何，平等原则都要求我们把它的苦乐看得和其他存在物的苦乐同样重要。"⑤ 汤姆·雷根（T. Regan）进一步要求引入动物权利的概念，并认为这种权利是天赋的。尊重这种权利意味着必须把它当作目的本身予以尊重，而不是视之为工具。⑥ 美国环境哲学家泰勒（Paul W. Taylor）认为，环境伦理学

---

① ［美］罗尔斯顿（H. Rolston）：《自然的价值与价值的本质》，刘耳摘译，《自然辩证法研究》1999 年第 2 期。

② 参见罗尔斯顿《哲学走向荒野》，刘耳、叶平译，吉林人民出版社 2000 年版，第 3 页。

③ 参见［美］爱德华·艾比（Edward Abbey）《沙漠隐士》，唐勤译，（中国台湾）天下图书公司 2000 年版。

④ 洛克：《关于教育的几点思考》，转引自［美］加里·L. 弗兰西恩《动物权利导论——孩子与狗之间》，张守东、刘耳译，中国政法大学出版社 2005 年版，第 341 页。

⑤ ［英］辛格：《所有的动物都是平等的》，江娅译，《哲学译丛》1994 年第 5 期。

⑥ 参见［美］汤姆·雷根（T. Regan）等《动物权利论争》第一部分第七章，杨通进、江娅译，中国政法大学出版社 2005 年版。

应包括三个相互支持的核心，即关于生物中心主义的信仰、尊重自然的态度和对道德代理人有普遍约束力的规范准则。《尊重自然》一书强调："①人类与其他生物一样，是地球生命共同体的一个成员；②人类和其他物种一起，构成了一个相互依赖的体系，每一种生物的生存和福利的损益不仅取决于其环境的物理条件，而且取决于它与其他生物的关系；③所有的机体都是生命的中心，因此每一种生物都是以其自己的方式追寻其自身的好的唯一个体；④人类并非天生就优于其他生物。"① 总之，生物中心主义要证明的，是某种类似于佛教众生平等的观念，并从这种角度对各种形式的人类优越论进行反驳。

片面强调作为目的而非工具的存在权利，即使是对人，也缺乏实践层面的可操作性。宇宙间的各个物种，包括人类，无不处在相互性的依存关系之中。既有其自身自觉或不自觉的生存目的，又在充当他物生存的手段。即使是人，其目的性地位也不是绝对的。任何生物个体，一旦形成，就理所当然地表现出自身的目的指向，形成其特有的内在价值。另外，它的存在又不可能是孤立的，在更大的生物链条之中，他必然对他物种的存在提供某种支持，由此形成其工具性的外在价值。"当延龄草为捕食者所食，或枯死被吸收进土壤腐殖质，延龄草的内在价值被毁灭，转变为工具价值。系统是价值的转换器。……内在价值和工具价值穿梭般地来回在整体中的部分和部分中的整体中运动。"② 站在这样的角度，整合关于自然生物拥有自己的"内在价值"的理念，在此基础上超越传统"强式人类中心主义（strong anthropocentrism）"而形成的"弱式人类中心主义（weak anthropocentrism）"理念，比生态或生物中心主义或许更有现实的指导意义。这种"弱式人类中心主义"的代表人物，美国植物学家墨特（William H. Murdy）指出，物种的存在，以其自身为目的，在这个意义上，所有物种都是以自我为中心的，人也不可能例外；但人具有特殊的文化、知识和

---

① ［美］泰勒（Paul W. Taylor）：《尊重自然》（Respect for Nature: A Theory of environmental Ethics），Princeton University Press, 1986, pp. 99 - 100。转引自何怀宏主编《生态伦理——精神资源与哲学基础》，河北大学出版社 2002 年版，第 415 页。

② H. 罗尔斯顿：《环境伦理学：自然界的价值和对自然界的义务》，载中国社科院哲学所自然辩证法研究室编《国外自然科学哲学问题》，中国社会科学出版社 1994 年版。

创造能力，这意味着人对自然担负着较其他物种更大的责任，能够认识到自我利益膨胀的危害。① 环境哲学家诺顿（Bryan G. Norton）的理解是，和强式人类中心主义相比，弱式人类中心主义在坚持人的优越性的同时，要求对人的需要设置限制。强式人类中心主义以"感性偏好（felt preference）"，即人可以感觉到的任何欲念为满足标准；弱式人类中心主义则只以"理性偏好（considered preference）"，即经过审慎理性思考后才表达出来的欲念为满足标准。思考的目的在于审视自己的欲念能否得到合理的审美和道德观的支持。弱式人类中心主义承认自然有其超越单纯工具之上的价值，作为生态共同体的成员，人类应对它们承担起道德关怀的责任。②站在比较的角度，我们也许可以说，儒家既坚持人文主义的基本价值取向，又从天人合一立场出发，主张对人类利用厚生的行为进行限制的自然观和这种现代弱式人类中心主义自然观能够形成更多的共鸣。它们既没有陷入现代性思维掠夺自然的疯狂，又没有因为反叛而流于激进后现代反人文的偏执，对新的更具建设性的生态伦理观念的探索来说，这种相对"中庸"的态度或许更有指导意义。

（三）

一个令人颇为讶异的现象是，中国传统思想中存在和最激进的后现代生态中心主义相通的观念成分。这种成分不仅存在于诸如庄子之类自然主义思潮的代表人物身上，甚至存在于某些通常人们认为无疑义地属于儒家"阵营"的人物身上。像韩愈就曾宣称："物坏，虫由之生；元气阴阳之坏，人由之生。虫之生而物益坏：食啮之，攻穴之，虫之祸物也滋甚。其有能去之者，有功于物者也；蕃而息之者，物之仇也。人之坏元气阴阳也亦滋甚：垦原田，伐山林，凿泉以井饮，窾墓以送死，而又穴为堰溲，筑为墙垣、城郭、台榭、观游，疏为川渎、沟洫、陂池，燧木以燔，革金以

---

① 参见［美］墨特（William H. Murdy）《一种现代人类中心主义》，章建刚译，《哲学译丛》1999 年第 2 期。

② 参见［美］诺顿（Bryan G. Norton）《环境伦理学和弱式人类中心主义》（Environmental Ethics and Weak Anthropocentrism），《环境伦理学》（Environmental Ethics）（1984 年夏季号）。此据何怀宏《生态伦理——精神资源与哲学基础》、余谋昌《生态哲学》等著作的转述。

熔，陶甄琢磨，悴然使天地万物不得其情，倖倖冲冲，攻残败挠而未尝息。其为祸元气阴阳也，不甚于虫之所为乎！吾意有能残斯人使日薄岁削，祸元气阴阳者滋少，是则有功于天地者也；蕃而息之者，天地之仇也。"（引据柳宗元《天说》，《柳河东集》卷十六）但类似观念元素在儒家思想体系中，应该说处在很边缘的位置，对传统中国社会生活的影响也非常有限，所以我们对儒家和后现代生态世界观的比较，不从这种细节性的相近出发，而尽量通过比照双方的核心精神和基本思维方式进行。

西方文明的基本精神，是对个体主体地位及作为这种个体主体地位前提的逻辑思维能力的崇尚。在这样的意义上，亚里士多德说人是理性的动物。所谓现代化其实质就是理性化，就是以理性审查、改造人的世界，既包括外部世界，也包括内部世界。如同康德所说，我们的时代是批判的时代，没有什么东西能够逃避理性的批判。理性的批判帮助人们摆脱中世纪的蒙昧和盲目，让智慧之光照亮沉睡的精神。但现代性思维对理性的崇尚，由于理性的巨大成就而很快达到了非理性的程度。理性成了某种意义上新的上帝，它裁判一切而不接受裁判，成为理性形式包装着的非理性狂热。

理性之为理性，就在于它是反思着的精神。基于理性的这种本性，我们可以说，对理性主义的反省和批判，乃是理性主义的题中应有之义。近现代理性主义的极端化发展，其非理性内在狂热和理性化外在思维形式的张力，是后现代思潮解构运动的基本动力来源。"后现代主义是……针对现代社会或者说针对现代性的一种批判立场。它是以现代性为依存条件的、边缘性的反文化。……后现代主义主张'破权威'、'去中心'、'拆结构'，其出发点乃是个人的更彻底的自由。后现代主义与社会抗议运动大大扩展了自由的论域，揭示了第一期现代性在规范化下所实施的压抑，主张了更大范围和更深层面的权利（少数族裔的权利、女性的权利、同性恋的权利等）。"[①] 在这样的意义上，与其说后现代思潮意味着现代性的终结，毋宁说它意味着现代性的自我否定，意味着现代性通过自我否定实现自我超越从而跃升到更高形态的努力。

---

① 刘北成：《后现代主义、现代性和史学》，《史学理论研究》2004 年第 2 期。

　　后现代主义以解构方式对现代理性主义进行的批判,最初是以现代性思维内部自我批判的形式存在的。如果说,培根、笛卡儿、洛克极力渲染的是工具理性的迷人魅力;那么鲍姆嘉通、维柯等人的工作体现的,就是对这种工具理性狭隘性的本能忧虑及对之进行补充的努力。康德、黑格尔固然是伟大的理性主义哲学代表人物,但某种意义上又是对理性进行限定的理性批判主义者,是寻求理性和非理性,及与之相应的人与自然统一可能性的超理性主义者和超人类中心主义者。同样是启蒙思潮的代表人物,既有伏尔泰式对基于理性规范的幸福王国的乐观主义憧憬,也有卢梭式对理性虚伪性的忧虑和对现代科学与人类福祉之间关系的怀疑。随着现代性科学借科技和法制对人类生活方式的日益严密的控制,对自然世界的更大规模上的征服和掠夺,特别是随着这种控制和征服的负面影响愈来愈惊心触目,对于现代性和理性主义的反省批判也日益趋于激烈,以致有可能从作为现代性发展一翼的位置上分离出来,成为独立的现代性批判思潮,成为反现代性的现代性,并获得“后现代主义”的独立命名。

　　后现代主义是现代性自我发展到一定阶段的产物,是理性的辩证法本性的体现。后现代主义生态世界观不是凭空创造的,其基本要素大都能在近现代哲学传统中找到源头。如在自然与人关系的连续或断裂、统一或对立问题上,近现代哲学内部就存在明显的张力。笛卡儿强调精神和物质两种实体的对立,但他也坚信更高实体即上帝作为二者统一的存在。自然与人统一又对立的紧张在黑格尔身上表现得最为典型。黑格尔心目中的自然如前文所述,是与精神对立的、僵死的、没有发展;但这只是就自然界本身孤立地看的结果。如果把自然置入世界精神辩证发展的总体过程中看,他又认为自然其实是精神的外壳,在这个物质的外壳之中,其实已经潜含着精神的最初端绪。这种自然和人、物质和精神辩证统一的观念,在当时的德国思想界具有普遍性。谢林曾把自然称作“冥顽化的理智”,也就是还没有觉醒的精神。针对《自然的体系》[①]一书的出版,歌德说:“我们没有一个人把这本书读完的,因为我们发现自己打开这本书时的期望受了

---

　　①　霍尔巴赫的《自然的体系》最初出版于1770年,系统阐述了机械论的自然宇宙观。该书有管士滨中译本,商务印书馆1964年版。

骗。……在这忧郁的、无神论的一片朦胧中，大地的景色和天空的星辰全消失了，……剩下来的只是亘古以来就在运动中的物质，……我们固然承认我们离不开日夜区分、季节变换、气候影响、物质和生命条件等等的必要因素；但我们内心里仍然感到某种像是完全自由的意志，同时又有某种企图平衡这种自由的力量。"① 洛伦兹·奥肯（Lorenz Oken）则写道："人是自然界发展的顶峰，因此必然把以前的一切囊括在自身之内，正如果子把果树以前的各个发展阶段包括在自身之内一样。一句话，人必然是代表整个世界的小像。既然在人身上体现了自我意识或精神，'自然哲学'就必须证明精神的规律和自然界规律并无不同，两者是相互描绘和相似的。"② 可以说，后现代生态主义世界观在与现代性主客二分自然观构成鲜明对照的同时，又仍然同它构成继承和发展的关系。

儒家天人合一自然观和后现代生态世界观基于完全不同的思想背景。"天人合一"观念当然不同于"天人不分"的原始神话意识，但应该承认，中国文化的思维方式从神人杂糅到天人相分的过渡，与中国社会的政治结构从血缘氏族群落到地缘政治国家的过渡一样，表现出某种"温和"的特征，这种"温和"性也可以叫作不彻底性。这种社会和精神变革方式上的"温和"，最终提升为儒家哲学"中庸"的思维方式和价值理念。思维方式的"中庸"性意味着，这种思维方式在某种意义上不是纯粹思想的，也即不是纯粹概念和逻辑推演的，而是保持着思想和经验互动、理性和实践相即不离的特点。理性思辨作为思维活动，尽管在根本上不可能脱离社会历史实践的制约，但这种外在制约通常需要借助思维自身内在逻辑的方式来进行。比较而言，"中庸"表现在思维方式上，它的推移需要更多地倚仗思维之外的经验感悟的推动。这是中国传统哲学论说必须借助大量类比予以推动的内在原因。儒家自然观从基本的价值取向上说，是某种人类中心主义型的；但由于以尊重日常经验为特点的"中庸"思维方式的制约，这

① 转引自 ［英］斯蒂芬·F. 梅森（Stephen F. Mason）《自然科学史》，上海外国自然科学哲学著作编译组译，上海人民出版社 1977 年版，第 326 页。

② ［德］奥肯：《自然哲学原理》，转引自梅森《自然科学史》中译本，上海人民出版社1977 年版，第 332 页。

种人类中心主义又是高度自制的，从而在与西方现代性思维强式人类中心主义的对照中，表现出了某种超越人类中心主义的色彩。儒家对自然的道德关爱意识超越了单纯人伦世界的价值阈限，但由于受"中庸"思维的限制，这种超越也不可能走向反人类中心主义，不可能形成激进后现代主义那种解构人文的冲动，而是始终在从属于人文理念的范围内发挥调节折中作用。

陈寅恪概括王国维的学术内容及治学方法，其"三曰取外来之观念，与固有之材料互相参证"①。所谓"参证"实即"诠释"。哲学的发展离不开哲学史。哲学家从自己的角度重新"诠释"，重新叙述哲学史，这是新哲学建构的基本途径。没有属于自己的新的诠释角度，就谈不上哲学的创新，也就没有哲学史的发展。反过来，没有哲学史的积累作为依托，没有和思想传统之间的适当沟通，所谓"创新"也不可能真正有生命力。朱熹说："大抵圣贤之言，多是略发个萌芽，更在后人推究，演而伸，触而长，然亦须得圣贤本意。不得其意，则从哪处推得出来？"（《朱子语类》卷六十二）其所欲启示后学的，也就是思想发展过程的这种辩证规律。与异质思想进行比较，是建构诠释传统思想之新视角的重要途径。陈寅恪所谓王国维治学方法的这第三个特点，体现的乃是中国学术现代化的基本策略。问题是，由于近代以来中西力量对比的不平衡，表现在思想学术领域，则是"互相参证"往往流为依据西方观念对中国思想的简单化剪裁。剪裁的结果不是如朱熹所谓"演而伸，触而长"，而是阉割了中国思想传统的内在有机联系，抑制了中国思想传统主体性的伸张。这种所谓对话的消极影响，是双向的。对中国思想传统来说，这种对话无助于它的创造性再生；对西方思想传统来说，也不能指望从这样的对话中获得异质性的营养，获得有益的批判和砥砺，而这种批判和砥砺对任何思想的发展和生命力保持来说，都是必不可少的。

克服依据西学观念裁剪中国思想传统的倾向，建立名副其实的中西对话机制，对中国思想而言，是需要同情式的体会，借诠释者主体的信

---

①　陈寅恪:《王静安先生遗书序》，收入《金明馆丛稿二编》，上海古籍出版社 1980 年版。

念认同重建传统在当代社会的立足点；就西方思想言之，则是克服那种简单化、以偏概全的理解。现代性思维是西方思想传统发展到特定历史阶段的产物，是理性辩证法展开的特定环节。现代性思维的真实内蕴及其合理性，只有在置入它所从属的大传统的起承转合的总体发展过程中之后，才有可能得到充分的透视。因为西方文明在近几百年的强势地位，就得出西方文明总体上优越于其他文明的结论，进而以近几百年主导西方社会发展的现代性思维作为评判其他各种思想传统是非利弊的标准，其结论必然是简单化的。在这样的意义上，后现代思潮的兴起，后现代思潮立足现代性思维的内在逻辑解构现代性的运动，有助于我们对西方思想传统，包括对现代性的更全面体会；从后现代主义角度解读观照儒家思想，有助于克服近百多年来片面地从现代性理念出发裁判中国传统思想——包括儒家思想——优劣长短的倾向。

后现代解构本体、解构理性、解构主体，反对个人主义、发展主义、科学主义，这些宗旨在儒家思想中都可以获得不同程度的支持。本体论就是要寻求存在本身，寻求据以解释其他各种具体现象的最高概念。儒家学说有本体论倾向，如其之所谓"道"；但儒家的经验论倾向，使其之所谓"道"作为本体，带有很大的虚置性。从现代性思维的视角判断，你可以说这是儒家理论思维不彻底的表现；但站在后现代的视角，我们也可以说，正是由于这种经验论品格，使它保持了某种最低限度的明智，避免了黑格尔式封闭体系的专制和独断。儒家肯定作为思维功能的理性，但坚持理性作用的发挥，应以有助于而非冲击道德秩序为前提。这种限制，站在现代性思维的角度，可以说阻碍了近代科学的产生，对中国社会的发展有阻滞作用；但站在后现代的视角反顾，也可以说对中国社会的稳定，对中国文明的长期延续，发挥了特殊的积极影响。发展主义的实质是经济第一主义："经济和工业技术的发展所引起的增长，被一切政治家和经济学家认为是必需的，即便此刻已完全清楚，在有限环境中的无限膨胀只能导致灾难。"① 儒家对社会分配方式合理性而非社会占有财富绝对数量的强调，

---

① ［美］弗·卡普拉：《转折点：科学、社会、兴起中的新文化》，冯禹等译，中国人民大学出版社 1989 年版，第 129 页。

为后现代思潮追慕的生态经济模式提供了价值观上的重要支持。儒家排斥洛克"社会原子论"意义上的个人概念。在儒家看来，人，他的生存和意义实现，都无法离开与他人乃至与自然的相互性关系。与外部世界的关联，这意味着我们在世的责任，同时也提示着我们成人的基本途径。在这个意义上，"仁"是通由"恕"落实的。后现代生态世界观对现代个人主义的批判，呼应了儒家立足伦理的人论思想："个体是一个相对概念，它只有与社会联系在一起才能存在，如同社会只有作为无数个个体的社会才能存在一样。尽管自然科学的这一认识在明确地教导我们，但由于个体的自我形象在思想意识中已经培养得非常高大，所以对个体来说，把自己看成整体的一部分显然十分困难。这里我们看到了生态哲学的意义。生态哲学的任务就是把人是整体的一部分这个通俗的道理告诉人们。"① 在主体问题上，儒家和现代性思维一样，坚持人之为人的公共性；后现代性坚持主体只是幻相和欺骗的结果，似乎和儒家不相容。但二者也有相通的可能性。现代性思维对人的公共性的概括是确定的，儒家思维对这种公共性的概括却带有浓厚的经验性色彩。孔子释"仁"就是典型的例子。这种对主体内涵理解的经验性品格，使它和后现代关于人总是受制于制度和权力、没有确定的所谓主体性可言的论调，表现出了相互参证的可能性。当然，相同之处背后又联系着不同。从根本上说，支撑后现代解构现代性的动力，是斗争双方的冲突和斗争意识。解构中心是要解放边缘，解构男权是要解放女权，解构人文是要解放自然。儒家中庸思维及其超人类中心主义色彩，联系着的则是和的意识，是中心通过伦理自觉而实现的自我节制，节制的目的也是给予边缘适度的存在空间，给予边缘适度的存在空间又是要有助于维护既定的中心—边缘关系。

"地球村"时代缩短了不同文化实体间的空间距离，将本来似乎是相距万里的人群联系到了一起；中国社会发展的不平衡性，又在某种意义上融合了时代性的间隔，将本来可能是应该存在于不同历史阶段的课题并置到了一起。伊格尔顿针对中国现实的特点，认为引进后现代主义有其积极

---

① 汉斯·萨克塞：《生态哲学》，东方出版社 1991 年版，第 49 页。

的意义："今天的中国当然是一个正在经历巨大改变的社会，正在努力寻找用以理解这个历史变化的最佳概念构架。后现代主义就是一个这样的构架，已经在今天的中国引起了某种兴趣。"① 如果后现代主义对中国社会问题的分析确有其参考价值，那么展开儒家思想与后现代主义之间的对话，就显出了双重的必要性。就理论的开新说，通过与异质思想的撞击，可能激活本来处在潜伏状态的某些思想基因，使参与对话的双方都焕发出其本来所没有的光彩。就现实的发展策略说，按在当代世界的实际影响力判断，儒家思想还仍然属于某种意义上的"地方性知识"；但是儒家所欲追求的，乃是普世性的价值；因此对于儒家的当代发展来说，存在如何转化话语方式以扩大辐射范围的问题。站在这样的角度，寻找适当切入点建立与具有"全球性"话语特征的后现代思潮的沟通管道，将会有助于儒家在全球范围内参与当代社会生活的努力。后现代主义虽然其话语体系借西方文明的强势地位产生了某种世界范围内的影响，但这种影响又是以它维护差异性，维护地方性价值、边缘性权利的自我标榜为前提的。所以，对于后现代思潮的延续来说，也不能不存在一个如何与各种地方性话语系统沟通融合的问题。

原载《中国文化研究》2006 年冬之卷

---

① 引自伊格尔顿为《后现代主义的幻象》中文版所写"前言"。

五　"义":从"五伦""三纲"到现代职业伦理

提要：早期社会不同族群间本是基于利益冲突的暴力杀戮行为，随着族群融合和文明进化，有超越狭隘的利益动机，寻求更具普遍性的价值合理性基础的需要。此外，作为族群内部血缘亲子之爱的伦理化提升，"仁"在落实为实践规范的过程中，其体现方式不能不根据指涉对象的不同而有所调整。随着社会共同体规模的扩大和构成的复杂化，对这种调整原则的探索，渐渐超出了单纯"仁"所能够涵盖的范围。两方面的动因，共同推动了作为普遍性道德原则的"义"观念的创构。孟子倾向于从社会分工角度定位以君臣关系为代表的各种社会关系，其所谓"义"指关系双方相互性的权利和责任。在这个意义上，"义"属于社会性道德，通向现代意义上的"职业伦理"。西汉中期以后，"义"开始被阐释为处下位者单方面的忠诚，逐渐演化为宗教性道德。"义"观念的宗教性转化，对中国社会人际关系的平衡造成了消极影响。消极影响的表现之一，是作为国家机器象征的"君"与民间社会同"义"和"利"对应关系的颠倒。"何必曰利"从本是主要针对"君"的修身原则，转变成为首先针对"民"的实践教条。现代新伦理建设的任务，首要一条就是克服"义"观念宗教化在民族文化心理层面造成的影响，将宗教性道德置入私德范畴，而将各种现实政治关系在社会性道德层面进行重新定位。社会结构关系的去宗教化，对培育现代意义上的公民人格主体性，对将公共政治权力纳入法制轨道，都将发挥积极促进作用。

关键词：义；社会分工；职业伦理

（一）

"义"的观念与"仁"一样，都渊源于三代礼文化。夏商周之所谓"礼"，是贯穿社会生活各层面的全方位的制度规范和意识形态，包含了现代意义上的政治、经济、军事和文化等各层面的内容。《左传》中说："国之大事，在祀与戎。"（《左传·成公十三年》）"祀"即祭祀以祖先神为代表的神祇，"戎"即与异族之间的相互征讨。前者的作用在于增强内部凝聚力，后者的作用在于克服外部的发展空间障碍。"祀"与"戎"是"礼"最基本的存在形态。随着社会生活中不同族类的融合混杂，同时也是由于同族类内部关系的分化与裂变，所谓"内"与"外"的界限也变得复杂起来。"外"可能因为结盟成为"内"，也可能因为被征服而成为另一种意义上的"内"。"内"可能因为封邦建国、后属疏远而渐次演变为"外"，也可能因为社会地位的下降而成为社会分层意义上的"外"。"内""外"边界的变化，使超越狭隘血缘氏族关系的一般意义上的"人"，及与一般意义上的"人"之观念对应的普遍主义的道德是非观念成为可能。

王国维描述西周社会秩序状态说："周之制度、典礼，乃道德之器械，而尊尊、亲亲、贤贤、男女有别四者之结体也，此之谓民彝。其有不由此者，谓之非彝。《康诰》曰'勿用非谋非彝'，《召诰》曰'其惟王勿以小民淫用非彝'。非彝者，礼之所去，刑之所加也。《康诰》曰：'凡民自得罪，寇攘奸宄，杀越人于货，暋不畏死，罔不憝。'又曰：'元恶大憝，矧惟不孝不友。子弗祗服厥父事，大伤厥考心。于父不能字厥子，乃疾厥子。于弟弗念天显，乃弗克恭厥兄，兄亦不念鞠子哀，大不友于弟。惟吊兹，不于我政人得罪，天惟与我民彝大泯乱。曰：乃其速由文王作罚，刑兹无赦。'此周公诰康叔治殷民之道。……是周制刑之意，亦本于德治、礼治之大经。"[①] 族属的融合和内外边界的变化，使暴力的适用对象从主要是异族，渐渐演变为可能同时甚至主要是针对共同体内部的破坏性因素。暴力使用的出发点，从单纯血缘族属的对立和生存空间的争夺，提升为对

①　王国维：《殷周制度论》，载《观堂集林》（上），河北教育出版社 2001 年版，第 302 页。

某种观念性价值原则的维护。如此，礼制中暴力的主要形式从所谓"兵"转变为"刑"。"祀"的凝聚范围也超越了本氏族共同体的范围，而扩展及于更广大范围的"天下"之中。所谓"怀柔远人"① 从而有可能最终被确立为传统政治文化的核心观念之一。

"礼"之所以能够在三代特别是西周时期，较好地发挥维系社会共同体平稳运行的作用，很重要的原因就在于，它内在地包含着某种对立而互补、相反而相成的运作理念。在文化层面，"礼"可别而为言曰"礼""乐"。"礼"以别异，"乐"而和同。在政治层面，"礼"则合"德治"与"法（刑）治"言之。"德治""法（刑）治"的不同适用，最初主要系于族属或社会身份的区别，所谓"德以柔中国，刑以威四夷"（《左传·僖公二十五年》），渐渐地则过渡到品类德行的差异方面，所谓"虽王公士大夫之子孙也，不能属于礼义，则归之庶人。虽庶人之子孙也，积文学，正身行，能属于礼义，则归之卿相大夫"（《荀子·王制》）。"礼教荣辱以加君子，化其情也；桎梏鞭朴以加小人，治其刑也。"（荀悦《申鉴》）"义"的观念即源于对礼制强制性侧面的概括："司寇之官以成义。"（《大戴礼记·盛德》）"有大罪而大诛之，简；有小罪而赦之，匿也。……简，义之方也；匿，仁之方也。刚，义之方也；柔，仁之方也。"（《帛书·五行篇》）"仁""义"分别对应着礼制文化的两个侧面，在这样的意义上，它们是类似于"阴""阳"或"刚""柔"那样的对立范畴："昔者圣人之作《易》也，将以顺性命之理，是以立天之道曰阴与阳，立地之道曰柔与刚，立人之道曰仁与义。"（《易·说卦》）

孔子"以仁释礼"，着重强调的是"礼"作为共同体之和同手段的侧面，所谓"仁者爱人"。至于礼之规范钳制异端的精神侧面，孔子只是将其作为"仁爱"体现的消极形式进行了提示："唯仁者能好人，能恶人。"（《论语·里仁》）也即"好"和"恶"两种情感——在政治实践层面则对应着"德"或"刑"两种管理模式——都是从属于"仁"之下的。天地之道，灭与生、衰与荣、成与毁总是如影随形，人道亦复如是。孟子在继

---

① 《礼记·中庸》："凡为天下国家有九经。曰：修身也，尊贤也，亲亲也，敬大臣也，体群臣也，子庶民也，来百工也，柔远人人，怀诸侯也……柔远人则四方归之，怀诸侯则天下畏之。"

承孔子仁学基本价值立场的同时，更明确了礼制文化精神的这种内在张力属性。如果说"仁"是立足于"家"的层面对家国一体的政治共同体运行原则进行规范，是立足于亲亲和同的侧面对礼文化精神进行总体概括，那么"义"就是侧重于"国"的层面对礼制社会的结构原则进行阐释，是立足于尊尊别异的侧面对礼文化精神进行总体概括。虽然"仁"的观念也可以涵摄"恶恶"之一面，却毕竟以"亲亲"为主；"义"的观念也可以涵摄"善善"之一面，却终归以"羞恶"为本。与孔子专注于"仁"不同，孟子总是"仁义"并称，诸如"仁，人心也；义，人路也"（《孟子·告子上》），"仁，人之安宅也；义，人之正路也"（《孟子·离娄上》）等说法，都表明孟子试图将"义"作为"仁"的对待范畴加以定位，这种思路无疑极大地突出了"义"的重要性，同时对"仁"的作用限度和方式给出了某种限制。

（二）

《中庸》释"义"为"宜"。"宜"，容庚以为与"俎"本一字（《金文编》）。"俎"，许慎以为"从半肉在且上"（《说文》）。"宜、俎、肴本一字，故得互训。此后逐渐分化，宜专用作杀牲，俎为载牲之器，肴则为牲肉矣。……宜之本义为杀，为杀牲而祭之礼，是没有疑义的了。"① 就"义"本身的字形结构来说，繁体"义"字上"羊"下"我"，王国维说"我字疑象兵器形"②。这似乎从另一个侧面为把"宜"与"杀"相联系提供了支持。本义似乎沾满血腥气息的"义"，随着时间的推移和社会文化形态的雅化，从两个方面发生了变化。一是所指涉含义的抽象化，"杀"可能不再专指肉体层面的杀戮，而用来指称某种价值理念层面的斗争和否定；二是其所指向的对象目标也不再局限于异族和异类，而扩展及于道德伦理层面之各种负面或异端现象。在此前提下，后世儒家更愿意引申性地从安宜、适中、恰如其分等角度为"义"定位。尽管如此，同样作为对礼

---

① 庞朴：《儒家辩证法研究》，中华书局 1984 年版，第 22 页。
② 朱芳圃：《甲骨学·文字编》卷十二第 8 页背面 "我" 字条引。转引自周桂钿《中国传统哲学》，北京师范大学出版社 1990 年版，第 232 页。

制文化精神的观念性提升，"义"在与"仁"的对照中，还是能够或隐或显地让人体会到其中的威慑成分："恻隐之心，仁也；羞恶之心，义也。"（《孟子·告子上》）"羞"者，不善在己而耻之；"恶"者，不善在人而憎之。无论在人抑或在己，"义"的承担与"仁"迥乎有异。

"义"与杀戮的关联，本是族群生存竞争和利益冲突的结果，其原初驱动力毫无疑问地是"利"。所谓"义以建利"（《左传·成公十六年》）、"义以生利"（《左传·成公二年》）、"义，利之本也"（《左传·昭公十年》）等说法，某种程度上都可以视作"义"最初渊源于"利"的旁证。但随着"义"之表现形态的雅化，其目标定位方面也表现出超越"利"的取向。之所以要进行这种超越，是因为利益观念随着文明进化程度的提升而形成了分化，有可能在总体利益和局部利益、眼前利益和长远利益之间作出明确的区分。为了使总体利益和长远利益得到有效保障，就必须超越局部具体利益和眼前利益。在这样的背景下，"义"之为"杀"，首先要强调的就不再是它和形而下的"利"的一致性，而是它和某种更抽象、更宏观的合理性原则的对应性；适应这种要求，对象之"恶"或说"不德"很自然地慢慢取代行为主体自身的利欲而成为实施"杀"的主要根据。① 这就是"义"之为"灭"，其针对的对象有时可能会从"异族"转为"亲族"背后的逻辑。

王国维曾有分析道："古之圣人亦岂无一姓福祚之念存于其心，然深知夫一姓之福祉与万姓之福祚是一非二，又知一姓万姓之福祚与其道德是一非二，故其所以祈天永命者，乃在德与民二字。"② "一姓之福祚"者，统治者之私利也；"万姓之福祚"者，统治者之恩泽惠德也。不同族属部落之间的相互征服，无疑是基于本族的生存利益；建立在征讨基础上的政

---

① 从理论上说，这种思维方式的改变体现了文明的进化，但在实践层面，却也可能使历史叙述变得复杂，从而在某种意义上不利于真相之发现。即如武王克商，或许本来主要是不同族类之间基于生存利益的争夺，但为了使自己的胜利适应文明时代价值观念的要求，作为胜利者的周族就要尽可能强调双方在道德上的对立。于是在由胜利一方书写的历史上，周王就成了道德的化身，而敌对方的纣王则成了恶的集大成者。对于这种基于意识形态需要而构建的历史叙述体系，子贡就直截了当地说："纣之不善，不如是之甚也。"（《论语·子张》）

② 王国维：《殷周制度论》，载《观堂集林》（上），河北教育出版社2001年版，第301页。

权，也无疑是为本部族成员（贵族）服务的。但随着多族融合基础上的共同体观念的形成，人们有关国家政权属性和政治统治合法性的观念，也必然会发生变化。这种变化首先是基于现实政治实践的推动。武王在殷周兴亡易代之际，借声讨殷纣之暴虐的方式进行总结说："惟天惠民，惟辟奉天。有夏桀，弗克若天，流毒下国。天乃佑命成汤，降黜夏命。惟受罪浮于桀。剥丧元良，贼虐谏辅。谓己有天命，谓敬不足行，谓祭无益，谓暴无伤。厥监惟不远，在彼夏王。天其予乂民，朕梦协朕卜，袭于休祥，戎商必克。"（《尚书·泰誓中》）人君是否能上承天命，天命能否延续而不发生转移，端的视其施政理民能否最终满足下民对于公平正义的要求，所谓"天视自我民视，天听自我民听"（《尚书·泰誓中》）。稳固的政治统治需要缓解乃至最后克服族群之间的对立，克服族群对立的基本前提，是将政治统治建立在全部共同体成员认同的基础上。这就要求核心统治集团超越王国维所谓"一姓福祚"的狭隘利益观念，致力于天下"万姓"也即全民的福祉。王国维说："殷周间之大变革，自其表言之，不过一姓一家之兴亡与都邑之转移，自其里言之，则旧制度废而新制度兴，旧文化废而新文化兴。"[1] 这种文化性质上从"旧"到"新"的重要标志之一，就是所谓"德"的观念的构造。"殷代卜辞中无'德'字。周初把'德'作为统治殷顽民和其他庶民的一种软的手段，提到这样的重要，恐怕是周公的创见。"[2] 按周人的思维，夏殷"惟不敬厥德，乃早坠厥命"（《尚书·召诰》），文王之所以能够上应天命，则是由于"德柔懿恭，怀保小民，惠鲜鳏寡"，乃至于"自朝至于日中昃，不遑暇食，用咸和万民"（《尚书·无逸》），总之是由于能够"敬德"。

"万姓之福祚"意味着对最高统治者"一姓之福祚"观念的否定。对"一姓之福祚"乃至一己之福祚的超越，就主观态度言之，就是所谓"敬德"；就客观体现言之，则是对"一己""一姓"之外的"万姓""万民"

---

① 《殷周制度论》，载王国维《观堂集林》（上），河北教育出版社 2001 年版，第 288 页。
② 中国社会科学院哲学研究所中国哲学史研究室编：《中国哲学史资料选辑》（先秦之部），中华书局 1984 年版，第 24 页。

的重视。"卜辞中没有'民'字；周人才重视了'民'。"① 这种对本属被征服被统治之"万姓"② 的重视，对狭隘自我利益观念的超越，使本属"一姓"的统治获得了"万姓"的认同，获得了更深厚的统治基础，具有了普遍规范意义上的"德"的属性，从而有可能长保其稳定与活力。这种统治地位的持续稳定当然从根本上保障着最高统治者及其核心集团的最大利益。以这样的现实政治文化的发展为前提，观念层面作为政治操作规范的"义"也发生了变化。儒墨等学派都在这种价值观念嬗变的历史进化过程中，做出了自己的贡献。

"义"或"宜"用于指称规范刑杀的抽象合理性原则而非刑杀本身，这在《尚书》《诗经》等文献中就已如此。如《尚书》中说："用其义刑义杀。"（《康诰》）说："其在祖甲，不义惟王，旧为小人。"（《无逸》）《诗经》中说："文王曰咨，咨女殷商。而秉义类，强御多怼。"（《大雅·荡》）春秋末期后，孔子等思想家进一步强化了这种倾向。"子曰：'非其鬼而祭之，谄也；见义不为，无勇也。'"（《论语·为政》）这里孔子所谓"义"强调的，主要不是具体的实体性行为，而是行为背后隐含的正当性原则。"子曰：'君子义以为上。君子有勇而无义为乱，小人有勇而无义为盗。'"（《论语·阳货》）这里"义"联系着主体用普遍合理性原则约束自己以抵御利益诱惑的能力。墨子也继承了对"义"进行道德化提升的思想潮流，反复强调"义"作为"公正"的含义："是故墨子言曰：戒之，慎之，必为天之所欲而去天之所恶。曰：天之所欲何也？所恶者何也？天欲义而恶其不义者也。何以知其然也？曰：义者，正也。何以知义之为正也？天下有义则治，无义则乱，我以此知义之为正也。"（《墨子·天志下》）只有那些根本否定"义"及"仁"等观念的学派人物，对"义"观念内涵的这种演变趋向表现得比较麻木。如《庄子·大宗师》中说："吾师乎，吾师乎，虀万物而不为义，泽及万世而不为仁，长于上古而不为老，覆载天地、刻雕众形而不为巧。"庄子这里所谓"不为义""不为仁"

---

① 侯外庐、赵纪彬、杜国庠：《中国思想通史》第一卷，人民出版社 1958 年版，第 73 页。

② 侯外庐等以为，"金文'民'字象刺目形，即奴隶总称"（侯外庐等：《中国思想通史》第一卷，人民出版社 1958 年版，第 73 页）。

"不为老""不为巧"都是就道家宗师超越性的观念境界而言的。按他的理解，在社会的常规思维中，"刻雕众形"是"巧"，"泽及万世"是"仁"，"长于上古"是"老"。与此相应，"义"的本义应该就是"啇"。与墨子、孟子等对"义"的使用对比之下，庄子的使用显然是没有与时俱进、没有充分关注"义"观念色彩柔化的历史趋向的结果。之所以如此，或许是因为，对于庄子之类道家人物来说，"义"作为刑杀实践，或者作为抽象化的人间道德政治判断依据，都不妨碍其作为被指斥否定的对象。

（三）

在"义""利"观念分化的历史文化背景下，孟子确立了"义利之辨"在儒家政治伦理学说中的地位。因为此一理论命题是在《孟子》开篇之第一章中提出的，所以历来所引起的关注似乎都较诸孟学其他命题更广泛。如张栻即称："学者潜心孔孟，必得其门而入，愚以为莫先于义利之辨。"（《南轩全集》卷十四《孟子讲义·序》）

针对孟子"王何必曰利，亦有仁义而已矣"的答辞，古今学者多从重义轻利的角度诠解，强调孟子对立"义""利"的倾向。如朱注即将"义""利"分别对应于所谓"天理"和"人欲"："此章言仁义根于人心之固有，天理之公也；利心生于物我之相形，人欲之私也。循天理则不求利，而自无不利；徇人欲则求利未得，而害已随之，所谓毫厘之差，千里之谬。"（《孟子集注》卷一）如此则"利"的依据在形而下层面，"义"的根据在超越性的"天理"层面，虽同样映现于人心，却具有根本不同的属性。现代学者也多从这样的角度读解此章。冯友兰即循此得出"孟子反功利"的结论。[1] 黄俊杰则说："春秋时代的人一般均认为'义以生利'，孔子亦不排斥求人民之大利。到了孟子手中，'义'与'利'才发展成为互不相容的敌体，这可能与战国晚期世变日亟，上下交征利的时代背景有密切关系。"[2] 中国

---

① 参见冯友兰《孟子哲学·孟子反功利》，载《三松堂学术文集》，北京大学出版社 1984 年版，第 177 页。

② 黄俊杰：《"义利之辨"及其思想史的定位》，收入苑淑娅编《中国观念史》，中州古籍出版社 2005 年版，第 340 页。

传统政治中崇本抑末、重农抑商的观念,也与对孟子"义利之辨"的这种阐释角度有关。但综观孟子全书,此种解读与孟子思想的实际之间,似存在明显距离。孟子对惠王解释"何必曰利"的理由说:"未有仁而遗其亲者也,未有义而后其君者。"也即"仁义"原则实际上能够更有效地保障为人君者的切身利益。这意味着孟子游说惠王治国以仁义为本,理据并不完全在价值原则性的"重义轻利",不完全在脱离"人欲"的所谓超越性"天理"——康德意义上的"绝对命令",而仍同被游说者现实的利害得失有关。至于一般意义上的"利",孟子更是多次正面表示肯定。如《离娄下》篇说"天下之言性也,则故而已矣。故者,以利为本"。他贬斥杨朱,说是其"拔一毛而利天下,不为也"(《孟子·尽心上》),这反过来当然也意味着对"利天下"原则的肯定。

但孟子确实对专注于"利"所可能导致的消极后果怀有特殊戒备。这在与墨者宋牼的对话中,表现得十分清楚:"宋牼将之楚,孟子遇于石丘。曰:'先生将何之?'曰:'吾闻秦楚构兵,我将见楚王说而罢之。楚王不悦,我将见秦王说而罢之。二王我将有所遇焉。'曰:'轲也请无问其详,愿闻其指。说之将何如?'曰:'我将言其不利也。'曰:'先生之志则大矣,先生之号则不可。先生以利说秦楚之王,秦楚之王悦于利,以罢三军之师,是三军之士乐罢而悦于利也。为人臣者怀利以事君,为人子者怀利以事其父,为人弟者怀利以事其兄。是君臣、父子、兄弟终去仁义,怀利以相接,然而不亡者,未之有也。'"(《孟子·告子下》)比较宋牼说秦楚之王与孟子之说惠王,区别或许仅在于,孟子承诺的只是作为客观回报结果的"利",就当事者的主观立场言之,则应该首先是"亦有仁义而已矣"的心态。

就其本原状态言之,"义"与"利"本是统一的,而之所以最后"义"超越"利"并形成自己的独立品格,其历史动因在于要求对全局利益、长远利益和局部利益、眼前利益关系的有效平衡。在"义""利"观念分化后,如果说"义"更多地联系着长远的与全局的合理性,对应于现代所谓"价值理性",那么"利"所概括的则更多地属于眼前的和具体的合理性,和现代所谓"工具理性"有更直接的关联。文化的健康发展,必须依赖于价值合理性和工具合理性两种尺度的相互参照、相互补充，只有在两种不同合理性观念的张力结构中，才能理解真正的人类理性。围绕"义利之辨"的命题，重要的不是强调"义"作为普遍性价值伦理原则的重要性，不是强调"利"作为现实社会延续发展的基础的重要性，也不是笼统地谈论"义""利"之间的统一性，而是理解二者在什么意义上对立，经由什么中介实现统一。

《易·系辞上》中曾说："备物致用，立成器，以为天下利，莫大乎圣人。""天下利"即相对于所谓"私利"的"公利"。剖析孟子"义利之辨"的另一种思路，是将"义"理解为"公利"或他人之利，强调"义利之辨"的根本是否定私利。如钱穆说："利者，发乎吾之欲，其营谋极乎我之身，其道将夺之人以益之己者也；善者，发乎吾之情，其是越乎我之体，其道将竭之己以献之人者也。"① 劳思光也认为："义利之辨亦即公私之别。"② 但这种思路仍旧不能真正解决公共利益与个体生存实践之间的统一基础问题。也就是说，"君子"作为现实的存在个体，其"未尝不欲"之"利"，首先应该是个体私利。只有借助适当的中介，才有可能将这种作为生命欲望直接目标的私利与天下公利相联结。

(四)

综观《孟子》七篇总体，这个使"义"在超越"利"之后而能重新实现与"利"的统一，也就是使作为个体生命直接欲望对象的个体利益实现与社会公利之统一的中介，乃是社会分工的观念。文明进步必然伴随分工，分工不同，职分也就不同，所谓"尧以不得舜为己忧，舜以不得禹、皋陶为己忧。夫以百亩之不易为己忧者，农夫也"。（《孟子·滕文公上》）"义"和"利"本是统一的，但落实到具体社会成员身上，由于身份职责不同，就可能自然形成或者"喻于义"或者"喻于利"的不

---

① 钱穆认为这里所谓"善"与"利"的关系，基本同于"义"与"利"的关系。钱穆：《孟子要略》，载《钱宾四先生全集》第二卷，（中国台湾）联经出版事业公司1988年版，第287页。

② 劳思光：《新编中国哲学史》第一卷，广西师范大学出版社2005年版，第125页。

同。犹如现代社会有行政机关、事业单位和工商企业之不同。"有大人之事,有小人之事。且一人之身,而百工之所为备。如必自为而后用之,是率天下而路也。故曰:或劳心,或劳力;劳心者治人,劳力者治于人;治于人者食人,治人者食于人;天下之通义也。"(《孟子·滕文公上》)惠王作为社会管理者的代表,本分在于维护"仁义"这种全社会范围内的基本价值规范。完成这种职分是"义";因为完成了职分,社会将给予其应得的回报,所以这"义"也是"利"。"君子未尝不欲利",但其对"利"的"欲"必须以符合其社会分工责任的方式实现,所以有"何必曰利"或"君子不言利"的要求。至于其他社会成员比如商人,由于职分不同,对其日常行事为人方式的要求也自当有所区别。子路说"君子之仕也,行其义也"(《论语·微子》),这体现了儒门的普遍看法。出仕是"君子"或其预备形态即"士"的本分,这是由中国古代社会的教育目标定位决定的。这样说当然不意味着要求农、工、商等其他各阶层人士都必须步入仕途。孟子说:"士之仕也,犹农夫之耕也。"(《孟子·滕文公下》)反过来,似乎也可以推论说:农夫之耕也,商贾之经营也,工匠之构造也,犹士之仕也,皆所以行其义也。孟子正是从这样的角度为"士"、"君子"乃至"天子"这个社会分工系列的合法性辩护的:"子不通功易事,以羡补不足,则农有余粟,女有余布;子如通之,则梓匠轮舆皆得食于子。于此有人焉,入则孝,出则悌,守先王之道,以待后之学者,而不得食于子。子何尊梓匠轮舆而轻为仁义者哉?"(《孟子·滕文公下》)君子以"义"的宣传教育为基本职责,并通过这种职责的完成提供特殊的社会服务,以此交换合理的自我利益。其他从事实际具体工作的社会成员,其主要职责则可能就在于某种物质之利的直接创造,其所创造之利,既包含直接满足自身生存需要的部分即个体之利,也包含交付社会公共管理机构用来交换各种公共服务的部分即公共利益。在这样的意义上,这些社会成员对"利"的追求创造可能同时就是其承担自己社会人伦责任的方式,是"君子"群体所专职护持之"义"的现实支撑和具体落实。

对社会管理者,孟子的要求是"何必曰利",但对其他社会阶层,孟子的态度则反过来，承认他们追逐利益的正当性："民之为道也，有恒产者有恒心，无恒产者无恒心。苟无恒心，放辟邪侈，无不为已。及陷乎罪，然后从而刑之，是罔民也。焉有仁人在位，罔民而可为也？是故贤君必恭俭礼下，取于民有制。"（《孟子·滕文公上》）这与其视作对"民之为道"的贬低，不如说是对"民"之生存权、经营权与财产权的辩护，是立足"民"之逐利愿望角度对政治统治合法性的审视。这就好像儒家对于士人要求其学道、修道、行道，自觉地承担起治国平天下的责任，而对于普通百姓则主张尊重"民可使由之，不可使知之"（《论语·泰伯》）的政治现实一样。不同的要求基于不同的职分要求，适合从事什么职业，准备承担什么责任，就应该按相应的职责要求来训练自己。由此也可以理解，为什么不同于后世专制朝廷之限制商业发展的倾向，孟子心目中的"王政"不仅有权力对包括商业在内的各种生产营利活动进行规范管理，更有义务提供政策环境方面的自由保障。比如说："今王发政施仁，使天下仕者皆欲立于王之朝，耕者皆欲耕于王之野，商贾皆欲藏于王之市，行旅皆欲出于王之途，……其若是，孰能御之？"（《孟子·梁惠王上》）"市廛而不征，法而不廛，则天下之商皆悦而愿藏于其市矣。"（《孟子·公孙丑上》）这种对宽松商业经营环境的呼吁，有时甚至会出现令人十分讶异的激烈方式："戴盈之曰：'什一，去关市之征，今兹未能。请轻之，以待来年，然后已，何如？'孟子曰：'今有人日攘其邻之鸡者，或告之曰：是非君子之道。'曰：'请损之，月攘一鸡，以待来年，然后已。如知其非义，斯速已矣，何待来年。'"（《孟子·滕文公下》）

同一个体，当其在生活中扮演的具体角色不同时，其所承担的职责任务也是有区别的，相应地其所应依循的伦理规范也就不同。农工商等阶层成员，就其与管理阶层成员的社会分工来说，责任在于创造财富，就好像后者的责任在于维护法律和道德秩序，因而各自应秉持不同的职业伦理。就这种不同的职业伦理言之，前者行事之务在逐利与后者"亦有仁义而已矣"一样理所当然。但即使是农工商等阶层的成员，由于置身立体化的社会生活网络中，除掉物质财富的创造者这种角色外，也必然同时承担多重其他角色。如他可能同时是父母的儿子，是子女的父亲，是妻子的丈夫，是哥哥的弟弟，等等，在这些非逐利性的伦理关系中，他同样必须有自己"亦有仁义而已矣"的侧面，否则把交易原则搬到非交易性关系中，就会成为名副其实的"利"令智昏。在这样的意义上，孟子强调："为人臣者怀利以事君，为人子者怀利以事其父，为人弟者怀利以事其兄。是君臣、父子、兄弟终去仁义，怀利以相接，然而不亡者，未之有也。"反之，则是："为人臣者怀仁义以事其君，为人子者怀仁义以事其父，为人弟者怀仁义以事其兄，是君臣、父子、兄弟去利，怀仁义以相接也。然而不王者，未之有也。何必曰利?"（《孟子·告子下》）

个体因置身情境不同，身份不同，所需处理的社会关系不同，因而秉持不同的价值标准和思维方式。这就形成孟子所谓的："天下有达尊三：爵一，齿一，德一。朝廷莫如爵，乡党莫如齿，辅世长民莫如德。恶得有其一以慢其二哉!"（《孟子·公孙丑下》）这种相应于不同生活层面的多元价值态度，实质上是社会分工观念的延伸。在中国式的一元化社会结构系统中，政治权力往往处于主导地位。解决社会问题的努力，常规情况下只能通过向管理者进谏的方式进行。这从根本上决定了孟子等儒家人物讨论问题的立足点，大多是执政者的视角，关注的核心问题，也多是政治伦理原则的维护问题。表现在具体文本中，就是从政治伦理层面强调仁义之类价值规范的多，从具体生产经营的角度正面强调"利"的社会文化意义的少；阐述作为管理者秉持"亦有仁义而已矣"的职业态度的重要性的多，对生产经营者营"利"活动的正面道德意义进行阐释的少。这是孟子式"义利之辨"往往被等同于"重义轻利"的内在原因，也是在现代条件下阐发儒家社会分工理念时应努力予以充实的相对薄弱环节。

古希腊柏拉图曾借乃师苏格拉底之口阐述自己的"正义"观念说："正义就是做自己分内的事和拥有属于自己的东西。……如果一个人生来就是工匠或商人，却在财富、权力、体力，或其他类似的优势的诱惑下，试图进入军人的等级，或者一名军人试图进入议员和卫士的等级，尽管这些工作对他并不合适，但相互交换工具或荣誉的事还是发生了，或者说一个人同时承担了各种功能，那么我认为，……这种交换和干涉意味着国家的毁灭。……如果商人、辅助者和卫士在国家中都做他自己的事，发挥其特定的功能，那么这就是正义，就能使整个城邦正义。"① 借用柏拉图的阐释角度，则我们似乎也可以说，孟子之对惠王"何必曰利，亦有仁义而已矣"的劝谏，其对"义"与"利"的分辨，本质上并非是要对立"义""利"，也不是要否定"利"或说个人私利，而是希望避免柏拉图所谓的"相互取代他人的事务"的发生。聚利并非作为国君的惠王的职责，那是孟子所谓的"小人之事"。正好像在现代社会我们反对政府机关经商、司法机关创收之类现象一样，这本应是商业企业的义务——当然也可以同时说成权利，司法行政机关等不拥有这类权利。荀子描述他心目中的王道秩序说："故仁人在上，农以力尽田，贾以察尽财，百工以巧尽械器，士大夫以上至于公侯莫不以仁厚知能尽官职，夫是之谓至平。故或禄天下而不自以为多，或监门、御旅、抱关、击柝而不自以为寡。故曰：斩而齐，枉而顺，不同而一。夫是之谓人伦。"（《荀子·荣辱》）可以说，从思想史发展的逻辑线索上看，孟子从社会分工角度定位"义"的思路，开启了荀子等后儒重"分"的理论；从中西文化对比参照的角度上看，它又和古希腊柏拉图倡导的"正义"观念形成某种呼应关系。

（五）

　　道德是个体对社会性行为规范的接受与认同，他们依据自己所接受并认同的这种规范原则对他人及自我的行为进行评判。至于这种规范性原则属性和类型，则存在诸多不同的划分方式。马克斯·韦伯认为，伦理观念包括基于"信念的"和"责任的"两种。② 前者认为道德评判的根据是行为者的内在心理出发点，即其"信念"或说动机，只要行动者从动机上说对作为道德渊薮的神是忠诚的，那么其行为就是高尚的；至于行为的实际结果，超出了行为者自身所能够把握的范围，不应该由其承担责任，只能

---

　　① ［古希腊］柏拉图：《理想国》卷四，载《柏拉图全集》第 2 卷，人民出版社 2003 年版，第 410—411 页。

　　② 参见［德］马克斯·韦伯《政治作为一种志业》，载《韦伯作品集：学术与政治》，钱永祥译，广西师范大学出版社 2004 年版。

委诸全能的神的裁判。"信念伦理"的出世取向非常明显,它实质上是一种宗教性道德。"责任伦理"则认为,道德评判应该考虑行为的现实后果,行为者应该对自己行为方式和目标之间的因果关系进行研究,并对实际后果承担道德责任。这意味着,行为者自身是其行为过程中的唯一主体,其所具体置身其中的现实社会关系,是道德评价的基本参照系。区别于"信念伦理"的宗教化特征,"责任伦理"体现的是入世的社会性道德取向。宗教性道德将道德与天意、上帝或绝对化的理性相联系,认为"正是它们制定了人类(当然更包括个体)所必须服从的道德律令或伦理规则。因之,此道德律则的理性命令,此'天理'、'良心'的普遍性、绝对性,如'人是目的'、'三纲五常',便经常被称为'神意'、'天道'、'真理'或'历史必然性',即以绝对形式出现,要求'放之四海而皆准,历时古今而不变',而为亿万人群所遵守和履行"。不同于宗教性道德的超验性、绝对性和普遍性,社会性道德则是"建立在现代化的工具—社会本体之上的,以个人为基地、以契约为原则的"①。社会性道德对目标的高尚能否,或者在多大程度上能够作为手段层面运用权宜之计的理由,持审慎的怀疑态度。这种要求不仅对行为的动机,而且对行为的结果,对行为的具体方式和过程进行道德规范的思想,在现代社会高度分工化的背景下,很自然地就导向对行为者的角色位置的关注,这就是所谓"职业伦理"。职业伦理观念将道德评价与职业分工相联系,与被评价者的现世职责相联系,区别于宗教性道德的绝对主义、普遍主义和理想主义,职业伦理更偏向相对主义、差异主义和现实主义的价值取向。

作为职业伦理的补充,在社会性道德的视野中,还有公德和私德的区分。专业性划分不是绝对的,除掉职业身份,任何人都可能以社会共同体一般成员的身份与他人或社会发生关系,在这个层面,他应该承担职业道德之外的某种公共道德责任。诸如公共汽车上给老人让座,不随地吐痰,对公共政治事务热心参与之类,都属于公德范畴。到任何时候,职业道德可能都需要公共道德作为补充。不过,随着分工制度的明确和细密以及职

---

① 李泽厚:《历史本体论》,生活·读书·新知三联书店 2002 年版,第 45、47 页。

业伦理观念的发达，公德所需要承担的责任范围将会缩小。如对医院要求危重病人先交押金的做法，目前主要从"见死救不救"的"公德"层面进行批评和规范。之所以如此，是因为对于病看好后不交钱或根本无钱可交的情况，在中国还缺乏明确的制度性安排。没有什么机构或个人对病重、病危但救治后无力埋单的情况承担法定的分内责任。在这种情况下，无可奈何的公共舆论只能借助"公德"观念对最"靠近"这类现象的医院和医护人员加强要求。但在现代社会，这种"公德"层面上的"加强要求"所能够发挥的作用是有限的。毕竟，医院破产不仅对医院，而且对社会都是损失。随着医疗保障制度的健全和政府公共财政职能的到位，无钱病人救治所涉及的费用和救治两个问题将分解开来，由公共财政部门和作为专业机构的医院分别承担，这种情况下公德问题就将转化为职业道德问题。在那种情况下，我们要求于医院的"义"，将不再是冒治病后没人埋单的经济风险，而是在费用有保障的前提下及时提供合格的医疗专业服务。而对于公共财政部门来说，以适当方式对医院提供的类似义务救助也不是没有强制性的所谓公德问题，而是其分内义务。

梁启超曾认为，中国传统私德发达，而缺乏公德观念。[①] 站在我们的角度，也可以说传统社会将私德当作公德的一部分加以规范。之所以如此，是因为传统国家以血缘宗法观念为价值合法性基础，所以爱情、婚姻、家庭生活都被认为具有重要的社会伦理意义。现代意义上公德范围内的问题，由于私德的泛化和公共社会化，而被归并为私德问题的延伸。在现代社会，随着契约观念的发展和个人本位意识的觉醒，包括个人信仰、情感、家庭生活等方面选择取舍的私德问题，将愈来愈淡化其中的社会规范色彩。各种类型的宗教性道德也将从社会公共规范的一部分，转化为纯粹个人化的内在精神自由，成为其私德的一个侧面。

西方社会由于其海上移民社会的结构背景，从古希腊时起就有发达的契约观念，这对其有关道德正义的理解具有深刻的影响，不仅强调道德的社会属性者从契约的角度申述自己的观点，而且强调道德的宗教神学性质

---

① 梁启超：《新民说·论公德》，载《梁启超文集》，北京燕山出版社 1997 年版，第 157 页。

者往往也受契约观念的影响。如按照基督教神学的说法，基督教主张的道德律法乃是基于上帝和人以及人间的王们所订立的约——《新约》和《旧约》。康德也把绝对道德律令解释成人作为理性而自由的存在物所一致同意或说约定的结果，是意志为自己立的法。中国文明的发展道路有自己根本不同于西方的特色，区别于古希腊式海上移民社会契约观念对伦理建构的根本性制约作用，在以血缘部落共同体为基础建构的礼乐文化共同体中，血缘亲情成为伦理观念提升的基本前提。当然，在这种血缘伦理观念传统内部，在对作为这种血缘伦理观念体现的礼制的合理性的解释上，仍然存在是强调其作为现实利益关系协调工具的属性，还是强调其作为超越性的天、道或理的体现的属性两种不同倾向。

将道德规范定位为超越性的观念意志的，则自然强调的就是其神圣性、普遍性和绝对性；反之，将其定位为现实利益关系的协调工具，则必然将引申出公平与否的问题。不过在泛血缘亲属化的社会关系网络中，这种对于公平问题的思考不可能通过西方式有关个体权利与义务关系的讨论来展开，而是同有关"职分"的伦理观念结合在一起。与"不在其位，不谋其政"（《论语·泰伯》）观念对应着的，是"君君、臣臣、父父、子子"（《论语·颜渊》）的各有侧重的不同角色要求。"仁"作为伦理观念，其对全部社会成员的要求，不论尊卑、长幼、男女、士农工商等都是同质的。但"仁"的具体落实就要结合各个成员不同的身份和所处的位置，这种依据各自职分不同而形成的特殊要求就通向了"义"："何谓人义？父慈子孝，兄良弟弟，夫义妇听，长惠幼顺，君仁臣忠。十者谓之人义。"（《礼记·礼运》）反过来，不按自己的职分要求行事为人，就是"不义"。"兵""刑"作为国家暴力，在其寻求普遍合理性基础的过程中，引申出了与"利"相对的"义"；此外，"仁"作为源于亲子之爱的伦理情怀，在其与复杂的社会运作方式具体结合的过程中，也最终落实为"义"。所以孟子说："仁，人心也；义，人路也。"（《孟子·告子上》）无论是作为社会规范方式的内在合理性根基，还是作为伦理情怀的合乎社会生活规律的体现，"义"都理所当然地同个体在社会关系网络中对角色身份的把握密不可分。在这样的意义上，孔子认为"为政"的第一要务是"正名"

(《论语·子路》)。"正名"就是要理顺各种社会人际关系,让每个人都回到自己应有的位置上去。

《大学》从"义"作为人际关系原则的相互性出发,进一步提出了"絜矩之道":"上老老而民兴孝,上长长而民兴弟,上恤孤而民不倍。是以君子有絜矩之道也。所恶于上,毋以使下;所恶于下,毋以事上;所恶于前,毋以先后;所恶于后,毋以从前;所恶于右,毋以交于左;所恶于左,毋以交于右。此之谓絜矩之道。"区别于契约伦理对缔约双方法律地位上的平等性的强调,传统职分观念是和长幼尊卑意识,或者说是和不同的角色身份意识结合在一起的。严复说:"中国理道与西法自由最相似者,曰恕,曰絜矩。然则谓之相似则可,谓之真同则大不可也。何则?中国恕与絜矩专以待人及物而言,而西人自由则于及物之中而实寓所以存我者。"[1] 在儒家看来,长幼尊卑的差异是自然秩序的体现:"万物本乎天,人本乎祖。"(《礼记·郊特牲》)"礼有三本;天地者,生之本也;先祖者,类之本也;君师者,治之本也。无天地恶生?无先祖恶出?无君师恶治?三者偏亡焉,无安人。故礼,上事天,下事地,尊先祖而隆君师,是礼之三本也。"(《荀子·礼论》)自然生化过程中本末先后位置的不同,决定了人际关系上的差异性原则。这种差异性的规定是为了满足人们"报本返始"的自然情感要求:"郊之祭也,大报本返始也。"(《礼记·郊特牲》)在家国同构,政治、宗教、伦理三位一体的中国社会文化生态中,血亲伦理层面上的尊卑之别,很自然地就过渡为政治制度层面的等级意识。但职分观念与尊卑等级意识相互结合,不等于其中没有公平的要求,也不等于这种尊卑的差异可以绝对化。《左传》中说:"世之治也,君子尚能而让其下,小人农力以事其上,是以上下有礼,而谗慝黜远,由不争也。谓之懿德。及其乱也,君子称其功以加小人,小人伐其技以冯君子,是以上下无礼,乱虐并生,由争善也。谓之错德。国家之敝,恒必由之。"(《左传·襄公十三年》)"让,礼之主也。"(《左传·襄公十三年》)谦让不只是下对上,同时也是上对下。之所以主"让",是因为"分"的差别

---

① 严复:《论世变之亟》,载《严复集》第 1 册,中华书局 1986 年版,第 3 页。

背后，贯穿着血浓于水的亲情，"义"的原则只是"仁"的爱心的体现。所以职分观念一方面肯定社会身份的等级差异，另一方面又强调，任何特权都不是无条件的，其享有必须以承担相应的角色义务为前提。

就仁义的道德原则来说，"仁"偏于自然性情感，"义"偏于社会性规范，在不同的人际关系领域，其对待之道也有偏于"仁"或偏于"义"的不同。比较父子关系和君臣关系，则前者是先天的自然关系，后者是人为的遇合关系，所以父子关系更多地适用"仁"的原则，君臣关系更多地适用"义"的原则。父子关系的成立是先天的，超社会的，"仁"的原则讲究的是自然、是诚，而非公平。因此，儒家对父子之道，只正面强调父慈子孝，而并不正面讨论父不慈子不孝的正当性。舜的伟大，就在于虽父之不慈，虽弟之不悌，而丝毫无改于其敬孝友爱，乃至反过来用自身的敬孝友爱消化彼之不慈不悌。"义"则有所不同，"义"作为仁爱原则的社会化落实，必须结合人际关系的各种不同特点来落实。这些不同的人际关系如果是后天遇合性的，其是否能够成立或维持，就联系着双方相互的对待方式，所以"义"的要求是有差异性的，却更是相互性的。也就是说，任何一方，如果不承担起自己的角色义务，相关对方的义务也就有权利解除。

（六）

有关君臣关系，孟子的说法是："君之视臣如手足，则臣视君如腹心；君之视臣如犬马，则臣视君如国人；君之视臣如土芥，则臣视君如寇雠。"（《孟子·离娄下》）具体的君臣关系存在这种相互性，更广泛意义上的君主与整个社会共同体的关系，也具有这种相互性的特点。孟子提出："民为贵，社稷次之，君为轻。"（《孟子·尽心下》）荀子进一步阐述这种民本思想说："天之生民，非为君也；天之立君，以为民也。故古者列地建国，非以贵诸侯而已；列官职、差爵禄，非以尊大夫而已。"（《荀子·大略》）社会之所以予君主以特别尊崇的地位，不是要照顾其个人的私欲，而是为了其有效承担统率整个社会的责任。如果君主的所作所为，违背了君道，轻则臣民有谏争之责任，重则天下有革命易位之权利。梁启超谈他对儒家这种社会关系理念的体会说："凡人非为人君即为人臣，非为人父即为人子，而且为人君者同时亦为人臣或尝为人臣，为人父者同时亦为人子或尝为人子，此外更有不在君臣父子关系范围中者，则所谓'朋友'，所谓'与国人交'。君如何始得为君？以其履行对臣的道德责任，故谓之君；反是则君不君。臣如何始得为臣？以其履行对君的道德责任故谓之臣；反是则臣不臣。父子兄弟朋友莫不皆然，若是者谓之五伦。"① 这实际上是从社会分工的立场上看待君臣和君民关系，强调这种关系中角色义务的相互性。

《尚书·益稷》中就有"元首明哉，股肱良哉，庶事康哉"和"元首丛脞哉，股肱惰哉，万事堕哉"的君臣分工观念，只是西周以前，对这种元首与股肱的区分更多地强调的是其主仆尊卑的从属性。春秋以后，随着社会结构关系的急剧变动，君臣关系的后天遇合性质愈来愈突出，人们有关君臣相处之道的思考也开始更多地关注其相互性。孔子说"君使臣以礼，臣事君以忠"（《论语·八佾》），虽仍不能说是完全平等的，臣对君之忠却也不是无条件的。至于孟子君臣与君民关系论，则完全去除了君主身份伴随的神圣性质。按他的说法："规矩，方员之至也；圣人，人伦之至也。欲为君，尽君道；欲为臣，尽臣道。二者皆法尧、舜而已矣。不以舜之所以事尧者事君，不敬其君者也；不以尧之所以治民者治民，贼其民者也。孔子曰：'道二，仁与不仁而已矣。'暴其民甚，则身弑国亡；不甚，则身危国削，名之曰'幽'、'厉'，虽孝子慈孙，百世不能改也。《诗》云：'殷鉴不远，在夏后之世。'此之谓也。"（《孟子·离娄上》）超越君与臣的身份之上，存在更高的正义性原则，无论君还是臣违背了这种正义性原则，都意味着丧失其本有的身份资格，从而不再能够享有相应的权利，甚至还要受到轻重不等的惩罚。从这样的角度，孟子说武王虽然本是殷纣王的臣属，但因为纣王暴虐无道，所以诛杀他，并不违背为臣之道，和杀普通的罪人没有什么性质上的区别。

伦理与政治取向的宏观层面是如此，日常生活礼节层面，君臣间的相

---

① 梁启超：《先秦政治思想史》，东方出版社1996年版，第91页。

互对待也需要恪守共同的礼义。在答齐宣王有关臣子何如斯可"为旧君有服"之问时，孟子说："谏行言听，膏泽下于民；有故而去，则君使人导之出疆，又先于其所往；去三年不反，然后收其田里。此之谓三有礼焉。如此，则为之服矣。今也为臣，谏则不行，言则不听；膏泽不下于民；有故而去，则君搏执之，又极之于其所往；去之日，遂收其田里。此之谓寇仇。寇仇，何服之有？"（《孟子·离娄下》）也就是说，臣子之对君包括过去服务过的故君的忠敬爱戴，是建立在君主所给予的慈惠仁厚的基础上的，实质上是一种相互的交换或说分工合作。这种合作关系与西方意义上的契约关系的区别，是契约关系更强调双方法律意义上的平等地位，中国式的合作关系则更多强调合作双方身份上的不同位置和不同功能，肯定日常工作中臣下对君主所处的辅助地位。

"义"落实为臣下之道就是"忠"，这种"忠"在形式上指向"君"。但因为坚持君臣关系的成立应该以超越性的道义原则为前提，所以"忠"指向的并不是君主个人，而是他的岗位所象征着的社稷江山土地人民。当君主的个人意志与其所象征的政治秩序原则和公共利益需要相违背时，臣子的"忠"就不应该再表现为对君主个人意志的服从，而是可能表现为对君主意志的限制和纠正。所以孟子概括臣下的职责说是："君子之事君也，务引其君以当道，志於仁而已。"（《孟子·告子下》）荀子也是从这样的角度阐述他之"从道不从君"的理论的："君有过谋、过事，将危国家、殒社稷之惧也，大臣、父子、兄弟有能进言于君，用则可，不用则去，谓之谏。有能进言于君，用则可，不用则死，谓之争。有能比知同力，率群臣百吏而相与强君、挢君，君虽不安，不能不听，遂以解国之大患，除国之大害，成于尊君安国，谓之辅。有能抗君之命，窃君之重，反君之事，以安国之危，除君之辱，功伐足以成国之大利，谓之拂。故谏、争、辅、拂之人，社稷之臣也，国君之宝也，明君之所尊厚也，而闇主惑之，以为己之贼也。"（《荀子·臣道》）

君与臣、与民之关系的成立，系于对"义"的共同遵守，要维持这种君臣和君民关系，无论君还是臣、民，在行为选择上都不应该一意孤行，而应该通过协商沟通等方式，将自己的选择建立在双方共同认可的"义"

的原则基础上。在与臣、与民的关系上，君处于相对强势和主导的地位。在一元化的文化价值观念体系和政治权力架构中，缺乏权力制衡的制度性安排，政治决策要想获得臣民尽可能广泛的认同，主要靠君王自觉主动的纳谏意识。"国君进贤，如不得已，将使卑逾尊，疏逾戚，可不慎与。左右皆曰贤，未可也；诸大夫皆曰贤，未可也；国人皆曰贤，然后察之；见贤焉，然后用之。左右皆曰不可，勿听；诸大夫皆曰不可，勿听；国人皆曰不可，然后察之；见不可焉，然后去之。左右皆曰可杀，勿听；诸大夫皆曰可杀，勿听；国人皆曰可杀，然后察之，见可杀焉，然后杀之。故曰国人杀之也。"（《孟子·梁惠王下》）要充分地吸纳全社会范围内的各种不同愿望和看法，需要君主正确地对待自己的岗位。尽管君主的岗位是最尊崇的，但作为君主个人却并非超凡入圣的神，总有这样或那样的不足，这些不足只有通过与臣下的互动才能得到有效弥补。所以在对待臣下的方式上，就不能单方面地以我为主。这就是孟子说的："将大有为之君，必有所不召之臣，欲有谋焉，则就之。其尊德乐道不如是，不足以有为也。故汤之于伊尹，学焉而后臣之，故不劳而王；桓公之于管仲，学焉而后臣之，故不劳而霸。"（《孟子·公孙丑下》）

（七）

就延续自三代的分封制度言之，无论是天子对诸侯国国君的关系，还是诸侯国国君对封国内大夫的关系，其中作为臣的一方，基于在自己封土范围内的自治权而获得了某种对君权的相对独立地位。春秋战国时期除旧有的贵族之臣，又出现了许多客卿之臣，客卿之臣置身列国纷争的政治格局之中，也享有一定程度的自由选择余地。所谓楚材晋用，合则留，不合则去，在当时的背景下，这种类型的臣在与君的关系中，同样可以保持某种独立性。臣在与君的关系中具有相对独立性，他们也因此倾向于认为作为具体君主的个人并不等同于一般意义上的"君位"。晋太史史墨答赵简子问时曾说："社稷无常奉，君臣无常位，自古而然。故《诗》曰：'高岸为谷，深谷为陵。'三后之姓，于今为庶，主所知也。"（《左传·昭公三十二年》）孟子之强调君臣关系的分工合作性质，强调君臣之义的相互性，就是基于这样的历史背景。

秦汉以后，在君主集权的政治环境中，臣对君关系上的相对独立性失去了现实的依托。首先，郡县逐渐取代了封国，任命代替了世袭，君对臣拥有了完全的人事任免权；其次，天下一统，士阶层出仕选择上失去了"朝秦暮楚"的可能。在这样的情况下，君主作为所谓"天无二日"式的唯一权力核心，他如果违背君道，臣下所能做的就只剩下谏争一途。谏争实质上是要否定君主的做法，而促使其接受自己的意见。君主要放弃自己的做法转而接受臣下的意见，实践中往往需要克服私欲和虚荣等诸多人性弱点，这在对君主意志缺乏制度性约束的情况下，就对君主的个人品格修养提出了很高的要求。就臣子来说，明知可能冒犯君主的尊严而仍然坚持从道义出发，对君主发挥匡正纠偏的作用，也需要极大的道德勇气。班固评西汉诸儒相之侍君作风说："自孝武兴学，公孙弘以儒相，其后蔡义、韦贤、玄成、匡衡、张禹、翟方进、孔光、平当、马宫及当子晏，咸以儒宗居宰相位。服儒衣冠，传先王语，其醞籍可也，然皆持禄保位，被阿谀之讥，彼以古人之迹见绳，乌能胜其任乎?"（《汉书·匡张孔马传》）颜师古释"古人之迹"曰："谓直道以事人也。"何焯再释曰："古人之迹，谓以道事君，不可则止。"西汉诸儒为臣之道上与古人的这种差距，很难单纯从个人品质的角度定位，实在更多的是时势迁移的结果。

秦能够统一东方各国，得益于商鞅变法基础上确立的军国体制。军国体制的核心在于以郡县代封建，以法代礼。汉承秦制，但在意识形态层面，则鉴于秦之速亡的教训，经过反复比较尝试，在中期以后确立了"独尊儒术"的基本国策。汉家朝廷之"独尊儒术"，前提在于儒术之适应性的调整与改造。这种适应与调整的很重要方面，就是吸收法家鼓吹君主专制地位的思想。表现在对"义"作为职分伦理的阐释上，就是"五伦"之向"三纲"的蜕变。

"三纲"即"君为臣纲，父为子纲，夫为妻纲"，语出《礼纬·含文嘉》，后来《白虎通》引用并做了更系统的阐述。追溯源头，这种观念最初实出自先秦法家。韩非说："臣事君，子事父，妻事夫，三者顺则天下治，三者逆则天下乱，此天下之常道也。"（《韩非子·忠孝》）"汉初的最高统治者缺乏权威和尊严，遇到王侯、三公，还要'改容而礼之'。""汉武帝在'文景之治'的基础上展开他的文治武功，'任大而守重'，自然要树威集权。"① 适应这样的时代要求，董仲舒等儒生吸收法家鼓吹君主权威绝对化的思想，使作为社会性道德的"五伦"开始向作为宗教绝对性道德的"三纲"演变。"三纲"的核心是"君为臣纲"，"父为子纲，夫为妻纲"是服务于"君为臣纲"的。董仲舒还没有达到对于"三纲"的明确概括，但他的工作为君权的绝对化制造了神学上的根据："古人造文者，三画而连其中，谓之王。三画者，天地人也，而连其中者，通其道也。取天地与人之中，贯而参通之，非王者孰能当是。"（《春秋繁露·王道通三》）人王是整个国家的中心："海内之心悬于天子"（《春秋繁露·奉本》），臣民对他的关系，就像身体四肢对于"心"的关系一样："心之所好，体必安之；君之所好，民必从之。"（《春秋繁露·奉本》）"体不可以不顺，臣不可以不忠。"（《春秋繁露·郊语》）董仲舒等汉儒也有限制君权的思想，这一方面表现为要求君主顺应天意，另一方面表现为仍坚持当君主十分无道时，人民有反抗之权。但就常态的君主与臣民关系准则说，他侧重强调的则是君主地位的神圣性和臣民服从君主意志的无条件性。

"五伦"说和"三纲"说都是儒家有关"职分"伦理的界定，有关这两种阐发系统之抽象哲学意蕴，贺麟曾有很深入的分析。五伦的关系是自然的、社会的、相对的。君君，臣臣，父父，子子，夫夫，妇妇。假如君不君，则臣不臣；父不父，则子不子；夫不夫，则妇不妇。这样一来，只要社会上常有不君之君，不父之父，不夫之夫，则臣弑君，子不孝父，妇不尽妇道之事，事实上理论上皆应可以发生。因为这些人伦关系，都是相对的、无常的。如此则人伦的关系，社会的基础，仍不稳定，变乱随时可以发生。故三纲说要补救相对关系的不安定，进而要求关系者一方绝对遵守其位分，实行片面的爱，履行片面的义务。所以三纲说的实质在于要求君不君，臣不可以不臣；父不父，子不可以不子；夫不夫，妇不可以不

---

① 汤志钧、华友根、承载、钱杭：《西汉经学与政治》，上海古籍出版社 1994 年版，第 34 页。

妇。换言之,三纲说要求臣、子、妇,尽片面的忠、孝、贞的绝对义务,以免陷于相对的循环报复、讨价还价的不稳定的关系之中。韩愈 "臣罪当诛兮天王圣明" 一句诗,被程朱嘉赞推崇,就因为能道出这种片面的忠道。可以说,由五伦到三纲,即是由自然的人世间道德进展为神圣不可以侵犯的有宗教意味的礼教。①

问题是,"三纲" 说之对于社会成员 "职分" 的宗教化、神圣化和绝对化,是单方面针对臣子一方的。按 "五伦" 说之对君臣关系的相互性理解,如果君不守君道,则臣也就不再赋有 "忠" 的义务。这起码在理论上为臣下对君主权力的制衡约束留了某种空间。但按 "三纲" 之说,臣对君之忠成了单方面的绝对性义务,即使君对臣不义,臣也依然必须保持其忠顺。这就排除了君在现实的人际关系中受到制衡约束的可能。汉儒在理论上也对君主提出了很高的角色要求,但将 "圣" 与 "王" 相联系的结果,并非是提供 "圣" 因其 "圣" 而晋身为 "王" 的可能,而是让现实的 "王" 者轻而易举地被罩上 "圣" 的光环。从这样的角度,梁启超认为应该切割 "三纲" 与 "五伦":"后世动谓儒家言三纲五常,非也。儒家只有五伦,并无三纲。五伦全成立于相互对等的关系之上。"② 这也就是《大学》所谓絜矩之道:"第一,所谓絜矩者,纯以平等对待的关系而始成立,故政治绝无片面的权利义务。第二,所谓絜矩者,须人人共絜此矩,各絜此矩,故政治乃天下人之政治,非一人之政治。"③

为君为尊为上者,在与臣与卑与下的对待关系中,其权利一方面因对方义务的不可解除性而成为无条件的权利或权力,另一方面又借助这种绝对化的权力对自身进行神化。"'三纲' 之中君纲至大。人类社会由无数主从关系构成社会网络,君是网络之中的纲中之纲。他不仅作为全社会的大家长掌握着宗法权威,而且拥有父所不具备的政治权威。"④ 同时,父子和夫妻关系受自然亲情的限制,所以角色的神化和权利的绝对化主要体现在

---

① 参见贺麟《五伦观念的新检讨》,收入《文化与人生》,商务印书馆 1996 年版。
② 梁启超:《称先秦政治思想史》,东方出版社 1996 年版,第 91 页。
③ 同上书,第 85 页。
④ 刘泽华:《中国的王权主义》,上海人民出版社 2000 年版,第 227 页。

君臣关系中。与其说西汉中期以后帝王角色的神圣化、帝王权力的绝对化，就是"三纲"说造成的，毋宁说，"三纲"说本身是帝王专制的现实需要和制度环境的结果。但可以说，"三纲"说出现以后，在这种帝王形象圣化、帝王权力绝对化的过程中，起到了推波助澜的作用。与为君为尊为上一方权利或权力的绝对化对应的，是为臣为卑为下一方义务的绝对化，这可以视作本是统一的义、利关系，在西汉中期以后愈来愈走向分离和对立的社会学根源。所以被称作"最后的儒家"①的梁漱溟就此批评说："中国民族几千年实受孔孟理性主义（非宗教独断）之赐，不过后来把生动的理性、活泼的情理僵化了，使得忠孝贞节拘泥于形式，浸失原意，变成统治权威的工具，那就成了毒品而害人，三纲五常所以被诅咒为吃人礼教，要即在此。"②五四新文化运动之批孔反儒，所针对的实际上也是儒学在西汉中期以后的这种变化趋向，而其所据以进行批判的观念原则，则往往自觉不自觉地显示出同孔孟儒学之间的正面关联。③对此，随着时间的推移，"五四"人物自身似乎也表现出某种愈来愈充分的自觉。胡适即在晚年口述自传中说："有许多人认为我是反孔非儒的。在许多方面，我对那经过长期发展的儒教的批判是很严厉的。但是就全体来说，我在我的一切著述上，对孔子和早期的'仲尼之徒'如孟子，都是相当尊崇的。我对 12 世纪'新儒学'（Neo-Confucianism）的开山宗师的朱熹，也是十分崇敬的。我不能说我自己在本质上是反儒的。"④

　　在无论孟子或荀子，"义"首先是和职分观念相联系的。当孟子强调"义"和"利"的某种对立时，他针对的是君主或更一般意义上的社会管

　　① 参见［美］艾恺、王宗昱《最后的儒家：梁漱溟与中国现代化的两难》，冀建中译，江苏人民出版社 2004 年版。

　　② 梁漱溟：《今天我们应当怎样评价孔子》，载《梁漱溟全集》（七），山东人民出版社 1993年版，第 312—313 页。

　　③ 如陈独秀说："儒者三纲之说，为一切道德政治之大原。君为臣纲，则臣于君为附属品，而无独立自主之人格矣。父为子纲，则子为父之附属品，而无独立自主之人格矣。夫为妻纲，则妻于夫为附属品，而无独立自主之人格矣。率天下之男女，为臣、为子、为妻，而不见有一独立自主之人者，三纲之说为之也。缘此而生金科玉律之道德名词，曰忠，曰孝，曰节，皆非推己及人之主人道德，而为以己属人之奴隶道德。"（《一九一六》，载《青年杂志》第 1 卷第 5 号）

　　④ 唐德刚译注：《胡适口述自传》，华东师范大学出版社 1993 年版，第 252 页。

理者的职业特性。① 作为公共秩序的维护者，管理者的职分就是看护弘扬"义"，仅仅在这样的意义上"何必曰利"才是合理的。但在君权被神圣化、绝对化以后，首先是作为对君主行事方式之限制的"义利之辨"被转化成一般意义上的人生哲学，基于管理者特定职责的"何必曰利"被泛化为普遍意义上的人生哲学。无论是汉儒还是宋明儒，当他们接过"义利之辨"的理论口号时，都有意无意地淡化了它和君主或一般意义上的社会管理者的分工义务之间的特殊关联，都忽略了它的职业伦理属性，而是将其阐释为普遍性的伦理规范意识，将其绝对化为对所有社会成员具有同一化约束力的超越性道德信条。"义利之辨"从主要针对君主转化为一般性地针对全体士农工商的结果，就是它在君臣关系中约束的主要是臣而不是君，在官民关系中约束的主要是民而不是官。因为为尊为上者，可以居高临下地按"何必曰利"的道德尺度要求为卑为下者；反过来按"三纲"的逻辑，为卑为下者却很难反过来对尊上进行道德规范和批判。结果就成了，本是职分在于维护传布道义的尊上——管理者，却往往利用自己的地位谋取分外之利——特权；而作为物质财富生产和经营者的其他社会阶层成员，却往往在经营过程中被"君子不言利"的道德教条所束缚。这种义、利的分裂和颠倒，落实到制度性安排层面，就导致民间社会的逐利性机构和相关从业者——商业企业和商人，总是受到这样或那样的抑商政策的限制、歧视和非议；而官家经营的谋利机构及官商反倒理直气壮，享受种种特殊的政策性保护，诸如种种排他性的专营政策，挤压民资的活动空间。

君主或政府强烈的自利动机，必然导致对民间社会的过度索取。这种索取无论是通由加重税赋的方式，还是经由直接或间接参与经营性活动的方式，都将导致对社会经济活力的抑制。管理者自身参与经营活动，与其他社会经营实体同场竞争，也必然会损害其作为公共秩序维护者的公信

---

① 梁启超曾就"君"之社会分工体系中的功能性意义做过很好阐释："君字不能专作王侯解。凡社会组织，总不能无长属关系。长即君，属即臣。例如学校，师长即君，生徒即臣。工厂经理即君，厂员即臣。师长对生徒，经理对厂员，宜止于仁。生徒对师长所授学业，厂员对经理所派职守，宜止于敬。不特此也，凡社会皆以一人兼君臣二役，师长对生徒为君，对学校为臣，乃至天子对天下为君，对天为臣。儒家所谓君臣，应作如是解。"（梁启超：《先秦政治思想史》，东方出版社1996年版，第91页）

力。政府公信力的降低，将导致整个社会价值评判标准的混乱和信用环境的恶化。社会评价标准的混乱和信用环境的恶化，都将提升社会经济活动的成本。汉代之后，中国社会经济的进步速度之所以异常缓慢①，很重要的原因，一是一治一乱的恶性循环往往将数百年的文化与财富积累毁于一旦；二是始终没有建立起能够保障民间经济健康发展的信用环境。这所谓信用环境不仅指民间经济实体相互之间的经济伦理规范，更是指政府与民间经济实体之间有关权利与义务关系的法律性保障。没有这种法律性制度保障，工商业者的"合法经营"就无从谈起，官商勾结、行贿、腐败就成为常态，这种常态反过来进一步损害着政治管理机关的公信力和工商业从业群体的道德形象。

（八）

进入 20 世纪，传统意义上的君臣关系已被颠覆，但"三纲"说有关臣对君、下对上单方面承担忠诚义务的观念并没有真正绝迹，而是在有关公民个人与国家关系的现代政治伦理中以新的形式得到延续。孙中山说："自由这个名词究竟怎样运用呢？如果用到个人，就成一片散沙。万不可再用到个人上去。要用到国家上去。个人不可太自由，国家要得完全自由。"② 之所以如此，是因为："我中国人民久处于专制之下，奴性已深，牢不可破，不有一度之训政时期以洗除其旧染之污，奚能享民国主人之权利。"③ 这种在个人与国家的关系中，单方面强调国家的自由或权利，把个体的存在意义归结为奉献的责任和服从的义务的国家主义倾向，在战争年代，对于加强革命团体内部的凝聚力，也发挥过积极作用。但在社会共同体恢复常态的运行模式之后，在作为革命追求目标的本是抽象理念的"新国家"成为现实政治机器以后，由于在日常实践中，"国家"往往被与具体行政管理机关画上等号，这种对"国家"进行神圣化的意识形态，就很

---

① 甚至于像王新命等最典型的中国本位文化主义者，都认为"汉代以后，中国文化停顿了"（王新命、何炳松、武堉干、孙寒冰、黄文山、陶希圣、章益、陈高佣、樊仲云、萨孟武：《中国本位的文化建设宣言》，1935 年 1 月 10 日；《文化建设》第 1 卷第 4 期）。

② 《孙中山全集》第 9 卷，中华书局 1986 年版，第 281 页。

③ 同上书，第 211 页。

容易成为制约和监督公权力的阻碍，不利于政权机关对自身公共服务职能的自觉。

按马克斯·韦伯的说法，近代资本主义的成功，很大程度上是建立在"职业伦理"或"责任伦理"意识基础上的。韦伯的"职业"概念渊源于马丁·路德的"天职（Beruf）"，但不同于路德之将"天职"理解为人必须接受和顺从的超越性天命①，韦伯更强调"职业"与个体自觉追求和理性选择之间的关联。"职业伦理"的观念意味着，社会成员的道德责任建立在权利和义务对应的原则基础上。你选择了某种职业，就有义务理解并奉行该职业相关的行事规则，否则就会被从该职业领域中排除。对于现代社会性道德的建构来说，责任伦理观念不仅适用于自然人个体，也适用于包括承担公共管理职能的行政机构等各种类型的"法人"。"三纲"说的问题在于，将被统治者或被管理者的义务绝对化，而完全剥离其权利，这在客观上导致其主体性属性的丧失。社会成员主体地位和主体意识的普遍性丧失，虽似乎有利于管理者地位的巩固，却从根本上限制了社会发展进步的内在动力。就君主或管理者一方面来说，被神化、被权力绝对化的结果，往往是私欲和任性的泛滥，是公权的私用。公权私用的结果，是国家机器最后完全丧失其公共管理属性而成为特定利益集团的私产，并因此而最后失去民众的认同。

现代国家主义政治伦理也存在类似问题，即如"国家利益高于一切"之类口号，作为个体理想情怀的抒发或者无可厚非，但要落实为严格的社会伦理规范，却存在明显困难。"国家"概念的含义是多层次的，它可以指某种历史文化传统，可以指地域文化共同体，也可以指具体某个政权或政府，还可以指居住于同一国家地域范围内的全部人口，因此"国家利益"的具体所指，站在不同的角度就可能形成理解上的不同侧重，很难说某个角度的理解就一定能够完全取代其他角度的理解。就好像准备参加国

---

① "路德的职业观念依旧是传统主义的。他所谓的职业是指人不得不接受的、必须使自己适从的、神所注定的事。这一点压倒了当时存在的另一思想，即从事职业是上帝安排的一项任务，或者更确切地说，是上帝安排的唯一任务。"（马克斯·韦伯：《新教伦理与资本主义精神》，于晓译，生活·读书·新知三联书店1987年版，第63页）

际球赛，在甲和乙两位运动员进行国内选拔赛时，站在教练的角度，可能认为，由乙让球给甲，让甲去参赛更符合国家利益；但乙站在自己的角度可能认为，自己和甲凭实力竞争，谁获胜谁代表国家去参加比赛更符合体育道德，而选拔过程中对体育道德的坚持，相对于谁去比赛胜率更高来说是更重要的国家利益。这种情况下，有关教练和运动员哪一个对"国家利益"的理解更正确，不同的人可能就形成不同的判断。如果仅仅因为教练的地位高，就认定他在运动员面前代表或说有资格判断什么是"国家利益"，那最终"国家利益"很可能演变为教练个人利益的代名词。再则即使在"国家"主体明确，由谁来认定"国家利益"也明确的情况下，也应该承认"国家利益"有大与小、轻与重、核心与边缘的区分，一概认定它高于"一切"未免简单化。即便所谓"一切"明确是指"一切个人利益"，也不能说任何情况下牺牲个人利益都是恰当的。个人是社会的组成部分，用个体根本利益的牺牲换取某些很小的国家利益，不考虑个体权利问题，起码不符合社会利益最大化原则。而国家说到底，是从属于并服务于社会的。

现代化社会是分工高度专门化的社会，高度专门化的分工体系，需要借助强有力的职业伦理意识，才可能有效运作。职业伦理观念的发达，必然表现为价值取向的多元。面对法庭上的犯罪嫌疑人，即使公众已经普遍认定他是罪犯，即使从社会公德的角度，作为好人感觉自己理应站在公众一边；但作为律师，却应该限制公德意识在自己内心可能激起的情感波澜，恪守律师的职业伦理，即尽可能从非罪或罪轻的角度为他辩护。至于指控他的罪恶，那是检察官的职责；判定他所应得的惩罚，那是法官的职责。律师辩护的意义，就在于能够使法官的最终判决建立在尽可能充分全面地审视和权衡的基础上。这个"全面"之"罪"及"罪重"的因素，是由作为指控方的检察官负责阐述的。律师的职责，就是尽最大的努力发现并阐述当事人"非罪"或"罪轻"的因素。在这个意义上，即使自己的当事人确实有罪，律师去强调渲染这"罪"或"罪重"的一面，也是不道德的。现代化的社会应该认同律师的职业原则，不应该从所谓"替坏人说话"的泛道德化角度责难律师，更不应该找出其他什么理由来要求律师在辩护中主动所谓"配合"检察官的控诉或法官的审判。反过来，将公德绝对化，不允许一定程度上和公德分离的职业伦理独立发挥作用的社会，不可能实现充分的现代性转化。

就当代中国社会新伦理观念培育的实际言之，仍然缺乏将"义"与不同职业分工对应起来的意识，往往不理解同一种社会正义，落实到不同的分工群体或个体身上，可以而且应该出以不同，有时甚至是对抗的体现方式。就像法庭上律师与检察官之间的抗辩一样。不是放弃自己职守和立场对他者的配合，而恰恰是坚守自己本分所形成的对他者观念的制衡，不仅是自己的道德底线，而且能够更有效地促进他者的进步和社会的稳定繁荣。从经济学的角度说，"传统体制存在的问题，在于政府管了本来不该管而应由民间自由交易来管的事，过多地参与和干预了'私人物品'的生产和交换，并因此而没有管好自己分内该管的事，即安排好'公共物品'的供给。从这个角度说，所谓政府职能的转变，就是要从过去由于当所有者、计划者而直接管理私人物品生产活动的职能中退出来，加强对公共物品供给的管理；所谓'削弱政府'，只是要削弱它在'私人物品'生产中的作用，而不是要削弱它在'公共物品'供给方面的作用，相反，它在这方面的职能还需加强而不是削弱"①。孙中山说，"中国人民久处于专制之下，奴性已深，牢不可破，不有一度之训政时期以洗除其旧染之污，奚能享民国主人之权利"，此种说法虽不符合当代社会对民主观念的普遍性认知，但也不能说就完全没有其心理性的感受基础。问题是，国民自律能力的弱化和自主意识的淡漠，某种意义上正是国家权力长期过度挤压的结果。不逐步实现对政治管理权力的有效约束和规范，就无法有效保障民间权利，就不能有效培育国民的人格主体意识和自律能力。没有国民普遍性的自主意识、自律能力，作为现代社会有效运作基础的职业伦理观念，就只能是无本之木、无源之水。

职业伦理观念的充分发育，除掉个体自觉的主体意识和自律能力外，还有赖于行业性的自律和自治能力。行业自律和自治能力的培养，需要对各行业之间，包括各行业与公共管理机关之间权利与义务关系的制度性保

---

① 樊纲：《作为公共机构的政府职能》，载刘军宁等编《市场逻辑与国家观念》，生活·读书·新知三联书店1995年版。

障。社会契约论关于文明与国家起源的理论并非历史事实，却被现代各流派的政治理论广泛地接受为解释权力正当性的重要参照。很重要的原因，在于契约义务的相互性原则，为对权力的约束和对权利的保障提供了有力的理论支撑。从这个角度说，不是"三纲"说的"君为臣纲"之说，不是将君主从社会关系网络中解脱出来，使其成为膜拜对象的对于"义"的宗教化阐释，而是强调君臣之"义"的相对性的思想，是要求作为国家象征的君主在与臣民的具体利益关系中定位自我职责的对于"义"的职业伦理性阐释，为我们提供着更直接的启示和参照意义。

中国社会的现代转型，很大程度上是自上而下由政府主导的。民间力量的萎弱，决定了国家机器从无限威权型到法治型的转轨，只能是某种特定意义上的自我转型。这就对作为中国社会共同体运作核心的政府提出了非常高的要求，既要从现实需要出发，对社会共同体发挥强有力的领导和规范作用以保持社会的稳定，又要在发挥这种强有力领导作用的过程中，自觉地规范自己的运作方式，按权利和义务平衡的原则，循法治的途径处理与公民、与其他法人的关系，实现从人治向法治的真正转变。

原载（台）《孔孟学报》第78卷

后　记

　　2013 年年底，我申请了学校的重大基础研究专项课题《艺术传播对提升中国现代国家形象特殊效应研究》。课题论证时，偏重诸如艺术传播途径、手段及成效等层面，进入实际研究过程之后，却愈来愈感觉到，有关国家形象提升途径的研究，应该以对国家历史文化积淀内蕴及其当代经验趋向的自觉反思为支撑。就本课题的角度言之，我对国家观念的理解，既不专注于实体的权力操控体系，也不停留于抽象的文化传承过程，而宁愿联结于作为个体生存经验之凝聚核心的时代精神趋向。基于这样的考虑，在梳理既往有关这方面的论述之后，2014 年年底，我决定将已发表论文中和本书主题相关而又没有收入其他专书的部分整合起来，这就是作为课题前期成果的本书。

　　本书设定主题并尝试纂辑时，适逢我母亲去世十周年。十年间，多次想过要为她写点什么，却踟蹰着没有着笔。母亲出生于 1933 年农历七月初十，刚及 8 个月，时年 20 岁的外祖父即在剿灭"马子"时战死。母亲与寡居的外祖母相依为命，在战乱中度过童年和少年。1952 年，母亲 19 岁时嫁来我家。在她的叙述中，1962—1965 年，也即我出生前后，是心情最好的时期。"单包地"，使皖北农村终于走出饥饿。本是适应不同家庭环境、具有不同性格和生活习惯的母亲和父亲，也在共同承受生活压力、侍奉老人、抚育子女的过程中，达到了更充分的互相理解和包容。遗憾的是，1966 年春天，父亲心脏出现问题，且随社会政治环境的动荡而日益加剧，终在 1969 年农历正月初八不治辞世。当时，我们兄妹姐弟 5 人，最大的姐姐不到 17 岁，最小的妹妹不到 3 岁。痛惜父亲英年早逝，母亲请亲友邻居帮助，伐掉房前屋后宅基地上最好的几棵树，打造出上等棺木安葬了父亲，然后承担起抚育5个子女的责任。

皖北矿区周边农村的普遍风气，很多孩子十几岁就退学回家讨生计，但母亲坚持按和父亲临终前商定的方案，只让最年长的姐姐退学回家帮助挣工分，其他几个则坚持读书到不再有升学机会为止。母亲幼时曾随外祖母到萧县帽山依附曾外祖母生活。曾外祖母坚强、精明、有胆魄，经历过许多生活变故，也有过许多传奇经历。依附曾外祖母生活的时期，虽中间穿插着战乱，仍给母亲留下温暖的记忆。父亲去世后，家里似乎总笼罩着某种抑郁的气氛，但每当讲述童年在帽山的生活时，每当讲述曾外祖母到县衙告状、为弟申冤等事迹时，母亲就会显出神往而幸福的表情，语调也变得轻松起来。

母亲的生活是属于乡村的。自从嫁来我家之后，母亲就把全部心思放到了照顾家庭子女上面，很少到外边听书看戏，童年和少年时代接触过的评书戏曲，也总是那些有关忠孝节烈的传奇故事，最能打动她的情怀。传统女性的克己，在母亲身上有典型的体现。幼时家里馍馍分三种，麦面的白馍给生病的父亲和最小的妹妹，白黑混杂的花卷属于我们姐弟几个，纯杂粮的黑馍归母亲自己。我们兄弟先后长大进城后，母亲坚持自己住在老家的平房小院，每天一早起床，养鸡、种菜，直到晚年。2000年国庆期间，经反复动员，母亲来京到我这里看了看。母亲在高楼密布的地方容易迷路，我去工作时她就只能自己坐在屋子里。母亲不习惯坐汽车，远远闻到汽油味就会恶心呕吐。我陪着她用步行和地铁结合的方式，参观了故宫、毛主席纪念堂、长城、颐和园等几处乡村社会里最常念及的景点。前后住了大概两个星期，母亲就感叹说在这里什么忙也帮不上，反添了累赘，坚持随出差途经我这里的一位老家朋友回去了。

2004年暑假前，母亲因胆结石住院手术，切开后意外发现了胆囊中的恶性肿瘤。病将不起时，母亲对我们说，本想着你们从小没有大，我再看着你们多过几年，没承想得了该死的病。天下谁家的爹娘也不能永远看着自己的孩子。我这辈子也算熬值了。你们的大刚死的时候，你们就像一群蛤蟆壳子，没有任何可指靠的。每天日思夜想，战战兢兢，生怕什么时候就过不下去了。好在慢慢你们就都长大了，像小鸡儿一样学会自己搔食儿吃了，能自己过下去了。现在，见到你们死去的大，我也算是交代得过去了……

母亲对火葬有本能的抵牾。安排身后事时，曾向我们提出，能否像村里有些老人那样，不占耕地，死后悄悄深埋在自家的菜地里。但没等我们表示意见，又担心这样做给在纪委工作的二哥造成麻烦，主动放弃了自己的要求。2004 年 12 月 7 日中午，在陪着我们吃了最后一顿饭之后，可能实在是太累了，母亲头一歪，就永远地睡着了。时间可以平复一切。很长时间里，我都很难相信，年复一年，似乎永远会在老家小院门口，早早守望着我回家，又远远目送我出门的母亲，已经不在那里等我了。

母亲是平凡的乡村妇女，但又称得起是伟大的母亲。正是通过母亲以及千千万万像母亲一样的人，古老中国文化传承所特有的内蕴和魅力，才获得了富于生命力的诠释。置身母亲和 20 世纪 80 年代之后出生的子侄辈两代人之间，我强烈地感觉到了两种不同人生哲学和生存理念的对照。母亲用她的坚持和自信告诉我，承担、忍耐、克己、节俭、勤勉、操心，诸如此类在某些人看来或许是可怕的字眼，其实恰有可能提供我们生命自豪与自信的真正动力。母亲不识字，但随着年龄的增长，我愈来愈体会到，她对我生存意识的渗透和影响，超过了全部的学校和书本教育。对母亲精神情感世界的理解，实际上奠定了我心目中祖国概念的真正底色。21 世纪初在写作《孝亲的情怀》等著作时，我有关传统伦理精神和儒家思维方式的阐释，所依据的与其说是经典，不如说更多的是对母亲一代人乡村生活理念的近距离观察和体会。本书献给母亲，也希望借以寄托我对记忆中的乡土中国的怀念和眷恋。作为信仰形态的乡村，在未来的城市空间结构中，我相信一定还能够找到属于自己的恰当位置。

本书各部分发表于不同时期，格式各不相同，辑入本书时做了统一技术处理，某些由编辑所作的删节也酌情做了恢复。对最初为这些文字提供和读者见面机会的刊物和相关编辑，我愿意列举在这里。他们是：《百家》（合肥；责编：姜诗元、刘春；停刊已久）、《社会科学家》（桂林；责编：廖国伟）、《安徽师范大学学报》（芜湖；责编：陈育德、凤文学）、《社会科学战线》（长春；责编：王素玲）、《浙江社会科学》（杭州；责编：王立嘉）、《新东方》（海口）、《孔子研究》（济南；责编：王钧林）、《中国文化研究》（北京；责编：杜道明、杨翠薇、曾广开、段江丽）、《孔孟学报》（台北）、《孔孟月刊》（台北）、《中国哲学》（学术辑刊；责编：姜广辉）、《原道》（学术辑刊；责编：陈明）、《中国美学研究》（学术辑刊；责编：朱志荣）。其中有几位是相熟的师友，有些从未谋面，还有几位迄今不知姓名，但在内心深处，我对他们工作的感念和敬意则是完全一样的。

对于我所服务的北京语言大学及承担本书出版工作的中国社会科学出版社，对于责编郭晓鸿女士在成书过程中的督促，我也都在这里表示感谢，由于他们的支持，才有了本书现在的出版。

2016 年 6 月 12 日

改定于北京富国里